唐 詩 三 百 首 (中)

● 孫洙 (蘅塘退士) 篇

玄玉 張基槿
陶硯 陳起煥　共譯

明文堂

≪唐詩三百首≫에 대하여

중국 문학에서 시(詩)는 문학의 어느 장르보다 먼저 시작되었고 큰 성취를 이루었으며 또 가장 중요한 지위를 차지했었는데 이는 지금도 그러하다고 말할 수 있다. 중국 문학사에서 시가 최고의 성취를 이룩한 것은 당조(唐朝)였다.

당(唐, 618-907)의 290년간은 중국 시가(詩歌)의 황금시기였으니 수많은 대가들이 출현하여 활약하였고 수많은 명편이 창작되고 애송되었다. 청(淸) 강희제(康熙帝)의 명에 의거 편찬된 ≪전당시(全唐詩)≫는 2,200여 작자의 시 4만 8천여수를 수록하고 있는데 이는 청대까지 전해진 것만 모은 것이다. 그러니 그 당대에 얼마나 많은 작자의 많은 시가 지어졌는가를 미루어 짐작할 수 있다.

그러한 당시(唐詩)의 선본(選本)은 매우 많은데 그 중에서 가장 보편적으로 알려지고 읽혀온 것은 <당시삼백수>이다. 여기에는 시인 77명의 320편의 시를 수록하고 있다. 이는 ≪시경(詩經)≫의 311수를 본뜬 것이다. 이 책의 편자 손수(孫洙)는 강소(江蘇) 무석(無錫) 사람으로 자(字)는 임서(臨西)이며 별호는 형당퇴사(蘅塘退士)이니 은거를 즐긴 사람임을 알 수 있다. 형당퇴사는 청(淸) 건륭(乾隆) 16년(1761)에 진사가 되었고, 건륭 28년(1773)에 부인 서난영(徐蘭英)과 함께 이 책을 편찬하였다. 형당퇴사는 심덕잠(沈德潛, 1673-1769)의 ≪당시별재(唐詩別裁)≫ 및 왕사정(王士禎, 1634-1711)의 ≪고시선(古詩選)≫을 바탕으로 하고 그 외 여러 당시선본(唐詩選本)을 참고하여 310수를 골라 편찬하였다.

이 책은 본래 학동의 시 학습을 목적으로 편찬되었다. 때문에 시 내용이 쉬우면서도 교육적인 목적을 배려하였으며 다양한 시체(詩體)를 공부할 수 있도록 편찬되었다. 77명의 시를 수록하고 있는데 초당(盛唐)과 중당(中唐)을 거쳐 만당(晚唐)에 이르기까지, 또 오언(五言)과 칠언고시(七言古詩)에서부터 율시(律詩)와 절구(絶句), 악부시(樂府詩) 등을 고루 망라하였다.

《당시삼백수》의 제재는 매우 광범위하고 다양하니 여기에는 기행과 회고와 영회(詠懷), 송별과 등고(登高), 그리고 변새(邊塞), 영물(詠物)과 규원(閨怨)을 노래한 시 등 여러 주제를 고루 망라하고 있다.

그러나 두보(杜甫)의 〈북정(北征)〉 같은 명작이나 백거이(白居易)의 신악부시(新樂府詩) 등이 제외되었고, 피일휴(皮日休)나 이하(李賀) 등의 시는 하나도 선본(選本)되지 않았다는 아쉬움이 있다.

형당퇴사는 자신의 서문에서 "당시를 삼백 수만 숙독하면 시를 지을 줄 몰랐더라도 시를 읊게 된다는 속담을 근거로 이를 경험할 수 있도록 편찬하였다."고 하였는데 결국 당시뿐만 아니라 시를 공부하는 입문서로 이 책을 편찬하였음을 알 수 있다.

형당퇴사가 최초로 편집된 원본은 현재 전해오는 것이 없고, 지금 유통되고 있는 것은 청(淸) 도광(道光) 15년(1835)에 장섭(章燮)의 주소본(注疏本)인데 여기에는 장구령(張九齡) 2수, 이백(李白) 5수, 두보 3수의 시 총 10수를 더 추가하였다.

그리하여 오언고시 35수, 오언악부 10수, 칠언고시 28수, 칠언악부 16수, 오언율시 80수, 칠언율시 53수, 칠율악부(七律樂府) 1수, 오언절구 29수, 오절악부(五絶樂府) 8수, 칠언절구 51수, 칠절악부(七絶樂府) 9수로 총 320수로 구성되었다.

형당퇴사衡塘退士의 ≪당시삼백수≫ 자서自序

世俗兒童就學 卽授千家詩,取其易於成誦 故流傳不廢.但其詩隨手掇
拾 工拙莫辨 且止七言律絶二體. 而唐宋人又雜出其間 殊乖體制. 因
專就唐詩中膾炙人口之作 擇其尤要者 每體均數十首 共三百餘首 錄
成一編. 爲家塾課本 俾童而習之 白首亦莫能廢 較千家詩不遠勝耶.
諺云 '熟讀唐詩三百首 不會吟詩也會吟', 請以是編驗之.

세속에 아동이 취학하면 바로 천가시(千家詩)를 가르치는데 이는 외우기
쉽다 하여 지금까지 널리 유행하고 있다. 그렇지만 그 책은 마치 손쉽게
주워 모은 것처럼 뛰어나거나 떨어지는 시를 구분하지 않았고 또 칠언의
율시와 절구 두 가지 시체에 그쳤으며, 당(唐)과 송(宋)의 인물이 한 책에
섞여 있으며 때문에 (나는) 당시(唐詩)에서 인구에 회자되는 작품 중에서
도 특히 꼭 필요한 것만 고르고 각각의 시체에 따라 수십 수씩을 모아모두
삼백여 수를 수록하여 한 권으로 엮었다. 이 책을 가숙(家塾)의 교본으로
삼아 학동으로 하여금 학습케 한다면 늦더라도 잊히지는 않을 것이니
천가시에 비교하여 훨씬 좋지 않겠는가? 속담에 말하기를 '당시(唐詩)를
삼백 수만 숙독하면 시를 지을 줄 몰랐더라도 시를 읊게 된다' 하였으니
이 책으로 그것을 징험하고자 한다.

▌서 문

≪唐詩三百首≫와 인생

공자(孔子)가 ≪시삼백(詩三百)≫을 '사무사(思無邪)'라 하였으니 이는 시가 인간 감정의 솔직한 표현이라는 뜻이다. 공자는 시를 통해 감흥과 통찰, 교류와 정서순화를 할 수 있기에 시를 배워야 한다고 제자들에게 강조하였는데 이를 '흥(興) · 관(觀) · 군(羣) · 원(怨)'이라 한다.

그리고 아들 백어(伯魚)에게는 '시를 배우지 않으면 말을 할 길이 없으며' 또 '담장을 마주보고 서 있는 것 같다'고 말하여, 시의 효능까지도 구체적으로 언급하였다.

두보(杜甫)는 시인으로서 '문장은 영원히 계속될 일(文章千古事)'이며 인생사의 '득실은 시 한 편으로 헤아릴 수 있다(得失寸心知)'고 하였는데 이는 시와 문학의 영원한 가치와 효용성을 잘 표현한 말일 것이다.

시인이 경물(景物)을 보면 시정(詩情)이 나오고 그런 시정을 자신의 뜻에 바탕을 두고 외부로 표출한 것이 바로 시이다. 그래서 '시는 시인의 뜻(詩言志)'이라고 말한다.

당시(唐詩)는 중국 문학의 여러 장르 중에서도 가장 훌륭한 성취를 이룩하였다. 청대(淸代)에 편찬된 ≪전당시(全唐詩)≫에는 2,200여 시인의 48,000수의 시를 수록하고 있는데, 이를 본다면 당시가 얼마나 융성했는가를 알 수 있다. 당시는 인간의 모든 정서를 가장 완벽한 시어로, 또 가장 적절하게 표출하였기에 당시는 그 자체가 인생이며 인생에 대한 깊은 성찰이라 할 수 있다.

필자는 평생 동안 중국 문학을 연구하면서 가르치는 일에 종사하였다. 서산에 지려는 백일(白日)을 바라보면서, 지난날의 회상 속에 젊은 후학을 위해 꼭 해야 할 일을 생각하였다. 그래서 공자의 뜻을 이어 다시 한 번 시를 가르쳐야 한다는 결심하였다. 그래서 당시의 정수만을 모은 《당시삼백수》를 젊은이의 감성에 맞게 강술(講述)하기로 결심하였다. 이는 그간 계속 되어온 내 일상의 연속이니, 이제 노구(老軀)의 여력이 있는 그날까지 당시를 이야기하련다.

2010년 玄玉蓮 서재에서

玄玉 張基槿 識

▍추모의 글

현옥(玄玉) 장기근(張基槿) 박사님의 컴퓨터에 《당시삼백수》 파일이 들어 있었습니다. 그 파일의 첫 머리에 '2010. 11. 11. 최후 완성 작업 시작. 당시삼백수(唐詩三百首) - 10년 전에 입력한 것 - 이번에 마지막으로 완성 출판하자!'라는 글이 있었습니다. 마치 젊은이가 새 과업(課業)을 시작하며 맹세를 하듯!

노(老) 교수님의 이런 열정에 숙연하지 않을 수 없었습니다. 불행히도 완성을 못하시고 2011년에 작고하셨기에 그간 박사님의 수많은 역작들을 출판했던 출판인으로서 책임을 통감하며 후속 작업을 계속하였습니다. 박사님의 그 모습, 그 열정을 진심으로 추모합니다.

明文堂 代表 **金東求**

≪唐詩三百首≫ 공부하기

중국에 관한 공부를 하는 사람이라면 먼저 시를 알아야 한다. 이는 결코 어떤 편협한 주관이나 과장에서 나온 말은 아니다. 중국의 시는 문학과 역사, 예술이나 문화 각 분야의 기본이라 할 수 있으며, 중국문학의 모든 장르는 시를 바탕으로 형성되고 발달하였기에 시를 모르고서는 중국문학을 바로 이해할 수도 없다.

시는 시인이 겪고 느낀 바를 정서적이며 운율적인 언어로 표현한 예술이다. 우선, 시의 형상은 어떻게 창작되어 독자에게 전달되는가? 시인의 진실하거나 솔직한 정서와 그 표현을 위한 시어의 선택과 구사, 그리고 자연스러운 운율을 통해 시는 만들어진다. 그러기에 시 공부는 시정(詩情)과 뜻을 이해하는 일부터 시작해야 한다.

당시(唐詩)는 중국인의 것이며 그들이 고심한 창작물이며 객관적인 존재이다. 당시는 음악적 율조(律調)로 운문(韻文)의 최고 경지라고 평가되는데 이 모두는 문자로만 기록되었다. 당시의 문자는 우리가 이해할 수 있지만 그 언어는 우리와 다르고 함축된 뜻은 매우 많다. 따라서 그 공부는 다름을 인정하면서도 깊이가 있어야 한다.

시는 다양한 정서의 표출이다. 거울과 같은 잔잔한 수면도 있지만, 바위에 부딪치며 흐르는 격랑을 수로(水路)를 따라 흐르는 물로 그려내어서도 안 된다. 시 공부는 의미나 감정을 느끼는 과정이지만 그렇다 하여 원작에 없는 새로운 얼룩을 남겨서도 아니 된다.

당시의 공부는 우리말 번역이다. 다른 언어로 창작된 시의 번역은 결코 쉬운 일이 아니다. 잘된 번역은 우선 내용이 충실해야 하는데 이를 신(信)이라고 표현할 수 있다. 동시에 그 뜻이 쉽게 이해되고 혼란하지 않아야 하는데 이를 달(達) 곧 통달이라는 의미로 이해할 수 있다. 그리고 잘된 번역은 그 문장에 품격이 있어야 한다. 곧 고아(高雅)한 맛을 느낄 수 있어야 한다. 이렇듯 신(信), 달(達), 아(雅)의 경지에 이를 수 있어야 잘된 번역일 것이다.

흔히 '번역은 절반의 창작'이라고 말하지만 시의 번역은 시의 틀을 벗어날 수 없다. 중국시의 '반 창작'을 위해서는 우리 언어를 시적 언어로 형상화할 수 있어야 한다. 동시에 시의 주제와 표현 기교가 유기적으로 결합되어야만 시인의 정서가 살아 있는 '절반의 창작'이 가능할 것이다.
필자는 이런 면에서도 각별히 고심을 하였다. 또한 학문적 연구 성과를 거두기보다는 당시를 공부하려는 동학(同學)들을 안내하고 이끌기 위한 번역이 되어야 한다고 생각하였다.
시인은 굉장한 독서와 사색을 바탕으로 시 한 수를 창작하였으니 시는 문사철(文史哲)의 정수(精髓)가 응결된 작품이다. 시를 읽고 감상하는 사람도 그만한 지식이 있어야 한다. 시를 공부하는 우리 모두는 부단한 자기 노력이 있어야 한다는 말로 옮긴이의 서문을 마무리한다.

2014년 3월
陶硯 陳起煥

▍일러두기

이 책은 다음과 같은 체제를 갖추고 있다.

¶ 본 ≪당시삼백수≫는 오언고시부터 칠율악부시까지 모두 10개 시체(詩體), 320수의 시를 상·중·하권에 수록하였다. 각 체제별로 1, 2, 3의 일련번호를 부여하여 구분하였다.

그 시체 다음에는 당시(唐詩)의 이해와 학습에 참고가 되는 개론적인 설명자료를 첨부하였다.

¶ 상·중·하 3권의 시체별 수록 작품은 다음과 같다.

상권	1. 오언고시(五言古詩)	35수	
	2. 오고악부(五古樂府)	10수	
	3. 칠언고시(五言古詩)	28수	(001-073)
중권	4. 칠고악부(七古樂府)	16수	
	5. 오언율시(五言律詩)	80수	(074-169)
하권	6. 칠언율시(七言律詩)	54수	
	7. 오언절구(五言絶句)	29수	
	8. 오절악부(五絶樂府)	8수	
	9. 칠언절구(七言絶句)	51수	
	10. 칠절악부(七絶樂府)	9수	(170-320)

위에서 1, 2, 3, 그리고 7, 8, 9, 10은 고(故) 현옥(玄玉) 장기근 박사님의 유고(遺稿)를 보완하였다.

¶ 수록된 시는 001부터 시작하여 320까지 일련번호를 부여하면서, 일련번호 - 시제(詩題) - 작자 이름을 수록하였다. 목차는 상, 중, 하권에 걸쳐 시체(詩體)별로 수록 작성하였다. 작자별(가나다 순) 전체 목차는 하권에만 수록하였다.

¶ 당시의 원문은 '國破山河在（국파산하재）'하는 식으로 덧말 입력을 하여 우선 우리말로 읽을 수 있도록 하였다.

¶ 시의 제목은 원제목을 그대로 옮겼지만 필요한 경우 우리말 번역을 첨부하였다.

¶ 우리말 번역에서 필요한 漢字는 그대로 수록하였다. 그리고 알기 쉬운 한자말은 굳이 우리말로 옮기지 않았다.

¶ **作者**에 대한 설명은 처음에 나올 때 그 생애와 시풍(詩風) 등을 소개하였다. 전체 77명에 대한 소개는 중권에 가나다 순으로 다시 수록하였다.

¶ **註釋**은 시제(詩題) 해설에 이어 각 구의 이해를 위한 한자 음훈(音訓), 전고(典故) 풀이, 문법 등을 상세히 설명하였다.

¶ **詩意**는 시 전체에 대한 설명이며 시 감상을 위한 분석과 보충 설명, 시화(詩話), 시평(詩評) 및 관련 작품이나 일화 등을 수록하였다.

¶ **參考**는 그 시를 이해하기 위한 다른 자료의 소개이다. 역사적 사실이나 일화 등 비교적 내용이 긴 자료들을 수록하였다.

¶ 삽화를 가급적 많이 수록하여 흥미와 관심을 유도하였다.

¶ 부록으로 상권 끝에 '당대(唐代)의 역사 개관', '당대의 문학 개관', '당대 시인 연표'를 수록하였다. '당대 시인 연표'는 본서만이 갖는 아주 특별한 자료이다. 시인과 시대 상황을 파악하는 데 도움이 되리라 생각한다.

¶ 색인은 하권 끝에 수록하였는데, 시인, 시제(詩題), 유명한 시구(詩句) 및 시문에 관한 용어, 문학사 관련 인물 및 역사적 사건 등을 수록하였다.

¶ 시제(詩題) 또는 문장 제목은 <감우(感遇)>와 같이 < >로, 저서나 서책은 ≪ ≫로, 저서와 편명은 ≪논어(論語) 자한(子罕)≫ 식으로 표기하였다.

¶ 본서를 집필하면서 참고한 자료는 아래와 같다.

_≪唐詩三百首≫ : 邱燮友 註譯. 臺灣 三民書局. 1983.

_≪唐詩三百首≫ : 蘅塘退士 選編. 周嘯天 註評. 南京 鳳凰出版社. 2005.

_≪全唐詩典故辭典(上·下)≫ : 范之麟, 吳庚舜 主編. 湖北辭書出版社. 2001.

_≪唐詩鑑賞大辭典≫ : 楊旭輝 主編. 中華書局. 2011

_≪唐詩故事集≫ : 王一林 編著. 中國文聯出版社. 2000.

_≪中國文學史≫ : 張基槿, 車相轅, 車柱環 共著. 明文堂. 1985.

_≪中國文學概論≫ : 金學主 著. 新雅社. 1984.

_≪中國詩論≫ : 車柱環 著. 서울대학교 출판부. 1989.

_≪중국인이 쓴 文學槪論≫ : 王夢鷗 著. 李章佑 譯. 明文堂. 1992.

_≪唐詩三百首 1·2·3.≫ : 宋載邵, 崔京烈, 李澈熙 외. 傳統文化研究會. 2009.

_≪唐詩三百首 1·2.≫ : 형당퇴사 엮음. 류종목, 주기평, 이지운 옮김. 소명출판. 2010.

차 례

5. 오언율시 五言律詩   125

율시律詩의 규칙과 특징 126 / 평측平仄 128 / 대구對句 129

4.

【악부시의 명제名題】

악부시는 그 명제에 따라 가(歌), 행(行), 인(引), 곡(曲), 음(吟), 사(辭), 편(篇), 창(唱), 조(調), 원(怨), 탄(嘆)의 구분이 있고 명제가 없는 것도 있다. 명대(明代) 서사회(徐師曾)가 지은 《문체명변(文體明辨)》의 해설은 다음과 같다.

▌가(歌) - 방정(放情)하고 장언(長言)하며 조잡한 악부. 예) 호리가(蒿里歌), 해로가(薤露歌)

▌행(行) - 보조(步調)에 완급이 있고 체류(滯留)하지 않는 악부. 예) 추호행(秋胡行), 음마장성굴행(飲馬長城窟行)

▌인(引) - 사물의 본말을 서술하고 앞에 서문이 있는 악부. 예) 공후인(箜篌引)

▌곡(曲) - 고하(高下), 장단(長短)과 위곡(委曲)의 정을 다하고 세미한 정을 그린 악부. 예) 강남곡(江南曲)

▌음(吟) - 비분(悲憤)과 심사(深思), 우울한 감정을 노래한 악부. 예) 백두음(白頭吟)

▌사(辭) - 글을 짓는 뜻을 밝힌 악부. 예) 목란사(木蘭辭)

▌편(篇) - 편명(篇名)의 의의에 관한 기준을 서술한 악부. 예) 회남왕편(淮南王篇), 일출동남우편(日出東南隅篇)

▌창(唱) - 노래하는 의의를 밝힌 악부. 예) 기출창(氣出唱)

▌조(調) - 조리있는 의의를 취한 악부. 예) 채하조(採荷調)

▌원(怨) - 노래하는 사람의 원한을 노래한 악부. 예) 옥계원(玉階怨)

▌탄(嘆) - 노래하는 사람의 감개나 탄식을 노래한 악부. 예) 초비탄(楚妃嘆)

이상은 악부의 주제에 대한 구분이라 할 수 있다.

【당대唐代의 악부시】

악부시는 노래를 위한 것이기 때문에 그 내용이 평이하고 질박하며 세속적인 내용을 담고 있다. 그리고 제목에 가(歌), 행(行), 인(引), 농(弄), 곡(曲), 음(吟), 사(辭), 조(操), 난(難), 조(調), 원(怨), 탄(嘆) 등이 붙어 고시와 구별이 된다. 예를 들면 〈장간행(長干行)〉, 〈백두음(白頭吟)〉, 〈강남롱(江南弄)〉, 〈촉도난(蜀道難)〉과 같은 것이다.

당대의 악부시는 악부의 옛 제목을 따라 짓거나 악부 형식으로 새로운 시를 짓는 것이 많았다. 두보에 이르러서는 악부 형식으로 새로 창작하는 악부시가 나왔는데 〈여인행(麗人行)〉, 〈단청인(丹靑引)〉, 〈모옥위추풍소파가(茅屋爲秋風所破歌)〉 등은 고시 풍격으로 창작한 악부시로 시가의 풍유(諷諭) 정신을 강조하면서 점차 악부의 음악적 성분은 소멸되었다.

백거이 시대에 와서는 현실을 중시하는 기풍이 더 강조되면서 신악부(新樂府)를 표명하게 된다. 이에 악부시의 범위가 확산되어 중국 시가의 형체의 하나로 완전하게 자리를 잡는다.

악부시의 작법은 일정한 표준형식이 없는 고시의 작법과 같다. 말하자면 그만큼 형식에서 자유롭기에 그 제재와 내용이 다양하다. 악부시는 용운(用韻)이 자유롭고 굳이 평측(平仄)을 따지지 않는 노래를 위한 시임을 알 수 있다. 악부시에는 3언부터 4, 5, 6, 7언뿐만 아니라 잡언(雜言), 근체(近體), 배율(排律) 등의 모든 것을 다 포함하고 있다.

악부와 매우 비슷한 가행(歌行)이라 불리는 형식이 있는데, 이 가행은 사실을 그려내거나 사물에 대한 묘사를 주로 하고, 칠언 및 장단구로 창작되며 고제(古題)를 사용하지 않는다.

대신 ○○가(歌), ○○음(吟), ○○행(行)이라고 제목을 붙인다. 백거이의 신악부는 고제를 따르지 않기에 가행이라 할 수 있지만 이 또한 악부시에 포함된다. 악부와 가행의 명확한 구분은 사실상 불가능하다. 악부는 고시나 근체시로 창작되는데 가행은 고시에 가까운 것이라 생각하면 된다.

이백은 〈촉도난〉, 〈장진주(將進酒)〉, 〈양보음(梁甫吟)〉 등의 작품에서

악부 민가(民歌)가 가지는 소박하고 진지한 풍격 위에 심원한 초사(楚辭)의 의경(意境)과 자신의 자유분방한 기질을 가미한 명작을 남겼다.

두보는 구제(舊題)에 따르지 않으면서도 <병거행(兵車行)>, <여인행(麗人行)>, <애강두(哀江頭)> 등의 수작으로 시사를 반영하는 악부시를 창작하여 다음에 배출되는 원진(元稹)과 백거이, 장적(張籍) 등의 신악부 운동의 기초를 마련하였다.

본 《당시삼백수》에는 오고악부(五古樂府) 7제(題) 10수를 수록하였고, 칠고악부 13제 16수 외에 칠율악부 1수와 오절악부(五絶樂府) 4제 8수, 그리고 칠절악부 7제 9수의 작품을 수록하였다.

074. 燕歌行 幷序 연燕의 노래 (병서)　● 高適고적

(序) 開元二十六年, 客有從御史大夫張公出塞而還者,
作 燕歌行 以示適, 感征戍之事, 因而和焉.

漢家煙塵在東北　　漢將辭家破殘賊

男兒本自重橫行　　天子非常賜顏色

摐金伐鼓下楡關　　旌旆逶迤碣石間

校尉羽書飛瀚海　　單于獵火照狼山

山川蕭條極邊土　　胡騎憑陵雜風雨

戰士軍前半死生　　美人帳下猶歌舞

大漠窮秋塞草腓　　孤城落日鬪兵稀

身當恩遇常輕敵　　力盡關山未解圍

鐵衣遠戍辛勤久　　玉筯應啼別離後

少婦城南欲斷腸　征人薊北空回首

邊庭飄飄那可度　絶域蒼茫更何有

殺氣三時作陣雲　寒聲一夜傳刁斗

相看白刃血紛紛　死節從來豈顧勳

君不見沙場征戰苦　至今猶憶李將軍

서(序) 개원 26년에 어사대부 장공(張公)을 따라 변경에 나갔다가 돌아온 사람이 있었는데, 그가 <연가행>을 지어 나에게 보여주었고, 나는 변방의 업무에 느낀 바가 있었기에 그에 화답하였다.

나라의 동북쪽에 전쟁이 일어나니
장군은 가족을 떠나 흉포한 적을 격파하였다.
남아는 본디 천하를 돌며 겪어보아야 하나니
천자도 가끔 용안을 보여 격려해주었다.
징 치고 북을 두드리며 산해관에 이르려니
깃발은 구불구불 갈석산까지 뻗어 있다.
교위의 급한 보고가 사막을 넘어와
선우의 사냥 횃불이 낭산에 보인단다.
산천은 삭막하게 변경 끝까지 이어졌는데
호인의 기마병은 돌풍처럼 침략해 온다.
전사들 절반이 싸움터에서 죽고 사는데

미인은 휘장에서 그래도 노래하며 춤을 춘다.
사막에 가을이 깊어 풀들이 말라 죽고
고성에 해지면 싸울 병졸도 거의 없다.
자신은 성은을 입어 늘 적을 업신여겼으나
죽도록 싸워도 관산의 포위를 풀지 못했다.
갑옷에 머나먼 방수자리 고생한 지 오래고
눈물과 울음 속에 헤어져 지내온 날.
새파란 아낙은 성남城南에서 애간장이 끊어지고
수자리 남편은 북에서 그냥 고개를 돌려본다.
북쪽의 차가운 돌풍을 어찌 이겨 지나며
외로운 변경은 막막해 또 무엇이 있겠는가?
살기는 진종일 전운을 드리우고
고함은 밤새워 조두 소리와 함께 들린다.
맞보는 칼날에 핏물이 가득 튀었는데
옛날의 전사자 충절이 어찌 공훈 때문이겠나?
그대는 싸움터 전투의 그 고통을 모르지만
지금도 언제나 한漢나라 이장군이 그립다오.

🌐 **作者** 고적(高適, 706-765) - 변새(邊塞) 생활을 체험한 시인

자(字)는 달부(達夫). 변새시인으로 잠삼(岑參)과 함께 '고잠(高岑)'으로 병칭된다. 매우 궁곤하게 출생하여 한때 빌어먹으며 생활한 때도 있었다고 한다. 천보(天寶) 8년에 봉구현위(封丘縣尉)로 관직에 들어선 뒤 주로 변방에서 생활하였다. 비교적 늦게 시를 짓기 시작했다고 하는데 변방의 생활, 병졸들의 감정, 젊은 부녀자들의 소회를 그린 작품이 많다. <연가행>은 이러한 고적을 대표할 수 있는 작품이다.

숙종을 거쳐 대종(代宗) 때 서천절도사(西川節度使)가 되었는데 광덕(廣

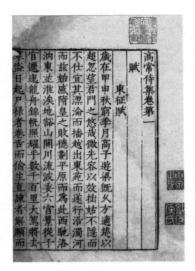

고상시집(高常侍集)

德) 원년(763) 이후 토번의 공격이 있었고, 고적은 자신의 병력을 이끌고
출전하였으나 성공을 거두지 못했다. 나중에 형부시랑(刑部侍郎)과 좌산기
상시(左散騎常侍)를 역임하였는데 관직생활이 가장 순탄했다고 알려진 시
인이다.

이백, 두보와 교우하였으며 시는 강개, 호방하며 기상이 높아 기골(氣骨)을
겸비하였다는 평가를 받는다. 악부시 형식을 즐겨 채용하였는데 그의 작품
을 모은 《고상시집(高常侍集)》이 전한다.

註釋

▶ 〈燕歌行(연가행)〉 : '연(燕)의 노래'. 연은 지명. 전국시대 연나라의 고지
(故地). 지금의 북경 일대. 지금의 북경과 천진(天津), 하북성과 산동성
일부 지역을 차지했던 나라. 이후 5호16국 시대에도 많은 연나라가 건국
되고 멸망했으며, 수(隋)와 당(唐)에서는 지방 반란세력이 연을 국호로
내건 경우도 있었다. 그러나 춘추 전국시대 이후 연은 지명으로 통용된다.
예를 들어 《삼국연의(三國演義)》에서 장비가 '나는 연인(燕人) 장익덕

(張翼德)이다.'라고 소리를 지르는데 '연나라 백성 장익덕'으로 새겨듣지
는 않는다. <연가행>은 악부시 상화가사(相和歌辭, 한대漢代 민요) 제목
으로 전쟁에 동원된 남편을 그리는 여인의 그리움을 노래했다. 조조(曹
操)의 아들 조비(曹丕, 위 문제魏文帝)의 칠언고시 <연가행>도 있다.

▶ 序(서) 開元二十六年 客有從御史大夫張公出塞而還者(개원이십육년 객
유종어사대부장공출새이환자) : 開元二十六年(개원이십육년) - 738년.
개원은 현종(玄宗)의 연호. 客(객) - 고적의 지인. 御史大夫張公(어사대
부장공) - 보국대장군겸어사대부(輔國大將軍兼御史大夫)인 장수규(張
守珪, ?-739). 장수규는 개원 21년 하북절도대사(河北節度大使)로 유주
(幽州)에 주둔하며 거란족을 여러 번 격파하고 개원 23년(735)에 낙양으
로 귀임하였다. 이때 장구령(張九齡)은 현종에게 '장수규가 거란족을 격
파한 공이 있다하여 폐하께서는 금방 재상으로 승진시키려 하시는데 나
중에 해족(奚族)을 격파하신다면 무슨 상을 주시겠습니까?'라며 저지했
다고 한다. 개원 24년에 유주절도사인 장수규는 패군장(敗軍將)인 안록산
(安祿山)을 잡아 장안으로 압송한다. 이때도 장구령은 이를 두고 '장수규
가 군법대로 처리했으면 될 것'이라 하였으나 현종은 '안록산의 재능이
아깝다'며 안록산을 용서하였다. 이에 장구령은 '녹산에게 반상(反相)이
있으니 처벌하지 않으면 필위후환(必爲後患)'이라며 처형을 적극 주장했
다. 만년에는 군기가 해이해졌고 개원 26년에 장수규의 부장인 조감(趙
堪) 등이 거짓으로 장수규의 명령이라 하고 해족을 공격했다가 대패한다.
그러나 장수규는 이를 승전했다고 거짓으로 보고하였는데 곧 발각되었
다. 이 때문에 장수규는 괄주자사(括州刺史)로 좌천되었다가 곧 등창으로
죽었다. 본 <연가행> 칠고악부는 이를 풍자한 작품이라고 보는 견해가
많다.

▶ 作燕歌行以示適(작연가행이시적) 感征戍之事(감정수지사) 因而和焉(인
이화언) : <연가행>을 지어 나에게 보여주기에[以示適] 변방 수비의 일
[征戍之事]에 느낀 바 있어 화답하였다. 征 칠 정. 정벌. 戍 지킬 수.

▶ 漢家煙塵在東北(한가연진재동북) : 漢家(한가) - 한족(漢族)의 국가. 이

민족에 대한 상대적인 표현으로 당(唐)을 지칭한다. 煙塵(연진) - 연기와 먼지. 전쟁. 在東北(재동북) - 지금의 북경이나 요녕성(遼寧省) 일대.

▶ 漢將辭家破殘賊(한장사가파잔적) : 漢將(한장) - 당나라의 장졸(將卒). 辭家(사가) - 본가(本家)를 떠나다. 殘賊(잔적) - 잔악한 외적.

▶ 男兒本自重橫行(남아본자중횡행) : 重橫行(중횡행) - 천하를 돌아다니는 것을 중히 여긴다. 남아는 각지를 돌며 다양한 경험을 해보아야 한다. 횡행은 옆으로 걷다, 건너가다, 제멋대로 행동하다. 여기서는 '여러 가지 일을 겪어보다.'(橫衝直當)

▶ 天子非常賜顔色(천자비상사안색) : 非常(비상) - 예사롭지 않은, 대단히, 심히, 돌발적인 재난. 賜顔色(사안색) - 황제가 출정 장수를 직접 면담하거나 신고를 받으며 격려하다.

▶ 摐金伐鼓下楡關(창금벌고하유관) : 摐 칠 창. 두드리다. 金(금), 鼓(고) - 징과 북. 장졸들은 북소리와 함께 진격하고, 징소리에 퇴각한다. 楡 느릅나무 유. 楡關(유관) - 산해관(山海關). 지금의 하북성 동쪽 끝과 요녕성의 경계. 진황도시(秦皇島市) 산해관구(山海關區)의 경내에 있다. 1990년 이전까지는 명나라 장성(長城)의 동쪽 시작 지점으로 인정하며 '천하제일관'의 명성을 누렸으나 최근에는 '동북공정(東北工程)'으로 만리장성을 요녕성까지 연장하면서 동쪽 끝이란 용어는 사용하지 않고 있다. '관동군(關東軍)'이라 할 때의 관은 바로 이 산해관이다.

▶ 旌旗逶迤碣石間(정패위이갈석간) : 旌 깃발 정. 旆 깃발 패. 逶 구불구불 갈 위. 迤 비스듬히 갈 이. 逶迤(위이) - 구불구불 길게 이어진 모양. 碣 비석 갈, 돌 세울 게. 碣石(갈석) - 산 이름.

▶ 校尉羽書飛瀚海(교위우서비한해) : 校尉(교위) - 당대에는 장군 아래의 직위. 무산관(武散官), 장교. 羽書(우서) - 군대의 급보. 瀚 넓고 클 한. 瀚海(한해) - 사막.

▶ 單于獵火照狼山(선우엽화조낭산) : 單于(선우) - 흉노족의 부족장. 군왕. 單 오랑캐 임금 선. 獵 사냥 렵. 狼山(낭산) - 지금의 하북성 장가구시(張家口市, 북경 서북쪽) 회래현(懷來縣)의 산과 내몽고자치구 파언뇨이시

(巴彦淖爾市)에 있는 산 이름인데 지리적으로 하북성 북쪽의 산이어야
한다.

▶ 山川蕭條極邊土(산천소조극변토) : 蕭條(소조) – 쓸쓸하고 적막하다.
極邊土(극변토) – 변방의 땅[邊土] 끝까지[極].

▶ 胡騎憑陵雜風雨(호기빙릉잡풍우) : 胡騎(호기) – 호인(胡人)의 기마병.
憑 기댈 빙. 憑陵(빙릉) – 침범하다. 雜 섞일 잡. 모으다, 함께, 같이,
갑자기. 雜風雨(잡풍우) – 갑자기 부는 바람이나 쏟아지는 비. 적병의
고함을 형용한 표현이라는 해석도 있다.

▶ 戰士軍前半死生(전사군전반사생) : 軍前(군전) – 최일선에서. 半死生(반
사생) – 반은 죽거나 산다.

▶ 美人帳下猶歌舞(미인장하유가무) : 美人(미인) – 가기(歌妓).

▶ 大漠窮秋塞草腓(대막궁추새초비) : 漠 사막 막. 窮 다할 궁. 끝나다.
窮秋(궁추) – 가을의 막바지. 腓 장딴지 비. 앓다[비痱와 통함], 衰(쇠할
쇠)와 같음. 시들다.

▶ 孤城落日鬪兵稀(고성낙일투병희) : 鬪 싸울 투. 부수로는 鬥. 두(斗)는
간체자(簡體字, 간화자簡化字). 稀 드물 희.

▶ 身當恩遇常輕敵(신당은우상경적) : 遇 만날 우. 恩遇(은우) – 은혜를
입다, 여기서는 성은을 받다. 輕敵(경적) – 적병을 깔보다.

▶ 力盡關山未解圍(역진관산미해위) : 力盡(역진) – 힘을 다하다, 분전(奮
戰)하다. 解圍(해위) – 포위를 뚫다.

▶ 鐵衣遠戍辛勤久(철의원수신근구) : 鐵衣(철의) – 갑옷. 遠戍(원수) – 먼 변경
을 지키다. 辛勤(신근) – 고된 근무. 매우 열심히 근무하다. 久 오랠 구.

▶ 玉箸應啼別離後(옥저응제별리후) : 箸 젓가락 저. 玉箸(옥저) – 장졸의
아내들이 흘리는 눈물. 應啼(응제) – 소리 내어 울다.

▶ 少婦城南欲斷腸(소부성남욕단장) : 少婦(소부) – 젊은 아낙.

▶ 征人薊北空回首(정인계북공회수) : 征人(정인) – 정수(征戍)에 나간 사
람, 남편. 薊 풀이름 계. 계주(薊州)는 지금의 천진시(天津市) 근처의
지명. 回首(회수) – 고개를 돌려 바라보다.

▶ 邊庭飄颻那可度(변정표요나가도) : 邊庭(변정) - 변경 지역. 飄 회오리바람 표. 颻 질풍 요. 飄颻(표요) - 매섭고 찬 북풍. 那 어찌 나. 那可度(나가도) - 어떻게 지나겠나?

▶ 絶域蒼茫更何有(절역창망갱하유) : 絶域(절역) - 외떨어진 곳. 蒼茫(창망) - 망망하다. 更何有(갱하유) - 더 무엇이 있는가? 아무것도 없다.

▶ 殺氣三時作陣雲(살기삼시작진운) : 三時(삼시) - 아침부터 낮과 밤, 하루 종일. 陣雲(진운) - 금방이라도 전투가 벌어질 것 같은 분위기. 전운(戰雲).

▶ 寒聲一夜傳刁斗(한성일야전조두) : 寒聲(한성) - 병사들의 외침. 一夜(일야) - 밤이 새도록. 刁 바라 조. 刁斗(조두) - 낮에는 취사용 솥으로 사용하고, 밤이면 경보용 징으로 사용하는 도구.

▶ 相看白刃血紛紛(상간백인혈분분) : 白刃(백인) - 칼에 날이 선 모양.

▶ 死節從來豈顧勳(사절종래기고훈) : 死節(사절) - 죽음으로 바치는 충절. 從來(종래) - 예로부터. 豈顧勳(기고훈) - 어찌 공훈을 바란 것이겠는가? '훈장 타려고 죽었겠는가?'의 의미.

▶ 君不見沙場征戰苦(군불견사장정전고) : 沙場(사장) - 싸움터. 싸움터에서 육박전을 치르는 고통을 못 보았는가?

▶ 至今猶憶李將軍(지금유억이장군) : 李將軍(이장군) - 한(漢)나라의 명장 이광(李廣). 흉노족이 무서워했다는 한나라의 전설적 인물.

🏵 詩意

전쟁의 고통이나 병역 의무 수행의 어려움은 겪어보지 않으면 모른다. 작가 고적은 자신이 그 고통을 직접 체험하였기에 그의 시가 더 사실적이고 그 느낌이 더 절실하게 와 닿는 것이다. 이 시는 고적이 개원 26년(738)에 지은 것으로 알려졌는데 고적의 변새시 중에서 가장 잘 알려진 작품이다.

이 시는 3단으로 짜여 있다.

1단은 행군해서 임지에 도착한 여정을 묘사하였다.

2단은 최전방 변경에서의 어려움을 서술하였다. 병졸의 절반이 죽거나 아니면 살아남는데 지휘 장수는 휘장 안에서 미인의 가무를 즐긴다. 미인의 가무에 어찌 술과 고기가 없겠으며, 그 휘장 안은 얼마나 따뜻하겠는가? '미인장하유가무(美人帳下猶歌舞)' - 이 구절은 풍자가 아니라 차라리 절규에 가깝다. 춥고 배고프며 지치고 힘든 병졸은 누구를 위해 그 고생을 하는가? 그 정경이 머릿속에 그려진다.

3단은 헤어진 남편과 젊은 아낙의 그리움을 묘사하였다. 그 힘든 복무와 애끓는 염원의 끝은 무엇이겠는가? 공명도 부귀도 아니다. 장수는 관직이 높아지고 부귀를 누릴 수 있겠지만, 병졸은 죽지 않으면 다행일 것이다. 하여튼 이 시를 지은 고적은 그들의 고통을 알고 있었기에 그의 풍자가 지금도 통하는 것이 아니겠는가?

🏵 參考 공자(孔子)는 왜 시를 중시하였는가?

고대에 종이가 발명되기 전에는 물론, 보급된 뒤에도 필사와 인쇄는 매우 어려운 일이었다. 때문에 적은 분량의 글로 심오한 사상을 가장 함축적으로 표현할 수 있는 시가 먼저 발전했고, 문학사에서 주요한 지위를 차지하고 있다. 공자는 "시를 배우지 않으면 말을 할 수 없다."면서 아들에게 시를 공부하라고 말했는데 공자가 이처럼 시를 중시한 까닭은 무엇인가?

《시경》은 서사와 서정의 첫 장을 연 중국 최초의 시가집으로 '중국 순수문학의 개조(開祖)' 또는 '시가의 원조'라 불리기도 한다.

《시경》은 본래 《시(詩)》라 불렀고 모두 305수의 시가를 수록하고 있기에 '시삼백(詩三百)'으로 지칭되다가 한(漢)나라 때부터 《시경》으로 통칭했다. 학자들의 연구에 의하면 《시경》의 시 중에서 가장 오래된 작품은 서주(西周) 초기의 작품이며, 시기적으로 가장 늦은 춘추시대의 작품까지 약 600년의 시차가 난다고 한다. 이러한 시들은 주나라 왕실에서 민정을 살피는 방법으로 관리를 보내 시가를 채집했고, 또 여러 제후국에서도 이런 시가를 채집했다는 설이 널리 인정받고 있다.

그리고 공자가 그때까지 전해오던 3,000여 편의 시가 중에서 많은 부분을 잘라내며 300여 편만을 추렸다는 '공자 산시설(刪詩說, 刪 깎을 산)'도 널리 유포되었다. 이는 공자가 300여 편의 시가를 혼자 취사선택했기보다는 많은 시가를 사관이나 악사들이 지속적으로 정리해 왔는데, 공자도 이런 과정에서 어떤 형태로든 참여했을 것이라고 추정할 수 있다.

공자는 《시》를 효용적인 측면에서 매우 높이 평가하고 있다.

예를 들어 '시 삼백 편을 한마디로 요약하자면 사악함이 없는 순수함이다.(子曰, 詩三百 一言以蔽之 曰 思無邪.《논어 위정爲政》)'라고 《시경》의 사상적 요점을 강조했다. 여기서 '사무사(思無邪)'는 시가가 여러 정경이나 생각을 읊었지만 그 근본은 '사악함이 없는 정(正)으로 되돌아간다'는 뜻으로 해석할 수 있다. 이는 곧 시가 사람의 마음을 맑고 깨끗하며 온유하게 하는 효과가 있으니 교화의 가장 좋은 수단이 될 수 있다는 뜻이기도 하다. 공자는 아들 이(鯉)에게 "시를 공부하지 않으면 말을 할 수 없고, 예를 모르면 사회생활을 할 수 없다.(陳亢問於伯魚曰, ~ 學詩乎? 對曰, 未也. 不學詩, 無以言. ~ 學禮乎? 對曰, 未也. 不學禮, 無以立~《논어 계씨季氏》)"고 하였다.

▌ 공자(孔子)

당시 사람들은 정치나 외교에서도 시를 중요한 방법으로 활용했다. 각국의 외교사절로 나가서는 《시경》의 내용으로 자신의 의사를 표명했고, 또 그런 방법으로 상대방의 의사를 타진할 수 있었다.

시의 이러한 효용성은 시를 외우는 데서 끝나는 것이 아니라 그 활용능력에 따라 달랐을 것이다. 때문에 공자는 시 삼백 편을 다 외우더라도 실제 정치나 외교현장에서 응용하지 못한다면 그것이 무슨 소용이 있겠느

냐고 반문하고 있다.(子曰, 誦詩三百 授之以政 不達 ~ 雖多 亦奚以爲. 《논어 자로子路》)

그리고 시가 각종 행사의 음악에 사용된다는 점도 생각할 수 있다. 이는 시와 예가 사람이라면 알아야 하는 단순한 지식의 일부가 아니라 사람 됨됨이의 기본이라는 사실을 강조한 것이라 볼 수 있다.

그리고 공자는 아들에게 《시경》의 <주남(周南)>과 <소남(召南)>편을 배웠느냐고 물으면서 "이를 모르면 담장을 마주보고 서있는 것과 같다."는 말을 하였다. 공자는 제자들에게도 시를 배우라고 적극 권했다.

공자는 시를 배움으로써 많은 것을 연상할 수 있고, 관찰력을 기르고, 더불어 어울릴 수 있으며 비유나 비교를 통한 비판력을 기를 수 있다고 하였다. 그리고 가깝게는 부모를 잘 모실 수 있고, 멀게는 임금을 섬기는 법을 알 수 있으며, 조수나 초목의 이름도 많이 알 수 있다고 시의 효용성을 구체적으로 열거하였다.

시(詩)는 인간의 마음속에 있는 감정을 언어를 매개로 외부로 표현한 것이고, 예(禮)는 인간의 욕망을 다른 사람과의 관계를 바탕으로 조절하여 자연스러운 몸가짐으로 미화한 것이며, 음악은 인간의 감정을 자연에 조화하고 절제한 표현이라고 할 수 있다. 이처럼 시와 예와 음악은 인간의 감정을 조절하는 수단이 될 수 있다.

이런 효용성을 알았기에 공자는 "시로써 뜻을 세우고, 예로써 행동을 바르게 하고, 음악으로써 조화를 이룬다.(子曰, 興於詩 立於禮 成於樂. 《논어 태백泰伯》)"고 하였다. 이는 시를 통해 인간의 의지를 표출하는 언어를 조절하고, 예를 통해 조잡하거나 거친 행위를 순화하고, 음악을 통해 감정의 수위나 강약을 조절할 수 있다는 뜻이다.

곧 시·예·악을 통하여 진선(眞善)으로 옮아가는 것은 인간 덕성의 수련일 것이다. 그리하여 많은 사람이 이렇게 변할 수만 있다면 이것이 최고의 교화이며 덕치가 아니겠는가?

이는 시가 인간 본래의 성정에 바탕을 두고 상호 이해를 증진시킬 수 있는 수단이 될 수 있다는 공자의 생각을 표현한 말이다. 《시경》에 대한 공자의 이러한 인식은 중국문학에서 시가 문학의 중심적 지위를 얻는 데 크게 기여했다고 한다.

이상의 몇 가지 사례를 본다면 시와 예악에 관한 지식이 당시 생활이나 정치, 외교의 기본 바탕이며 필수 교양이었다는 것을 알 수 있다.

공자가 제자들에게 이러한 학습과 활용을 강조한 것은 실용적인 측면과 함께, 인성의 본바탕을 일반적 교양으로 다듬어야 한다는 깊은 뜻으로 파악할 수도 있다. 공자의 이러한 시 학습 강조는 오늘날 인문교양을 강조한 것 이상의 깊은 뜻이 있다고 생각한다.

古從軍行 옛 종군從軍의 노래　● 李頎이기

白日登山望烽火　黃昏飮馬傍交河

行人刁斗風沙暗　公主琵琶幽怨多

野雲萬里無城郭　雨雪紛紛連大漠

胡鴈哀鳴夜夜飛　胡兒眼淚雙雙落

聞道玉門猶被遮　應將性命逐輕車

年年戰骨埋荒外　空見蒲桃入漢家

대낮에 산에 올라 멀리 봉화대를 지켜보고
황혼에 교하 가까이서 말에게 물을 먹인다.
수비병 조두 소리에 모래바람이 어둑하고
공주의 비파 가락에 슬픔이 서려 있도다.
평원에 멀리 깔린 구름에 성곽은 보이지 않고
백설이 펄펄 날려 끝없는 사막을 덮었다.
황야에 기러기 슬피 울며 밤마다 날아오면
호인의 아이도 눈엔 눈물이 줄줄 흐른다.
옥문관 이미 막아버렸다는 소리 들리니

곧이어 목숨 걸고 전거戰車를 따라 뛰어야 한다.
해마다 전사한 백골은 황야에 묻히는데
실없이 포도는 황궁에 바쳐진다.

🌸 註釋

▶ <古從軍行(고종군행)> : '옛 종군(從軍)의 노래'. 종군행은 군역에 동원된 백성의 아픔을 노래한 악부시로 서진(西晉)대에 이 악부가 지어졌다고 한다. 작자 이기는 옛 제목을 그대로 따서 지었기에 <고종군행>이라 했다. '옛날 한대(漢代) 종군한 사람의 노래'라는 의미.

▶ 白日登山望烽火(백일등산망봉화) : 白日(백일) - 대낮. 백천(白天)과 같음. 烽 봉화 봉.

▶ 黃昏飮馬傍交河(황혼음마방교하) : 傍 곁 방. 交河(교하) - 지명. 당대의 현(縣) 이름. 교하의 고성(古城)은 신강(新疆) 투루판[吐魯番]시 서쪽 약 11km에 남아 있는데 세계 최대, 최고의 토성(土城)이며 거주지 유적이다. 성 주변에 약 30m 깊이의 해자가 있었는데 지금 남아 있는 성곽은 약 1,650m 정도, 가장 넓은 곳은 약 300m 정도이며 성안의 면적은 약 38만㎡에 달한다고 한다. 기원전 2세기에 한(漢)에서 처음 축조한 이후 14세기까지 존속한 도시이다.

▶ 行人刁斗風沙暗(행인조두풍사암) : 行人(행인) - 출정한 사람, 병졸. 刁斗(조두) - 여기서는 조두를 치는 소리. 風沙暗(풍사암) - 모래바람에 날이 어둑하다.

▶ 公主琵琶幽怨多(공주비파유원다) : 公主(공주) - 오손공주(烏孫公主). 한 무제 때 이민족 오손에 시집보낸 공주. 幽怨(유원) - 말 못할 사연, 말로 다 못하는 그리움.

▶ 野雲萬里無城郭(야운만리무성곽) : 野雲(야운) - 막막한 초원에 내려앉은 구름. 城郭(성곽) - 성외(城外)의 방어용 시설. 외성(外城). 황궁을 둘러싼 내성(內城)이 있고 시가 전체를 둘러치는 외성이 있는데 외성을 곽(郭)이라 한다. 외곽은 성 밖 주변의 땅.

▶ 雨雪紛紛連大漠(우설분분연대막) : 雨(우) - 비나 눈이 내리다. 雨雪(우설) - 하설(下雪).

▶ 胡鴈哀鳴夜夜飛(호안애명야야비) : 胡鴈(호안) - 호지(胡地)에서 날아오는 기러기. 鳴 울 명.

▶ 胡兒眼淚雙雙落(호아안루쌍쌍락) : 胡兒(호아) - 호인(胡人)의 아이.

▶ 聞道玉門猶被遮(문도옥문유피차) : 聞道(문도) - ~라 하는 말을 들었다. 玉門(옥문) - 옥문관. 돈황(敦煌) 서쪽의 관문. 서역으로 통하는 교통 요로(要路). 遮 막을 차. 被遮(피차) - 막아버렸다. 여기서는 서역의 다른 지역이 함락되었다는 소식이 왔으니 이곳도 곧 전투가 벌어질 것이라는 걱정과 불안을 옛일처럼 서술했다. 한 무제는 흉노를 치고 있는 이광(李廣) 장군의 분전을 독려하기 위해 옥문관을 닫고 한군(漢軍)의 귀성(歸城)을 막았다.

▶ 應將性命逐輕車(응장성명축경거) : 應(응) - 으레, 응당. 將性命(장성명) - 목숨을 걸고. 장(將)은 ~으로. 성명(性命)은 생명과 같음. 逐 쫓을 축. 뒤따라가다. 輕車(경거) - 경무장한 전차. 여기서 경거는 한(漢)의 거기장군(車騎將軍) 이광을 지칭.

▶ 年年戰骨埋荒外(연년전골매황외) : 戰骨(전골) - 전장에서 죽은 시신. 埋 묻을 매. 묻히다. 荒外(황외) - 먼 황야.

▶ 空見蒲桃入漢家(공견포도입한가) : 蒲桃(포도) - 포도(葡萄)와 같다. 서역에서 중국에 전해졌다. 서역에서는 이를 한(漢)과 당(唐)에 조공품으로 바쳤다. 漢家(한가) - 한나라 황실.

🏵 詩意

한 무제는 서역의 명마(名馬)를 얻어 북쪽의 흉노족에 대비하려고 서역 개척에 힘을 기울였다. 그러나 한(漢) 이후 서역을 확보하기 위해서는 전쟁을 계속해야만 하였다. 당 태종 때에는 강대해진 국력을 바탕으로 서역의 여러 부족을 제어할 수 있었지만 경계와 군비 확충은 언제나 필요했다. 결국 한족(漢族)과 중국 본토의 안전 유지를 위한 정수(征戍)이지만 그 고통은 평민의 몫이었다.

4구까지 1단은 병사들의 향수와 고뇌를 서술했고, 2단인 8구까지는 황량한 대지 위에 펼쳐지는 대립은 호인(胡人)들에게도 고통이라는 사실을 묘사했다. 이어 3단에서는 전쟁의 참혹을 황야에 묻히는 백골로 형상화하면서 그러한 슬픔을 모르고 포도를 즐기는 귀족생활의 아이러니로 마지막 구절을 마무리하였다.

이 악부시는 반전(反戰)사상이 그 주제라 할 수 있다. 어느 제왕이든 재위 중에 특별한 공을 세우고 싶어 하지만 공을 세우기가 쉬운 일은 절대로 아니며 그 고통은 언제나 백성들의 몫이다. 또한 이민족이라 하여 그들도 마찬가지 고통을 당한다. '호안애명야야비 호아안루쌍쌍락(胡鴈哀鳴夜夜飛 胡兒眼淚雙雙落)'이라 하였으니 호인(胡人) 아이가 흘리는 눈물은 누가 닦아 주어야 하는가? 일어난 전쟁에 대한 반대가 아니라 전쟁이 없는 평화 공존 - '비전(非戰)' - 은 참으로 어려운 일이다.

076. 洛陽女兒行 낙양 여인의 노래　● 王維왕유

洛陽女兒對門居　纔可容顔十五餘

良人玉勒乘驄馬　侍女金盤繪鯉魚

畫閣朱樓盡相望　紅桃綠柳垂簷向

羅幃送上七香車　寶扇迎歸九華帳

狂夫富貴在靑春　意氣驕奢劇季倫

自憐碧玉親敎舞　不惜珊瑚持與人

春窗曙滅九微火　九微片片飛花璅

戲罷曾無理曲時　妝成祇是薰香坐

城中相識盡繁華　日夜經過趙李家

誰憐越女顔如玉　貧賤江頭自浣紗

낙양의 여인이 대문 건너에 살고 있는데
마침 딱 좋은 얼굴에 열다섯 남짓이다.

지아비가 옥재갈 물린 총마를 타고 나가면
시녀는 금쟁반에 잉어회를 올린다.
단청에 붉은 누각이 서로 맞보고 있는데
붉게 핀 도화桃花 푸른 버들은 처마 밑에 우거졌다.
비단 휘장 두른 칠향거를 타고 나갔다가
보석 일산 아래 구화장을 치고 돌아온다.
철없는 지아비는 부귀하고 나이도 어리기에
교만 기분에 사치는 석숭보다 더했다.
소첩을 좋아하여 춤 가르친다며 돈을 쓰고
산호도 아깝지 않다며 남에게 가져다준다.
봄날 새벽 창가에 구미등을 끌 때면
구미등 불꽃이 꽃 같은 보석조각이 된다.
잡담을 다하면 이것저것 생각도 하지 않고
단장이 끝나면 다만 좋은 향 피우고 앉아 있다.
성안에 아는 집은 모두 권문세가이니
낮이나 밤이면 황가 친척을 찾아다닌다.
누가 사랑하리? 옥 같은 월 땅의 미녀가
빈천하니 강에서 비단이나 빨아야 하는데!

註釋

▶ <洛陽女兒行(낙양여아행)> : '낙양 여인의 노래'. 가행체(歌行體)의 악
  부시로 첫 구절을 제목으로 썼는데, 체계로는 신악부사(新樂府辭)에 속한
  다. 왕유가 20세 이전에 지은 것으로 알려졌다.

▶ 洛陽女兒對門居(낙양여아대문거) : 洛陽(낙양) - 당나라의 제2도(都)로
  보통 동도(東都)라 불렸다. 낙양은 국방이라는 측면에서 보면 장안만 못
  하지만 다른 지리적 이점이나 경제적·문화적 측면에서 결코 장안에 뒤지

지 않았다. 젊은 바람둥이 남편이 있기에 여아(女兒)를 아가씨나 처녀라고 번역할 수 없다.

▶ 纔可容顔十五餘(재가용안십오여) : 纔 겨우 재. 재(才, cái), 겨우, 그럭저럭, 수량이나 능력이 조금 부족하다는 의미. 纔可(재가) - 적당하다, 알맞다[恰好], 딱, 알맞게. 容顔(용안) - 얼굴. 十五餘(십오여) - 열다섯 남짓.

▶ 良人玉勒乘驄馬(양인옥륵승총마) : 良人(양인) - 낭군. 玉勒(옥륵) - 옥을 장식한 말 재갈. 驄 청총마 총. 말 이름.

▶ 侍女金盤膾鯉魚(시녀금반회리어) : 膾 회 회. 회를 뜨다. 鯉 잉어 리.

▶ 畵閣朱樓盡相望(화각주루진상망) : 畵閣(화각) - 단청을 올린 집. 朱樓(주루) - 붉은 칠을 한 기둥. 귀족이나 부자의 집. 盡相望(진상망) - 모두 서로 보고 있다. 큰 저택이 연이어 있다는 뜻.

▶ 紅桃綠柳垂簷向(홍도녹류수첨향) : 垂(수) - 드리다, 닿다. 簷 처마 첨.

▶ 羅幃送上七香車(나위송상칠향거) : 젊은 부인의 외출 모습을 묘사한 구절. 幃 휘장 위. 七香車(칠향거) - 향목(香木)으로 만든 수레.

▶ 寶扇迎歸九華帳(보선영귀구화장) : 寶扇(보선) - 자루에 보석이 박힌 일산(日傘). 九華帳(구화장) - 수레의 화려한 비단 가리개.

▶ 狂夫富貴在靑春(광부부귀재청춘) : 狂夫(광부) - 분별력이 없는 지아비. 富貴在靑春(부귀재청춘) - 청춘의 나이에 부귀를 누리다.

▶ 意氣驕奢劇季倫(의기교사극계륜) : 驕奢(교사) - 교만하고 사치하다. 劇 심할 극. 季倫(계륜) - 서진(西晋) 석숭(石崇, 249-300)의 자(字). 서진의 사도(司徒) 석포(石苞)의 여섯째 아들. 관리이면서 상인들의 금품을 갈취하는 도둑질로 거부가 되어 호화와 사치를 다하다가 '팔왕(八王)의 난' 때 실력자 손수(孫秀)의 미움을 받아 처형되었다. 부자의 사치와 교만, 멸망을 이야기할 때에 반드시 등장하는 사람이다.

▶ 自憐碧玉親敎舞(자련벽옥친교무) : 自憐(자련) - 스스로 사랑하다. 碧玉(벽옥) - 남조 양(梁) 여남왕(汝南王)의 첩 이름. 그러나 여기에서는 석숭이 등장하기에 석숭의 애첩인 녹주(綠珠)로 해석해야 한다. 녹주는 벽옥과 같은 뜻이다. 親敎舞(친교무) - 직접 춤을 가르치다. 애첩에게 춤을

배우라는 명목으로 거금을 던지는 바람둥이 지아비의 분별없는 행동.

▶ 不惜珊瑚持與人(불석산호지여인) : 不惜(불석) - 아까워하지 않다. 석숭과 왕개(王愷)는 서로 그 재부(財富)를 다투었다. 석숭이 왕개의 산호를 고의로 부수고 그보다 더 큰 산호로 배상한 고사를 말한다. 持與人(지여인) - 갖다가 남[人]에게 주다.

▶ 春窓曙滅九微火(춘창서멸구미화) : 窓 창 창. 曙 새벽 서. 滅 꺼질 멸. 사라지다. 九微火(구미화) - 등(燈) 이름.

▶ 九微片片飛花瑣(구미편편비화쇄) : 瑣 옥돌 소, 옥 부딪는 소리 쇄. 花瑣(화쇄) - 꽃 같은 불꽃.

▶ 戲罷曾無理曲時(희파증무이곡시) : 戲 탄식할 희. 농탕치다, 잡담하다. 理曲(이곡) - 도리에 맞는지[理] 그른가[曲]에 대한 생각도 없다.

▶ 妝成祇是薰香坐(장성지시훈향좌) : 妝成(장성) - 단장이 끝나다. 祇 다만 지, 어조사 지, 토지의 신 기. 이, 마침.

▶ 城中相識盡繁華(성중상식진번화) : 繁 많을 번. 번성하다.

▶ 日夜經過趙李家(일야경과조이가) : 日夜(일야) - 낮 또는 밤. 趙李家(조이가) - 조비연의 집이나 이평(李平)의 집. 황친이나 귀족의 대가(大家).

▶ 誰憐越女顔如玉(수련월녀안여옥) : 誰憐(수련) - 누가 좋아하리? 누가 사랑하겠는가? 越女顔如玉(월녀안여옥) - 얼굴만 예쁜 월(越) 땅의 미녀. 가난했던 시절의 서시(西施).

▶ 貧賤江頭自浣紗(빈천강두자완사) : 江頭(강두) - 강가. 浣紗(완사) - 비단을 빨래하다. 서시를 두고 하는 말. 아무리 얼굴이 예쁘더라도 타고난 신분이 낮거나 가난하면 별 볼일이 없다는 뜻.

詩意

이 시는 장안 귀족의 화려하고 부화(浮華)한 생활을 읊었다. 나이 열다섯 전후에 결혼을 한 뒤 화려한 생활을 묘사하였고, 후반에는 옛날 부자와 미인의 생활을 묘사하여 때를 못 만나면 끝이라는 결론을 말하고 있다. 왕유는 조숙한 천재로 15세에 <과시황묘(過始皇墓)>, 16세에 본 <낙양여

아행>을, 17세에 <구월구일억산동형제(九月九日憶山東兄弟)>를 지었고, 19세에 <도원행(桃源行)>을 지었다고 한다.

🌑 參考 석숭(石崇)의 발재(發財)와 몰락

이 악부시의 '의기교사극계륜(意氣驕奢劇季倫)'에서 계륜은 고대 중국 부자의 대명사처럼 통하는 석숭의 자(字)이다. 서진(西晉)의 팔왕(八王)의 난(291-306)은 16년 동안 계속된 서진 왕족 사마씨(司馬氏)들의 난이다. 거기에는 백치에 가까운 황제 혜제(惠帝), 그 황제를 등에 업고 설치는 가(賈)황후, 또 그 가황후에 붙어 출세하고 억만금을 치부한 석숭이 함께 등장한다. 혜제의 태자 사마휼(司馬遹)은 가후(賈后)의 소생이 아니었기에 가후가 폐위하고 죽였다. 정서대장군(征西大將軍)인 조왕(趙王) 사마륜(司馬倫)은 황제의 명령이라 속이고 군대를 거느리고 입궁하여 가후를 폐한 다음에 죽였다.(영강永康 원년, 300) 사마륜이 상국(相國)이 되자 회남왕(淮南王)인 사마윤(司馬允)이 군사를 이끌고 사마륜을 토벌했으나 이기지 못하고 죽었다.

본래 석숭은 어려서부터 총명하고 용기와 책모도 있었다. 부친인 석포(石苞)는 석숭이 자신보다 더 큰 부자가 될 것이라면서 재산을 석숭에게는 하나도 물려주지 않았다. 석숭은 여러 관직을 거쳐 시중(侍中) 자리에 올랐고 진 무제(晉武帝, 사마염司馬炎)의 인정을 받았으나, 다음 혜제가 즉위한 뒤에 형주자사로 지방에 전출된다.

석숭은 형주에 있으면서 형주의 모든 상인의 돈을 뜯어 거대한 부를 형성했다. 그 뒤 관직생활에 풍파가 있었으나 가황후의 모친과 그 집안사람들에게 철저하게 아부하면서 세력을 넓히기도 했다.

석숭은 사치와 방종과 향락의 극치가 어떠한 것인가를 보여주었다. 석숭과 또 다른 부호 왕개(王愷)는 서로 사치 경쟁을 했다. 석숭이 잔치를 할 때 시중을 드는 미녀들이 권하는 술을 손님이 다 마시지 않으면 시중을 든 미녀를 그 자리에서 죽여 버렸다.

석숭에게는 녹주(綠珠)라는 애첩이 있었는데, 그녀는 요염하고도 피리를 잘 불었다. 사마륜이 권력을 잡은 뒤 사마륜의 총애를 받던 부하인 손수(孫秀)가 녹주를 요구했으나 내주지 않았다. 손수는 석숭이 사마윤을 받들고 난을 일으키려 한다고 무고하였다. 석숭을 체포하려고 사람이 왔을 때 석숭은 녹주와 함께 누각에서 술을 마시고 있었는데 그 사실을 알게 된 녹주는 "당신 눈앞에서 죽겠다."면서 높은 누각에서 뛰어내려 죽었다. (297 두목의 칠언절구 〈금곡원金谷園〉 참고)

석숭은 "그놈이 나의 재산을 탐내는 것뿐이다."라고 말했지만 석숭을 체포한 자가 "재산이 재앙인 줄 알았으면 왜 진작부터 베풀지 않았느냐?"라면서 그 자리에서 석숭을 죽였다. 중국인들이 부호의 몰락을 이야기할 때 반드시 등장하는 사람이 바로 석숭이다.

077. 老將行 늙은 장군의 노래 ● 王維 왕유

少年十五二十時 步行奪得胡馬騎

射殺山中白額虎 肯數鄴下黃鬚兒

一身轉戰三千里 一劍曾當百萬師

漢兵奮迅如霹靂 虜騎崩騰畏蒺藜

衛青不敗由天幸 李廣無功緣數奇

自從棄置便衰朽　世事蹉跎成白首

昔時飛箭無全目　今日垂楊生左肘

路傍時賣故侯瓜　門前學種先生柳

蒼茫古木連窮巷　寥落寒山對虛牖

誓令疏勒出飛泉　不似潁川空使酒

賀蘭山下陣如雲　羽檄交馳日石聞

節使三河募年少　詔書五道出將軍

試拂鐵衣如雪色　聊持寶劒動星文

願得燕弓射天將　恥令越甲鳴吳軍

莫嫌舊日雲中守　猶堪一戰取功勳

젊었던 열다섯 스무 살 때는
건다가 흉노의 말을 뺏어 타기도 했지.
산속의 흰털 난 호랑이를 쏘았으니
업군의 누런 수염 난 조창과 비슷했지.
내 몸이 싸움터를 내달은 게 삼천리
한 칼로 일찍이 백만대군을 상대했었다.

우리 군사가 천둥치듯 떨쳐 달려가면
적의 기병도 무너지며 마름쇠에 겁을 먹었다.
위청衛靑의 불패는 하늘이 도왔기 때문이고
이광李廣의 무공은 운수가 나빴기 때문이다.
버림을 받고 나서는 곧바로 쇠약해졌으니
세상사 조금 어긋나니 늙은이가 되었네.
옛날에 활을 쏘면 참새 눈을 쏘았지만
지금은 왼쪽 팔꿈치에 혹이 생겼다네.
길에서 오이 팔며 생활했던 소평邵平도
문전에 버들 심은 도연명을 배우리라.
아득히 고목은 외진 마을까지 이어졌고
외로이 쓸쓸한 산속 빈 창문만 바라보네.
맹세코 소륵에서 샘물을 솟아나게 하겠지만
영천 사람마냥 공연히 술주정은 하지 않으리.
하란산 아래에 구름처럼 많이 진을 쳤고
급보가 엇 달려와 아침저녁 들려오네.
황제의 특사는 삼하三河 땅에서 젊은이를 모으고
조서는 다섯 갈래로 장군들을 출전케 하네.
눈처럼 하얀 갑옷을 털어 입어보고
공연히 별이 새겨진 보검을 들고 선다.
연燕 땅의 명궁 얻어 적장을 쏘고 싶으며
적군이 우리 군사를 놀라게 하니 부끄럽도다.
옛날의 운중雲中 태수를 부끄럽다 여기지 말지니
그래도 일전一戰 견디며 큰 공훈 세우고 싶도다.

▶ <老將行(노장행)> : '늙은 장군의 노래'. 신악부사에 속하는 악부시.

▶ 少年十五二十時(소년십오이십시) : 少年(소년) - 젊은 나이.

▶ 步行奪得胡馬騎(보행탈득호마기) : 奪 빼앗을 탈. 得胡馬騎(득호마기) - 한(漢) 이광(李廣)의 고사와 연결하여 그만큼 용감했다는 뜻.

▶ 射殺山中白額虎(사살산중백액호) : 額 이마 액. 白額虎(백액호) - 이마에 흰 털이 난 호랑이. 실제로는 늙은 호랑이인데 흉맹(凶猛)한 호랑이로 생각한다.

▶ 肯數鄴下黃鬚兒(긍수업하황수아) : 肯數(긍수) - 마치 ~와 같다, 흡여(恰如). 鄴 땅 이름 업. 지금의 하북성 한단시(邯鄲市) 임장현(臨漳縣). 조위(曹魏)의 근거지. 鬚 수염 수. 黃鬚兒(황수아) - 조조(曹操)의 아들 조창(曹彰). 힘센 무장으로 조조가 매우 기특하게 생각했고 실제로 큰 공을 세우기도 했다.

▶ 一身轉戰三千里(일신전전삼천리) : 轉戰(전전) - 전쟁터를 떠돌다.

▶ 一劍曾當百萬師(일검증당백만사) : 劍 칼 검. 검(劍)과 같음. 百萬師(백만사) - 백만의 군사.

▶ 漢兵奮迅如霹靂(한병분신여벽력) : 奮 떨칠 분. 迅 빠를 신. 奮迅(분신) - 재빨리 행동하다. 霹 벼락 벽. 靂 벼락 력.

▶ 虜騎崩騰畏蒺藜(노기붕등외질려) : 虜 포로 로. 崩 무너질 붕. 騰 오를 등. 崩騰(붕등) - 대열이 무너지며 겁을 먹고 도주하다. 畏 두려울 외. 蒺藜(질려) - 가시가 있는 풀이름. 철질려(鐵蒺藜)는 가시 모양 마름모꼴의 쇠. 쇠로 만든 마름쇠. 공격해오거나 도주할 때 이 마름쇠를 밟으면 발을 크게 다친다.

▶ 衛青不敗由天幸(위청불패유천행) : 衛青(위청) - 한 무제 때 장군. 누이인 위(衛)부인이 무제의 사랑을 받았고 위청 또한 흉노와의 전투에서 매번 큰 공을 세웠다.

▶ 李廣無功緣數奇(이광무공연수기) : 李廣(이광) - 한(漢)의 장군. 비장군(飛將軍)으로 통했고 흉노가 무서워하였다. 無功(무공) - 공을 인정받지

못했다. 緣 가장자리 연. 연유하다, 말미암다. 數奇(수기) – 운(運)이
맞질 않다.

▶ 自從棄置便衰朽(자종기치편쇠후) : 棄置(기치) – 버려두다. 便(편) – 곧
바로. 衰 쇠퇴할 쇠. 약해지다. 朽 썩을 후.

▶ 世事磋跎成白首(세사차타성백수) : 磋 갈 차. 연마하다. 跎 헛디딜 타.
磋跎(차타) – 세상일이 뜻대로 되지 않다. 白首(백수) – 늙은이.

▶ 昔時飛箭無全目(석시비전무전목) : 箭 화살 전. 飛箭(비전) – 활을 쏘다.
無全目(무전목) – 온전한 (참새의) 눈이 없다. 활을 아주 잘 쏘았다. 하(夏)
나라의 후예(后羿)는 활을 잘 쏘았는데 오하(吳賀)란 사람과 같이 있을
때 오하가 참새의 왼쪽 눈을 맞춰보라고 하자 후예는 참새의 오른쪽 눈을
맞췄다. 후예는 이를 매우 부끄럽게 여기고 수련을 계속했다는 이야기가
있다.

▶ 今日垂楊生左肘(금일수양생좌주) : 肘 팔꿈치 주. 금일(今日)은 왼쪽
팔꿈치에 수양버들이 자라고 있네. – '쓸모가 없는 몸이 되었네' 하면서
한탄한다는 뜻. ≪장자(莊子) 지락(至樂)≫에 있는 우언(寓言)인데 지리숙
(支離叔)이란 사람의 왼쪽 팔꿈치에 버드나무[柳]가 생겼다는 이야기가
있다. 버드나무[柳 liǔ, 楊]는 사람 몸에 생기는 혹[瘤, 혹 류 liú]이니 불편
할 뿐 아무 쓸모가 없다.

▶ 路傍時賣故侯瓜(노방시매고후과) : 路傍(노방) – 길가. 故侯瓜(고후과)
– 옛 동릉후(東陵侯) 소평(邵平)의 오이. 옛 진(秦)의 동릉후였던 소평은
진이 망하자 벼슬을 그만두고 장안에서 오이를 심어 팔면서 생활하였다.
이 구절은 벼슬에 연연하지 않고 이제는 은퇴하고 싶다는 뜻이다.

▶ 門前學種先生柳(문전학종선생류) : 學種(학종) – 심는 것을 배우다, 심겠
다. 先生柳(선생류) – 오류선생(五柳先生) 도연명의 버드나무. 도연명은
<오류선생전>이라는 짧은 명문을 지어 자신의 뜻을 말했다. '~택변유오
류수 인이위호언(宅邊有五柳樹 因以爲號焉).~'

▶ 蒼茫古木連窮巷(창망고목연궁항) : 蒼 푸를 창. 茫 아득할 망. 蒼茫(창
망) – 아득히 먼 모양. 窮巷(궁항) – 외진 마을.

▶ 寥落寒山對虛牖(요락한산대허유) : 寥 쓸쓸할 료. 寥落(요락) - 쓸쓸히 홀로. 寒山(한산) - 외로운 산속. 牖 창문 유. 虛牖(허유) - 아무도 보이지 않는 창. 홀로 외로이 산속에서 아무도 찾지 않는 창문을 마주보고 있다는 뜻.

▶ 誓令疏勒出飛泉(서령소륵출비천) : 誓 맹세할 서. 疏勒(소륵) - 신강 위구르자치구의 타림분지 서쪽 끝 지역에 있던 나라 이름, 나중에는 현 이름. 한(漢)은 이들과 연합하여 흉노를 협공하려고 군사를 파견하기도 했다. 후한의 경공(耿恭)이라는 장수가 소륵에서 흉노와 싸우던 중, 흉노가 물길을 막아 군사들이 갈증에 시달렸다. 경공이 간절히 기도하자 샘물이 솟았다는 고사. 이 구절은 몸은 늙었지만 아직은 나라를 위해 충성하고 싶다는 뜻.

▶ 不似潁川空使酒(불사영천공사주) : 不似(불사) - 같지 않다. 潁 강 이름 영. 潁川(영천) - 하남성의 지명. 영천 출신인 장군 관부(灌夫)는 자신에게 아부하는 사람을 싫어했지만 술을 마시면 윗사람에게도 술주정을 했다고 한다.

▶ 賀蘭山下陣如雲(하란산하진여운) : 賀蘭山(하란산) - 영하회족자치구 (寧夏回族自治區)와 내몽고자치구의 경계를 이루는 산맥. 남북 약 200km 에 달하는데 이 산맥의 동쪽은 영하평원으로 과수농업이 발전한 지역이다. 陣如雲(진여운) - 많은 장졸이 구름처럼 주둔하고 있다.

▶ 羽檄交馳日夕聞(우격교치일석문) : 羽檄(우격) - 군사용 급보(急報). 馳 달릴 치. 日夕聞(일석문) - 아침저녁으로 소식을 전하다, 알리다.

▶ 節使三河募年少(절사삼하모년소) : 節使(절사) - 지절(持節, 황제의 신표 信標)을 가진 황제의 특사. 三河(삼하) - 하동, 하남, 하내 지역. 募 모을 모. 모집하다.

▶ 詔書五道出將軍(조서오도출장군) : 五道(오도) - 다섯 갈래 길. 조서를 내려 5개 길로 장군을 출정케 하였다.

▶ 試拂鐵衣如雪色(시불철의여설색) : 試拂(시불) - 털다, 털어보다. 鐵衣(철의) - 갑옷.

▶聊持寶劍動星文(요지보검동성문) : 聊持(요지) - 그냥 별 뜻 없이 잡아보다, 움켜쥐다. 動星文(동성문) - 별 무늬가 있는.

▶願得燕弓射天將(원득연궁사천장) : 燕弓(연궁) - 연(燕)에서 나오는 명궁. 天將(천장) - 용장(勇將).

▶耻令越甲鳴吳軍(치령월갑명오군) : 越甲(월갑) - 월나라의 갑옷을 입은 병사. 鳴 울 명. 놀라게 하다. 월나라 군사가 우리 군사들을 놀라게 한 것을 부끄러이 여기다. 적의 침입을 우리의 수치라 생각하며 나가 싸우고 싶다는 뜻.

▶莫嫌舊日雲中守(막혐구일운중수) : 嫌 싫어할 혐. 舊日(구일) - 옛날. 雲中守(운중수) - 운중(雲中, 산서성의 지명, 대동大同 부근)의 태수. 서한(西漢)의 운중태수인 위상(魏尚)이란 사람은 흉노와의 싸움에서 전과(戰果)를 늘 부풀려 보고했다. 결국 면직되었지만 다른 사람의 추천이 있어 다시 복직시켜 흉노를 막게 했다. 자신도 누군가가 추천해주면 다시 전장에 나가고 싶다는 뜻.

▶猶堪一戰取功勳(유감일전취공훈) : 堪 견딜 감. 取功勳(취공훈) - 큰 공을 세우겠다.

詩意

노장군이 다시 한 번 전장에 나가 공을 세우고 싶다는 뜻을 피력한 시이다. 이 시는 10구까지 노장군의 젊은 날에 대한 회상이다. 그리고 11-20구는 외롭고 쓸쓸한 노장군의 현재 모습을 묘사하였다. 그리고 21구에서 마지막까지는 '지금이라도 싸움이 벌어진다면' 하는 가정 속에 달려 나가고 싶은 노장의 의지를 피력하였다.

'아득히 고목은 외진 마을까지 이어졌고(蒼茫古木連窮巷)
　외로이 쓸쓸한 산속 빈 창문만 바라보네(寥落寒山對虛牖)'
이 구절은 쓸쓸함과 외로움, 그리고 아무도 알아주지 않는 늙은 장군의 주변과 그 심사를 표현한 구절이다. 말하자면 노장군의 심정을 대표하고 있는, 곧 이 시의 주제이며 작자가 말하려는 뜻이다.

지금은 은거하지만 '누군가가 자신을 거명해주고 또 황제가 불러준다면 조정에 다시 나가고 싶다'는 뜻이다. 관직에 뜻이 없는 듯 은거하며 불도를 좋아하며 소식(素食)으로 보신하고 있는 왕유 자신의 강렬한 희망이다. 이처럼 시는 시인의 뜻을 말해 준다. 이를 두고 '시언지(詩言志)'라고 한다. 그리고 이 악부형식의 시는 매구에 운을 달았으며 대구를 자주 사용하였다. 대구 내용도 그냥 아무나 글자를 맞출 수 있는 대구가 아니라 아주 박식한 사람만이 알고 있는 옛 고사를 들었다. 말하자면 작자만큼 학식이 없다면 이 시를 읽어도 무슨 뜻인지 모른다. 해박한 지식을 갖고 있는 작자, 그만큼 열심히 읽고 공부했다는 뜻이다. 이런 전고의 빈번한 사용은 시인이 자기의 박식을 자랑하는 방법일 수 있다. 결국 독자도 많이 읽고, 많이 공부하고, 많이 생각해야 한다.

078. 桃源行 도원의 노래　● 王維 왕유

漁舟逐水愛山春　　兩岸桃花夾去津

坐看紅樹不知遠　　行盡青溪不見人

山口潛行始隈隩　　山開曠望旋平陸

遙看一處攢雲樹　　近入千家散花竹

樵客初傳漢姓名　　居人未改秦衣服

居人共住武陵源　　還從物外起田園

月明松下房櫳静　　日出雲中雞犬喧

驚聞俗客爭來集　　競引還家問都邑

平明閭巷埽花開　　薄暮漁樵乘水入

初因避地去人間　　及至成仙遂不還

峽裏誰知有人事　　世中遙望空雲山

不疑靈境難聞見　　塵心未盡思鄉縣

出洞無論隔山水　　辭家終擬長游衍

自謂經過舊不迷　　安知峰壑今來變

當時只記入山深　　青溪幾曲到雲林

春來遍是桃花水　　不辨仙源何處尋

고깃배로 물을 따라 봄의 산수를 즐기려고
양쪽의 도화는 떠나온 나루까지 피어있다.
앉아 붉은 꽃 보느라 얼마를 왔나 몰랐는데
발길 끊긴 시내에는 사람도 보이지 않았다.

산길 입구 구부린 채 지나 산길을 다시 도니
산이 열린 듯 훤히 트이며 갑자기 평지더라.
멀리 뵈는 한 곳에 큰 나무 많이 있어
가까이 가니 많은 집에 꽃과 대나무 벌여 있네.
나무꾼 먼저 한인漢人의 성명을 말해 주었고
사람들 아직 진秦나라 의복을 바꾸지 않았네.
사람들 함께 무릉원에 모여 사는데
속세를 떠나 이곳에 전원을 일구었네.
달 밝은 소나무 아래 집들은 정갈하고
해 뜨니 구름 속에서 닭과 개들이 시끄럽네.
속인이 왔단 말에 놀라 서로 모여들어
다투어 집에 가자며 어디서 왔느냐 묻네.
새벽에 마을 안의 꽃을 쓸어 길을 열고
어스름엔 어부와 나무꾼들 물길 따라 돌아오네.
그전에 전란을 피해 속세를 떠나와서는
신선이 되어선 끝내 돌아가지 않았네.
골짝 안에 인간 세상 있으랴 누가 알리오?
속세에서 멀리 보면 비어있는 구름산이었다네.
선경을 의심치 않았지만 듣고 볼 수 없었고
속된 마음 그냥 있어 고향이 그리웠다.
골짝을 나와 응당 산수를 지나와서는
가족을 떠나 끝내 길이 노닐리라 생각했다.
다녀온 길을 오래 헷갈리지 않으리라 말했지만
산과 골짜기가 지금 보니 바뀔 줄 어찌 생각했겠나?
그땐 다만 산속 깊이 들어갔다 생각했는데

청계를 여러 번 돌아도 구름 쌓인 숲이로다.
봄이 되었으니 두루두루 춘수春水가 흐르고
선경을 구분 못하니 어디서 찾을 수 있겠는가?

🌸 註釋

▶ <桃源行(도원행)> : '도원의 노래'. 왕유가 도연명의 <도화원기(桃花源記)>를 다시 고쳐 쓴 시로 19세에 지었다고 한다. 옛 명인의 시의를 알고 그를 나름대로 고쳐 써보는 것도 의미 있는 배움의 한 방법일 것이다. 도연명의 <도화원기> 시 본문보다 더 멋진 서문이 있는데, 그 <도화원기>에 등장한 어부의 고향이 무릉(武陵)이기에 '무릉도원'이란 말은 경제적 가난과 정치적 탄압, 그리고 부패관리의 횡포에 시달리는 중국 사람들에게 영원한 이상향으로 각인되었다. 왕유의 이 시를 보면 그가 젊은 시절부터 산수를 좋아했고 불교의 영향을 받았음을 알 수 있다.

▶ 漁舟逐水愛山春(어주축수애산춘) : 逐水(축수) – 물을 따라가다.

▶ 兩岸桃花夾去津(양안도화협거진) : 夾 낄 협. 去津(거진) – 배 떠나가는 나루. 고진(古津)으로 된 판본도 있다.

▶ 坐看紅樹不知遠(좌간홍수부지원) : 紅樹(홍수) – 붉은 꽃이 핀 나무. 도화. 不知遠(부지원) – 얼마나 왔는지 거리를 모르다.

▶ 行盡青溪不見人(행진청계불견인) : 行盡(행진) – 사람들이 다니지 않는, 행인이 끊어진 듯.

▶ 山口潛行始隈隩(산구잠행시외오) : 潛行(잠행) – 허리를 굽히고 걷다. 隈 굽이 외. 구부러진 길. 隩 굽이 오. 깊숙하니 멀다. 隈隩(외오) – 구불구불 가서 깊숙하다.

▶ 山開曠望旋平陸(산개광망선평륙) : 山開(산개) – 산길이 끝나고 앞이 트이다. 曠 밝을 광. 曠望(광망) – 확 트이다. 旋 돌 선. 되돌아오다, 갑자기. 平陸(평륙) – 평평한 땅, 들판. 여기까지는 선경(仙境)을 찾아온 과정을 묘사하였다.

▶ 遙看一處攢雲樹(요간일처찬운수) : 遙 멀 요. 攢 모일 찬. 雲樹(운수)

- 구름에 닿을 듯 큰 나무.

▶ 近入千家散花竹(근입천가산화죽) : 近入(근입) - 가까이 가보다. 千家(천가) - 많은 집. 散花竹(산화죽) - 화수(花樹)와 죽림(竹林)이 널려있다.

▶ 樵客初傳漢姓名(초객초전한성명) : 樵 땔나무 초. 樵客(초객) - 그곳에 사는 나무꾼. 初傳(초전) - 처음으로 말하다. 漢姓名(한성명) - 중국식 성명. 말하자면 그들이 이민족이 아니고 같은 중국인이라는 뜻.

▶ 居人未改秦衣服(거인미개진의복) : 秦衣服(진의복) - 진(秦) 시대의 옷.

▶ 居人共住武陵源(거인공주무릉원) : 共住(공주) - 함께 살다. 武陵源(무릉원) - 그곳의 이름이 무릉원.

▶ 還從物外起田園(환종물외기전원) : 物外(물외) - 세외(世外), 세상을 떠나. 起田園(기전원) - 농토를 일구었다.

▶ 月明松下房櫳靜(월명송하방롱정) : 櫳 우리 롱. 창살이 있는 창문. 房櫳(방롱) - 집. 靜(정) - 정갈하다.

▶ 日出雲中雞犬喧(일출운중계견훤) : 喧 시끄러울 훤. 닭이 울고 개가 짖다. 인간이 신선이 되어 승천할 때 그 집에 살던 닭이나 개도 같이 승천하니 선계에도 닭과 개가 산다고 했다.

▶ 驚聞俗客爭來集(경문속객쟁래집) : 俗客(속객) - 속세에서 온 사람. 爭來集(쟁래집) - 다투어 모여들다.

▶ 競引還家問都邑(경인환가문도읍) : 競引(경인) - 서로 먼저 오라고 하다. 問都邑(문도읍) - 사는 곳을 묻다, 또는 세속의 일을 묻다.

▶ 平明閭巷埽花開(평명여항소화개) : 平明(평명) - 새벽. 閭 이문 려. 閭巷(여항) - 마을. 埽 쓸 소. 掃(소)와 같음.

▶ 薄暮漁樵乘水入(박모어초승수입) : 薄暮(박모) - 초저녁, 저녁 어스름. 漁樵(어초) - 고기를 잡거나 나무하러 갔던 사람들.

▶ 初因避地去人間(초인피지거인간) : 避地(피지) - 전란을 피할 수 있는 땅.

▶ 及至成仙遂不還(급지성선수불환) : 成仙(성선) - 신선이 되다. 遂不還(수불환) - 그래서 속세로 돌아가지 않았다. 여기까지는 선경(仙境)의

모습을 묘사하였다.

▶ 峽裏誰知有人事(협리수지유인사) : 峽 골짜기 협. 有人事(유인사) - 인간들의 일이 있다, 인간들이 살고 있다.

▶ 世中遙望空雲山(세중요망공운산) : 世中(세중) - 속세에서는. 遙望(요망) - 멀리서 보면.

▶ 不疑靈境難聞見(불의영경난문견) : 靈境(영경) - 신선의 세계. 신선의 세계를 의심하지는 않았지만 아무도 실제로 보거나 듣지 못했다는 뜻. 여기서부터는 선경을 나와 속세로 돌아온 뒤의 이야기이다.

▶ 塵心未盡思鄉縣(진심미진사향현) : 塵 티끌 진. 塵心未盡(진심미진) - 속세의 마음이 다 없어지지 않았기에. 鄉縣(향현) - 살던 마을.

▶ 出洞無論隔山水(출동무론격산수) : 出洞(출동) - 선경을 나오다. 隔山水(격산수) - 산과 물을 지나오다.

▶ 辭家終擬長游衍(사가종의장유연) : 辭家(사가) - 집을 떠나다. 擬 헤아릴 의. 본뜨다, 생각하다. 長(장) - 오래도록. 衍 넘칠 연. 游衍(유연) - 마음껏 노닐다.

▶ 自謂經過舊不迷(자위경과구불미) : 經過(경과) - 지나온 길, 자신이 다녀온 길. 舊(구) - 오래도록. 迷 헤맬 미.

▶ 安知峰壑今來變(안지봉학금래변) : 安知(안지) - 어찌 알았으리요? 壑 골짜기 학. 今來(금래) - 요즈음에.

▶ 當時只記入山深(당시지기입산심) : 當時(당시) - 그때. 只 다만 지.

▶ 青溪幾曲到雲林(청계기곡도운림) : 青溪幾曲(청계기곡) - 청계를 몇 번 돌아서.

▶ 春來遍是桃花水(춘래편시도화수) : 遍是(편시) - 두루두루 ~이다. 桃花水(도화수) - 복숭아 꽃잎이 떠다니는 물, 봄의 시냇물, 춘수(春水).

▶ 不辨仙源何處尋(불변선원하처심) : 仙源(선원) - 신선의 마을, 선경.

詩意

젊은 왕유가 도연명의 <도화원기>를 읽고 느낀 생각은 도연명과 달랐다.

도연명이 생각한 이상향은 피난한 뒤에 다시 본 고향으로 돌아가지 않았기에 세상과 단절되었고, 옛날 그대로 살아온 속세로 세금이나 강제 동원이 없기에 누구나 행복한 세상이었다. 왕유는 피난을 간 그들이 신선이 되었다고 그렸다. 물론 속진(俗塵)을 털어낸다면 누구나 신선이 되겠지만, 갑자기 신선이 되어 속세와 절연(絶緣)할 수 있다니! 아마 보통사람이라면 그렇게 되기를 기대하기 어려울 것이다.

도연명의 도화원, 곧 세금이 없는 인간세계에서 살 가능성은 얼마든지 있다. 외부와 단절만 하면 되는 것이다. 그러기에 왕유가 그린 이상세계보다 도연명의 이상세계가 더 리얼하게 사람들에게 다가왔고, 그래서 더 많은 사람이 도연명의 도화원을 기억해 왔다.

이 시의 시작부터 6구까지는 선경을 찾는 과정이다. 그리고 멀리 보이는 선경에 대한 묘사는 7구부터 22구까지 이어진다. 23구부터 끝까지는 선경을 떠나왔다가 다시 돌아가지 못하는 아쉬움에 대한 묘사이다.

🌸 **參考** <도화원기(桃花源記)> - 번역은 다른 책을 참고할 것

晋太元中 武陵人 捕魚爲業. 緣溪行 忘路之遠近. 忽逢桃花林 夾岸數百步 中無雜樹 芳草鮮美 落英繽紛. 漁人甚異之 復前行 欲窮其林. 林盡水源 便得一山 山有小口 仿佛若有光. 便舍船 從口入. 初極狹 才通人. 復行數十步 豁然開朗.

土地平曠 屋舍儼然 有良田美池桑竹之屬. 阡陌交通 雞犬相聞. 其中往來種作 男女衣着 悉如外人. 黃髮 垂髫 並怡然自樂. 見漁人 乃大驚 問所從來. 具答之 便要還家 設酒殺雞 作食. 村中聞有此人 咸來問訊. 自云 先世避秦時亂 率妻子邑人來此絶境 不復出焉 遂與外人間隔. 問今是何世 乃不知有漢 無論魏晋. 此人一一爲具言所聞 皆嘆惋. 餘人各復延至其家 皆出酒食. 停數日 辭去 此中人語云 不足爲外人道也.

既出 得其船 便扶向路 處處志之. 及郡下 詣太守 說如此. 太守卽遣人隨其往 尋向所志 遂迷 不復得路. 南陽 劉子驥 高尙士也, 聞之 欣然規往. 未果 尋病終. 後遂無問津者.

079. 蜀道難 촉으로 가는 험한 길　　● 李白이백

噫吁戲　危乎高哉

蜀道之難　難於上青天

蠶叢及魚鳧　開國何茫然

爾來四萬八千歲　不與秦塞通人烟

西當太白有鳥道　可以橫絕峨眉巓

地崩山摧壯士死　然後天梯石棧相鉤連

上有六龍回日之高標

下有衝波逆折之回川

黃鶴之飛尙不得過　猿猱欲度愁攀援

青泥何盤盤　百步九折縈巖巒

捫參歷井仰脅息　以手撫膺坐長歎

問君西遊何時還　畏途巉巖不可攀

但見悲鳥號古木　雄飛雌從繞林間

又聞子規啼夜月　愁空山

蜀道之難　難於上青天

使人聽此凋朱顏

連峰去天不盈尺　古松倒挂倚絶壁

飛湍瀑流爭喧豗　砯厓轉石萬壑雷

其險也如此　嗟爾遠道之人胡爲乎來哉

劍閣崢嶸而崔嵬

一夫當關　萬夫莫開

所守或匪親　化爲狼與豺

朝避猛虎　夕避長蛇

磨牙吮血　殺人如麻

錦城雖云樂　不如早還家

蜀道之難　難於上青天

側身西望長咨嗟

측 신 서 망 장 자 차

아! 험하고도 드높아라!
촉도 가기 힘들기는 청천에 오르기보다 어려워라!
잠총과 어부가 개국한 때는 어찌 그리 아득한가!
그로부터 4만 8천년의 세월이더라
관중 땅에 막혀 사람 자취가 없었다네.
서쪽의 태백산에는 새들만이 넘는 길이 있어
아미산 꼭대기를 가로지를 수 있었네.
땅이 꺼지고 산이 무너지며 장사들이 죽었는데
그 뒤 하늘 사다리와 돌 잔도의 갈고리가 이어졌다네.
위로는 육룡이 끄는 해 수레도 돌아가는 고표산이 있고
아래는 격류가 꺾어져 흐르는 계곡이 있다네.
황학의 날개로도 지나갈 수 없고
원숭이들도 건너잡고 매달리기를 싫어한다네.
청니산은 어찌 그리 꼬불꼬불한가?
일백 걸음에 아홉 번을 꺾어 바위를 돌아야 하네.
삼參과 정井의 별을 만지면서 우러러 숨을 죽이고
손으론 가슴을 쓸며 앉아 긴 한숨을 쉰다네.
그대에게 묻노니 촉蜀에 갔다가 언제 돌아오려나?
험한 길 큰 바위를 오를 수도 없을 것이네.
겨우 뵈는 것은 슬픈 새가 죽은 나무에서 지저귀고
수컷 따라 나는 암컷들 수풀을 싸고 날아다닌다네.
그리고 두견새 우는 소리 달밤에 들으면

쓸쓸한 공산空山뿐이라네.

촉도 가기 힘들기는 청천에 오르기보다 어려워라!

이 말 듣는 사람들 얼굴은 하얗게 질릴 것이니.

이어진 산봉우리 하늘에서 한 자도 아니 떨어졌고

죽은 소나무는 절벽에 거꾸로 매달렸네.

떨어지는 폭포와 소용돌이 급류 시끄럽고

벼랑 치며 바위 굴러 온 골짝에 천둥을 치네.

그 험하기가 이와 같거늘

아아! 먼 길 오신 사람 무엇 하러 오셨는가?

검각은 높고도 험하여

한 사람이 관문을 지켜도 일만 명이 열 수 없다네.

지키는 사람을 잘 알지 못한다면

늑대나 승냥이로 변한다네.

아침에는 맹호를 피해야 하고

저녁에는 큰 뱀을 피해야 하네.

이를 갈아 피를 빨아먹고

사람 죽이기를 삼단 베듯 한다네.

금성 땅이 즐겁다고들 하지만

일찍 본가로 돌아가는 것만 못하리.

촉도 가기 힘들기는 청천에 오르기보다 어려우니

몸을 기울여 서쪽을 바라보며 큰 한숨만 짓노라!

▶ <蜀道難(촉도난)> : '촉으로 가는 험한 길'. 악부 상화가(相和歌) 중의 슬조곡(瑟調曲)이다. 장안에서 촉(蜀)으로 가는 험한 길을 노래했다. 이 악부시는 잡언시로 3자부터 최다 11자까지 들쑥날쑥하지만 구법이 매우 독특하여 읽고 감상하면 또 읽고 싶은 생각이 든다.

▶ 噫吁戲(희우호) : 감탄사. 촉에서 놀랐을 때 외치는 감탄의 소리. 이백은 어려서 촉에서 성장하였다. 噫 탄식할 희. 吁 탄식할 우. 戲 아 호. 탄식하다. 呼(호)와 같음.

▶ 危乎高哉(위호고재) : 危 위태할 위. 아슬아슬하게 높다. 哉 어조사 재. 감탄 종결어미.

▌ 촉도(蜀道)로 피난 가는 그림

▶ 蜀道之難 難於上靑天(촉도지난 난어상청천) : 蜀道(촉도) – 촉으로 가는 길. 산이 많아 길이 험난할 뿐만 아니라 잔도(棧道)를 통과해야 하는 길이 많아 '촉도지난(蜀道之難)'이라는 말이 생겼을 것이다. 촉은 사천성의 간칭(簡稱)으로 쓰인다. 곧 촉은 사천성 지역을 의미한다. 촉국(蜀國)은 역사상 출현했던 사천성 일대에 건립된 나라 이름이기도 하다. 진(秦)에 멸망한 고촉(古蜀)이 있고, 후한이 멸망한 뒤 유비가 건립한 촉한(蜀漢)이 있다. 또 성한(成漢) 또는 후촉(後蜀)은 5호16국시대에 존속했던 나라이다. 당이 멸망한 뒤에 형성된 5대10국의 하나로 왕건(王建)이 건국한 전촉(前蜀)이 있고, 이 전촉에 이어 맹지상(孟知祥)과 맹창(孟昶) 2대에 걸쳐 존속한 후촉도 있다. 難於上靑天(난어상청천) – 청천에 오르는 것보다 어렵다.

▶ 蠶叢及魚鳧(잠총급어부) : 蠶 누에 잠. 叢 모일 총. 鳧 오리 부. 잠총과 어부는 모두 촉왕(蜀王) 선조의 이름. 문자가 없던 시기의 인물들이라 한다.

▶ 開國何茫然(개국하망연) : 何(하) – 여기서는 의문이 아니라 감탄의 뜻으로 쓰였다. 茫 아득할 망.

▶ 爾來四萬八千歲(이래사만팔천세) : 爾 너 이. 그, 이. 爾來(이래) – 그로부터.

▶ 不與秦塞通人烟(불여진색통인연) : 不與(불여) – ~와 아니하다. 塞通(색통) – 통하는 것이 막히다. 人烟(인연) – 사람이 살며 피우는 연기, 밥짓는 연기, 인가, 사람의 왕래.

▶ 西當太白有鳥道(서당태백유조도) : 西當(서당) – (장안에서 볼 때) 서쪽으로 닿았다. 太白(태백) – 산 이름. 만년설로 덮인 산. 鳥道(조도) – 새만이 날아갈 수 있는 길.

▶ 可以橫絶峨眉巓(가이횡절아미전) : 橫絶(횡절) – 가로지르다. 峨 높을 아. 眉 눈썹 미. 巓 산꼭대기 전. 峨眉巓(아미전) – 아미산 꼭대기. 아미산은 촉에서 가장 높은 산.

▶ 地崩山摧壯士死(지붕산최장사사) : 崩 무너질 붕. 摧 꺾을 최. 땅과 산이

무너지고 장사들이 죽었다. 진 혜왕((秦惠王)이 촉왕에게 다섯 명의 미녀를 보내자 촉왕은 다섯 명의 장사를 시켜 이들을 맞이하게 했다. 이들이 돌아오는 길에 재동이란 곳에 이르자 큰 뱀이 땅으로 들어가는 것을 보고, 장사 한 사람이 그 꼬리를 잡아당겼으나 힘이 부족했다. 그러자 다섯 명의 장사가 함께 뱀 꼬리를 잡아당기자 갑자기 산이 무너지고 땅이 꺼지면서 촉의 장사들과 진의 미녀들이 모조리 죽고 그 자리에 다섯 봉우리[五嶺]가 생겼다고 한다. (《화양국지華陽國志》) 또 다른 이야기가 있으니, 진이 촉을 치려 했으나 산길이 험난하여 진격할 도리가 없었다. 이에 진나라에는 금우(金牛)가 금똥을 눈다는 소문을 퍼뜨렸다. 그러자 촉왕이 다섯 명의 장사를 보내어 산길을 뚫고 진으로 금우를 잡으러 보냈다. 진은 그 기회를 놓치지 않고 그들이 낸 길을 타고 진격하여 촉을 멸망시켰다고 한다.

▶ 然後天梯石棧相鉤連(연후천제석잔상구련) : 然後(연후) - 그런 뒤에. 梯 사다리 제. 天梯(천제) - 하늘에 닿을 사다리 길. 棧 잔도(棧道) 잔. 비계(飛陛). 天梯(천제), 石棧(석잔) - 모두 잔도. 잔도는 각도(閣道)라고도 한다. 鉤 갈고랑이 구.

▶ 上有六龍回日之高標(상유육룡회일지고표) : 육룡이 모는 일거(日車, 해 수레)조차 되돌아섰다고 하는 고표산(高標山).《회남자(淮南子)》의 주석에 '희화(羲和, 해의 신)가 해를 수레에 싣고 여섯 마리 용으로 하여금 끌게 했다'는 말이 있다. 고표산은 촉에서 가장 높아 표적이 된다는 산으로 고망(高望)이라고도 한다.

▶ 下有衝波逆折之回川(하유충파역절지회천) : 衝波逆折(충파역절) - 바위나 절벽에 부딪친 강물이 반대로 꺾어져 흐르다. 험한 계곡의 물길을 형용한 말.

▶ 黃鶴之飛尙不得過(황학지비상부득과) : 黃鶴(황학) - 신선이 타는 학. 尙(상) - 오히려.

▶ 猿猱欲度愁攀援(원노욕도수반원) : 猿 원숭이 원. 猱 원숭이 노. 度(도) - 渡(건널 도). 愁 근심 수. 걱정하다. 攀 매달릴 반. 援 당길 원.

▶ 青泥何盤盤(청니하반반) : 青泥(청니) - 청니령(青泥嶺). 흥주(興州)에 있는 촉으로 들어가는 고개. 盤盤(반반) - 구불구불 돌다.

▶ 百步九折縈巖巒(백보구절영암만) : 百步九折(백보구절) - 100보를 가는 데 아홉 번 길이 꺾이다. 縈 얽힐 영. 돌아가다. 巖 바위 암. 巒 뫼 만. 산.

▶ 捫參歷井仰脅息(문삼역정앙협식) : 捫參(문삼) - 삼(參)은 별 이름. 捫 어루만질 문. 높은 산길을 가다 보니 삼성(參星)이 손에 잡힐 듯하다. 歷 거칠 력. 스쳐 지나가다. 井(정) - 별 이름. 삼성(參星)이 정성(井星)보다 위에 있고, 성수(星宿)로 보아 삼(參)은 촉(蜀)에 속하고, 정(井)은 진(秦)에 속한다는 설명이 있다. 仰脅息(앙협식) - 올려보며 숨을 죽이다. 脅 옆구리 협. 으르다. 협식은 몹시 두려워 숨을 죽이다.

▶ 以手撫膺坐長歎(이수무응좌장탄) : 撫 어루만질 무. 膺 가슴 응. 胸(가슴 흉)과 같음. 坐長歎(좌장탄) - 앉아 길게 탄식하다.

▶ 問君西遊何時還(문군서유하시환) : 西遊(서유) - 촉으로 들어가다.

▶ 畏途巉巖不可攀(외도참암불가반) : 畏途(외도) - 겁나는 길, 험한 길. 巉 가파를 참. 巉巖(참암) - 가파른 바위, 높은 돌산.

▶ 但見悲鳥號古木(단견비조호고목) : 號(호) - 새가 지저귀다.

▶ 雄飛雌從繞林間(웅비자종요임간) : 雌 암컷 자. 繞 두를 요. 싸고서 돌다.

▶ 又聞子規啼夜月(우문자규제야월) : 子規(자규) - 소쩍새, 두견. 啼 울 제.

▶ 愁空山(수공산) - 공산은 쓸쓸하다.

▶ 使人聽此凋朱顏(사인청차조주안) : 凋 시들 조. 朱顏(주안) - 붉은 혈색의 얼굴. 이 말을 들은 사람은 얼굴이 하얗게 된다.

▶ 連峰去天不盈尺(연봉거천불영척) : 이어진 봉우리들이 하늘로부터 한 자[一尺]도 떨어지지 않았다. 盈 찰 영. 차다, 채우다.

▶ 枯松倒挂倚絶壁(고송도괘의절벽) : 挂 걸 괘. 掛(걸 괘)와 같음. 倚 의지할 의. 기대다.

▶ 飛湍瀑流爭喧豗(비단폭류쟁훤회) : 湍 여울 단. 세차게 흐르다. 飛湍(비

단) - 위에서 날듯 떨어져 세차게 흐르는 물. 喧 시끄러울 훤. 豗 칠
회. 떠들썩하다.

▶ 砯厓轉石萬壑雷(빙애전석만학뢰) : 砯 물소리 빙. 물이 바위에 부딪치는
소리. 厓 언덕 애. 轉石(전석) - 돌을 굴리다. 壑 골짜기 학.

▶ 其險也如此(기험야여차) : 그 험하기가 이와 같다.

▶ 嗟爾遠道之人胡爲乎來哉(차이원도지인호위호래재) : 嗟爾(차이) - 아!
遠道之人(원도지인) - 먼 길을 온 사람. 胡爲乎(호위호) - 무엇 하러.
來哉(내재) - 왔는가!

▶ 劍閣峥嶸而崔嵬(검각쟁영이최외) : 劍閣(검각) - 사천성 검각현에 있는
잔도 이름. 峥 가파를 쟁. 嶸 가파를 영. 崔 높을 최. 嵬 높을 외.
崔嵬(최외) - 산이 우뚝 솟은 모양.

▶ 一夫當關 萬夫莫開(일부당관 만부막개) : 일부(一夫)가 관(關)을 지켜도
만부(萬夫)가 열지 못하다. 지형이 매우 험한 모양. '한 사람이 창을 들고
있으니, 만 명이 머뭇거리다(一人荷戟 萬夫赵趄)'와 같은 뜻.

▶ 所守或匪親(소수혹비친) : 所守(소수) - 지키는 사람. 匪 아닐 비. 非(비)
와 같은 뜻.

▶ 化爲狼與豺(화위랑여시) : 狼 이리 랑. 豺 승냥이 시.

▶ 朝避猛虎 夕避長蛇(조피맹호 석피장사) : 避 피할 피. 長蛇(장사) - 큰
뱀.

▶ 磨牙吮血 殺人如麻(마아연혈 살인여마) : 磨牙(마아) - 이를 갈다. 吮
빨 연. 吮血(연혈) - 피를 빨아먹다. 殺人如麻(살인여마) - 사람 죽이기
를 삼[麻]단을 베어내듯 한다. 함부로 사람을 해치다.

▶ 錦城雖云樂(금성수운락) : 금성이 비록 즐겁고 말하지만. 금성은 성도
(成都).

▶ 不如早還家(불여조환가) : 본가로 일찍 돌아가는 것만 못하다.

▶ 側身西望長咨嗟(측신서망장자차) : 側身(측신) - 몸을 추켜 뽑아 세우다.
咨 물을 자. 탄식하다. 嗟 탄식할 차. 咨嗟(자차) - 한탄하다.

🌸 詩意

<촉도난>은 악부제(樂府題)로 이백의 걸작이다. 이백은 촉으로 가는 산길의 험난하고 무시무시한 여러 광경을 천재적인 수법으로 생생하게 유감없이 우리에게 그려 주었다. 그러나 그 험한 땅이지만 촉을 소홀히 지키면 도리어 관중(關中)에 덤벼들 시랑(豺狼)과 같은 존재로 변할지도 모른다고 경고하는 것을 잊지 않고 있다.

이백이 이 시를 지은 것은 비교적 초기라고 알려졌다. 그가 장안에 와서 하지장(賀知章)을 처음 만나 이 시를 보였더니, 하지장이 크게 탄복하면서 "자네는 적선인(謫仙人)일세."라고 말했다. 이는 하늘에서 땅으로 쫓겨난 신선이란 뜻이다. 그리하여 이백의 시명(詩名)이 일시에 높아지기도 했다.

이백이 이 시를 지은 목적에 대해서는 설도 많고 또 엇갈리고 있다. 그 중에도 원대(元代) 소사빈(蕭士贇)의 설이 가장 넓게 받아들여지고 있다. 즉 당 현종이 안록산의 난을 피해 촉으로 피난하고자 한 것을 은근히 이 시로 막고자 한 것이다. 당시 적을 막던 명장 가서한(哥舒翰)의 군대가 동관(潼關)에서 안록산의 군사에게 패하자, 양귀비의 사촌 양국충(楊國忠)은 현종에게 촉으로 피할 것을 권했다. 그러나 다른 많은 충신들은 이를 적극 만류했다.

▌ 이백(李白)

특히 어떤 이는 '만약 적병이 잔도를 끊거나 태워 버리면 중원(中原) 땅은 손쉽게 적에게 넘어갈 것이다'라고 하였다. 이는 이백이 시에서 경고한 뜻과 같다. 현종은 양국충의 말을 듣고 서쪽으로 가다가 마외역(馬嵬驛)에서 병변(兵變)이 일어났고, 그 자리에서 양귀비와 양국충이 죽은 사실은 앞에서 나왔다.

그러나 소사빈의 설은 이백이 이 시를 지은 연대와 견주어 볼 때 약간의 시대적인 차이가 있어 무리가 아닐까 하는 반론도 나온다. 즉 이 시는 당나라 은번(殷璠)이 편찬한 《하악영령집(河嶽英靈集)》에 실려 있는데, 그 시집은 천보 13년(754)에 만들어졌으며, 그 서문에 그 이전 해까지의 시를 추린 것이라 밝혔다. 따라서 현종이 난을 피했던 천보 15년과는 연대가 맞지 않는다.

또 이백이 이 시를 하지장에게 보였다고 한 것도 천보 초년경이므로, 역시 이 시는 천보 초년에 이백이 장안에 처음 왔을 때의 작품이라 볼 수 있다. 그리고 자기 출신지에 대한 그리움에서 작품을 썼다고 이해해야 할 것이다. 후세 사람들이 '그때 무슨 일이 있었으니 무슨 뜻일 것이다'라고 말하는 것이 때로는 억측일 수 있다. 그리고 작가의 순수한 뜻에 대한 왜곡(歪曲)일 수 있다.

1단에서는 촉도(蜀道)의 험난한 모습을 그렸다. 특히 '손으로 가슴을 쓸어내리며 탄식하다'는 구절은 실감나는 결론이다. 그리고 20구에서 33구까지 2단은 촉도의 공포를 묘사했는데, 33구에서 '그대 먼 길을 무엇 하러 왔는가?'라고 물어 공포를 이겨낸 마음을 칭찬해주는 것 같다.

그리고 '검각(劍閣)~'으로 시작되는 3단은 검각과 촉에 대한 평가와 당부의 뜻이 담겨 있다. '촉도지난 난어상청천(蜀道之難 難於上靑天)'은 1, 2, 3단에 한 번씩 반복되어 리듬과 함께 촉도난을 자연스럽게 강조하는 역할을 하였다.

080. 長相思 二首(一) 늘 생각하는 마음

● 李白이백

長相思　在長安

絡緯秋啼金井闌　微霜凄凄簟色寒

孤燈不明思欲絶　卷帷望月空長歎

美人如花隔雲端

上有青冥之長天　下有綠水之波瀾

天長地遠魂飛苦　夢魂不到關山難

長相思　摧心肝

내 그리운 사람! 장안에 있네!
귀뚜리가 가을 밤 우물가에서 우는데
첫서리 쌀쌀하여 대자리도 차갑다.
희미한 등불 하나 그리움도 끊기려 하는데
휘장을 걷고 달 보며 괜히 긴 한숨짓는다.
그대는 꽃처럼 구름 너머 저 끝에 있네!

위로는 끝없이 이어진 파란 하늘
아래엔 크게 출렁이는 푸른 물이다.
끝없는 하늘 먼먼 땅에 마음조차 날기 어려워
혼백은 꿈에서도 험한 관산을 넘지 못한다.
내 그리운 사람! 내 마음을 무너뜨렸네!

🌸 註釋

▶ <長相思(장상사)> : 송(宋) 곽무천(郭茂倩)이 선진(先秦)의 가요와 한 (漢)에서 당과 오대의 악부시를 모아 편찬한 100권의 《악부시집(樂府詩 集)》의 69권에 이백의 작품 등 20여 수가 수록되어 있다. 제목의 뜻은 '늘 생각하다'이다. '늘 생각하는 마음'은 그리움이다. 고향, 부모, 형제일 수도 있고 젊은이의 연인일 수도 있다. 반드시 '이성(異性)'만은 아닐 것이 다. (一)과 (二)의 내용에 연관은 없고 같은 제목의 악부시(의고악부擬古 樂府)이기에 이어 배치했다.

▶ 長相思 在長安(장상사 재장안) : '내 그리운 사람! 장안에 있네!' 시작과 끝에 같은 구 장상사(長相思)를 반복하면서 3자 1구의 파격이다. 안(安)은 운자(韻字). 이백의 첫 부인은 허씨(許氏, 허자연許紫煙으로 측천무후 때 재상을 역임한 허어사許圉師의 손녀)인데, 이백은 안주(安州, 지금의 호 북성 안륙시安陸市)의 처가를 근거로 생활하면서 수시로 각지를 여행했 다고 한다.

▶ 絡緯秋啼金井闌(낙위추제금정란) : 絡 헌솜 락. 명주실, 묶어 매다. 緯 씨 위. 직물의 가로 줄. 絡緯(낙위) – 베짱이(방사랑紡紗郎), 귀뚜라미(실 솔蟋蟀 = 촉직促織). 베짱이와 귀뚜라미는 크게 다른 곤충인데 사전이나 주해서마다 설명이 다르다. 베짱이는 가을이 오기 전에 우는데 그 울음소 리가 베를 짜는 소리 같다하여 베짱이라 하였다. '귀뚜라미가 울면 게으른 여자가 놀란다(促織鳴 懶婦驚)'는 중국인의 속담은 귀뚜라미가 울면 곧 겨울이 되는데 게을러서 준비성이 없는 부녀자를 훈계하는 뜻이다. 다음

구의 우물가에 운다는 구절을 고려하면 축축한 곳을 좋아하는 '귀뚜라미'가 되어야 한다. 秋啼(추제) - 가을에 울다. 金井闌(금정란) - 화려한 장식을 한 우물 난간. 闌 가로막을 란.

▶微霜淒淒簟色寒(미상처처점색한) : 微霜(미상) - 엷게 내린 서리, 첫서리. 淒 쓸쓸할 처. 淒淒(처처) - 쓸쓸하다, 차가운 모양. 簟 삿자리[竹席] 점.

▶孤燈不明思欲絶(고등불명사욕절) : 孤燈(고등) - 등불 하나. '외로운 등잔불'이라고 흔히 하는데, 옛날에 평민이 밤에 등불을 켜는 것은 아주 중요한 일이 아니면 불가능했다. 그렇기에 등잔불은 방 하나에 등불도 하나이다. 굳이 외롭다는 표현을 갖다붙일 필요가 없다. 고(孤)에는 '하나', '외따로'의 뜻이 있지 '외롭다'는 감정이 포함된 글자는 아니다.

▶卷帷望月空長歎(권유망월공장탄) : 卷 책 권. 말아 감다[捲]. 帷 휘장 유. 커튼.

▶美人如花隔雲端(미인여화격운단) : 隔 사이 뜰 격. 떨어져 있다. 雲端(운단) - 구름 끝, 구름 너머.

▶上有靑冥之長天(상유청명지장천) : 靑冥(청명) - 푸르고 까마득하다.

▶下有綠水之波瀾(하유록수지파란) : 瀾 물결 란. 그리운 사람과의 사이에 장애물이 많다는 뜻.

▶天長地遠魂飛苦(천장지원혼비고) : 장안이 너무 멀어 마음으로 생각하기도 어렵다는 뜻.

▶夢魂不到關山難(몽혼부도관산난) : 關山(관산) - 특정한 지명은 아님. 관문(關門)은 대개 험난한 산에 있기에 가기 어렵다는 사실을 강조하였다.

▶長相思 摧心肝(장상사 최심간) : 摧 꺾을 최. 心肝(심간) - 마음, 충직한 마음, 심장이나 간장(肝腸)처럼 소중한 사람(자기보다 어리거나 아래인 사람을 지칭).

詩意

이 시에는 상사(相思)의 고통을 잘 그려냈다. '장상사 재장안(長相思 在長安)'의 두 구절은 3자의 파격이지만 사실 여기에 더 붙인다면 군말이 될 것이다.

귀뚜라미와 첫서리로 계절을 설명하여 감정을 끌어낸 다음에 고등(孤燈)으로 내 마음의 스산함을, 명월로는 상대의 아름다움을 형상화하였다. 그리고 '임은 꽃처럼 구름 끝에 있다'면서 임을 향한 내 마음의 고통을 서술하였다. 이어서 임을 마음으로 그리워하는 나는 여러 장애물과 지리적 공간을 극복해야 하는데 너무 어렵고 힘들어 내 마음이 꺾어진 것 같다는 애절한 표현으로 끝을 냈다.

이 시를 두고 이백이 처자를 그리는 사부시(思婦詩)라고 한다든지, 현종을 그리는 사군시(思君詩)라는 설명은 정말 억지이다. 처자식이 있는 사람도, 또 벼슬하지 않는 사람도 누군가에 대한 그리움은 있다. 중년의 사나이는 꼭 아내만 그리워해야 하고, 글줄이나 읽고 짓는 사람은 군주만 마음으로 연연해야 하는가? 인간의 감정을 인간의 도리만을 기준으로 해석하거나 평가할 수는 없는 것이다.

이 시는 대중이 즐길 수 있는 악부시이다. 어느 시대건 대중가요의 가사 내용은 작사자의 심경과 꼭 일치해야 한다고 생각한다면 정말 우스운 일이다. 그 그리움의 대상이 누구라고 지정하는 것은 진정 작자의 뜻과는 거리가 멀 것이다.

081. 長相思 二首(二) 늘 생각하는 마음

● 李白이백

日色欲盡花含煙　月明如素愁不眠

趙瑟初停鳳凰柱　蜀琴欲奏鴛鴦絃

此曲有意無人傳　願隨春風寄燕然

憶君迢迢隔靑天

昔時橫波目　今作流淚泉

不信妾斷腸　歸來看取明鏡前

해는 지려 하고 꽃도 어스름에 묻히고
달도 밝게 비춰 그리움에 잠 못 이루네.
조금趙琴 타보려고 봉황 받침 내려놓고
촉금蜀琴 연주하려 원앙 줄을 골라보네.
이 가락에 사연 있으나 전할 이 없으니
춘풍에 띄워 북녘 연연산에 보내고 싶네.
아득한 하늘 끝에 있는 그대가 그립다오.
지난날 그대를 그려보던 눈이

오늘은 눈물의 샘이 되었다네.
나의 애끊는 마음을 모른다면
와서 거울에 비친 나를 보아 주시오.

註釋

▶ 日色欲盡花含煙(일색욕진화함연) : 日色(일색) - 날(낮), 해. 花含煙(화함연) - '꽃은 저녁 어스름에 묻히려 한다'는 시적 표현.

▶ 月明如素愁不眠(월명여소수불면) : 月明(월명) - 달, 월량(月亮, yuè liang). 如素(여소) - 하얗다, 빛을 내다.

▶ 趙瑟初停鳳凰柱(조슬초정봉황주) : 趙瑟(조슬) - 전국시대에 유행했다는 현악기. 조(趙)나라 여인들이 이를 잘 연주했기에 조슬이라 했다. 슬(瑟)은 25현(絃)의 큰 거문고. 鳳凰柱(봉황주) - 봉황 모양의 현주(絃柱, 줄 받침).

▶ 蜀琴欲奏鴛鴦絃(촉금욕주원앙현) : 蜀琴(촉금) - 한(漢)의 사마상여(司馬相如)가 즐겨 타던 거문고. 사마상여는 촉의 대부호 탁왕손의 딸인 탁문군(卓文君)과 몰래 사랑의 도피를 했다. 금(琴)은 5현 혹은 7현의 거문고. 奏 아뢸 주. 연주하다. 鴛鴦絃(원앙현) - 원앙 모양의 금현(琴絃).

▶ 此曲有意無人傳(차곡유의무인전) : 有意(유의) - 뜻이 담겨 있다. 無人傳(무인전) - 사랑의 뜻을 전해줄 사람이 없다.

▶ 願隨春風寄燕然(원수춘풍기연연) : 燕然(연연) - 장성(長城) 밖의 산 이름. 한(漢)과 흉노의 싸움터. 새외(塞外) 지역.

▶ 憶君迢迢隔靑天(억군초초격청천) : 憶 생각할 억. 迢 멀 초. 아득하다. 迢迢(초초) - 아득한 모양.

▶ 昔時橫波目(석시횡파목) : 昔時(석시) - 옛날, 석일(昔日). 橫波目(횡파목) - 옆으로 흘깃 바라보던 눈, 여인의 눈.

▶ 今作流淚泉(금작유루천) : 流淚泉(유루천) - 눈물이 나오는 샘. 눈물을 펑펑 쏟는다.

▶ 不信妾斷腸(불신첩단장) : 妾(첩) - 여인의 자칭(自稱). 斷腸(단장) -

애끓는 슬픔.

▶ 歸來看取明鏡前(귀래간취명경전) : 歸來看取(귀래간취) - 여기에 와서
보라. 明鏡前(명경전) - 거울에 비친 모양.

💮 詩意

〈장상사(長相思)〉는 7언 고체(古體)의 악부시다. 그러나 파격적인 격식으
로 창작되었다. 이백의 작시 연대에 대해서는 여러 설이 있다. 하나는 35세,
즉 개원 23년(735)에 지었다고도 하고, 다른 하나는 59세, 즉 건원(乾元)
2년(759)의 작품이라고도 한다. 두 시가 다 멀리 있는 임을 애절하게 생각하
는 노래이다.

〈장상사〉 첫 수는 변경에 있는 남자가 장안에 있는 미인을 그리워하는
내용이나, 두 번째는 집에 있는 여인이 객지에 있는 낭군을 생각하는 시일
것이다. 이 두 노래는 남자가 먼저 창(唱)을 하면 여인이 화답하기 좋은
내용이니, 아마도 실제로 그렇게 불렸을 것이다.

이런 시를 참언(讒言)으로 궁중에서 쫓겨난 이백이 현종을 그리워하는 시
라고 해석한다면 동의할 수 있겠는가?

082. 行路難 三首(一) 험난한 길　　● 李白이백

金樽清酒斗十千　　玉盤珍羞直萬錢

停杯投箸不能食　　拔劍四顧心茫然

欲渡黃河冰塞川　　將登太行雪滿山

閑來垂釣碧溪上　　忽復乘舟夢日邊

行路難　行路難　　多岐路　今安在

長風破浪會有時　　直挂雲帆濟滄海

금준金樽의 좋은 술은 한 말에 일만 냥이고
옥반玉盤의 귀한 안주 값이 일만 전이라네.
잔을 놓고 젓가락 던져 먹을 수가 없으며
칼을 뽑고 사방을 둘러보니 마음 막막하다네.
황하를 건너려 하나 얼음이 물을 막고
태행산 오르려 해도 눈이 온 산에 가득하네.
한가히 맑은 시내에 낚시를 드렸지만
홀연히 배를 몰고서 장안에 드는 꿈을 꾸네!
갈 길이 험하구나!

갈 길이 험하구나!
갈림길 많다지만
지금은 어디 있나?
큰 바람 몰고 파도를 헤칠 날 있으리니
똑바로 구름 돛을 올리고 푸른 바다 건너리라.

📌 註釋

▸ <行路難(행로난)> : '험난한 길'. 악부시 잡곡가(雜曲歌)의 하나이다.
  인생살이의 어려움이나 별리(別離)의 아픔을 노래하였다. 이백의 <행로
  난>은 모두 3수이다. <행로난>에서는 자유분방한 이백의 시풍과 그의
  낭만적 인생관이 느껴진다.

▸ 金樽淸酒斗十千(금준청주두십천) : 樽 술통 준. 술병, 술 항아리[罇]. 淸
  酒(청주) – 맑은 술, 좋은 술. 斗十千(두십천) – 1두(斗)에 값이 천(千)의
  10배, 1만(萬).

▸ 玉盤珍羞直萬錢(옥반진수치만전) : 玉盤(옥반) – 안주 접시. 羞 바칠
  수. 좋은 음식. 直 값 치, 곧을 직. 值(치)와 같음.

▸ 停杯投箸不能食(정배투저불능식) : 停 머무를 정. 杯 잔 배. 盃(배), 桮
  (배)와 같음. 箸 젓가락 저. 筯(저)와 같음. 投箸(투저) – 젓가락을 놓다.

▸ 拔劍四顧心茫然(발검사고심망연) : 拔 뽑을 발. 빼다. 茫 아득할 망.

▸ 欲渡黃河冰塞川(욕도황하빙색천) : 渡 물 건널 도. 黃河(황하) – 중국
  청해성(靑海省)에서 발원하여 사천, 감숙, 영하, 내몽고, 섬서, 산서, 하남,
  산동의 아홉 개 성을 통과하여 산동성 동영시(東營市)에서 바다로 흘러드
  는 총길이 5,464km의 대하(大河). 이 구절은 <장진주(將進酒)>의 '군불
  견황하지수천상래 분류도해불부회(君不見黃河之水天上來 奔流到海不
  復回)'와 함께 명구로 유명하다. 또 왕지환(王之渙)의 <양주사(涼州詞)>
  '황하원상백운간 일편고성만인산(黃河遠上白雲間 一片孤城萬仞山)'과
  왕지환의 <등관작루(登鸛雀樓)> '백일의산진 황하입해류(白日依山盡

黃河入海流'도 함께 유명하다. 冰 얼음 빙. 氷(빙)과 같음.

▶ 將登太行雪滿山(장등태행설만산) : 將(장) – 막 ~하려 하다, 마땅히 ~하여야 한다, ~와 함께하다. 太行(태행) – 산 이름. 오행산(五行山) 또는 왕모산(王母山)으로도 불린다. 북경에서부터 하북성, 산서성, 하남성에 이르는 약 400km의 산맥을 형성하여 동쪽의 화북평원(華北平原)과 산맥 서쪽의 산서고원(山西高原)을 구분한다. 우공이산(愚公移山) 고사에 나오는 이 산은 본래 지금의 하북성 동남에 있었는데 우공이 태행산을 파 없애려 하자 천제(天帝)가 지금의 위치로 옮겼다고 한다.

▶ 閑來垂釣碧溪上(한래수조벽계상) : 垂釣(수조) – 낚시를 드리우다.

▶ 忽復乘舟夢日邊(홀부승주몽일변) : 홀연히 배를 타고 장안(長安)에 가는 꿈을 꾸다. 日邊(일변) – 장안을 지칭하는 말. 동진의 숙종(肅宗, 재위 322-325)이 어린 시절 태자로 있을 때 장안과 태양 중 장안이 가깝다고 말한 고사에서 파생된 말.

▶ 行路難(행로난) : 세상살이를 길 가는 일에 비유한 말. 두 번 반복하여 리듬을 만들었다.

▶ 多岐路(다기로) : 갈림길이 많다. 岐路(기로) – 나뉜 길.

▶ 今安在(금안재) : 지금은 어디에 있는가?

▶ 長風破浪會有時(장풍파랑회유시) : 長風破浪(장풍파랑) – 큰 바람을 몰고 만리 파도를 넘다. 젊은 시절에 마음에 품었던 큰 꿈. 會(회) – ~할 것이다, ~할 가능성이 있다. 가능이나 실현의 뜻을 나타낸다.

▶ 直挂雲帆濟滄海(직괘운범제창해) : 挂 걸 괘. 올리다. 帆 배의 돛 범. 濟 건널 제. 滄 차가울 창. 푸르다. 滄海(창해) – 창해(蒼海)와 같음.

🌸 詩意

이 악부시는 한마디로 험난한 세상살이를 노래했지만 강한 희망의 메시지를 전해주고 있다. 세상살이란 본래 '이도 저도 되질 않는다(東不成 西不就)'이며 '내 뜻대로 안 되는 일이 늘 열 중 여덟아홉(不如意事常八九)'이라 하였다. 그리고 '뜻이 있어 꽃을 가꾸어도 꽃이 안 피지만, 무심히 꽃은 버들은 그늘을 이룬다(有心栽花花不開 無心挿柳柳成陰)'고 했다. 좋은 술에 진수성찬을 보고도 먹을 수 없다면 그 마음이 어떻겠는가? 젊은이 가는 길에 온갖 어려움은 언제나 따른다. 황하를 건너고 태행산을 오르겠다는 큰 포부는 지금 장애물로 막혀 있다.(1-6구)

그러나 이백은 낚시로 그냥 세월만을 낚을 수는 없었다. 그래서 7구에서 14구까지 힘차게 읊었다. 불우한 처지에 대한 비통과 울분이 아니라 호방한 젊은 포부를 노래했다. 큰 바람을 일으키고, 바람 가득한 큰 돛을 올리고 만리창파를 건너려는 의지를 표현했다. 이백이 여로(旅路)의 험난함을 빌려 벼슬길의 어려움을 하소연하고 있다고 해석하고 싶지는 않다. 그냥 젊은 포부를 표출한 멋진 노래이다.

083. 行路難 三首(二) 험난한 길　● 李白이백

大道如青天　我獨不得出

羞逐長安社中兒　赤雞白狗賭梨粟

彈劍作歌奏苦聲　曳裾王門不稱情

淮陰市井笑韓信　漢朝公卿忌賈生

君不見　昔時燕家重郭隗　擁篲折節無嫌猜

劇辛樂毅感恩分　輪肝剖膽效英才

昭王白骨縈爛草　誰人更掃黃金台

行路難　歸去來

대도大道는 창공처럼 크고 넓으나
나만이 홀로 나서지 못하네.
부끄럽나니, 장안의 귀족 자제를 따라서
닭싸움이나 개 경주로 작은 내기를 하겠는가!
장검을 만지며 노래 불러 불평을 할지라도
옷자락 끌면서 왕후 받들기는 내 뜻이 아니로다.
회음의 시정배들이 한신을 비웃었고
한조漢朝의 공경대신은 가의를 시기했었지.
그대는 모르는가?
옛날에 연왕燕王이 곽외를 높이 등용한 것을
빗자루 들고 허리 굽히기를 싫어하지도 않았었지.
극신劇辛과 악의樂毅는 (소왕昭王의) 은택에 감격하여
간과 쓸개를 떼어 주며 재능을 다 바쳤었지.
소왕의 백골이 잡초더미에 묻혔으니
그 누가 다시 황금대를 청소할 수 있겠는가?
세상살이 험난하구나!
돌아가련다.

註釋

▶ 大道如靑天(대도여청천) : 大道(대도) - 큰 길, 세상을 살아가는 방법. 如靑天(여청천) - 청천과 같다. 크고 넓다는 뜻.

▶ 我獨不得出(아독부득출) : 不得出(부득출) - 나서지 못하고 움츠리고 있다. 몸을 움츠린 모양(국축局促).

▶ 羞逐長安社中兒(수축장안사중아) : 羞 바칠 수, 부끄러울 수. 좋은 음식. 社 토지의 신 사. 社中兒(사중아) - 귀공자. 비슷한 용례로 '사서(社鼠)'란 말이 있다. '사(社)'를 모신 곳에 사는 쥐'로 '배경을 믿고 날뛰는 사람'을 뜻한다.

▶ 赤雞白狗賭梨栗(적계백구도리율) : 雞 닭 계. 鷄(계)와 같음. 狗 개 구. 賭 내기를 걸 도. 赤雞白狗(적계백구) - 붉은 닭이나 개에 걸고 내기하는 것. 賭梨栗(도리율) - 하찮은 내기도박, 소리(小利)를 추구하는 일. 梨 배나무 리. 栗 밤 율.

▶ 彈劍作歌奏苦聲(탄검작가주고성) : 칼을 만지며 노래하여 불만을 말하다. 전국시대 제(齊)의 맹상군(孟嘗君, 전문田文. ? -기원전 279. 전국 사공자四公子의 한 사람)의 식객인 풍환(馮驩)의 고사.

▶ 曳裾王門不稱情(예거왕문불칭정) : 曳 끌 예. 끌려가다. 裾 옷자락 거. 王門(왕문) - 귀인이나 왕후의 저택. 不稱情(불칭정) - 뜻에 맞지 않는다, 할 일이 아니다.

▶ 淮陰市井笑韓信(회음시정소한신) : 淮陰(회음) - 지명. 지금의 강소성 회안시(淮安市). 한신의 고향. 市井(시정) - 마을. 韓信(한신) - 기원전 230-196. 서한(西漢) 개국의 명장. 한초삼걸(漢初三傑)의 한 사람. '표모진반(漂母進飯)', '과하지욕(胯下之辱, 사타구니 과), '국사무쌍(國士無雙)', '한신점병(韓信點兵), 다다익선(多多益善)' 그리고 '조진궁장(鳥盡弓藏)' 등 여러 고사의 주인공. 명대(明代) 모곤(茅坤)은 한신을 논하면서 '~ 태사공(太史公)은 문선(文仙)이고, 이백은 시선(詩仙), 굴원은 사부선(辭賦仙), 완적(阮籍)은 주선(酒仙)이고, 한신은 병선(兵仙)이다'라고 말했다.(사기초史記鈔).

▶ 漢朝公卿忌賈生(한조공경기가생) : 忌 꺼릴 기. 싫어하다, 질투하다. 賈生(가생) - 가의(賈誼, 기원전 200-169). 서한 문제(文帝) 때 박사가 되어 장사왕(長沙王)의 태부를 역임. 유명한 <과진론(過秦論)>과 <조굴원부(弔屈原賦)>, <복조부(鵩鳥賦)>를 지었다. 《사기 굴원가생열전(屈原賈生列傳)》이 있으며 호남성 장사시(長沙市)는 이를 자랑스럽게 여겨 '굴가지향(屈賈之鄉)'이라 부른다.

▶ 君不見 昔時燕家重郭隗(군불견 석시연가중곽외) : 君不見(군불견) - '그대는 보지 못했나?' <행로난>에 자주 쓰였다. 燕家(연가) - 전국시대 연(燕)나라. 郭隗(곽외) - 생존연대 미상. 연(燕)의 소왕(昭王, 재위 기원전 312-279)은 즉위 이후 부국강병을 꾀할 인재를 초빙하였다. 곽외는 '천금매골(千金買骨)'의 예를 들어 자신을 등용하라고 말했다. 소왕이 곽외를 왕사(王師)로 등용하자 각국의 현사들이 소문을 듣고 연으로 모여들었다. 전국시대 최고의 명장인 악의(樂毅)는 위(魏)에서 왔고, 유명한 사상가 추연(鄒衍)은 제(齊)에서 찾아왔으며, 조(趙)에서는 극신(劇辛, ?-기원전 242)이 와서 이후 연나라는 강성해졌다.

▶ 擁篲折節無嫌猜(옹수절절무혐시) : 擁 껴안을 옹. 篲 빗자루 수. 擁篲(옹수) - 연의 소왕은 추연을 위해 비를 들고 그가 앉을 자리를 청소했으며, 제자의 자리에서 가르침을 들었다고 한다. 折節(절절) - 허리를 굽히다. 嫌猜(혐시) - 싫어하다. 嫌 싫어할 혐. 猜 샘할 시.

▶ 劇辛樂毅感恩分(극신악의감은분) : 劇辛(극신) - 조(趙)에서 연으로 온 장수. 樂毅(악의) - 전국시대 연나라의 장군. 제나라의 70여 성을 탈취하여 연나라의 명성을 높였다. 《사기 악의열전(樂毅列傳)》이 있다. 삼국시대 제갈량(諸葛亮)은 남양(南陽)에서 농사를 지을 때 자신을 춘추시대의 관중(管仲), 전국시대의 악의에 비교했다.

▶ 輸肝剖膽效英才(수간부담효영재) : 剖 쪼갤 부. 膽 쓸개 담. 輸肝剖膽(수간부담) - 간을 빼주고 쓸개를 쪼개주다, 충성을 다하다. 效英才(효영재) - 뛰어난 재능을 다 바치다.

▶ 昭王白骨縈爛草(소왕백골영란초) : 縈 얽힐 영. 에워싸다. 爛 문드러질

란. 너무 익다. 爛草(난초) - 죽은 풀더미.

▶ 誰人更掃黃金台(수인갱소황금대) : 黃金台(황금대) - 연(燕) 소왕이 천금을 모아 놓고 현사들을 초빙하기 위해 지었다는 누각. 지금의 북경시 대흥구(大興區)에 있었다고 전한다.

▶ 歸去來(귀거래) : 돌아가리라! 도연명의 <귀거래사(歸去來辭)>에 나오는 말.

🌸 詩意

이 악부시에는 역사적 고사를 많이 활용하였다. 이백은 자신의 영달을 위해 허리를 굽히거나 지조(志操)를 버릴 수 없다는 뜻을 분명히 하였다. 그러면서도 연나라 소왕과 같이 인재를 아끼는 주군이 있다면 기꺼이 자신의 몸을 버리겠다는 의지를 밝히고 있다. 그러나 소왕과 같은 사람이 지금은 없으니 도연명처럼 전원으로 돌아가고 싶다면서 아쉬움으로 마무리했다. 본래 형당퇴사의 《당시삼백수》에는 <행로난> 1수만 수록했지만 장섭(章燮)의 주소본(注疏本)에 2수가 더 추가되었다.

🌸 參考 풍환(馮驩)의 고사

가난한 풍환(馮驩, 諼으로 쓰는 경우도 있음)은 제나라 맹상군(孟嘗君) 문하의 식객이었다. 사실 풍환은 맹상군의 눈에 띨만한 아무런 재능도 없었다. 풍환은 맹상군의 접대가 소홀하자 자신의 장검(長劍)을 쓰다듬으며 노래를 지어 불러 대우개선을 요구하였다[탄검창가彈劍唱歌].

맹상군은 풍환의 고기를 달라, 수레가 없다는 등의 요구를 다 충족시켜 주면서 풍환의 노모 생활비까지 보내주었다. 맹상군의 봉지(封地)인 설읍(薛邑)의 부채를 걷어오라고 풍환을 보냈는데, 풍환은 그 봉지에 가서 모든 빚 문서를 소각해 빚을 탕감해 주고 돌아와 '의(義)를 사가지고 왔다[분권시의焚券市義]'고 말했다. 맹상군은 금전적 손해를 어쩔 수 없었다.

1년 뒤 맹상군은 제 민왕(湣王)에 의해 폄직되고 재상의 직위에서 해임되어 자신의 봉지에 돌아가게 되었는데, 그곳에서 백성의 열렬한 환영을 받았다. 교토삼굴(狡兔三窟, 토자교활이유삼굴兔子狡猾而有三窟)이라는 성어도 풍환이 맹상군에게 한 이야기이다.

084. 行路難 三首(三) 험난한 길　● 李白이백

有耳莫洗潁川水　有口莫食首陽蕨

含光混世貴無名　何用孤高比雲月

吾觀自古賢達人　功成不退皆殞身

子胥旣棄吳江上　屈原終投湘水濱

陸機雄才豈自保　李斯稅駕苦不早

華亭鶴唳詎可聞　上蔡蒼鷹何足道

君不見　吳中張翰稱達生

秋風忽憶江東行

且樂生前一杯酒　何須身後千載名

귀가 있다고 영천의 물로 씻지 말고

입이 있다며 수양산 고사리를 먹지 말라.

재능 감추고 세상 따라 무명無名을 귀히 생각하면

어찌 고고하다며 운월雲月에 견주려 하는가?

내가 볼 때 자고로 현인이나 달인은

성공하고도 물러나지 않아 모두 몸을 망쳤다.

오자서는 죽어 오의 강물에 버려졌고

굴원도 끝내 상수의 물가에 투신했다.

육기陸機의 웅대한 재기로 어찌 자신을 못 지켰고

이사李斯의 은퇴는 너무 늦었지 않았던가?

화정華亭의 학 울음을 어찌 들을 수 있겠으며

상채上蔡에 매 날리는 사냥을 어찌 말했는가?

그대는 아지 못하는가?

오의 장한張翰이 달관한 인생을!

추풍이 불어오자 홀연 강동을 그려 떠나갔다.

그리고 살아서 한잔 술을 즐겼는데

어이해 죽어 천년 명예를 누리려는가?

🏵 註釋

▶ 有耳莫洗潁川水(유이막세영천수) : 莫洗(막세) - 씻지 말라. 潁 강 이름 영. 潁川水(영천수) - 영하(潁河) 또는 영수(潁水)라고도 한다. 회수(淮水)의 최대 지류. 하남성 등봉시(登封市) 숭산(嵩山)의 서남에서 발원하여 하남성 동남으로 흘러내려 안휘성 동남에서 회수 본류에 합류한다. 옛날 허유(許由)가 요(堯)임금이 자신을 구주장(九州長)으로 초빙하려 한다는 말을 듣고 여기서 자신의 귀를 씻었다는 고사가 전한다.

▶ 有口莫食首陽蕨(유구막식수양궐) : 首陽(수양) - 낙양시 동쪽 30km 지점

에 있는 높이 360m의 산. 고죽국(孤竹國) 국군(國君)의 두 아들인 백이(伯夷)와 숙제(叔齊) 두 사람은 주 무왕(周武王)의 은(殷) 정벌을 말렸으나, 무왕이 듣지 않고 은을 멸망시키자 주의 곡식을 먹을 수 없다면서 이 산에 들어와 고사리를 캐면서 살았다는 고사가 있다.

▶ 含光混世貴無名(함광혼세귀무명) : 含光(함광) – 자신의 미덕을 감추고 세상에 드러나지 않게 하다.(~挫其銳, 解其紛, 和其光, 同其塵~ 《노자도덕경老子道德經 4장》 화광동진和光同塵) 混世(혼세) – 혼탁한 세상.

▶ 何用孤高比雲月(하용고고비운월) : 어찌 고고하다 하여 운월(雲月)에 비교하는가?

▶ 吾觀自古賢達人(오관자고현달인) : 自古(자고) – 예로부터. 賢達人(현달인) – 현명하거나 사리에 통달한 사람.

▶ 功成不退皆殞身(공성불퇴개운신) : 功成不退(공성불퇴) – 큰일을 이루고서도 은퇴하지 않다. 殞 죽을 운. 떨어지다.

▶ 子胥既棄吳江上(자서기기오강상) : 子胥(자서) – 오자서(伍子胥, ?-기원전 484). 이름은 원(員), 자서는 자(字). 춘추시대 초인(楚人)으로, 오왕(吳王)에게 충간했으나 오히려 죽음을 당했다.

초사(楚辭)

▶ 屈原終投湘水濱(굴원종투상수빈) : 屈原(굴원) – 기원전 340-278. 전국시대 초(楚)의 삼려대부(三閭大夫). 초 회왕(懷王)에게 충간했으나 방축(放逐)되어 단오날에 상수(湘水)에 투신했다. 문학 장르로 초사(楚辭)의 원조. 작품으로는 <이소(離騷, 2490자의 대작)>, <구장(九章)>, <천문(天問)>, <구가(九歌)>, <어부사(漁父辭)> 등이

있다. 湘水(상수) - 상강(湘江). 장강의 주요한 지류. 濱 물가 빈.

▶ 陸機雄才豈自保(육기웅재기자보) : 陸機(육기) - 261-303. 서진(西晉)의 명문장가. 오(吳) 육손(陸遜)의 손자, 육항(陸抗)의 아들. 육기가 20세 때 오가 멸망. 육기 형제는 10년간 두문불출 독서를 했다. 동생 육운(陸雲)과 함께 '이륙(二陸)'이라 불렸다. 서진에 출사했으나 팔왕(八王)의 난 때 억울하게 피살되었다.

▶ 李斯稅駕苦不早(이사세가고부조) : 李斯(이사) - 기원전 280-208. 초나라 상채인(上蔡人). 진 시황제를 도운 정치가, 문학가, 명필. 이사와 한비(韓非)는 순경(荀卿, 순자荀子)에게 동문수학했다. 법가학설의 대표인물이며 실천가. 시황제가 죽은 뒤 환관 조고(趙高)에 의해 죽음을 당한다. 죽기 전에 아들에게 '너와 황구(黃狗)를 데리고 상채의 성 동문을 나가 산토끼를 사냥하려 했는데 할 수 없게 되었다.'라는 말을 남겼다. 명문장으로 <간축객서(諫逐客書)>가 있으며 <태산각석(泰山刻石)> 등 그의 글씨가 남아 있다. 稅 구실 세. 풀다, 휴식하다. '벗을 탈'의 음훈이 있지만 '세'로 읽는다. 稅駕(세가) - 수레의 멍에를 벗기다, 휴식하다, 쉬다. 해가(解駕)와 같음.

▶ 華亭鶴唳詎可聞(화정학려거가문) : 華亭鶴唳(화정학려) - 화정(육기陸機의 고향)의 학 울음소리. 육기는 죽기 전에 '화정의 학 울음을 다시 들을 수 있겠나?'라고 말했다. 詎 어찌 거.

▶ 上蔡蒼鷹何足道(상채창응하족도) : 上蔡(상채) - 이사(李斯)의 고향. 이사는 진(秦)에 들어가기 전에는 상채의 창고지기였다. 鷹 매 응. 사냥 매. 何足道(하족도) - 어찌 말할 수 있겠나?

▶ 君不見 吳中張翰稱達生(군불견 오중장한칭달생) : 吳中張翰(오중장한) - 오(吳) 땅의 장한. 達生(달생) - 사리에 통달한 사람. 장한은 삼국의 오가 멸망한 뒤, 서진에 출사하였다. 영녕(永寧) 2년(302), 장한은 가을바람이 부는 것을 보고 고향을 그리워하며 말했다. "인생은 자기 뜻대로 사는 것이 귀한 것이거늘 어찌 수천 리 밖에서 벼슬한다며 얽혀 살아야 하겠는가?" 그리고는 벼슬을 놓고 고향에 돌아갔다. 어떤 사람이 그에게

"당신은 일생을 즐기며 살았는데 죽은 뒤의 명성은 어떨 것 같소?"라고 물었다. 그러자 장한은 "죽은 다음의 높은 명성보다 지금 당신이 주는 술 한 잔이 더 좋소."라고 말했다.

▶ 秋風忽憶江東行(추풍홀억강동행) : 忽憶(홀억) - 갑자기 생각하다. 장한이 고향의 농어회를 그리며 고향 강동으로 돌아갔다.

▶ 且樂生前一杯酒(차락생전일배주) : 生前一杯酒(생전일배주) - 살아서의 술 한 잔.

▶ 何須身後千載名(하수신후천재명) : 須 모름지기 수. 기다리다. 身後(신후) - 사후. 千載(천재) - 천년.

詩意

<행로난> 3수를 통해 이백의 자유분방한 기질과 낭만 정신을 느낄 수 있다. 이백은 육신의 자유는 물론 세상의 부귀나 공명으로부터 자유롭고 싶었다. 그는 인생을 사는 방법으로서 어느 정도 자신의 뜻을 이루었다면 물러날 줄 알아야 한다는 지족(知足)을 알고 있었다.

"지인자지, 자지자명(知人者智, 自知者明). 승인자유력, 자승자강(勝人者有力, 自勝者强). 지족자부(知足者富) - 《노자도덕경 33장》"의 말 그대로 지족자(知足者)는 언제든지 부자이다.

이백은 공성(功成)하고도 물러날 시기를 놓쳐 죽은 사람으로 오자서, 굴원, 육기, 이사 등을 열거하면서 그 일화를 요약했고, 물러날 줄 알았기에 현세의 행복을 누린 장한(張翰)의 예를 들었다.

자신의 욕심을 제어할 줄 안다면 누가 실패하겠는가? 이백은 관직에 연연하지 않았기에 인생을 즐겼고 사후에도 명성을 누리고 있는 것이다.

參考 육씨(陸氏) 형제가 낙양에 들어가니…

육기(陸機)의 조부 육손(陸遜)은 유비를 몰락케 한 동오(東吳)의 장군으로 승상을 역임했으며, 부친 육항(陸抗)은 동오의 대사마로 군사를 거느리고 진(晉)의 양호(羊祜)와 대결하였지만 양육지교(羊陸之交)의 고사성어가 만들어질 정도의 도덕군자였다.

육항이 죽을 때 육기는 겨우 14세였고, 육기가 20세 때 동오는 멸망한다. 육기와 동생 육운(陸雲)은 곧 고향 마을로 들어가 10년간 폐문(閉門)하고 독서를 하였다.

진 무제(晉武帝) 태강(太康) 10년(289)에 육기와 육운이 낙양에 들어가 남방의 사투리를 사용하자 사람들이 모두 흉내 내며 조롱했다고 한다. 그러나 육기는 기죽지 않고 당시 문학가인 장화(張華)를 만나 자신의 재학(才學)을 인정받았다.

육기의 문장이 알려지면서 크게 이름을 떨치니 당시 사람들은 '육씨 형제가 낙양에 들어가니 3장(張)의 가치가 떨어졌다'고 하였다. 3장이란 당시 문장으로 명성을 누리던 장재(張載), 장협(張協), 장항(張亢)의 삼형제를 지칭한다.

육기는 '태강지영(太康之英, 태강 연간의 영재)'이라는 칭송을 들으며 시와 문장으로 이름을 날렸는데 지금도 그의 시와 부(賦) 104편이 전해 온다. 대표작으로 <맹호행(猛虎行)>, <군자행(君子行)> 등이 있고, 산문으로는 <조위무제문(弔魏武帝文)>이 유명하며, 대표적 저술로는 《문부(文賦)》가 있는데 이는 문학 이론을 논한 책이다. 여기에서 그는 '시는 작가 의지의 표출'이라고 말하였다.

085. 將進酒 술을 권하며 ● 李白이백

君不見 黃河之水天上來

奔流到海不復回

君不見 高堂明鏡悲白髮

朝如青絲暮成雪

人生得意須盡歡 莫使金樽空對月

天生我材必有用 千金散盡還復來

烹羊宰牛且爲樂 會須一飮三百杯

岑夫子 丹邱生 進酒君莫停

與君歌一曲 請君爲傾耳聽

鐘鼓饌玉不足貴 但願長醉不願醒

古來聖賢皆寂寞 惟有飮者留其名

陳王昔時宴平樂 斗酒十千恣歡謔

主人何爲言少錢 徑須沽取對君酌

五花馬 千金裘

呼兒將出換美酒 與爾同銷萬古愁

그대는 모르는가?
황하의 물은 하늘 끝에서 내려와
바다로 흘러가면 다시 오지 못하는 것을!
그대는 모르는가?
부모들이 거울 보며 백발에 슬픈 것을
아침엔 검은 머리더니 저녁엔 눈처럼 되었도다.
인생은 득의할 때 마음껏 즐겨야 하나니
술 단지가 괜히 달을 보게 하지 말아야지.
하늘이 나를 낳은 것은 필히 쓸모가 있을 것이니
천금을 모두 써 없애도 다시 돌아온다네.
양과 소 잡고 삶아 일단 즐겨야 하나니
한 번 마신다면 삼백 잔을 마셔야 하네.
잠부자여! 단구생이여!
술을 드리니 멈추지 마오.
그대 위해 한 곡조 부르니
그대는 귀 기울여 들어주기 바라오.
좋은 풍악 진수성찬 귀한 것 아니니
다만 바라노니 오래 취해 아니 깨어나기를!

예부터 성현들은 다 죽고 없지만
오로지 술 마신 사람 이름만 남았네.
진왕陳王도 옛날에 평락원에서 잔치할 제
말술에 일만금으로 마음껏 즐겼었지.
주인은 어찌 돈이 없다 말하는가?
곧바로 술을 사와야 그대와 대작하나니
오화마五花馬라도 천금구千金裘일지라도
아이 시켜 갖고 가 미주를 사오게 하여
그대 함께 만고의 근심을 풀어야 한다오.

註釋

▶ <將進酒(장진주)> : '술을 권하며'. 악부시로 고취곡(鼓吹曲)에 속하며 한대의 요가(鐃歌, 징 뇨) 18곡의 하나이다. 본시는 잡언구(雜言句)로 음주유락을 주제로 하였지만 인생을 달관한 이백을 만날 수 있다. 기분 좋게 취한 이백이 호탕하게 노래하면서 걸어 나올 것 같은 시이기에 많은 사람들이 좋아한다.

▶ 君不見 黃河之水天上來(군불견 황하지수천상래) : 天上來(천상래) - 천상에서 내려온다. 대평원에서 황하 상류를 보면 하늘과 맞닿았기에 하늘에서부터 흘러온다고 말했다.

▶ 奔流到海不復回(분류도해불부회) : 奔流(분류) - 빨리 흐르다.

▶ 君不見 高堂明鏡悲白髮(군불견 고당명경비백발) : 高堂(고당) - 부모, 또는 부모 세대의 사람들, 타인 가정에 대한 칭호, 정실(正室).

▶ 朝如靑絲暮成雪(조여청사모성설) : 靑絲(청사) - 검은 실, 검은 머리. 暮 날 저물 모. 노년.

▶ 人生得意須盡歡(인생득의수진환) : 得意(득의) - 뜻대로 되다, 뜻을 이루다. 須 모름지기 수. 盡歡(진환) - 마음껏 즐기다.

▶ 莫使金樽空對月(막사금준공대월) : 莫使(막사) - ~하지 말라. 金樽(금

준) - 좋은 술 항아리. 空對月(공대월) - 괜히 달을 바라보고 있다. 마신 다음 항아리가 비어 누워 있어야 된다는 뜻. 술집에서는 뚜껑을 딴 소주병이 천장을 보고 서 있으면 안 된다.

▶ 天生我材必有用(천생아재필유용) : 하늘은 쓸모 없는 사람을 낳지 않고, 땅은 쓸모 없는 풀을 키우지 않는다.(天不生無用之人 地不長無用之草)

▶ 千金散盡還復來(천금산진환복래) : 千金(천금) - 많은 돈. 散盡(산진) - 다 흩어지다, 다 써버리다.

▶ 烹羊宰牛且爲樂(팽양재우차위락) : 烹 삶을 팽. 宰 주관할 재, 재상 재. 요리사, 잡다(도살하다). 且爲樂(차위락) - 그리고 즐겨야 한다.

▶ 會須一飮三百杯(회수일음삼백배) : 會須(회수) - 반드시 ~해야 한다(應該). 一飮三百杯(일음삼백배) - 한 번 마신다면 3백 배. 2홉들이 소주로는 40병쯤 마셔야 된다는 계산.(단, 몇 사람이 이 정도 마셔야 하는지는 이백에게 물어보아야 한다)

▶ 岑夫子 丹邱生(잠부자 단구생) : 岑 봉우리 잠. 岑夫子(잠부자) - 이백의 지인 잠징군(岑徵君, 징군은 임금에게 부름을 받았다는 뜻). 부자(夫子)는 존칭. 丹邱生(단구생) - 원단구(元丹邱), 동년배의 지인. 원단구에게 화답한 시가 많다.

▶ 進酒君莫停(진주군막정) : 술을 권하니 그대는 멈추지 마오.

▶ 與君歌一曲(여군가일곡) : 그대 위해 노래 한 곡 부르리니.

▶ 請君爲傾耳聽(청군위경이청) : 傾耳(경이) - 귀를 기울이다.

▶ 鐘鼓饌玉不足貴(종고찬옥부족귀) : 鐘鼓(종고) - 훌륭한 풍악. 饌 반찬 찬. 饌玉(찬옥) - 진수성찬.

▶ 但願長醉不願醒(단원장취불원성) : 長醉(장취) - 오래 취하다. 醒 술 깰 성.

▶ 古來聖賢皆寂寞(고래성현개적막) : 寂寞(적막) - 쓸쓸하다, 죽었다.

▶ 惟有飮者留其名(유유음자유기명) : 飮者(음자) - 술을 즐겨 마신 사람.

▶ 陳王昔時宴平樂(진왕석시연평락) : 陳王(진왕) - 조조(曹操)의 아들 조식(曹植). 팔두지재(八斗之才). 동진의 천재시인 사령운(謝靈運)은 조식

을 추앙했다. 사령운은 "천하의 재주가 1섬이라면(天下才有一石), 조식의 재주가 8두이고(曹植才高八斗), 세상 사람들이 1두를 나누어 갖고(天下人共一斗), 내가 1두를 독점했다(我獨佔一斗)."라고 말하였다. 平樂(평락) - 평락관(平樂觀). 낙양 서문에 있는 도교 사원.

▶斗酒十千恣歡謔(두주십천자환학): 十千(십천) - 1만(萬). 恣 방자할 자. 마음 내키는 대로. 歡 기뻐할 환. 謔 희롱할 학. 恣歡謔(자환학) - 마음껏 즐기고 웃다.

▶主人何爲言少錢(주인하위언소전): 何爲(하위) - 왜 ~하는가? 少錢(소전) - 돈이 모자라다, 돈이 없다.

▶徑須沽取對君酌(경수고취대군작): 徑須(경수) - 바로 ~해야 한다(直須). 沽 팔 고. 沽取(고취) - 사오다.

▶五花馬 千金裘(오화마 천금구): 五花馬(오화마) - 다섯 가지 털이 있는 명마. 裘 갖옷 구. 千金裘(천금구) - 아주 비싼 털옷. 이백을 '적선(謫仙)'이라 불렀던 하지장(賀知章)은 이백의 <촉도난(蜀道難)>을 처음 읽고 감격한 나머지 주머니에 넣고 다니던 '금귀(金龜)'를 풀어 주고 술로 바꿔오라 하여 이백과 함께 마셨다고 한다.

▌ 조비(曹丕)와 조식(曹植)

▸ 呼兒將出換美酒(호아장출환미주) : 呼兒(호아) - 아이를 불러. 將出(장출) - 가지고 나가다. 換 바꿀 환.

▸ 與爾同銷萬古愁(여이동소만고수) : 爾 너 이. 銷 녹일 소.

🌸 詩意

한마디로 후련하게 내려 쓴 명시이다. 규격도 음률도 따지지 않은 자유형의 시로 호탕방일한 이백의 특성이 잘 나타난 시다. '황하의 물이 하늘에서 쏟아져 바다에 들지만 되돌아가지 않는다'라는 대자연의 대범한 진리를 내걸고, 속세의 수심을 후련히 씻어 흘리자고 했다.

이 시는 크게 2단으로 짜여 있다. 전반은 '인생득의수진환(人生得意須盡歡)'이 주제이다. 이 주제를 위하여 거대한 황하의 자연섭리와 미약한 인생의 백발을 언급하였다. 그리고 마음껏 마시자고 강조하였다.

후반은 잠부자와 단구생의 이름을 부르는 것으로 시작한다. 성현도 죽으면 그뿐이니 이 술을 권하면서 오화마와 천금구라도 팔아 미주(美酒)로 바꿔 만고의 근심을 녹여 없애야 한다고 끝을 맺었다. '오늘 저녁에 술이 있다면 오늘 밤에 마시고 취해야 하고(今夕有酒今夕醉), 내일 걱정거리가 생기면 내일 걱정하면 된다(明日愁來明日愁)'는 뜻일 것이다.

언덕이 있다하여 천리마가 달리기를 멈추지 않는다. 결코 어디에도 매일 수 없는 이백의 호기에, 광음고가(狂飮高歌)하는 이백의 모습이 그려진다. 그 당시에 이백이 '뜻을 펼 수 없었던 현실에 대하여 울분을 토로했다'는 식의 해석에는 동의하기 어렵다.

본래 술 취한 '꿈속의 천지는 넓기만 하고(夢裏乾坤大), 술병 속의 세월은 잘도 간다(壺中日月長)'는 말처럼 취중에 별유천지거늘 어찌 울분을 삭이려 술을 먹겠는가?

송(宋) 구양수(歐陽修)가 <취옹정기(醉翁亭記)>에서 '취옹의 뜻은 술에 있지 아니하다(醉翁之意不在酒)'라고 한 말은 술 취한 척 하는 사람을 말한 것이지, 진정한 주객(酒客)을 지적한 것은 아닐 것이다. 주객은 술 자체를 즐긴다.

086. 兵車行 병거의 노래 ● 杜甫두보

車轔轔 馬蕭蕭 行人弓箭各在腰

耶娘妻子走相送 塵埃不見咸陽橋

牽衣頓足攔道哭 哭聲直上干雲霄

道旁過者問行人 行人但云點行頻

或從十五北防河 便至四十西營田

去時里正與裹頭 歸來頭白還戍邊

邊庭流血成海水 武皇開邊意未已

君不聞 漢家山東二百州

千村萬落生荊杞

縱有健婦把鋤犁 禾生隴畝無東西

況復秦兵耐苦戰 被驅不異犬與鷄

長者誰有問 役夫敢申恨

且如今年冬　未休關西卒

縣官急索租　租稅從何出

信知生男惡　反是生女好

生女猶是嫁比隣　生男埋沒隨百草

君不見　青海頭　古來白骨無人收

新鬼煩寃舊鬼哭　天陰雨濕聲啾啾

수레는 삐걱삐걱 말은 힝힝거리는데
병졸은 활과 화살을 허리에 매달았다.
아버지 어머니 아내가 따라가며 전송하는데
흙먼지 가득해 함양교도 보이지 않는다.
옷자락 붙잡고 발 동동 길을 막고 우는데
곡성이 차올라 구름까지 닿을 것 같다.
길 옆을 지나는 나그네가 병졸에 물었더니
병졸이 말하길 다만 차출이 자주 있다며
어떤 이는 열다섯에 황하 북방에 끌려가
내내 사십이 되어도 서편 둔전을 일구는데
갈 때 이장이 머리를 싸매 주었었는데
올 때 머리가 하얀데 아직 변방을 지킨다오.
변방에 흐른 피가 바닷물처럼 많았지만

황제는 변방을 넓히려는 생각이랍니다.
당신은 모르시오? 나라의 산동 이백 여 고을의
수많은 촌락에 가시나무가 자란다오.
만약에 건강한 여자라면 김매고 갈아야 하는데
곡식이 심겨진 이랑조차 조리가 없답니다.
아무리 관내의 병졸이 힘든 싸움 견뎌내도
내몰려 가기는 개나 닭과 다름없답니다.
어른이 묻는다 하여도
병졸이 어찌 속말을 하겠소만
만약에 올해 겨울에도
관서關西의 병졸이 돌아가지 않으면
현관縣官은 심하게 조세를 걷으려니
조세인들 어디서 나오겠습니까?
정말로 알지만 아들 낳기 싫어하고
반대로 딸을 낳아야 좋답니다.
딸이면 그래도 이웃에 시집을 보내지만
아들은 잡초 더미 속에 묻혀야 합니다.
그대는 모르지만 청해 땅에서는
예부터 백골을 거두는 이도 없기에
새 귀신 억울타 호소하고 옛 귀신은 통곡하여
음산한 날씨나 비오는 날엔 귀신이 흐느낀다오.

▶ <兵車行(병거행)> : '병거의 노래'. 두보가 천보 10년(751)에 지은 것으로 알려진 이 작품은 신악부에 속한다. 그러나 신악부의 명칭은 백거이가 사용하기 시작하였다. 두보의 신악부는 실제로 '사시(史詩)'로 시에서는 당시의 실정이나 농민들의 고통을 주로 묘사하였기에 시가가 가지는 풍유(諷諭)의 효과를 거두기에 적합하였다. 때문에 굳이 악부시의 제재를 취하지 않고 악부시를 창작하였다. 두보의 <병거행>은 칠언이 주가 되지만 장단구를 혼용하였다. 물론 이러한 형태는 고악부에서 변형된 것이지만, 격률의 속박을 중시하지 않았으며 내용의 표현에 치중하였다.

▶ 車轔轔 馬蕭蕭(거린린 마소소) : 轔 수레소리 린. 蕭 맑은대쑥 소. 蕭蕭(소소) – 말 울음소리.

▶ 行人弓箭各在腰(행인궁전각재요) : 行人(행인) – 출정하는 병사. 箭 화살 전. 腰 허리 요.

▶ 耶娘妻子走相送(야낭처자주상송) : 耶 어조사 야. 아버지를 부르는 말. 爺(아비 야). 娘(낭) – 아가씨, 어머니. 耶娘(야낭) – 아버지와 어머니. 妻子(처자) – 아내.

▶ 塵埃不見咸陽橋(진애불견함양교) : 塵 티끌 진. 埃 티끌 애. 塵埃(진애) – 흙먼지. 咸陽橋(함양교) – 장안성 북쪽 위수(渭水)에 놓인 큰 다리.

▶ 牽衣頓足攔道哭(견의돈족난도곡) : 牽 끌 견. 당기다. 頓 조아릴 돈. 頓足(돈족) – 발을 동동 구르다. 攔 막을 란. 攔道(난도) – 길을 막다.

▶ 哭聲直上干雲宵(곡성직상간운소) : 干 방패 간. 저촉되다, 범하다. 여기서는 충상(冲上, 뚫고 올라가다). 雲宵(운소) – 구름.

▶ 道旁過者問行人(도방과자문행인) : 道旁(도방) – 길가. 道旁過者(도방과자) – 두보 자신.

▶ 行人但云點行頻(행인단운점행빈) : 點行(점행) – 명부에 이름을 대조하며 출행을 점검하다. 차출 명령. 頻 자주 빈. 이후부터는 병졸이 대답한 내용이다.

▶ 或從十五北防河(혹종십오북방하) : 或(혹) – 혹자는. 北防河(북방하) –

황하 북쪽 땅을 지키다.

▶ 便至四十西營田(편지사십서영전) : 便至四十(편지사십) - 40이 되도록. 西營田(서영전) - 서쪽에서 둔전(屯田)을 경작하다.

▶ 去時里正與裹頭(거시이정여과두) : 去時(거시) - 출정할 때. 里正(이정) - 마을 100호의 우두머리. 이장(里長). 裹 쌀 과. 싸매주다.

▶ 歸來頭白還戍邊(귀래두백환수변) : 귀향할 때 머리가 백발이 되었는데도 아직도 마을을 지키다. 제대는 했지만 마을이나 성곽 경계에 동원된다는 뜻.

▶ 邊庭流血成海水(변정유혈성해수) : 邊庭(변정) - 변경. 流血成海水(유혈성해수) - 유혈이 해수(海水)가 되다. 현종 천보 8년, 토번족과의 전투에서 수만 명이 희생되었다.

▶ 武皇開邊意未已(무황개변의미이) : 武皇(무황) - 한 무제. 시가에서는 대부분 당 황제의 대역(代役). 여기서는 현종. 이런 예는 <장한가(長恨歌)>에서도 마찬가지이다. 開邊(개변) - 변경 확보, 이민족과의 전쟁. 意未已(의미이) - 의지가 없어지지 않았다.

▶ 君不聞 漢家山東二百州(군불문 한가산동이백주) : 漢家(한가) - 한(漢)나라. 곧 당나라. 山東(산동) - 여기서는 화산(華山) 이동(以東) 땅. 좁은 의미의 산동반도 일대가 아님. 二百州(이백주) - 정확하게는 211주라고 한다.

▶ 千村萬落生荊杞(천촌만락생형기) : 荊(형) - 모형나무, 가시나무. 杞 구기자나무 기. 구기자에도 작은 가시가 있다. 荊杞(형기) - 전원이 황폐해졌다는 뜻.

▶ 縱有健婦把鋤犁(종유건부파서려) : 縱 늘어질 종. 세로, 만약 ~하다면, 설사 ~일지라도. 鋤 호미 서. 김매다. 犁 쟁기 려, 얼룩소 리. 검다.

▶ 禾生隴畝無東西(화생농무무동서) : 禾 벼 화. 곡식. 隴 고개 이름 롱. 밭두둑. 畝 이랑 무·묘. 이랑은 두둑과 고랑을 합해서 부르는 말. 隴畝(농무) - 밭이랑. 無東西(무동서) - 두서가 없다, 제대로 심겨져 있지 않다.

▶ 況復秦兵耐苦戰(황복진병내고전) : 況 하물며 황. 況(황)의 속자. 秦兵

(진병) - 관내(關內)의 병사. 장안 부근 지역. 耐 견딜 내.

▶ 被驅不異犬與鷄(피구불이견여계) : 驅 몰 구. 被驅(피구) - 내몰리다.

▶ 長者雖有問(장자수유문) : 長者(장자) - 노인. 노인장이 나에게 묻지만.

▶ 役夫敢申恨(역부감신한) : 役夫(역부) - 동원된 병졸. 敢申恨(감신한)
  - 마음속의 말을 할 수 있겠는가?

▶ 且如今年冬(차여금년동) : 且如(차여) - ~와 같다, 바로 ~이다(卽如).
  今年冬(금년동) - 이번 겨울에도.

▶ 未休關西卒(미휴관서졸) : 未休(미휴) - 끝나지 않다, 쉬지 못하다. 關西
  卒(관서졸) - 관서 지역에서 차출한 병졸.

▶ 縣官急索租(현관급색조) : 縣官(현관) - 지방관. 急索租(급색조) - 혹독
  하게 세금을 걷어가다.

▶ 租稅從何出(조세종하출) : 從何出(종하출) - 어디서 나오겠는가? 농사를
  못 짓는데 조세 바칠 것이 없다.

▶ 信知生男惡(신지생남오) : 信知(신지) - 정말로 알겠다(誠知). 惡 미워
  할 오.

▶ 反是生女好(반시생녀호) : 反是(반시) - 반대로, 거꾸로. 好(호) - 좋아
  하다.

▶ 生女猶是嫁比隣(생녀유시가비린) : 嫁(가) - 시집가다. 比隣(비린) - 이
  웃, 인거(隣居). 隣(인)은 鄰의 속자.

▶ 生男埋沒隨百草(생남매몰수백초) : 埋沒(매몰) - 묻히다. 隨百草(수백
  초) - 잡초 사이에. 여기까지가 병졸이 들려준 말이다.

▶ 君不見 靑海頭(군불견 청해두) : 靑海(청해) - 지금의 청해성. 토번족과의
  격전지. 여기부터는 시인의 감상이다.

▶ 古來白骨無人收(고래백골무인수) : 白骨(백골) - 전사자(戰死者).

▶ 新鬼煩寃舊鬼哭(신귀번원구귀곡) : 新鬼(신귀) - 새로운 전사자. 煩寃
  (번원) - 괴롭고 원통하다.

▶ 天陰雨濕聲啾啾(천음우습성추추) : 天陰(천음) - 하늘에 짙은 구름이 끼
  다. 雨濕(우습) - 비가 내려 축축하다. 啾啾(추추) - 귀신 우는 소리.

詩意

이 시는 현종 천보 10년(751)경에 지은 것이다. 그해 4월에는 선우중통(鮮于仲通)이란 장수가 운남(雲南)에 정벌 나갔다가 크게 패하고 약 6만 명의 병졸을 잃었다. 그러자 위정자들은 그 손실을 보충하기 위하여 더욱 징발을 강화했고, 조세를 혹독하게 거두어들였다. 《자치통감(資治通鑑)》에 보면 양국충(楊國忠)은 어사를 각 도에 보내어 사람을 마구 잡아 족쇄를 채워 강제로 운남에 보내게 했다는 기록이 있다.

타고난 성품이 휴머니스트이자 평화주의자인 두보였다. 바로 수년 전에는 간악무도한 이임보(李林甫)의 농간에 의해 과거에서 고배를 맛보고, 사회의 모순을 직접 체험한 바 있었다. 당시의 당나라 통치계급은 무능하면서도 썩었었다. 그것을 간악한 술책으로 은폐하면서 죄 없는 백성들을 괴롭히고 있었다.

이러한 현실을 목격한 두보는 그들을 증오하지 않을 수가 없었다. 한편 무고한 백성에게는 끝없는 동정을 했다. 더욱이 통치계급은 무모한 변경개척을 위해 귀중한 인명과 재물을 축내고 있었다.

두보는 전지(戰地)에 끌려가는 한 병사의 입을 빌어 현실을 고발하고 있다. 그는 장안 교외의 함양교 앞에서 출정 병사의 옷을 잡고 땅을 치고 통곡하는 가족들이 연출하는 비극적 장면을 가감 없이 착실한 필치로 그렸다. 진애(塵埃)에 불견함양교(不見咸陽橋)하고, 곡성(哭聲)은 직상(直上)하여 간운소(干雲霄)라고 했다. 하늘과 땅이 슬픔·통곡·혼잡·먼지로 뒤범벅이 되었다.

왜 그럴까? 두보는 병졸에게 묻고 비로소 알았다. 즉 한 번 가면 다시는 돌아오지 못하는 싸움터로 끌려가는 사람들과 그 가족의 슬픔을 말이다. 그뿐만이 아니었다. 개인적인 욕망은 아니라지만 황제의 체면, 나라의 체통을 위한 이민족을 제압해야 한다는 생각은 국내적으로도 생활의 불안과 경제적 파탄을 가져왔다.

이 시의 앞부분 6구까지는 출정하는 병졸과 이별하는 가족을 묘사했다. 그리고 중간 부분은 병졸의 이야기 형식으로 변경에 끌려간 병졸의 어려움을 차분히 묘사하였다. 그리고 마지막 6구는 다시 두보 자신의 감회를 서술하여 마무리 지었다.

두보의 이 시는 끌려가는 병사 부모와 처자의 울음으로 시작해서 죽은 자의 원혼(冤魂)이 귀신이 되었고, 그 귀신의 울음으로 끝을 맺었다. 그렇다면 앞서 끌려가던 그 젊은이가 죽을 수 있거나 죽었다는 뜻이다.

이 시에서 두보의 요점은 명확하다. 곧 '변정(邊庭)이 유혈로 해수(海水)처럼 되었는데도 무황(武皇, 당 현종)의 개변(開邊)하려는 생각은 끝이 없다'는 사실이다. 그리고 다시 두보는 파괴된 사회 속에, 고단하게 지친 인간들의 체념과 풀릴 날이 없는 슬픔을 읊고 있다.

087. 麗人行 아름다운 여인을 노래하다 ● 杜甫두보

三月三日天氣新　長安水邊多麗人

態濃意遠淑且眞　肌理細膩骨肉均

繡羅衣裳照暮春　蹙金孔雀銀麒麟

頭上何所有　翠微匎葉垂鬢脣

背後何所見　珠壓腰衱穩稱身

就中雲幕椒房親　賜名大國虢與秦

<ruby>紫<rt>자</rt>駝<rt>타</rt>之<rt>지</rt>峯<rt>봉</rt>出<rt>출</rt>翠<rt>취</rt>釜<rt>부</rt></ruby>　　<ruby>水<rt>수</rt>精<rt>정</rt>之<rt>지</rt>盤<rt>반</rt>行<rt>행</rt>素<rt>소</rt>鱗<rt>린</rt></ruby>

<ruby>犀<rt>서</rt>筯<rt>저</rt>厭<rt>염</rt>飫<rt>어</rt>久<rt>구</rt>未<rt>미</rt>下<rt>하</rt></ruby>　　<ruby>鸞<rt>난</rt>刀<rt>도</rt>縷<rt>누</rt>切<rt>절</rt>空<rt>공</rt>紛<rt>분</rt>綸<rt>륜</rt></ruby>

<ruby>黃<rt>황</rt>門<rt>문</rt>飛<rt>비</rt>鞚<rt>공</rt>不<rt>부</rt>動<rt>동</rt>塵<rt>진</rt></ruby>　　<ruby>御<rt>어</rt>廚<rt>주</rt>絡<rt>락</rt>繹<rt>역</rt>送<rt>송</rt>八<rt>팔</rt>珍<rt>진</rt></ruby>

<ruby>簫<rt>소</rt>鼓<rt>고</rt>哀<rt>애</rt>吟<rt>음</rt>感<rt>감</rt>鬼<rt>귀</rt>神<rt>신</rt></ruby>　　<ruby>賓<rt>빈</rt>從<rt>종</rt>雜<rt>잡</rt>遝<rt>답</rt>實<rt>실</rt>要<rt>요</rt>津<rt>진</rt></ruby>

<ruby>後<rt>후</rt>來<rt>래</rt>鞍<rt>안</rt>馬<rt>마</rt>何<rt>하</rt>逡<rt>준</rt>巡<rt>순</rt></ruby>　　<ruby>當<rt>당</rt>軒<rt>헌</rt>下<rt>하</rt>馬<rt>마</rt>入<rt>입</rt>錦<rt>금</rt>茵<rt>인</rt></ruby>

<ruby>楊<rt>양</rt>花<rt>화</rt>雪<rt>설</rt>落<rt>락</rt>覆<rt>복</rt>白<rt>백</rt>蘋<rt>빈</rt></ruby>　　<ruby>青<rt>청</rt>鳥<rt>조</rt>飛<rt>비</rt>去<rt>거</rt>銜<rt>함</rt>紅<rt>홍</rt>巾<rt>건</rt></ruby>

<ruby>炙<rt>적</rt>手<rt>수</rt>可<rt>가</rt>熱<rt>열</rt>勢<rt>세</rt>絕<rt>절</rt>倫<rt>륜</rt></ruby>　　<ruby>慎<rt>신</rt>莫<rt>막</rt>近<rt>근</rt>前<rt>전</rt>丞<rt>승</rt>相<rt>상</rt>瞋<rt>진</rt></ruby>

삼월 삼일 날씨도 청명한데
장안의 물가에는 미인도 많네.
농염한 자태 속내 깊고 정숙 차분하며
살결이 곱고 통통하며 잘빠진 몸매이네.
수놓은 비단 의상이 늦봄에 빛나는데
금실의 공작새와 은박의 기린이라네.
머리엔 무얼 썼는가?
푸른빛 감도는 장식에 귀밑머리 드리웠네.
뒷모습은 어떠하냐면
구슬 박은 허리띠가 몸에 딱 어울린다네.
구름 휘장 안에는 귀비의 친척들이니

이름하여 언니인 괵국부인과 진국부인이라네.

자색 낙타 혹 요리가 비취 솥에서 내며

수정 쟁반엔 새하얀 생선회가 담겼네.

무소 젓가락도 물렸는지 오래 대지 않지만

주방 요리사는 가늘게 써느라 공연히 바쁘네.

내시 탄 말이 바빠도 먼지 아니 일고

황궁 주방선 실을 나듯 팔진미를 보내온다.

풍악 소리 슬피 울어 귀신도 감동하는데

주인 종자 뒤섞여 많지만 모두 높은 사람들이네.

뒤에 수레 타고 오는 이 어찌 뽐내는가?

휘장 앞에 내리더니 비단 자리에 들어앉네.

버들개지 눈처럼 날려 흰 부평초를 덮으니

파랑새 날더니 붉은 수건 물어다 준다네.

손을 델 듯 뜨거운 권세가 비할 데 없어도

삼가 앞에 가지 말게, 승상이 눈을 부라리네.

註釋

▶ 〈麗人行(여인행)〉: '아름다운 여인을 노래하다'. 양귀비와 그 자매의
생활을 빗대어 노래하였다. 앞의 〈병거행(兵車行)〉과 같이 두보가 창작
해낸 신악부시이다.

▶ 三月三日天氣新(삼월삼일천기신) : 三月三日(삼월삼일) - 음력 3월의 상
사일(上巳日)에 곡수(曲水)에 술잔을 띄워 마시며 요사한 기운을 씻어낸
다는 수계(修禊) 풍속이 있었는데 위대(魏代)부터는 상사일을 따지지 않
고 3월 3일에 행해졌다. 天氣新(천기신) - 날씨가 좋다.

▶ 長安水邊多麗人(장안수변다여인) : 水邊(수변) - 냇가. 麗人(여인) - 미
려지인(美麗之人).

▶ 態濃意遠淑且眞(태농의원숙차진) : 濃 짙을 농. 농도가 진하다. 態濃(태
농) – 자태가 요염하다. 意遠(의원) – '뜻이 고원하다'. 여기서는 '알 수
없는' 정도로 해석해야 한다. 여인의 속마음의 호오(好惡)는 남자들이
정말 모른다. 그러니 '의원(意遠)'이라 표현할 수밖에 없다. 淑且眞(숙차
진) – 정숙하면서도 차분하다.

▶ 肌理細膩骨肉均(기리세니골육균) : 肌 살 기. 피부. 細(세) – 연약하다,
보드랍다. 膩 미끄러울 니. 살찌다. 肌理細膩(기리세니) – 살결이 보드랍
고도 통통한. 당대에는 통통한 여인을 미인으로 꼽았다고 한다. 骨肉均
(골육균) – 균형이 잡힌 신체.

▶ 繡羅衣裳照暮春(수라의상조모춘) : 繡羅衣裳(수라의상) – 수를 놓은 비
단 저고리와 치마. 의(衣)는 저고리, 상(裳)은 치마. 照(조) – 비추다,
빛을 내다. 暮 저물 모. 暮春(모춘) – 음력 3월은 늦은 봄이다.

▶ 蹙金孔雀銀麒麟(축금공작은기린) : 蹙 오그라들 축. 蹙金(축금) – 금박을
하다, 금실로 수놓다. 孔雀(공작) – 화려한 새. 麒麟(기린) – 인수(仁獸).
기린은 걸어 다녀도 살아 있는 벌레나 풀을 밟지 않는다고 한다. 사슴의

▌ 여인행(麗人行) 그림

몸에 쇠꼬리가 있고 불이 난 모양으로 그려지는 상상의 동물. 조류 중에서는 봉황을 상상한 것과 같은 이치이다.

▶ 頭上何所有(두상하소유) : 머리에는 무엇이 있나? 머리에는 무엇을 썼나?

▶ 翠微匌葉垂鬢脣(취미압엽수빈순) : 翠微(취미) – 엷은 녹색. 匌 부인의 머리 장식 압. 匌葉(압엽) – 꽃잎 모양 장식. 垂鬢脣(수빈순) – 귀밑머리는 옆으로 드렸다. 여인의 장식이나 부엌 기구, 남녀 옷차림이나 관, 또는 신발, 그리고 풀, 나무, 벌레 이름 등등이 번역에서 가장 어렵다. 왜냐하면 우리나라에는 그런 것이 없기에 우리말도 없기 때문이다.

▶ 背後何所見(배후하소견) : 背後(배후) – 등, 뒷모습.

▶ 珠壓腰衱穩稱身(주압요겁온칭신) : 珠壓(주압) – 구슬을 박은, 구슬이 박힌. 衱 옷자락 겁. 腰衱(요겁) – 요대(腰帶). 穩稱身(온칭신) – 멋지게 몸에 맞는. 온(穩)은 온전하다.

▶ 就中雲幕椒房親(취중운막초방친) : 就中雲幕(취중운막) – 구름 모양 휘장 안에는. 椒房(초방) – 후추를 벽에 바른 방. 후궁의 거처. 椒房親(초방친) – 여기서는 양귀비의 친척, 양귀비의 자매.

▶ 賜名大國虢與秦(사명대국괵여진) : 賜名(사명) – 황제가 하사한 이름. 虢 나라 이름 괵. 大國虢與秦(대국괵여진) – 양귀비가 총애를 받자 양귀비의 자매들은 한국부인(韓國夫人), 괵국부인(虢國夫人), 진국부인(秦國夫人)에 봉해졌다.

▶ 紫駝之峯出翠釜(자타지봉출취부) : 駝 낙타 타. 紫駝之峯(자타지봉) – 자줏빛 낙타 혹 등. 요리 이름. 당대의 귀족들은 타봉적(駝峯炙, 낙타 혹 구이)을 즐겨 먹었다고 한다. 翠釜(취부) – 비취빛 옥돌로 만든 솥.

▶ 水精之盤行素鱗(수정지반행소린) : 行(행) – 담다, 내어오다. 素鱗(소린) – 하얀 생선 요리.

▶ 犀筋厭飫久未下(서저염어구미하) : 犀筋(서저) – 무소뿔로 만든 젓가락. 厭 싫을 염. 飫 물릴 어. 너무 많이 먹어서 싫어지다. 厭飫(염어) – 음식에 물려. 久未下(구미하) – 오래도록 젓가락을 대지 않다.

▶ 鸞刀縷切空紛綸(난도누절공분륜) : 鸞 방울 란. 鸞刀(난도) – 요리된 고기를 자르는 방울 달린 칼. 縷切(누절) – 실같이 가늘게 썰어 저미다. 縷 실 루. 실가닥. 空紛綸(공분륜) – 공연히 부산하고 시끄럽다. 즉 주인들은 배가 불러 먹지도 않는데, 요리사가 공연히 방울 달린 칼로 요란하게 고기를 잘게 썰어 놓는다는 뜻.

▶ 黃門飛鞚不動塵(황문비공부동진) : 黃門(황문) – 내시. 鞚 재갈 공. 勒(륵)과 같음. 飛鞚(비공) – 다급하게 말을 몰고 뛰어온다.

▶ 御廚絡繹送八珍(어주락역송팔진) : 御廚(어주) – 대궐의 주방. 廚 부엌 주. 絡繹(낙역) – 계속하여, 쉬지 않고. 繹 풀어낼 역. 잇달아. 送八珍(송팔진) – 여덟 가지 진미. 웅장(熊掌, 곰 발바닥)이나 성순(猩脣, 원숭이 입술) 요리 등 사람마다 다르지만 하여튼 산해진미 중에서도 최고의 요리일 것이다.

▶ 簫鼓哀吟感鬼神(소고애음감귀신) : 簫鼓(소고) – 피리와 북, 음악 소리. 哀吟(애음) – 애절한 노랫소리.

▶ 賓從雜遝實要津(빈종잡답실요진) : 賓從(빈종) – 손님과 그 종자. 雜遝(잡답) – 서로 뒤섞이다. 遝 뒤섞일 답. 踏(답)과 같음. 實(실) – 채우다. 要津(요진) – 중요한 자리. 양국충(楊國忠)은 당시 실권자였다. 많은 사람들이 양국충을 맞이하려 모여들었을 것이다.

▶ 後來鞍馬何逡巡(후래안마하준순) : 後來鞍馬(후래안마) – 뒤에(나중에) 오는 귀족들. 何(하) – 몹시, 심히, 대단히. 逡 뒷걸음질 칠 준. 巡 돌 순. 逡巡(준순) – 느릿느릿 오는 모습, 거드름피우는 모양.

▶ 當軒下馬入錦茵(당헌하마입금인) : 軒 추녀 헌. 여기서는 양국충이 미리 준비해 놓은 장막 앞에 이르렀다는 뜻. 茵 자리 인. 수레에 까는 자리. 錦茵(금인) – 비단 자리.

▶ 楊花雪落覆白蘋(양화설락복백빈) : 蘋 개구리밥 빈. 白蘋(백빈) – 흰 꽃이 피는 부초(浮草, 개구리밥). 두보는 '양화(楊花)가 설락(雪落)하여 백빈을 덮는다'라는 구절로 양국충과 괵국부인의 추악한 간음을 비유했다. 떨어지는 버들개지가 백빈 위를 덮는다는 것은 실제의 봄 광경이다.

그러나 두보는 이것을 가지고 양국충이 한집안 같은 항렬인 괵국부인과
밀통한다는 뜻을 암시하였다.

▶ 靑鳥飛去銜紅巾(청조비거함홍건) : 靑鳥(청조) - 삼족오(三足鳥). 선녀.
서왕모(西王母)의 시종을 드는 파랑새, 하늘의 전령(傳令). 여기서는 비밀
스런 심부름을 하는 사람. 銜紅巾(함홍건) - 붉은 수건을 입에 물고 놀다.
여인의 비밀스런 응낙을 전하다.

▶ 炙手可熱勢絶倫(적수가열세절륜) : 炙 구울 적. 炙手可熱(적수가열) -
손이 화상을 입을 정도로 뜨겁다, 위세가 너무 심하다. 勢絶倫(세절륜)
- 그 권세를 당할 사람이 없다.

▶ 愼莫近前丞相瞋(신막근전승상진) : 愼莫近前(신막근전) - 조심해서 가
까이 가지 말라. 丞相(승상) - 여기서는 양국충. 瞋 부릅뜰 진.

▌ 양귀비 유연도(遊宴圖)

詩意

이 시는 천보 12년(753) 두보 나이 42세로, 안록산의 난이 일어나기 몇해 전에 지은 것이다. 양귀비는 미모로 해서 현종의 사랑을 독차지하게 되었고, 그의 일가친척들까지 온갖 세도를 누리게 되었다. 즉 큰언니는 한국부인, 두 동생은 괵국부인 및 진국부인이 되었다. 그리고 그들은 마냥 호화로운 생활을 했으며, 온갖 낭비를 서슴지 않았다.

특히 천보 11년에 우승상에 오른 양국충은 같은 형제 항렬인 괵국부인과 간통하여 세상 만인의 빈축을 샀다. 두보는 이러한 그들의 황음무도한 생활의 일면을 3월 3일 상사절(上巳節) 유락(遊樂)에 초점을 맞추어 예리하게 묘사했다.

이 시는 3단으로 나눌 수 있는데 1단은 12구까지로 3월 3일, 장안의 강가에 모인 여인들의 화려한 모습을 묘사하였다.

이어 2단은 낙타 혹 요리가 나오는 13구에서 20구까지로 귀비 일족의 화려한 음식과 풍악, 그리고 모여든 귀족들을 묘사하였다.

3단은 거드름피우며 등장하는 21구부터 마지막 구까지로 양국충의 권세와 추태를 고발하는 시인의 메시지로 채워져 있다.

사실 이 시에서는 양귀비 일족에 대한 비난이나 탄식도 하나 없이 그냥 그대로 묘사하였는데, 읽어보면 구절구절이 모두 비난이며 탄식이 아니 나올 수 없으니, 이것이 바로 시인의 힘이 아니겠는가?

088. 哀江頭 슬픈 강가에서　● 杜甫두보

小陵野老吞聲哭　春日潛行曲江曲

江頭宮殿鎖千門　細柳新蒲爲誰綠

憶昔霓旌下南苑　苑中萬物生顏色

昭陽殿裏第一人　同輦隨君侍君側

輦前才人帶弓箭　白馬嚼齧黃金勒

翻身向天仰射雲　一笑正墜雙飛翼

明眸皓齒今何在　血污遊魂歸不得

淸渭東流劍閣深　去住彼此無消息

人生有情淚沾臆　江水江花豈終極

黃昏胡騎塵滿城　欲往城南望城北

소릉의 시골 노인은 소리를 삼켜 울먹이며
봄날에 곡강 구비에 가만히 갔었다.

강가 궁전의 대문은 모두 닫혀 있는데
가는 버들과 새 부들은 뉠 위해 푸른가?
생각건대 옛 무지개 깃발 남원에 내려설 제
동산 안의 만물이 빛이 났었지!
소양전昭陽殿 안에 첫째가는 사람은
연을 같이 타고 임금 따라와 옆에서 뫼셨지.
연의 앞에 선 재인才人들은 활과 살을 들었고
백마는 황금 재갈을 물고 있었지.
몸을 젖혀 하늘 향해 구름을 쏘았고
한번 웃음에 짝지어 날던 새 바로 떨어졌었지.
밝은 눈 흰 치아는 지금 어디에 있는가?
피묻은 떠돌이 혼령은 돌아오지 못하고 있다네.
맑은 위수渭水는 동으로 흐르고 검각은 깊이 있어
간 사람 남은 사람 피차에 소식도 없다네.
사람이 정이 있어 눈물이 가슴을 적시니
강물과 강변 꽃이 어찌 다하는 날 있으리오.
황혼에 호인胡人 말이 성안에 먼지 가득 피우니
성남에 가려면서 성북을 바라보네.

註釋

▶ <哀江頭(애강두)> : '슬픈 강가에서'. 두보가 숙종(肅宗) 지덕(至德) 2년
(757) 안사의 난(755-763) 중에 함락된 장안에서 지은 시이다. 영화가
지난 다음의 슬픔은 영화를 누리기 전보다 더 서글픈 법이다. 강가에
선 초로의 시인이 느끼는 슬픔은 우리의 마음도 아프게 한다. 江頭(강두)
– 곡강(曲江)의 모퉁이. 곡강은 강이 아니고 연못이 구부러져 있어 '곡강'
이라는 이름이 붙었다고 한다. 당 현종 때에 이곳에 자운루, 부용원, 행원

(杏園), 자은사(慈恩寺)가 있어 현종이 양귀비와 같이 와서 큰 잔치를 벌이기도 했던 곳이다. 자은사는 진사과 합격자들을 위한 잔치를 벌였던 곳이다. 낙유원(樂遊原)도 이곳이었는데 정월 그믐, 상사일(上巳日), 또는 9월 9일에 이곳에 많은 사람들이 모였었다. 지금은 모두 메워져 육지가 되었다.

▶ 小陵野老吞聲哭(소릉야로탄성곡) : 小陵(소릉) - 지금의 서안시(西安市) 동남에 있는 한 선제(漢宣帝)의 능인 두릉(杜陵) 동남쪽. 小陵野老(소릉야로) - 두보의 선조가 두릉 및 소릉 일대에 살았었기에 두보는 두릉포의 (杜陵布衣) 또는 소릉야로라고 자칭했다. 吞聲哭(탄성곡) - 소리를 삼키며 울다, 슬픔을 감추다.

▶ 春日潛行曲江曲(춘일잠행곡강곡) : 潛行(잠행) - 몰래 가다, 혼자 가다. 曲江曲(곡강곡) - 곡강의 구부러진 곳.

▶ 江頭宮殿鎖千門(강두궁전쇄천문) : 鎖 쇠사슬 쇄. 잠그다. 千門(천문) - 모든 출입문.

▶ 細柳新蒲爲誰綠(세류신포위수록) : 蒲 부들 포. 爲誰綠(위수록) - 누구를 위하여 푸른가?

▶ 憶昔霓旌下南苑(억석예정하남원) : 憶昔(억석) - 옛날을 생각하면. 霓 무지개 예. 旌 깃발 정. 南苑(남원) - 곡강 남쪽에 있던 부용지(芙蓉池). 苑 나라 동산 원. 서울 창덕궁의 뒷동산은 '금원(禁苑)'이다.

▶ 苑中萬物生顔色(원중만물생안색) : 顔色(안색) - 여기서는 '얼굴 표정'이 아니고 그냥 색깔, 채색의 뜻.

▶ 昭陽殿裏第一人(소양전리제일인) : 昭陽殿(소양전) - 한(漢)의 궁전, 한 성제(漢成帝)의 황후였던 조비연(趙飛燕)의 거처. 第一人(제일인) - 조비연이지만 현종의 총애를 받은 양귀비를 의미. '양옥환(楊玉環, 양귀비)은 통통하고 조비연은 말랐다(環肥燕瘦환비연수)'하여 서로 비교가 된다.

▶ 同輦隨君侍君側(동련수군시군측) : 輦 손수레 련. 侍君側(시군측) - 황제를 측근에서 모시다.

▶ 輦前才人帶弓箭(연전재인대궁전) : 才人(재인) - 정4품의 여관(女官). 여

기서는 양귀비를 모시는 상궁. 당 고종(唐高宗)의 황후 측천무후는 처음 입궁할 때 재인이었다.

▶ 白馬嚼齧黃金勒(백마작설황금륵) : 白馬(백마) - 양귀비 자매들도 백마에 황금 재갈을 물리고 비단 장니(障泥)를 한 말을 타고 화청궁(華淸宮)에 행차했다고 한다. 嚼 씹을 작. 齧 물어뜯을 설. 黃金勒(황금륵) - 황금으로 만든 재갈.

▶ 翻身向天仰射雲(번신향천앙사운) : 翻身(번신) - 몸을 뒤집다, 뒤로 젖히다.

▶ 一笑正墜雙飛翼(일소정추쌍비익) : 一笑(일소) - 양귀비의 한 번 웃음. 墜 떨어질 추. 雙飛翼(쌍비익) - 한 쌍이 되어 나는 새. 현종과 양귀비의 비극을 암시한다고 풀 수도 있다.

▶ 明眸皓齒今何在(명모호치금하재) : 眸 눈동자 모. 皓 흴 호. 희다, 하얗게 빛이 나는, 밝은 눈동자와 흰 치아, 즉 미인 양귀비. 今何在(금하재) - 지금은 어디에 있는가?

▶ 血汚遊魂歸不得(혈오유혼귀부득) : 汚 더러울 오. 遊魂(유혼) - 떠도는 혼령. 歸不得(귀부득) - 어디에도 안착을 못하다.

▶ 淸渭東流劍閣深(청위동류검각심) : 渭(위) - 위수(渭水). 위수는 강물이 맑고 경수(涇水)는 강물이 탁하다. 劍閣(검각) - 장안에서 촉(蜀)으로 들어가는 요새. 검각을 지나면 잔도(棧道)가 계속된다. 이 구절은 현종의 피난길을 묘사하였다.

▶ 去住彼此無消息(거주피차무소식) : 去住(거주) - 가는 이와 머무는 사람. 현종은 촉으로 갔고, 양귀비 시신은 마외파에 묻혔다.

▶ 人生有情淚沾臆(인생유정누첨억) : 沾 더할 첨. 臆 가슴 억. 淚沾臆(누첨억) - 눈물이 가슴을 적신다.

▶ 江水江花豈終極(강수강화기종극) : 豈終極(기종극) - 어찌 끝이 있으랴.

▶ 黃昏胡騎塵滿城(황혼호기진만성) : 胡騎(호기) - 호인의 기병. 안록산의 무리.

▶ 欲往城南望城北(욕왕성남망성북) : 城南(성남) - 두보가 살던 곳. 望城北(망성북) - (걱정이 되어) 성북을 바라보다. 숙종은 난 중에 장안의 서북

영무(靈武)라는 곳에서 즉위한다. 그래서 '장안 북쪽을 바라본다'라고 풀이하는 책도 있다. 두보가 벼슬을 얻고자 한 것은 숨길 수 없는 사실이지만 그렇다고 이러한 풀이는 너무 정치 지향적인 것 같다.

🌸 詩意

안록산의 난 이전이라면 봄의 곡강(曲江)에는 현종과 양귀비가 호사스럽고 즐겁게 잔치를 벌였을 것이고, 이에 따라 천지만물이 삶과 기쁨에 약동하는 듯했을 것이다. 그러나 이제는 고요하다. 만물이 죽은 듯이 잠잠할 뿐이다. 특히 옛날의 주인공 현종과 양귀비는 유명을 달리하였다.

두보는 곡강에 서서 이들 비극의 주인공을 연상하며 전란과 인생의 무상을 되씹으며 이를 읊었다. 두보의 이 시는 뒷날 백거이의 <장한가(長恨歌)>와 비교가 되지만 그 우열을 논할 소재는 아니다.

두보의 시에는 백성들을 이 지경으로 몰아넣은 위정자에 대한 반감이 배어나지만 그렇다고 공개적으로 비난할 수도 없었다. 다만 양귀비의 죽음, 현종의 퇴위 모두가 시인에게는 여러 가지 생각을 낳는 계기이며 소재이기에 자신의 소회(所懷)를 읊지 않을 수 없었다. 이 시의 슬픔은 '인생유정누첨억 강수강화기종극(人生有情淚沾臆 江水江花豈終極)' 두 구절에 집약되어 있다.

이 시는 곡강에 가서 느낀 시인의 느낌, 현종과 양귀비의 옛일에서 느낀 감상, 양귀비의 죽음과 그에 따라 인생의 슬픔에도 불구하고 강물은 흐르고 강가에 꽃은 핀다는 시인의 감상을 노래한 3단으로 나눌 수 있다. 그러나 시에 대한 느낌은 백인백색일 것이다.

089. 哀王孫 왕손을 슬퍼하다　　● 杜甫두보

長安城頭頭白烏　　夜飛延秋門上呼

又向人家啄大屋　　屋底達官走避胡

金鞭斷折九馬死　　骨肉不待同馳驅

腰下寶玦靑珊瑚　　可憐王孫泣路隅

問之不肯道姓名　　但道困苦乞爲奴

已經百日竄荊棘　　身上無有完肌膚

高帝子孫盡隆準　　龍種自與常人殊

豺狼在邑龍在野　　王孫善保千金軀

不敢長語臨交衢　　且爲王孫立斯須

昨夜東風吹血腥　　東來橐駝滿舊都

朔方健兒好身手　　昔何勇銳今何愚

竊聞天子已傳位　　聖德北服南單于

花門剺面請雪恥　慎勿出口他人狙
_{화 문 리 면 청 설 치}　_{신 물 출 구 타 인 저}

哀哉王孫慎勿疏　五陵佳氣無時無
_{애 재 왕 손 신 물 소}　_{오 릉 가 기 무 시 무}

장안 성에 머리가 하얀 까마귀가 나타나
밤새 연추문 위에 날아와 울고 있었다.
다시 인가로 날아가 큰 집을 쪼아대니
집에 살던 고관은 호인을 피해 떠나갔다.
황금 채찍 부러지고 구마九馬도 죽었으니
골육도 같이 달아나길 기대하지도 못했다.
허리엔 보옥과 푸른 산호를 차고 살았던
가련한 왕손이 길가 모퉁이서 울고 있었네.
그에게 물어도 이름을 말하려 아니하고
오르지 지치고 힘드니 종이라도 시켜 달라네.
이미 백여 일을 가시덤불 속에 지냈으니
몸에 성한 살도 살갗도 없다네.
고제高帝의 후손들은 모두 코가 우뚝하니
고제는 본래부터 보통사람과 달랐다네.
도적은 성내에 머물고 황룡은 들에 있지만
왕손은 천금의 귀한 몸을 잘 보존하소서.
긴 말을 네거리에서 할 수 없었기에
그래도 왕손을 위해 잠간이나마 서있었네.
엊저녁 동풍에 피비린내가 불어오더니
동에서 들어온 낙타가 장안에 가득하네.

북방의 건아들은 건강한 장사들이라서
전날엔 그리 용감하더니 지금은 왜 우둔한가?
소문엔 천자가 이미 전위傳位를 하였으며
성덕은 북녘의 남선우를 감복케 하여
설욕을 부탁하자 그들은 얼굴을 베어 약속했다니
입 밖에 내지 말고 남의 공격을 조심하시오.
슬프다! 왕손은 삼가며 소홀히 하지 마소.
오릉五陵의 훌륭한 기운 없어질 날 없으리라.

註釋

▶ <哀王孫(애왕손)> : '왕손을 슬퍼하다'. 이 시는 757년에 두보가 장안에서 <애강두(哀江頭)>와 같은 시기에 지은 시이다.

▶ 長安城頭頭白烏(장안성두두백오) : 長安(장안) 당의 국도(國都). 城頭(성두) 여기서 두(頭)는 명사 뒤에 붙는 접미사. 가두(街頭), 목두(木頭, 나무). 방위사 뒤에 붙기도 한다(예, 상두上頭, 위쪽). 또한 동사나 형용사 뒤에 붙어 추상명사를 만들기도 한다(예, 염두念頭, 읽을 만한 것). 頭白烏(두백오) 머리가 흰 까마귀. 불길한 징조.

▶ 夜飛延秋門上呼(야비연추문상호) : 延秋門(연추문) 궁궐의 서문(西門). 현종은 이 문을 나서 촉으로 몽진(蒙塵)했다. 경복궁 서문도 연추문이다. 呼(호) 울다.

▶ 又向人家啄大屋(우향인가탁대옥) : 啄 쫄 탁. 부리로 먹이를 쪼다. 大屋(대옥) 호귀(豪貴)한 사람의 집. 반란군이 민가에 난입하고 약탈했다는 뜻.

▶ 屋底達官走避胡(옥저달관주피호) : 達官(달관) 현달(顯達)한 관리. 胡(호) 여기서는 안록산의 무리. 안록산의 부친은 속특인(粟特人, 소그디니아인), 모친은 돌궐족의 무당이었다. 안록산은 장안을 점령하고서 대연(大燕) 황제를 참칭했지만 안질(眼疾)로 앞을 못 보게 되면서

성질이 난폭해졌다. 결국 아들 안경서(安慶緒)에게 피살되었다.

▶ 金鞭斷折九馬死(금편단절구마사) : 鞭 채찍 편. 九馬(구마) - 천자의 거기(車騎).

▶ 骨肉不待同馳驅(골육부대동치구) : 骨肉(골육) - 황족 일가. 馳 달릴 치. 驅 몰 구. 馳驅(치구) - 여기서는 피난하다.

▶ 腰下寶玦青珊瑚(요하보결청산호) : 腰 허리 요. 玦 패옥 결. 모난 곳이 하나도 없는 반달 모양의 옥. 珊 산호 산. 瑚 산호 호.

▶ 可憐王孫泣路隅(가련왕손읍로우) : 王孫(왕손) - 황실의 후예. 隅 모퉁이 우.

▶ 問之不肯道姓名(문지불긍도성명) : 不肯(불긍) - ~하려 하지 않다. 道 (도) - 말하다.

▶ 但道困苦乞爲奴(단도곤고걸위노) : 困苦(곤고) - 지치고 고통을 겪다. 乞 빌 걸. 애원하다.

▶ 已經百日竄荊棘(이경백일찬형극) : 已經(이경) - 이미. 竄 숨을 찬. 도망 가다. 荊棘(형극) - 가시덤불.

▶ 身上無有完肌膚(신상무유완기부) : 肌 살 기. 피부. 膚 살갗 부.

▌ 한 고조 유방(劉邦)

▶ 高帝子孫盡隆準(고제자손진융준) : 高帝(고제) - 한 고조 유방(劉邦). 隆 클 융. 크고 풍성하다. 準 평평할 준, 콧마루 절. 법도, 본받다. 隆準(융준) - 우뚝한 콧대. 이를 꼭 '융절'이라고 읽어야 한다며 박학을 자랑하는 이도 있지만 거의 모든 사람이 '융준'으로 읽고, 또 그렇게 통한다.

▶ 龍種自與常人殊(용종자여상인수) : 龍種(용종) - 황족의 혈통. 천자는 용의 화신이라 믿었기에 그 후손을 용종이라 했다.

▶ 豺狼在邑龍在野(시랑재읍용재야) : 豺狼(시랑) - 승냥이와 이리. 안록산의 반란군. 龍(용) - 황제. 在野(재야) - 들로 피난을 갔다.

▶ 王孫善保千金軀(왕손선보천금구) : 千金軀(천금구) - 천금처럼 귀한 몸.

▶ 不敢長語臨交衢(불감장어임교구) : 長語(장어) - 오래 이야기하다. 衢 네거리 구. 交衢(교구) - 네거리, 행인 왕래가 많은 곳.

▶ 且爲王孫立斯須(차위왕손입사수) : 斯須(사수) - 잠시. 수유(須臾)와 같음.

▶ 昨夜東風吹血腥(작야동풍취혈성) : 昨夜(작야) - 어젯밤. 腥 비린내 성. 血腥(혈성) - 피비린내.

▶ 東來橐駝滿舊都(동래탁타만구도) : 橐 자루 탁. 駝 낙타 타. 東來橐駝(동래탁타) - 동쪽에서 온 낙타 떼. 안록산은 낙양과 장안을 함락시킨 뒤 낙타를 이용하여 장안의 보물들을 자신의 세력 근거지인 범양(范陽, 지금의 북경서 보정시保定市 일대)으로 반출했다. 舊都(구도) - 장안. 현종의 아들 숙종이 장안의 영무(靈武)에서 즉위하고 주둔해 있었기에 장안을 구도라 하였다.

▶ 朔方健兒好身手(삭방건아호신수) : 朔方(삭방) - 북방. 삭방절도사를 영무절도사(靈武節度使)라고도 하였는데, 당조(唐朝)에서 서북쪽의 돌궐족을 방어하기 위한 군진이었다. 朔方健兒(삭방건아) - 삭방절도사였던 가서한(哥舒翰)은 돌궐족 방어로 이름을 날렸다. 안록산의 군대와 반년 가까이 대치하였으나 결국 안록산 반군에게 패하였다. 好身手(호신수) - 훌륭한 솜씨. 신수는 용모와 풍채.

▶ 昔何勇銳今何愚(석하용예금하우) : 勇銳(용예) - 용맹하다. 今何愚(금하

우) - 지금은 어찌 그리 우둔한가. 가서한의 군대는 동관(潼關)에서 안록산에게 대패하였다. 때문에 장안은 적의 수중에 떨어졌다.

▶ 竊聞天子已傳位(절문천자이전위) : 竊 훔칠 절. 몰래. 竊聞(절문) - 소문으로 듣다. 天子已傳位(천자이전위) - 현종은 천보 15년(756) 7월, 태자에게 양위하고, 태자는 영무(靈武, 영하회족자치구寧夏回族自治區 중부의 영무시)에서 즉위하였다.

▶ 聖德北服南單于(성덕북복남선우) : 聖德(성덕) - 숙종의 덕행. 北服(북복) - 북쪽 지역을 감복시키다. 南單于(남선우) - 흉노의 부족장(통치자)을 선우(單于)라 하는데 남선우는 회흘(回紇, 위구르)족의 족장. 숙종은 위구르족과 화친을 맺고 그 군사력을 빌려 안록산 반란군의 토벌에 나선다. 單 오랑캐 임금 선.

▶ 花門剺面請雪恥(화문리면청설치) : 花門(화문) - 지명으로 위구르족의 활동지역. 여기서는 위구르족. 剺 벗길 리. 剺面(이면) - 위구르인들은 얼굴에 칼자국을 내어 약속을 표시한다. 雪(설) - 씻다. 雪恥(설치) - 치욕을 씻어내다.

▶ 愼勿出口他人狙(신물출구타인저) : 勿出口(물출구) - 입 밖에 내지 말라. 他人(타인) - 반란군이나 반란군에 투항한 관리들. 狙 원숭이 저. 노리다, 엿보다. 저격(狙擊).

▶ 哀哉王孫愼勿疏(애재왕손신물소) : 哀哉(애재) - 슬프다! 勿疏(물소) - 소홀히 하지 말라. 왕손은 위에서 남의 종[奴]이라도 되겠다고 했다. 몸을 잘 보존하라는 당부의 말.

▶ 五陵佳氣無時無(오릉가기무시무) : 五陵(오릉) - 당 고조(唐高祖) 이연(李淵)의 헌릉(獻陵), 태종(太宗)의 소릉(昭陵) 등 오릉. 佳氣(가기) - 상서로운 기운. 無時無(무시무) - 없는 때가 없다. 당의 융성은 반드시 있을 것이다.

詩意

안록산의 반란군이 지덕(至德) 원년(756) 6월, 동관을 격파하고 장안에 밀려오자, 현종은 왕자, 왕손 및 양귀비, 귀비의 사촌 양국충 등 극소수의 측근만을 데리고, 비밀리에 연추문(延秋門)을 통해 멀리 촉으로 다급하게 피했다. 그러므로 장안에는 많은 왕손과 고관대작이 남아 있었으며, 반란군이 장안을 점령하자, 적에게 살해되었다.

당시 두보도 피난을 가지 못하고 장안에서 반란군의 감시를 받고 있었다. 이때 한 왕손을 만났으며, 그 왕손도 피난을 가지 못하고 들이나 산속을 헤매면서 몸을 숨기고 살아남기 위하여 극심한 고생을 다 겪고 있었다. 두보는 그를 불쌍히 여기고, 동시에 조심하고 후일을 기하자고 위안을 해주었다.

이 시는 3단으로 나눌 수 있는데 처음 6구는 큰 변란을 예고하는 여러 가지 불길한 징조를 서술하여 시의 전체 내용을 암시하였다.

2단에서는 길에서 만난 왕손에 대한 묘사와 전란을 이야기하였다. 이어 절문천자이전위(竊聞天子已傳位)에서부터 끝까지는 3단으로 장안은 수복될 것이며, 당은 다시 융성할 것이라는 간절한 희망을 담아 마무리하였다. 시의 사실적 내용은 '시사(詩史)'라 할 수 있으며, 1단과 3단을 각각 6구로 시작과 끝을 맞춘 것도 두보가 공을 들여 창작했다는 사실을 말해주고 있다.

5. _____

五 _____

言 _____

律 _____

詩 _____

【율시律詩의 규칙과 특징】

중국의 시가를 고체시와 근체시로 구분하고 근체시는 오언율시와 칠언율시, 배율(排律)로 대별할 수 있다. 당나라 시대에는 고체시에 대하여 신체시를 간략히 '신시(新詩)'라고 하였으니 고시에 비하여 새로운 형식이라는 의미가 있다.

고체시와 다른 형식의 근체시, 특히 율시는 다음과 같이 서로 다르다. 시 한 수 안에서 고체시는 운을 바꿀 수 있으나(환운換韻 또는 전운轉韻) 근체시는 1수1운을 운용하는데 이를 '일운도저격(一韻到底格)'이라 한다. 압운(押韻)에 있어서도 고체시는 측성(仄聲, 상성上聲·거성去聲·입성入聲)으로도 압운할 수 있고 유사한 운을 섞어 운용할 수 있지만, 근체시는 언제나 평성(平聲)만으로 압운해야 한다.

율시는 한 편이 4운8구로 정해져 있기에 오언은 5 × 8구 = 40자, 칠언은 7 × 8구 = 56자로 글자수가 정해져 있다. 이에 비해 절구(絶句)는 2운4구로 5 × 4 또는 7 × 4구로 20자와 28자로 고정이 된다.

율시의 압운은 2, 4, 6, 8구에 압운하고 1구에서는 칠율은 압운해야 하고 오율은 압운할 수도, 안할 수도 있다. 이러한 압운의 규칙이나 평측(平仄)이 법도에 맞느냐 안 맞느냐를 따지면서 합률(合律), 또는 비합률(非合律)이라 하여 시의 품격을 논하였다.

율시는 2구가 1연이 되어 첫째 연부터 수련(首聯) – 함련(頷聯, 턱 함) – 경련(頸聯, 목 경) – 미련(尾聯, 말련末聯)이라 부른다. 그리고 각 연의 상구(上句)를 '출구(出句)', 하구(下句)를 '대구(對句)'라고 부른다.

율시에서 구(句), 연(聯), 압운 이외에 반드시 고려해야 할 중요 사항은 평측이다. 평측의 배열은 같은 평측 2자를 한 단위로 하여 평성자와 측성자를 교대로 사용하여 작시하여야 한다. 이 평측의 배열에 2 4부동(二四不同)이나 2 6대(二六對)의 원칙이 적용되어야 하고, 고평(孤平), 고측(孤仄), 하삼련(下三連)의 위반이 있어서도 안 되며, '반법(反法)', '점법(粘法)'과 같은 규칙을 지켜야 한다. 이러한 평측의 규칙이나 원칙이 맞지 않으면 음시(吟詩)의 리듬이 깨지기 때문에 작시에서 매우 고심할 수밖에 없다. 그러나 우리말로 오언이나 칠언의 율시를 음영할 때는 거의 느낌이 오지 않기에 우리가 평측을 이해하고 작시에 적용하기에는 매우 난감한 문제이다.

율시에서는 시의 내용을 구성하는 데 있어 기승전결(起承轉結)의 대원칙이 적용되어야 한다. 수련에서는 한 편의 뜻을 제시하거나 의논의 주제를 드러내고[起], 함련에서는 그 취지를 더욱 분명히 강조하거나 드러내기 위한 묘사나 서술이 이어진다[承].

경련 또는 3구에서는 의논이나 서술의 다른 일면을 제시하거나 주제를 완곡히 표현하여 다른 생각의 가능성을 열어 놓는데[轉], 이는 서경이나 서정 또는 의논의 반전(反轉)이라는 뜻에서 묘미를 일깨우거나 강조하는 역할을 한다. 그리고 미련에서 시인의 주견이나 주관을 확실하게 강조하며 마무리를 한다[結].

그리고 중요한 것은 율시의 경우 함련에서는 필히 대우(對偶, 대장對仗)를 이루어야 하고, 경련은 반드시 대우를 이루지 않아도 된다. 대우가 잘 짜인 것을 '대우공정(對偶工整)'이라 하는데, 절구(絶句)에서는 대우가 아니어도 괜찮다. 또 율시에서는 제목에 쓰인 글자를 시에서 다시 쓰지 않거나, 시에 첩어(疊語)나 중출(重出)이 없어야 한다. 그러나 이러한 규정은 하나의 원칙이고 이러한 규칙을 다 지켜 글자를 고르고 표현하다 보면 시인의 의도가 왜곡될 수도 있다. 때문에 이러한 원칙에서 벗어나면 '파격(破格)'이라고 칭찬받을 수도 있지만 반대로 비난을 받을 소재가 된다.

작시에서는 이러한 여러 규칙을 준수하려고 우선은 노력하여야 한다. 다만 규칙에서 벗어나지만 시의가 뚜렷하거나 묘사가 참신하면 소소한 위반은 문제가 되지 않는다.

오언율시의 평측과 압운, 대우의 규율이 준수되면서 10구 이상의 장시(長詩)를 배율(排律) 또는 장률(長律)이라고 한다. 말하자면 이는 8구라는 제한이 적용되지 않는 율시이다.

특히 당의 과거시험에서는 오언 12구의 배율이 원칙이었는데 이를 시율(詩律)이라 하였다. 중당(中唐)의 백거이(白居易)나 원진(元稹)은 20구 이상 배율을 창작하였지만 일반 시인들에게 배율은 창작의 어려움도 있지만 시의 내용구성이 어려웠기에 오언이나 칠언의 율시에 비하여 극히 적은 양에 머물렀다.(≪당시삼백수≫에는 배율 작품을 수록하지 않았다)

【평측平仄】

이는 시어 선택 방법의 하나로 글자의 고저와 장단과 강약을 조절하여 시의 운율미를 만들어 내는 방법이다. 평측은 시구 음의 단조로움을 피하기 위하여 평성자와 측성자를 일정하게 교차 사용하여 음조를 다양화 시키고 운율을 조성하는 수단이다.

이는 중국어의 특징 중의 하나인 사성(四聲)에 바탕을 둔 것인데 우리 언어와 비교하여 이해하기가 쉽지 않다. 중국어의 평성(平聲), 상성(上聲), 거성(去聲)과 입성(入聲)을 사성이라 하는데, 이 사성 중에서 평성(평조와 장조, 현대의 제1성과 2성)이 율시의 운으로 쓰이고, 상성, 거성과 입성을 측성(仄聲, 기울 측)이라 구분한다.

중국어는 같은 음이라도 성조(聲調)에 따라 의미가 달라지기에 그들의 일상적 언어생활에서 평성과 측성의 구분과 활용은 그다지 어렵지 않고, 그러한 운의 배치가 다른 것도 쉽게 인지할 수 있다. 한시(漢詩)에서 음의 질은 압운으로, 음의 양은 평측으로 조절하기에 압운과 평측으로 조율미가 형성되고 동시에 창(唱, 또는 음吟)을 할 수 있다.

평측의 운용 방법으로 측기식(仄起式)과 평기식(平起式)이 있고 이에 여러 가지 제약이 있다. 한시의 작시에서는 이런 평측의 제한을 받아들여야 한다. 우리말에는 중국어와 같은 성조가 없기에 예를 들어 마(馬)와 마(麻)는 똑같이 '마'이지만 중국인들은 마(馬mǎ)와 마(麻má)를 발음으로 구분하여 글자를 보지 않고서도 뜻을 이해한다. 우리 시가에서는 평측 대신 일정한 음절수를 규칙적으로 반복하여 음악적인 리듬을 만들어 낸다. 한시의 번역에서 평측을 고려한 우리말 번역은 불가능하다. 그래도 우리말 번역에서는 우리 시가의 운율에 따라 어휘 선택이나 음절수의 조절을 고려하여야 한다.

압운과 평측을 고려하는 근체시에서 우리가 쓰는 일상적 단어들이 바뀌어 시어로 쓰이는 경우가 많다. 우리가 '경하(慶賀)'라는 말을 사용하는데, 이 단어가 시에서는 '하경(賀慶)'으로 바뀌어 사용된다. 이러한 예로 부침(浮沈)→침부(沈浮), 붕우(朋友)→우붕(友朋), 반야(半夜)→야반(夜半), 진전(進展)→전진(展進), 환락(歡樂)→낙환(樂歡), 천장지구(天長地久)→지구천장(地久天長)으로 바뀌어 쓰인다.

또한 평측과 압운을 위하여 별반 쓰이지 않는 새로운 용어를 만들어 쓰는데 다음과 같은 예를 볼 수 있다. 추국(秋菊)→추종(秋從), 추성(秋聲)→청상(淸商), 강직(降職)→좌천(左遷), 변강(邊疆)→해복(海服), 적막(寂寞)→적료(寂廖), 전차(前次)→전도(前度) 등이 그러한 예라고 할 수 있다.

【대구對句】

우리가 쓰는 일상 언어에서도 서로 반대 속성을 가진 말을 대비하면 그 특성이 상대적으로 확실하게 드러난다.

시적 표현에서 천(天)과 지(地), 일(日)과 월(月) 같은 단어를 당(唐) 상관의(上官儀)는 정명대(正名對)라 하였다. 그리고 화엽(花葉)과 초모(草茅)와 같은 말은 동류대(同類對), 혁혁(赫赫)과 소소(蕭蕭) 같은 표현은 연주대(連珠對), 녹류(綠柳)와 황괴(黃槐) 같은 경우는 쌍성대(雙聲對), 방광(放曠)과 방황(彷徨) 같은 짝은 질운대(迭韻對), 춘수춘화(春樹春花)와 추지추월(秋池秋月) 같은 표현은 쌍사대(雙似對)라면서 이를 육대(六對)라고 했다.

이처럼 대구는 연관되는 현상이나 사물 또는 유사하거나 아니면 반대의 속성을 서로 짝으로 나열하거나 대비시켜 표현과 형상의 특성을 강조하는 작법이며 표현방법이다. 이러한 대구법의 활용으로 시어의 생동감을 높이고 정서를 강조할 수 있다.

대구는 율시의 필수 조건으로 시의 3행과 4행, 5행과 6행은 대구가 있어야 한다는 원칙이 있다. 절구(絶句)에서는 꼭 대구가 있어야 하는 것은 아니지만 시인들이 즐겨 대구로 표현하는 경우가 많다.

두보의 <강남봉이구년(江南逢李龜年)>의 '기왕댁리심상견(岐王宅裡尋常見)'과 '최구당전기도문(崔九堂前幾度聞)'에서 기왕(岐王)과 최구(崔九), 댁리(宅裡)와 당전(堂前), 심상(尋常, 자주)과 기도(幾度, 몇 번), 견(見)과 문(聞)은 완벽한 대구형식이다.

또 두보의 <객지(客至)>의 2연인 '화경부증연객소(花徑不曾緣客掃)', '봉문금시위군개(蓬門今始爲君開)'에서 화경(花徑)과 봉문(蓬門), 부증(不曾)과 금시(今始), 연객소(緣客掃)와 위군개(爲君開)는 완전한 대구를 이루고 있어 그 형상이 뚜렷하게 각인된다.

또 3연의 '반손시원무겸미(盤飧市遠無兼味)', '준주가빈지구배(樽酒家貧只舊醅)'에서 반손(盤飧)과 준주(樽酒)는 명사로, 시(市)와 가(家)는 명사로, 원(遠)과 빈(貧)은 형용사, 또 무(無)와 지(只, 지유只有의 뜻), 겸(兼)과 구(舊)가 형용사로, 미(味)와 배(醅, 거르지 않은 술 배)는 명사로 각각 대구를 이루고 있다.

본래 근체시의 대구는 같은 자를 중복해서 쓰지 않고 평성자와 측성자가 서로 대조를 이루어야 한다지만 고체시의 경우 반드시 적용되지는 않는다. 대구의 경우 뜻이 분명하여 대구임을 알 수 있는 경우도 있지만 추상적 개념어에서는 대조적이지 않은 것도 있다.

근체시의 두드러진 특성의 하나인 이 대구에 대한 이해가 부족하거나 대구의 중요성을 간과하거나 경시하여 의역하는 것은 옳지 못하다. 또 대구를 바르게 활용하지 못해 시적 운율의 맛을 놓쳐서도 안 되는 만큼 생동하고 간결한 대구에 걸맞는 우리말을 찾아내도록 노력하여야 한다.

또한 대구의 번역에는 번역문의 품사나 어의(語義, 말뜻)가 짝이 되게 만들거나 대구를 번역한 문장의 길이가 가지런하도록 힘써야 할 것이다. 물론 고립어인 한자 시어와 교착어(膠着語)인 우리말 시어의 적용이 딱 일치할 수 없다는 것을 인정하지만, 그래도 시적 정서의 흐름이나 예술적 감각에 구김살이 없도록 깊이 생각하고 또 다듬어야 할 것이다.

090. 經魯祭孔子而歎之 노에 가서 공자를 제사하고
탄식하다 ● 唐당 玄宗현종

夫子何爲者　栖栖一代中

地猶鄹氏邑　宅卽魯王宮

歎鳳嗟身否　傷麟怨道窮

今看兩楹奠　當與夢時同

공자孔子는 무슨 일을 하신 분인가?
일대를 바쁘게만 돌아다녔다.
살았던 곳은 추읍이었으나
옛집은 한漢 노왕魯王의 왕궁이 되었다.
봉황도 오지 않아 막힌 신세를 한탄하며
기린을 슬퍼하고 도가 다했다 원망했다.
이제 두 기둥 사이에 제사 올리니
그때 꿈꾸던 모습과 똑같다 하리라.

● 作者　당 현종(唐玄宗, 이융기李隆基 685-762) - 풍류황제의 두 얼굴
당에서 재위(712-756, 44년) 기간이 가장 긴 황제. 예종(睿宗)의 셋째 아들.

현종은 묘호(廟號). 시호는 지도대성대명효황제(至道大聖大明孝皇帝). 보통 당명황(唐明皇)이라 부른다. 중종(中宗)을 시해한 황후 위씨(韋氏)를 처단하고 아버지 예종을 복위시켰다가 예종의 양위를 받아 28세에 즉위하였다. 즉위하고 30년간은 '개원지치(開元之治)'라 하여 당의 최전성기를 맞이했다.

그러나 장기간 재위에 따라 정사에 게을러져서 천보 연간(742-756)에 양귀비를 좋아했고, 간신 이임보와 양국충을 중용하고 안록산을 신임하여 결과적으로 안사(안록산과 그 부장 사사명史思明)의 난을 초래했다. 756년에 아들 숙종(肅宗)에게 양위하였고, 757년에 안록산이 아들 안경서에게 피살된 뒤에 장안으로 돌아와 태상황으로 살다가 762년에 78세에 죽었다.

음악적 재능이 뛰어나 당조의 음악 발전에 큰 영향을 주었는데, 현종 자신이 비파와 북을 연주하기를 좋아하였고 <예상우의곡(霓裳羽衣曲)> 등 100여 곡을 작곡하였다. 악공을 직접 선발하고 궁녀들을 모아 가무를 익히게 하였는데 이를 이원(梨園)이라 불렀다. 중국의 예인들은 현종을 '노랑신(老郎神)'이라 하여 자신들의 직업의 신으로 숭배하고 있다.

참고로 안록산의 난이 일어나기 전해인 천보 13년(754)의 당의 국세는 전국 321군에 1,530개의 현, 16,829개소의 향(鄕)이 있었다. 그리고 9,069,154호에 총 인구는 52,880,488명이었다고 한다.

🌸 **註釋**

▶ <經魯祭孔子而歎之(경로제공자이탄지)> : '노에 가서 공자를 제사하고 (공자를 두고 그 뜻을 이루지 못했음을) 탄식하다'. 당 현종은 개원 13년 (725) 태산에서 봉선례(封禪禮)를 행하고 노(魯) 창평향(昌平鄕)에 있는 공자의 구택(舊宅)에 행차해서 제사를 지냈다는 기록이 《신당서(新唐書)》에 있다. 이 시는 그때 지은 것이다. 당 태종은 공자를 '선성(先聖)'으로 높였고, 당 현종은 개원 27년에 공자를 '문선왕(文宣王)'에 봉했다. 이후 공자의 존호는 계속 늘어 송대에는 '지성문선왕(至聖文宣王)', 청조(淸朝)에서는 공자를 '대성지성문선선사(大成至聖文宣先師)'라 불렀다.

▶ 夫子何爲者(부자하위자) : 夫子(부자) - 일반적으로는 남자의 통칭. 공자의 제자들은 공자를 '부자'라 호칭했다.(예, 曾子曰 夫子之道 忠恕而已矣.《논어 이인里仁》/ 子貢曰 夫子之文章可得而聞也.《논어 공야장公冶長》)

▶ 栖栖一代中(서서일대중) : 栖 깃들 서. 살다. 棲(서)와 같음. 栖栖(서서) - 바쁜 모양. '공자 그분은 무엇 때문에 저리 바쁘신가.(微生畝謂孔子曰, 丘 何爲是栖栖者與.《논어 헌문憲問》)

▶ 地猶鄹氏邑(지유추씨읍) : 鄹 나라 이름 추, 땅 이름 추. 鄒(추)와 같음. 공자의 부친 숙량흘(叔梁紇)이 대부로 있던 땅. 지금의 산동성 남부 곡부시(曲阜市).

▶ 宅卽魯王宮(택즉노왕궁) : 宅 집 택. 魯王宮(노왕궁) - 한 경제(漢景帝)의 5자인 노왕(魯王)은 집 치장을 즐겼는데 공자의 고택을 헐고 자신의 집을 넓혔다고 한다.

▶ 歎鳳嗟身否(탄봉차신비) : 歎鳳(탄봉) - 공자는 봉황이 오지 않는다면서 자신의 늙음을 한탄하였다.(子曰, 鳳鳥不至 河不出圖, 吾已矣.《논어 자한子罕》) 嗟 탄식할 차. 否 막힐 비, 주역의 괘 이름 비, 아닐 부. 身否(신비) - 자신의 운명이 트이질 않고 막히다.

▶ 傷麟怨道窮(상린원도궁) : 傷麟(상린) - 기린이 잡혀 죽은 것을 슬퍼하다. 道窮(도궁) - 자신의 도(道)가 다하다. 공자는 기린이 출현하였는데 숙손씨(叔孫氏)의 마부에게 잡혀 죽은 것을 확인하고는 "기린이다. 기린이 출현했다가 죽었으니 나의 도도 이제는 다하였다."고 말했다.

▶ 今看兩楹奠(금간양영전) : 楹 기둥 영. 큰 건물의 기둥. 奠 제사 지낼 전. 兩楹奠(양영전) - 정당(正堂)에 모시고 제사를 올리다.

▶ 當與夢時同(당여몽시동) : (지금의 이런 제사를 받는 것이) 공자가 꿈을 꾼 그 모습과 틀림없다. 공자는 기원전 479년 73세에 노환으로 죽었는데 죽기 전에 자신이 큰 집의 두 기둥 사이에 앉아 있는 꿈을 꾸었다고 한다. 그리고 병석에 누워 7일 뒤에 죽었다. '인생은 73이나 84(人生七十三八十四)'라는 중국 속담이 있다. 공자는 73세, 맹자는 84세에 죽었다. 당시로서

는 무척 장수한 셈이다.

🌸 詩意

공자의 일생에 대한 지식이 조금이라도 있어야 제대로 새길 수 있는 시이다. 사실 공자는 하급 서리 신분으로 노(魯)의 대사구(大司寇)를 잠시 역임하였으나 정치적으로 그 뜻을 펼 수 없었다.

기원전 497년, 55세의 공자는 노나라를 떠나 각국을 여행한다. 공자가 노나라를 떠난 이유를 명확하게 설명한 사료도 없으며 오랜 기간의 외유에 관하여 《논어》에도 극히 간단한 서술이 있을 뿐이다. 하여튼 공자는 당시 노나라의 실권자 계환자(季桓子)와 갈등이 있었다고 추정할 수 있다.

공자는 68세 되는 해까지 14년간 자신의 도를 실현할 수 있는 나라를 찾아 다녔다. 당시 노나라 주변의 약소국인 위(衛), 송(宋), 진(陳), 채(蔡) 등에 주로 머물렀고 진(晉), 초(楚), 제(齊) 같은 큰 나라에는 가지도 않았다. 이러한 외유를 공자가 천하를 주유(周遊)했다고 표현하지만 사실은 많은 역경과 난관만을 겪었을 뿐 끝내 뜻을 이루지 못했다. 공자가 각국을 돌아다니는 동안 정(鄭)나라 성문에서는 일행과 떨어져 '상가지구(喪家之狗, 상갓집의 개)'처럼 처량한 상황에 처하기도 했으며, 광(匡)이란 곳에서는 마을 사람들의 공격을 받아 목숨이 위태로웠던 때도 있었다. 뿐만 아니라 진(陳)나라와 채(蔡) 사이에서는 식량이 떨어져 7일 동안 굶기도 했다.

우리가 흔히 쓰는 '상가지구'란 《사기 공자세가(史記 孔子世家)》에 나오는 표현이다. 상갓집 개는 주인이 경황이 없어 먹을 것을 챙겨 줄 수 없다. 떠돌아다녔던 공자의 생활을 이렇게 표현한 것은 공자 같은 성인일지라도 일상생활은 결코 쉽지 않았다는 점을 후세에 전해주기 위한 사마천의 의도였다고 생각한다. 하여튼 공자는 사후에 그 제자들의 활동에 의해 존중받았고 역대 황제의 제사를 받는 고귀한 신으로 상승하였다.

당 현종의 이 시를 공자의 일생을 알 수 있는 주요한 자료로 활용하는 것도 의미 있는 일일 것이다.

091. 望月懷歌 망월하며 사람을 그리는 노래

● 張九齡 장구령

海上生明月　天涯共此時

情人怨遙夜　竟夕起相思

滅燭憐光滿　被衣覺露滋

不堪盈手贈　還寢夢佳期

바다 위로 밝은 달이 떠오르니
하늘 저쪽 같이 달을 보시리라.
임도 긴긴 밤을 원망하리니
밤을 새며 나를 생각하리라.
촛불 끄니 새벽 달빛 가득하고
옷을 걸치니 이슬이 젖어 온다.
한줌 가득히 담아 드리지 못하니
다시 자리에 들어 만날 꿈을 꾸리라.

🏵 **註釋**

▶ <望月懷歌(망월회가)> : '망월하며 사람을 그리는 노래'. 달을 보며 먼 곳에 있는 사람을 그리는 뜻을 노래하였다.

▶ 海上生明月(해상생명월) : 生(생) – 떠오르다.

▶ 天涯共此時(천애공차시) : 涯 물가 애. 끝. 天涯(천애) – 하늘 끝, 먼 곳에서, 헤어진 임이 있는 곳. 共此時(공차시) – 함께하는 때. 나와 같이 바라보고 있을 것이다. 수련(首聯)은 명월을 중심으로 해서 시상을 이끌어 내었다. 곧 이 시의 핵심(점제點題라고도 한다)은 명월이고, 명월에서부터 그리움을 풀어내었다.

▶ 情人怨遙夜(정인원요야) : 怨(원) – 원망하다, 한스럽게 여기다, 미워하다, 슬퍼하다. 遙 멀 요. 遙夜(요야) – 기나긴 밤, 장야(長夜). 정인(情人)도 나와 같이 이 긴 밤을 원망하고 있을 것이다.

▶ 竟夕起相思(경석기상사) : 竟 다할 경. 竟夕(경석) – 밤이 새도록. 起相思(기상사) – 나를 생각할 것이다. 시인은 달을 바라보는 것으로 그리움을 표현했고, 정인(情人)은 보다 더 구체적으로 긴 밤 내내 나를 생각한다고 상사(相思)의 감정을 서술했다. 요야(遙夜)는 만만(漫漫)한 장야(長夜)이고 상사 부절(不絶)이니 위와 아래가 대가 아닌 것 같지만 대가 된다. 곧 상구(上句)에서 끌어낸 감정이 그대로 하구(下句)에 이어지는 표현이다.

▶ 滅燭憐光滿(멸촉연광만) : 滅燭(멸촉) – 촛불을 끄다, 날이 새는 새벽이 되었다. 憐 불쌍히 여길 련. 여기서는 좋아하다. 憐光(연광) – 달빛. 촛불을 끄니 새벽 달빛이 가득하다.

▶ 被衣覺露滋(피의각로자) : 被衣(피의) – 옷을 걸치다. 露 이슬 로. 滋 불을 자. 옷을 걸치고 밖에 나오니 옷에 이슬이 젖어든다는 의미. 이는 경물(景物)이니 경물로 다음 연의 정감을 이끌어 낸다.

▶ 不堪盈手贈(불감영수증) : 堪 견딜 감. ~할 만하다, ~할 수 있다. 不堪(불감) – 하지 못하다. 盈 찰 영. 차다, 채우다. 盈手(영수) – 손에 가득, 손으로 담아. 贈(증) – 보내다. 새벽의 달빛은 가득 담아 보낼 수가

없다. 정인(情人)을 향한 그리움이 가득함을 묘사하였다.

▶ 還寢夢佳期(환침몽가기) : 還寢(환침) - 다시 침석(寢席)에 들다. 夢(몽)
  - 꿈꾸다. 佳期(가기) - 아름다운 기약, 다시 만나는 상상.

🌸 詩意

장구령은 개원(開元) 연간의 명상(名相)이었다. 이 시는 순수한 서정시보다
는 정치적 뜻을 품고 있는 서정시라고 볼 수 있다.

이 시에서는 수련(首聯)의 명월로 경치를 그려내었고, 그 경물로 다음 함련
(頷聯)의 정감을 끌어내었다. 수련에 이어 새벽 달빛을 그린 경련(頸聯)의
경물은 더 깊은 정감을 이끌어 내어 다시 꿈속에서라도 만나고 싶다는 절절
한 정감으로 미련(尾聯)을 맺었다.

따라서 이 시는 경중(景中)에 정(情)이 있다. 그리하여 정경이 함께 녹아
새로운 정서를 만들었다. 특히 마지막 연에서의 표현이 아름답고도 간절하
다.

092. 送杜少府之任蜀州 두소부가 임지인 촉주로
가는 것을 전송하다 ● 王勃왕발

城闕輔三秦 風煙望五津

與君離別意 同是宦遊人

海內存知己 天涯若比鄰

無爲在岐路 兒女共霑巾

성궐은 관중을 에워쌌고
풍연風煙 속에 오진五津을 그려본다.
그대와 헤어지는 이 마음
우리는 벼슬 따라 떠도는 사람.
해내에 지기가 있다면
어디든 이웃과 마찬가지다.
갈림길에서 아녀자처럼
눈물로 수건을 적셔서야 아니 되리!

作者　왕발(王勃, 650-676) – 요절(夭折)한 천재 시인

자(字)는 자안(子安). 초당의 시인으
로 양형(楊炯), 노조린(盧照鄰), 낙빈
왕(駱賓王)과 함께 '초당사걸(初唐四
傑)'로 불린다. 왕발의 생졸연도에 대
해서는 약간의 이설이 있지만 그는
아까운 나이 27세에 교지령(交趾令,
교지는 지금의 월남 북부지역)으로
근무하는 부친을 뵈러 바닷길을 여
행하다가 익사하였다. 때문에 어업
종사자들은 왕발을 '수선왕(水仙王)'
이라며 신앙처럼 숭배하고 있다.

할아버지 왕통(王通)은 수 양제(隋煬
帝) 때의 대유(大儒)였다. 어려서 매우 총명하여 6세에 글을 지을 줄 알았던
신동이었고, 14세에 과거에 급제하여 조산랑(朝散郞)이라는 관직을 받았
다. 그러나 고재박학(高才博學)한 젊은이로 그 재주를 믿고 오만한 데가
많아 관직생활은 순탄치 못했다.

이별이나 고향을 그리는 정감을 표현한 시가 많으며, 오율(五律)이나 오
절(五絶)에 우수한 작품이 많다. 하여튼 영준천재(英俊天才)였지만 운이
따르지 않았던 것은 사실이다. 단 한번 하늘의 도움을 받아 '남창(南昌)은
고군(故郡)이요 홍도(洪都)는 신부(新府)라'로 시작되는 <등왕각서(滕王
閣序)>를 지어 자신의 천재성을 유감없이 발휘하였다.

《명심보감》 순명(順命)편의 '시래(時來)에 풍송등왕각(風送滕王閣)하고
운퇴(運退)에 뇌굉천복비(雷轟賤福碑)라'는 구절에서 '왕발은 망당산 신령
의 현몽을 얻어 순풍을 타고 하루 밤 사이에 등왕각에 도착했고, 잔치에
참여하여 명문을 지어 문명(文名)을 천하에 떨쳤다'고 하였다.

뛰어난 천재였으니, 먹물을 많이 갈아놓고 누워 있다가 갑자기 일어나 시를
써내려가면서 한 자도 고쳐 쓰지를 않았기에 그를 '뱃속에 글이 들어있다'는

뜻으로 '복고(腹稿)'라 불렀다고 한다.

본 시의 '해내존지기 천애약비린(海內存知己 天涯若比鄰)'은 인구에 회자되는 명구이며, <등왕각서>의 한 구절 '지는 노을과 한 마리 물새는 같이 날고(落霞與孤鶩齊飛), 가을 물과 하늘은 한가지로 푸르다(秋水共長天一色)'는 널리 알려진 명구이다. 현존하는 시는 80여 수라고 한다.

註釋

▶ <送杜少府之任蜀州(송두소부지임촉주)> : '두소부가 임지인 촉주로 가는 것을 전송하다'. 少府(소부) – 현(縣)의 부책임자라 할 수 있는 현위(縣尉)의 다른 명칭. 之任(지임) – 임지로 가다. 장안에서 머나먼 촉으로 발령받아 가니 송별 잔치를 아니 할 수 없었을 것이다. 이 시는 오언율시의 정격에 가까운 작품으로 평가된다.

▶ 城闕輔三秦(성궐보삼진) : 城闕(성궐) – 성과 궁궐. 輔 도울 보. 三秦(삼진) – 항우(項羽)는 진(秦)을 멸망시키고 함양(咸陽)을 중심으로 진의 중심지역을 세 지역으로 구분하여 삼진이라 불렀고, 한(漢)에서는 이를 삼보(三輔)라 하였다. 지금의 섬서성 일대.

▶ 風煙望五津(풍연망오진) : 風煙(풍연) – 바람과 안개. 五津(오진) – 촉의 백화진(白華津) 등 5개의 나루.

▶ 與君離別意(여군이별의) : 與君(여군) – 그대와 더불어. 離別意(이별의) – 이별하는 마음.

▶ 同是宦遊人(동시환유인) : 宦遊人(환유인) – 벼슬길을 떠도는 나그네. 임지에 따라 이곳저곳으로 떠돌아야 하는 나그네.

▶ 海內存知己(해내존지기) : 海內(해내) – 중국인들은 중국은 사방이 큰 바다로 둘러싸여 있다고 생각하였다. 따라서 사해(四海)는 천하, 또는 중국. 知己(지기) – 절친(切親).

▶ 天涯若比鄰(천애약비린) : 天涯(천애) – 하늘 끝, 하늘 아래 전부. 比鄰(비린) – 이웃.

▶ 無爲在岐路(무위재기로) : 無爲(무위) – ~하지 말라. 무위(毋爲)와 같음.

在岐路(재기로) - 기로에서.

▶ 兒女共霑巾(아녀공점건) : 兒女(아녀) - 소아와 여아(女兒). 霑 젖을 점. 적시다.

🏵 詩意

지방관으로 발령을 받아 머나먼 촉(蜀)으로 가는 벗을 전송하며 읊은 시다. 보내는 나도 역시 객지에 와서 벼슬살이를 하는 사람이다. 그러므로 먼 곳에 가도 내가 이웃에 사는 것같이 생각해라, 아녀자같이 눈물을 흘리고 수건을 적시지 말라, 대개 이런 뜻이다.

수련(首聯)에서는 이별을 하는 장안과 가야 할 촉을 그려내었다. 이후는 모두 왕발이 친우를 위로하는 내용으로 일관된 메시지를 전하고 있다. 동료이며 지기(知己)가 있으니 비록 멀리 떨어져 있어도 이웃에 사는 기분이며, 사나이로서 헤어지더라도 눈물을 보이지 말자는 뜻이다. 사나이의 뜻이 사해에 있다면 만 리가 바로 이웃이 아니겠는가?

❚ 등왕각(滕王閣) 그림

在獄詠蟬 幷序　옥에서 매미소리를 읊다 [병서]

● 駱賓王 낙빈왕

(序) 余禁所禁垣西, 是法廳事也. 有古槐數株焉, 雖生意可知, 同殷仲文之古樹, 而聽訟斯在, 卽周召伯之甘棠.

每至夕照低陰, 秋蟬疏引, 發聲幽息, 有切嘗聞. 豈人心異於曩時, 將蟲響悲於前聽. 嗟乎, 聲以動容, 德以象賢, 故潔其身也, 稟君子達人之高行. 蛻其皮也, 有仙都羽化之靈恣. 候時而來, 順陰陽之數. 應節爲變, 審藏用之機. 有目斯開, 不以道昏而昧其視, 有翼自薄, 不以俗厚而易其眞. 吟喬樹之微風, 韻資天縱, 飮高秋之墜露, 清畏人知.

僕失路艱虞, 遭時徽纆, 不哀傷而自怨, 未搖落而先衰. 聞蟪蛄之流聲, 悟平反之已奏, 見螳螂之抱影, 怯危機之未安. 感而綴詩, 貼諸知己. 庶情沿物應, 哀弱羽之飄零,道寄人知, 憫餘聲之寂寞. 非謂文墨, 取代幽憂云爾.

西陸蟬聲唱　南冠客思侵

那堪玄鬢影　來對白頭吟

露重飛難進　風多響易沉

無人信高潔　誰爲表予心

(서) 내가 갇혀 있는 곳의 서쪽 담은 법을 집행하는 관청이다. 늙은 홰나무가 몇 그루 있는데 그 나뭇가지는 많지만 은중문(殷仲文)이 본 홰나무와 같았고, 억울한 사정을 말할 수 있으니 주(周)나라 소공(召公)의 감당(甘棠)나무라 할 수 있다.

매번 석양에 그림자가 낮게 드리워지면 가을 매미가 울다 그쳤다 하면서 그 소리가 가벼운 한숨소리마냥 또 애절하게 들리기도 하였다. 어찌 사람의 마음이 그 전과 다르고, 벌레소리가 전에 들었던 것보다 더 슬프겠는가? 아! (매미의) 소리는 감동을 주고 그 덕은 현인을 닮은 것 같으며 그 몸이 깨끗한 것은 군자와 달인의 고결한 덕행을 본받은 것이리라. 그 껍질을 벗는 것은 신선이 모이는 곳에서 우화(羽化)하는 신령스러운 모습이다. 때를 기다렸다가 찾아오는 것은 음양의 변화[數]에 따르는 것이며, 계절에 맞춰 변하는 것은 은거(隱居)나 세상에 나올 기미를 살펴 잘 아는 것과 같다. 눈을 언제나 뜨고 있어 도가 행해지지 않는다고 보기를 아니하지 않으며, 얇은 날개는 인심이 후해진다하여 그 본모습을 바꾸지 않는다. 높은 나무에서 미풍에 우는 운치 있는 자질은 하늘에서 받은 것이며, 높은 가을 하늘의 이슬을 먹으면서도 그 청렴을 다른 사람이 알까 걱정을 한다.

나는 길을 잃고 난관을 걱정하다 액운을 당해 묶여 있으면서 슬퍼하지만 나를 원망하지 않으며, 흔들려 영락하더라도 나 스스로를 탓하지도 않았다. 매미 울음소리를 들으며 내 억울함을 이미 아뢰었다고 깨달았지만 사마귀가 매미를 잡으려는 모습을 보고서는 위기가 끝나지 않았다고 두려워했다. 매미 울음에 느낀 바 있어 시를 지었고 나의 지기에게 주었는데, 감정이 사물에 따라 일어나기를 바라며 연약한 날개가 회오리바람에 꺾이는 것을 슬퍼하였다. 사람에게 이 시를 알리는 것은 매미 울음이 그치는 것을 연민하기 때문이다. 글을 지었다고 할 수는 없지만 매미소리를 빌려 근심과 슬픔을 말했을 뿐이다.

가을의 매미가 큰 소리로 우는데
감옥 안 죄수의 마음만 서글프다.
어찌 견디리오, 검은 매미가 날아와
허연 머리를 맞보고 우는 것을.
이슬이 무거워 날아가기 어렵고
바람이 세나니 소리가 쉬이 묻힌다.
진실로 고결한 마음 믿는 이 없으니
그 누가 내 마음을 드러나게 해주랴?

🌸 **作者** 낙빈왕(駱賓王, 640?-684?) - 반항적인 천재 시인
자(字)는 관광(觀光). 한미(寒微)한 출신이지만 7세에 거위를 보고 시를 지

을 정도의 신동이었다. 당(唐) 초기의 저명한 시인으로 왕발, 양형, 노조린과 함께 '초당사걸(初唐四傑)'이라 일컬어진다.

고종(高宗) 의봉(儀鳳) 3년(678)에 시어사(侍御史)가 되었지만 다른 사람의 무고에 의해 감옥에 갇혀 있다가 나중에 방면되어 지방관인 임해현승(臨海縣丞)이 되었기에 사람들은 '낙임해(駱臨海)'라고도 부른다. 본 시는 지방관이 되기 전 감옥에서 매미를 읊은 시이다.

684년 서경업(徐敬業, 당 태종을 도운 서세적徐世績의 손자. 서세적은 이적李績으로 성과 이름이 바뀌었지만 서경업은 본래의 성명이다)이 측천무후를 토벌하자고 거병하였는데 당시의 격문 <위서경업토무조격(爲徐敬業討武曌檄)>을 지었다. 격문을 읽어본 측천무후가 감탄하면서 "재상은 왜 이런 사람을 미리 등용하지 못했느냐?"며 꾸짖었다는 이야기는 유명하다. 서경업의 반란이 실패로 끝난 뒤 낙빈왕은 어디로 숨었고, 언제 죽었는지 알려지지 않았다.

시는 제재가 광범위하면서도 청신하며, 재주는 많고 지위는 낮은 데에 따른 격정과 불만을 느낄 수 있고, 필력은 웅건하다는 평을 받았다. <제경편(帝京篇)>은 당 초기에 보기 드문 장편시이다.

7세에 지었다는 <영아(咏鵝, 거위 아)>는 다음과 같다. 이 시는 중국의 할아버지들이 손자가 말을 배울 때부터 일러주는 시라고 한다.

어! 어! 어!(거위의 울음소리 é)	鵝, 鵝, 鵝
굽은 목으로 하늘 보고 노래를 한다.	曲項向天歌
하얀 깃털은 푸른 물위에 떠 있고	白毛浮綠水
붉은 발바닥 맑은 물결을 헤친다.	紅掌撥淸波

註釋

▶ 在獄詠蟬(재옥영선) - '옥에서 매미소리를 읊다'. 蟬 매미 선.

▶ 余禁所禁垣西, 是法廳事也(여금소금원서 시법청사야) : 余 나 여. 禁所(금소) - 갇힌 곳. 禁垣(금원) - 감옥의 담. 垣 담 원. 法廳事(법청사)

- 법조(法曹)의 청사. 청사는 관청의 업무를 처리하는 곳.

▶ 有古槐數株焉, 雖生意可知, 同殷仲文之古樹(유고괴수주언, 수생의가지, 동은중문지고수) : 槐 홰나무 괴. 삼공(三公)을 상징하는 나무. 生意(생의) - 생기(生氣). 殷仲文(은중문) - ?-407. 동진(東晉)의 관리. 환현(桓玄)의 심복으로 반역에 가담하여 나중에 처형되었다. 재주도 있고 용모도 준수하였지만 관직에 있으면서도 재물 욕심이 많았다고 한다. 그는 재주도 있고 명망도 있어 요직을 꿈꾸었지만 뜻을 펼 수가 없었다. 어느 날 홰나무 고목을 보고 "이 나무는 잎은 무성하나 생기가 없도다!"하면서 자신과 비슷한 처지라고 한탄했다는 이야기가 있다. (《세설신어世說新語 출면黜免》)

▶ 而聽訟斯在, 卽周召伯之甘棠(이청송사재 즉주소백지감당) : 聽訟(청송) - 억울한 사정을 듣고 처리해주다. 召伯(소백) - 주 무왕(周武王)의 종실. 뒷날 연(燕)나라의 시조. 소공석(召公奭)이라 불렸음. 감당(甘棠, 팥배나무)나무 아래에서 백성들의 억울한 이야기를 듣고 판정했다는 이야기가 있다. 《시경 소남(召南)》의 <감당>은 소공의 덕을 칭송한 노래이다.

▶ 每至夕照低陰, 秋蟬疏引, 發聲幽息, 有切嘗聞(매지석조저음 추선소인 발성유식 유절상문) : 夕照低陰(석조저음) - 석양이 되어 그늘이 낮게 드리우다. 疏引(소인) - 매미소리가 끊어졌다 이어졌다 하다. 發聲幽息(발성유식) - 소리가 가볍게 탄식하는 듯하다. 有切嘗聞(유절상문) - 애틋한 생각이 있는 것처럼 들렸다.

▶ 豈人心異於曩時, 將蟲響悲於前聽(기인심이어낭시 장충향비어전청) : 曩 지난번 낭. 앞서. 曩時(낭시) - 지난번. 蟲響(충향) - 벌레소리. 悲於前聽(비어전청) - 전에 듣던 소리보다 더 서글프다.

▶ 嗟乎. 聲以動容, 德以象賢(차호 성이동용 덕이상현) : 嗟乎(차호) - 아아! 動容(동용) - 얼굴에 감동한 표정이 나타나다. 象賢(상현) - 현인을 닮다.

▶ 故潔其身也, 稟君子達人之高行(고결기신야 품군자달인지고행) : 潔 깨끗할 결. 깨끗하게 하다. 稟 줄 품. 내려주다, 닮다. 君子達人之高行(군자달인지고행) - 군자와 달인의 고결한 행위.

▶ 蛻其皮也, 有仙都羽化之靈姿.(태기피야 유선도우화지영자) : 蛻 허물 태·세. 蛻其皮也(태기피야) - 허물을 벗다. 仙都(선도) - 신선들이 모인 곳. 羽化(우화) - 날개가 돋다, 신선이 되다. 靈姿(영자) - 신령스러운 모습.

▶ 候時而來, 順陰陽之數.(후시이래 순음양지수) : 候 물을 후. 기다리다. 候時(후시) - 때에 맞게. 陰陽之數(음양지수) - 음양의 변화.

▶ 應節爲變, 審藏用之機.(응절위변 심장용지기) : 應節爲變(응절위변) - 계절에 따라 변화하다. 審藏用之機(심장용지기) - 은거하거나 활동할 기미를 살핀다. 審 살필 심. 잘 알다.

▶ 有目斯開, 不以道昏而昧其視(유목사개 불이도혼이매기시) : 有目斯開(유목사개) - 눈이 있고 늘 뜨고 있다. 不以道昏而昧其視(불이도혼이매기시) - 도가 혼미하다하여 봐야 할 것을 못 본 척 하지 않는다.

▶ 有翼自薄, 不以俗厚而易其眞(유익자박 불이속후이역기진) : 有翼自薄(유익자박) - 날개는 있지만 태어날 때부터 얇다. 不以俗厚而易其眞(불이속후이역기진) - 인간세상 인심이 후하다고 자신의 참모습을 바꾸지 아니하다.

▶ 吟喬樹之微風, 韻資天縱.(음교수지미풍 운자천종) : 喬樹(교수) - 큰 나무. 喬 높을 교. 韻資天縱(운자천종) - 운치를 아는 자질은 하늘이 준 것이다.

▶ 飮高秋之墜露, 淸畏人知.(음고추지추로 청외인지) : 飮高秋之墜露(음고추지추로) - 높은 가을하늘에서 내리는 이슬을 마시다. 淸畏人知(청외인지) - 청렴을 타인이 알까 두려워하다, 자신의 선행을 남이 알까 두려워하다.

▶ 僕失路艱虞, 遭時徽纆.(복실로간우 조시휘묵) : 僕 종 복. 나, 자신에 대한 겸칭. 失路(실로) - 갈 길을 잃다. 艱虞(간우) - 힘들어하고 걱정하다. 遭 만날 조. 徽 아름다울 휘. 纆 튼튼한 줄 묵. 노끈. 遭時徽纆(조시휘묵) - 험한 시대를 만나 포승에 묶였다.

▶ 不哀傷而自怨, 未搖落而先衰.(불애상이자원 미요락이선쇠) : 不哀傷而自怨(불애상이자원) - 슬퍼 마음이 아프지만 자신을 원망하지 않다. 未搖

落而先衰(미요락이선쇠) - 흔들려 떨어지거나 먼저 약해지지 아니한다.

▶ 聞蟪蛄之流聲, 悟平反之已奏.(문혜고지류성 오평반지이주) : 蟪 쓰르라미 혜. 蛄 땅강아지 고, 매미 고. 聞蟪蛄之流聲(문혜고지류성) - 매미의 울음소리를 듣고. 悟 깨달을 오. 平反(평반) - 억울하다고 상소하다. 奏 아뢸 주. 悟平反之已奏(오평반지이주) - 나의 억울함을 호소하는 글을 올렸다는 것을 깨달았지만.

▶ 見螳螂之抱影, 怯危機之未安.(견당랑지포영 겁위기지미안) : 螳 사마귀 당. 螂 사마귀 랑. 抱影(포영) - 잡아채려는 동작. 怯 겁낼 겁. 怯危機之未安(겁위기지미안) - 위기가 아직 끝난 것은 아니라고 두려워하다.

▶ 感而綴詩, 貽諸知己.(감이철시 이제지기) : 綴 꿰맬 철. 綴詩(철시) - 시를 짓다. 글을 짓는 것을 철문(綴文)이라고 한다. 貽 끼칠 이. 주다. 諸(제) - ~에게. 지어(之於)의 축약.

▶ 庶情沿物應, 哀弱羽之飄零.(서정연물응 애약우지표령) : 庶 여러 서. 바라다. 庶情沿物應(서정연물응) - 감정이 외물의 변화에 따라 일어나길 바라다. 弱羽(약우) - 약한 날개. 매미. 飄 회오리바람 표. 飄零(표령) - 회오리바람에 휩쓸리다.

▶ 道寄人知, 憫餘聲之寂寞(도기인지 민여성지적막) : 道寄人知(도기인지) - 남이 알도록 말해 주다. 憫 근심할 민. 불쌍히 여기다. 연민(憐憫)하다. 餘聲(여성) - 매미의 울음. 寂寞(적막) - 적막해지다, 끊기다. 憫餘聲之寂寞(민여성지적막) - 매미의 울음이 끊어지지 않도록 걱정해주다.

▶ 非謂文墨, 取代幽憂云爾(비위문묵 취대유우운이) : 文墨(문묵) - 글을 짓는 일. 非謂文墨(비위문묵) - 글을 지었다고 말할 것은 아니지만. 幽憂(유우) - 근심하고 슬퍼하다. 云爾(운이) - ~할 뿐이다. 取代幽憂云爾(취대유우운이) - 매미소리를 빌려 근심과 슬픔을 말했을 뿐이다.

▶ 西陸蟬聲唱(서륙선성창) : 西陸(서륙) - 가을. 蟬聲唱(선성창) - 매미소리가 들리다.

▶ 南冠客思侵(남관객사침) : 南冠(남관) - 죄수. 《좌전(左傳)》에 전고가 있는 말이다. 客思(객사) - 나그네 설움. 侵 침노할 침. 깊이 들어오다.

▶ 那堪玄鬢影(나감현빈영) : 那堪(나감) - 어찌 견디랴? 玄鬢影(현빈영)
  - 검은 머릿결(매미 날개)의 형상이.

▶ 來對白頭吟(내대백두음) : 白頭(백두) - 낙빈왕 자신. 30대의 시인이지만
  근심 속에서 노쇠했음을 표현하였다.

▶ 露重飛難進(노중비난진) : 露重(노중) - 이슬이 무겁다. 위 서문에서 이슬
  은 청렴을 상징하였다. 곧 시인이 너무 청렴하여 다른 사람처럼 승진하지
  도 못했음을 뜻한다.

▶ 風多響易沉(풍다향이침) : 響易沉(향이침) - 울음소리가 쉽게 묻히다.

▶ 無人信高潔(무인신고결) : 高潔(고결) - 고상하고 결백하다.

▶ 誰爲表予心(수위표여심) : 爲(위) - ~하다. 表(표) - 겉으로 드러나게
  하다, 자신의 결백을 인정해 주다. 予 나 여.

詩意

이 시는 영물시(詠物詩)이다. 영물시는 견물(見物)에 따른 감흥을 묘사하기
에 자신에 대한 묘사와 우의(寓意)가 많아 제목과는 또 다른 느낌을 준다.
낙빈왕은 당 고종 의봉 3년(678)에 시어사(侍御使)로 여러 번 상소를 올려
충간했지만 당시 실권을 쥐고 있던 무후(武后)에 의해 감옥에 갇히게 된다.
그 옥중에서 매미소리에 감응하여 서문을 쓰고 시를 지었다.

시는 매미를 묘사했지만 실은 시인의 모습이라 할 수 있다. '노중(露重)하니
비난진(飛難進)하고, 풍다(風多)에 향이침(響易沉)이라'는 이 구절은 차라
리 침통하기만 하다.

1, 2구 수련(首聯)은 매미소리에 자신의 신세를 한탄하였다. 3, 4구는 처절
한 매미소리에 어떤 불안감을 느끼는 시인의 심리를 '현빈(玄鬢)'과 '백두
(白頭)'의 대비를 통해 표현하였다.

5, 6구는 가을이면 죽어야 할 매미의 신세를 '노중(露重)'과 '풍다(風多)'라
표현하면서 결국 매미를 제대로 변명도 못하고 사라질 자신으로 생각하였
다. 곧 매미를 통해 자신의 뜻을 나타내는 차물우의(借物寓意)의 표현 기법
이다. 7, 8구에서는 결백을 호소할 데도 없는 답답함으로 시를 마무리했다.

參考 초당사걸(初唐四傑)의 영향

초당사걸은 왕발(王勃, 648-675)·양형(楊炯, 650-692,)·노조린(盧照鄰, 637-680?)·낙빈왕을 지칭한다. 이들은 조숙한 천재였으나 겨우 양형이 관직에 좀 있었고 나머지는 모두 불우한 가운데 익사, 자살, 반란 가담과 도피 등 비참한 종말을 맞았다.

왕발은 수(隋)의 대학자 왕통(王通)의 손자로 어려서부터 천재라 일컬어졌다. 오언절구와 율시에 우수했으며 그의 <등왕각서(滕王閣序)>는 에피소드와 함께 미문(美文)으로 유명하다.

양형은 당 고종(唐高宗) 현경(顯慶) 6년(661)에 11세의 어린 나이에 과거에 급제하여 신동으로 소문이 났다. 그는 자신이 초당사걸로 일컬어진다는 말을 듣고서 "나는 노조린 앞에, 그리고 왕발의 뒤에 불리는 자체가 부끄럽다.(吾愧在盧前恥居王後)"라고 말했다. 양형은 변새시를 통해 격앙, 강개한 감정을 잘 표현하였다.

노조린은 가난과 병고(病苦)에 상심하다가 자살하였는데 그의 작품에는 비탄과 불만의 정서 표출이 많다. 장편시 <장안고의(長安古意)>가 대표작으로 알려졌다.

낙빈왕은 측천무후 시절에 서경업(徐敬業, 서세적徐世績)이 반란을 일으켰을 때 측천무후를 토벌하자는 격문을 지었는데, 격문에 '일부지토미건 육척지고안재(一抔之土未乾 六尺之孤安在)'라는 명구로 측천무후를 감탄케 했다. 반란이 실패하자 도망하여 자취를 감추었다. 낙빈왕은 <제경편(帝京篇)> 같은 장시(長詩)를 잘 지었다.

노조린과 낙빈왕의 장편시는 뒷날 이백의 칠언악부나 두보의 사회비판 칠언배율의 서사시와 백거이의 <장한가(長恨歌)>, <비파행(琵琶行)> 등 명작 탄생의 준비단계라는 의의를 갖고 있다.

결론적으로 초당사걸의 작품은 남조(南朝)시풍을 완전히 벗어나지는 못했지만 남조시풍의 유행을 막고 새로운 시풍으로 발전하는 계기를 마련했다는 평가를 받고 있다.

094. 和晉陵陸丞早春遊望
화 진 릉 육 승 조 춘 유 망

진릉 육승의 〈조춘유망〉에 화답하다

● 杜審言두심언

獨有宦遊人　偏驚物候新
독 유 환 유 인　편 경 물 후 신

雲霞出海曙　梅柳渡江春
운 하 출 해 서　매 류 도 강 춘

淑氣催黃鳥　晴光轉綠蘋
숙 기 최 황 조　청 광 전 록 빈

忽聞歌古調　歸思欲霑巾
홀 문 가 고 조　귀 사 욕 점 건

오직 벼슬길 떠도는 사람만이
철따라 새롭게 바뀌면 깜짝 놀란다네.
구름과 안개는 아침 바다에서 나오고
매화와 버들은 강을 건너온 봄이라네.
따스한 봄날은 꾀꼬리 울라 재촉하고
해밝은 빛 따라 푸른 부평초가 떠간다.
갑자기 그대의 고아한 가락을 들으니
가고픈 마음은 수건을 적시려 한다네.

作者 두심언(杜審言, 645?-708) - 두보(杜甫)의 조부

재화(才華)가 뛰어난 사람이었으나 재주를 믿고 오만한 데가 있었다고 한다. 젊은 날 이교(李嶠), 최융(崔融), 소미도(蘇味道)와 함께 '문장사우(文章四友)'라 불렸다. 고종 때(670) 진사에 급제한 뒤 습성위(隰城尉)를 지냈다. 나중에 낙양승(洛陽丞)이 되었다가 무후 때는 길주사호참군(吉州司戶參軍)으로 폄직되기도 하였다.

이 무렵 길주의 하급관리인 곽약눌(郭若訥)과 장관 주계중(周季重)이 두심언을 모함하여 죽을죄에 빠트리자 두심언의 13세 된 아들 두병(杜幷)이 복수를 하기 위해 잠입해서 주계중을 찔렀고, 두병은 현장에서 호위무사에게 잡혀 죽었다. 그런데 부상을 당한 주계중이 죽기 바로 직전에 "두심언에게 그런 효자가 있는 줄 나는 모르고 있었으며, 곽약눌이 나에게 거짓말을 했다."고 말했다. 이는 당시에 큰 사건으로 이 소식을 전해 들은 측천무후가 두심언을 불러 만났고 그의 시를 높이 평가해 주었다.

시는 사경(寫景)과 창화(唱和) 및 응제(應制, 천자의 조서나 명령에 따라 글을 지어 올리는 것으로, 왕공의 명에 의한 글은 응교應敎라 한다)한 작품들이 많은데 특히 오언율시에 뛰어났다. 두심언의 차남이 두한(杜閑)으로, 두보의 부친이다. 두보는 두심언의 장손이었으니 두보도 "내 할아버지의 시는 예부터 제일이었다.(吾祖詩冠古)"고 말했다. 근체시의 형성과 발전에 크게 기여하여 '오언율시의 기초를 놓은 시인'으로 평가받고 있다. 두보는 이러한 조부의 유전자를 물려받았을 것이다.

註釋

▶ <和晉陵陸丞早春遊望(화진릉육승조춘유망)> : '진릉 육승의 <조춘유망>에 화답하다'. 和(화) - 화답하다. 晉陵(진릉) - 지명. 본래 연릉(延陵)이었으나 동진(東晋) 원제(元帝)를 피휘하여 이름을 고쳤다. 지금의 강소성 양자강 남쪽의 상주시(常州市) 무진구(武進區)에 해당한다. 陸丞(육승) - 육(陸)은 성(姓)이고, 승(丞)은 관직인데, 현승(縣丞)이면 종8품의 하위직이다.

▶ 獨有宦遊人(독유환유인) : 獨(독) - 다만, 오로지, 유독. 부사로 쓰였다. 宦 벼슬 환.

▶ 偏驚物候新(편경물후신) : 偏 치우칠 편. 뜻밖에, 돌연. 驚(경) - 놀라다. 物候新(물후신) - 만물이 기후(계절)에 따라 변하다.

▶ 雲霞出海曙(운하출해서) : 霞 노을 하. 曙 새벽 서.

▶ 梅柳渡江春(매류도강춘) : 梅柳(매류) - 매화와 버들은 봄의 상징. 渡江春(도강춘) - 강을 건너온 봄.

▶ 淑氣催黃鳥(숙기최황조) : 淑氣(숙기) - 온화한 날씨. 催 재촉할 최. 黃鳥(황조) - 꾀꼬리.

▶ 晴光轉綠蘋(청광전록빈) : 晴光(청광) - 밝은 햇빛. 蘋 부평초 빈. 개구리밥.

▶ 忽聞歌古調(홀문가고조) : 古調(고조) - 옛 가락. 육승(陸丞)의 시가 고아(古雅)하다는 칭찬.

▶ 歸思欲霑巾(귀사욕점건) : 歸思(귀사) - 고향으로 돌아가고픈 마음. 霑 적실 점.

🏵 詩意

이 시의 주제는 '편경물후신(偏驚物候新)'이다. 경치나 사물은 기후나 철에 따라 새롭게 변하는데 그런 것을 느낄 때 깜짝 놀라게[偏驚] 된다. 아침에 찬바람이 부는데 창문을 열고 산수유의 노란 꽃을 볼 때, 그리고 들에 나가 종달새 우는 소리를 들을 때 우리는 놀라게 된다. 그러한 변화를 표현한 말이 바로 아지랑이가 피고(出), 매화가 강을 건너오고(渡), 꾀꼬리를 재촉하고(催), 부평초를 흘러가게(轉) 한다.

육승(陸丞)이 보내온 시는 봄소식을 담아 왔으리라 짐작할 수 있다. 그러면서 시인 두심언도 귀향을 생각한다. 이는 제일 첫 구의 '유(遊)'와 연결된다. 객지를 떠도는 벼슬살이 - 결국 객지에서의 새봄은 고향의 봄을 그리게 만들어준다. 이 또한 '물후신(物候新)'이 아니겠는가?

095. 雜詩 잡시 ● 沈佺期 심전기

聞道黃龍戌　頻年不解兵

可憐閨裏月　長在漢家營

少婦今春意　良人昨夜情

誰能將旗鼓　一爲取龍城

들기로는 황룡 땅의 진지는
해마다 군사가 주둔하고 있다네.
처량히 규방에서 바라보는 달을
언제나 당나라의 군진에서도 본다네.
젊은 아낙이 올 봄에 가진 마음은
낭군이 엊저녁에 그리던 그리움이네.
누가 하겠나? 군사를 거느리어
단번에 용성 땅을 차지하리오.

作者　심전기(沈佺期, 650?-714?) - 오언율시의 기초를 마련

고종 상원(上元) 2년(675)에 진사가
되어 측천무후 때 고공원외랑(考功
員外郎)으로 근무하면서 뇌물을 받
아 감옥에 들어갔다. 복직하여 급사
중(給事中)에 올랐다가 중종(中宗)
때 지금은 월남 땅이 된 곳에 유배되
기도 했다.

오언율시에 능했고 송지문(宋之問)
과 함께 이름을 날린 궁정시인으로
문학사에서는 '심송(沈宋)'으로 불린

다. 시는 남조 양(梁)과 진(陳)의 화려하고 염려(艶麗)한 기풍이 있어 궁체
(宮體) 시풍을 벗어나지는 못했지만, 신체시의 발전에 공헌했고 오언율시
의 기초 확립에 기여한 인물로 평가되고 있다. 생졸 연도에 대해서는 여러
가지 다른 주장이 있다.

두심언과 심전기, 송지문에 의해 다져진 신체시의 율시는 이백과 두보에
의해 대성된다.

註釋

▶ <雜詩(잡시)> : 감정을 자유롭게[遇物卽言] 읊은 시를 잡시라 했다. 또
옛 시인의 시가 전해오면서 제목이 남아 있지 않으면 잡시라 하였다.
특히 율시의 규격을 어느 정도 어긴 시라는 뜻도 있다. 그리고 생각나는
대로 자신의 경험이나 생각을 자유롭게 표현하였기에 '무제(無題)'라는
시제와도 일맥상통한다. 심전기의 시에는 잡시가 3편이 있는데 형당퇴사
가 그 중 1수를 수록하였다.

▶ 聞道黃龍戌(문도황룡수) : 聞道(문도) - 다른 사람이 하는 말을 들었다.
黃龍(황룡) - 용성(龍城). 5호16국 중 북연(北燕)의 도성. 요녕성(遼寧省)
서부 조양시(朝陽市). 남으로 하북성과 북으로는 내몽고자치구와 접하고

있다.

▶ 頻年不解兵(빈년불해병) : 頻 자주 빈. 頻年(빈년) – 해마다, 연이어. 不解兵(불해병) – 전쟁이 끝나지 않다.

▶ 可憐閨裏月(가련규리월) : 閨裏月(규리월) – 규방에서 바라보는 달.

▶ 長在漢家營(장재한가영) : 長在(장재) – 늘 언제나 있다. 漢家營(한가영) – 당나라 군사의 진영.

▶ 少婦今春意(소부금춘의) : 少婦(소부) – 젊은 아낙. 今春意(금춘의) – 올 봄에도 그리는 정.

▶ 良人昨夜情(양인작야정) : 良人(양인) – 방위를 서고 있는 낭군. 昨夜情(작야정) – 엊저녁에 그리던 정.

▶ 誰能將旗鼓(수능장기고) : 誰能(수능) – 누가 할 수 있겠는가? 將(장) – 이끌다, 지휘하다. 將旗鼓(장기고) – 군기(軍旗)와 전고(戰鼓), 곧 군사. 군사를 이끌고.

▶ 一爲取龍城(일위취용성) : 一爲(일위) – 일거에. 龍城(용성) – 흉노족이 신성시하는 땅.

🔘 詩意

달은 마음이 아픈 사람에게 특히나 위안을 준다. 하늘에 둥실 뜬 달에서 부드럽게 쏟아지는 달빛은 그저 푸근하기만 하다. 이 달을 고향의 젊은 아낙과 변방의 낭군이 바라보며 같이 그리워하고 있다.
3-6구는 달을 매개로 한 두 사람의 그리움을 묘사하였고, 마지막 연에서는 용장(勇將)의 출현을 기대하고 있음을 표현하였다.

096. <ruby>題<rt>제</rt></ruby><ruby>大<rt>대</rt></ruby><ruby>庾<rt>유</rt></ruby><ruby>嶺<rt>령</rt></ruby><ruby>北<rt>북</rt></ruby><ruby>驛<rt>역</rt></ruby> 대유령 북역에서 짓다

● 宋之問송지문

陽月南飛雁　傳聞至此廻
양월남비안　전문지차회

我行殊未已　何日復歸來
아행수미이　하일부귀래

江靜潮初落　林昏瘴不開
강정조초락　임혼장불개

明朝望鄕處　應見隴頭梅
명조망향처　응견롱두매

시월에 남으로 날아오는 기러기도
듣기로는 여기서 돌아간다 하는데
내가 갈 길은 아예 끝나지 않으니
어느 날 다시 돌아갈 수 있으리?
강물은 조용하고 수위도 낮아졌지만
숲은 어둑하고 장기는 걷히지 않네.
내일 아침 고향을 바라볼 곳에는
으레 고갯마루의 매화를 보리라.

作者 송지문(宋之問, 656?-712) - 좀 지저분한 인격의 소유자

생질 유희이(劉希夷)와 함께 고종 상원(上元) 2년(675)에 진사과에 급제하였다. 낙주참군(洛州參軍), 상방감승(尙方監丞) 등 여러 관직을 전전했는데 측천무후의 총애를 받던 장역지(張易之)의 변기를 받들며 시중들었다 하여 '천하가 그의 행동을 추하게 생각하다(天下醜其行)'고 알려진 사람이다. 705년 측천무후가 퇴위하자 장역지, 장창종 형제도 피살당했고 장역지에 아부했던 송지문도 폄직된다.

중종(中宗) 2차 재위 중(705-710)에는 다시 태평공주(太平公主)에 아부하면서 지공거(知貢擧)에 올랐으나 뇌물을 받은 것이 탄로나 월주장사(越州長史, 지금의 광동성 지역)로 폄직되었다. 예종(睿宗)이 다시 즉위하면서 (710) 흠주(欽州, 지금의 광동성 흠현欽縣)로 유배되었다가 현종이 즉위하는 선천(先天) 원년(712)에 사약을 받고 죽었다.

오언율시에 능했다고 하지만 하여튼 좀 지저분한 인격의 소유자로 알려졌다. 본 시는 그가 707년에 월주장사로 폄직되어 오령(五嶺)산맥을 넘어가면서 지은 시이다.

註釋

▶ <題大庾嶺北驛(제대유령북역)> : '대유령 북역에서 짓다'. 남령(南嶺, 또는 오령五嶺)산맥은 광동, 광서, 호남, 강서의 4개 성의 경계를 이루는 중국 최대의 동서로 주행하는 산맥이다. 이 산맥은 양자강 수계(水系)와 남쪽의 주강(珠江) 수계의 분수령이다. 이 산맥 남쪽을 영남(嶺南) 지방이라 하는데 아열대성 기후로 산맥 이북과 판연히 다르다. 여기에는 월성령(越城嶺), 도방령(都龐嶺), 맹저령(萌渚嶺), 기전령(騎田嶺), 대유령(大庾嶺)이 있는데 이중 대유령은 강서성에서 광동성으로 들어가는 교통요지이다. 당(唐)에서 장구령(張九齡)의 건의로 이 교통로를 크게 확장하면서 주변에 매화나무를 많이 심었기에 매령(梅嶺)이라고도 부른다.

▶ 陽月南飛雁(양월남비안) : 陽月(양월) - 음력 10월. 雁 기러기 안.

▶ 傳聞至此廻(전문지차회) : 傳聞(전문) - 전해오는 이야기. 廻 돌 회. 돌아

가다, 회피하다.

▶ 我行殊未已(아행수미이) : 我行(아행) – 나의 여행. 殊(수) – 특히, 심하게, 다르다. 未已(미이) – 그만둘 수 없다. 계속 남으로 가야 한다는 뜻.

▶ 何日復歸來(하일부귀래) : 復歸來(부귀래) – 다시 돌아가겠는가? 내(來)는 동작의 방향을 표시. 내가 있는 쪽(고향, 살던 곳)으로 진행된다.

▶ 江靜潮初落(강정조초락) : 潮(조) – 조수, 여기서는 수위(水位). 강물은 조용히 흐르고 수위는 떨어지기 시작했다. 10월이니 갈수기에 해당한다.

▶ 林昏瘴不開(임혼장불개) : 林昏(임혼) – 숲은 컴컴하다. 瘴 장기(瘴氣) 장. 덥고 습기 많은 지역의 독기(毒氣), 풍토병. 不開(불개) – 걷히지 않다, 아직 장기가 퍼져 있다.

▶ 明朝望鄕處(명조망향처) : 望鄕處(망향처) – 북쪽을 쳐다볼 만한 산꼭대기.

▶ 應見隴頭梅(응견농두매) : 隴 고개 이름 롱. 본래 장안 서북의 천수군(天水郡)에 있는 고개이나 변방 지역이란 의미로 사용. 영(嶺)의 오자라는 설도 있다. 隴頭梅(농두매) – 고갯마루(대유령)의 매화.

🌸 詩意

전반 4구는 기러기도 더 이상 남쪽으로 날지 않는데 자신은 더 가야만 한다는 여정을 묘사하였고, 후반 4구는 대유령의 상황과 함께 고향 그리는 마음을 피력하였다.

수련(首聯)에서 기러기로 시작하여, 함련(頷聯)에서는 자신의 운명을 그리고, 경련(頸聯)에서는 '조초락(潮初落)' '장불개(瘴不開)'한 현지 모습을 서술하며 분위를 바꾸고 쉬었다가, 미련(尾聯)에서 '농두매(隴頭梅)'로 고향 그리는 마음을 묘사하면서 기행시의 끝을 맺었다. 이 시는 기승전결의 장법(章法)이 확실하여 마치 율시의 전범처럼 알려진 시이다.

次_차北_북固_고山_산下_하 북고산 아래에 묵으면서

● 王灣왕만

客_객路_로青_청山_산外_외　　行_행舟_주綠_녹水_수前_전

潮_조平_평兩_양岸_안闊_활　　風_풍正_정一_일帆_범懸_현

海_해日_일生_생殘_잔夜_야　　江_강春_춘入_입舊_구年_년

鄉_향書_서何_하處_처達_달　　歸_귀雁_안洛_낙陽_양邊_변

나그네 가는 길 청산 밖에 지나가고
떠나갈 배는 푸른 물 앞에 있도다.
조수가 높아지니 양안은 탁 트였고
바람이 좋으니 돛을 높이 올렸다.
바다의 해는 어스름에 떠오르고
강변의 봄은 묵은 해에 찾아들었다.
고향에 보낸 편지 어디쯤 갔겠나?
돌아간 기러기는 낙양쯤 갔겠지!

作者　왕만(王灣, 693-751) - 인구에 회자되는 한 구절

호는 위덕(爲德)으로 현종 즉위 초에 진사에 급제하고, 개원(開元) 초부터 여러 관직을 역임하였으며 기무잠(綦母潛)과 교유했다고 한다. 현종 때 천하의 희귀본을 모아 편찬 일에 참여하였고 나중에 낙양위(洛陽尉)를 역임하였다.

시 10수가 전해오는데 본 <차북고산하(次北固山下)>가 제일 유명하며 '해일생잔야 강춘입구년(海日生殘夜 江春入舊年)'은 성당(盛唐) 시 중에서도 아름다운 구절로 인구에 회자되고 있다. 이 구절은 당시의 명상 장열(張說)의 칭상(稱賞)을 받았는데, 장열은 이 구절을 정사당(政事堂)에 써 붙이고 문인들에게 작시의 전범으로 삼으라고 권했다고 한다.

註釋

▶ <次北固山下(차북고산하)> : '북고산 아래에 묵으면서'. 次 버금 차. 머물다, 숙박하다. 여행 중 숙소에서 머물다. 본래 군사가 1일 머무는 것을 사(舍), 2일 머무는 것을 신(信), 3일 이상 주둔하는 것을 차(次)라 한다는 설명이 있다. 이렇게 보면 '공부할 것, 알아야 할 것이 얼마나 많으며 끝이 없다'는 것을 알 수 있다. 北固山(북고산) - 강소성 진강시(鎭江市) 북으로 장강(長江)에 요(凸) 모양으로 닿아 있는 산. 높이는 겨우 55m이지만 산세가 험하여 '경구제일산(京口第一山)'이라는 미명(美名)이 붙었다. 이 산에 《삼국연의》에 유비가 오(吳)에 가서 손권의 누이와 결혼하는 무대로 알려진 감로사(甘露寺)가 있다. 제목을 '강남의(江南意)'로, 그리고 시구의 내용을 달리한 판본도 있다.

▶ 客路靑山外(객로청산외) : 客路(객로) - 여로(旅路). 靑山外(청산외) - 청산은 북고산. '청산하(靑山下)'로 된 판본도 있다.

▶ 行舟綠水前(행주녹수전) : 行舟(행주) - 이 지역은 남선북마(南船北馬)의 표현 그대로 여행이라면 으레 배를 타고 가게 된다.

▶ 潮平兩岸闊(조평양안활) : 潮平(조평) - 조수가 들어와 수위가 높아져 양안과 평평해졌기에 남북 양안이 광활하게 보인다는 뜻. 강에 이는 파도

가 잔잔하니 양쪽 땅이 넓게 보인다는 해석도 통한다. 장강의 하류 부분이며 또 바닷물이 올라오는 지역이니 그 넓이를 짐작할 수 있다. 闊 트일 활.

▶ 風正一帆懸(풍정일범현) : 風正(풍정) - 강풍이 고르다. 배가 가는 방향으로 바람이 분다는 뜻. 帆 돛 범. 懸 매달 현.

▶ 海日生殘夜(해일생잔야) : 海日(해일) - 바다에서 뜨는 해. 殘夜(잔야) - 먼동이 트려 할 때의 어둠.

▶ 江春入舊年(강춘입구년) : 江春(강춘) - 강변의 봄. 舊年(구년) - 가는 해. 지난해. 이 두 구절은 '잔야(殘夜)가 밝으며 해가 뜨고, 묵은 해가 가고 강변에는 새봄이 왔다'는 뜻을 도치시켜 표현하였다. 그리고 이 구절에는 '나그네가 되어 각지를 떠돌다 보니 날이 지고 다시 밝는 곧 날이 가는 줄도 모르며, 해가 바뀌고 새봄이 오는 줄도 알지 못한다'는 나그네의 탄식이 들어 있다.

▶ 鄕書何處達(향서하처달) : 鄕書(향서) - 고향에 보내는 서신. 何處達(하처달) - 어디쯤 갔을까? 인편에 보낸 편지가 어디쯤 갔는지 모르겠다. '어떻게 보내야 하는가?'라면 처(處)에 대한 풀이가 없다. '어디로 보내야 하나?'는 향서는 본가(本家)로 가야 한다는 목적지가 처음부터 정해졌기에 부적합하다. '어디에 갔는가?'라면 엉뚱한 곳에 배달되었다고 걱정하는 번역이 된다.

▶ 歸雁洛陽邊(귀안낙양변) : 歸雁(귀안) - 북으로 돌아가는 기러기. 洛陽(낙양) - 작자의 고향.

🌸 詩意

이 시는 전체적으로 풍경에 대한 묘사이다. 바다인지 강인지 알 수 없는 그 큰 강을 여행한다면 호탕한 마음도 생길 것이다. 그러나 강변에 서있는 나그네 마음은 고향 생각뿐이다. 이는 여행을 해본 사람이라면 모두 체험했을 것이다.

시인은 객지에서 새날을 맞이하고 새봄이 왔다는 것을 느꼈다. 춘광난일(春

光暖日)에 녹수청산(綠水靑山)을 가면서, 그리고 북고산의 절경을 보면서 고향이 떠오를 수밖에 없었을 것이다.

'해일생잔야 강춘입구년(海日生殘夜 江春入舊年)' - 이 구절은 경치를 읊었을 뿐이다. 그러나 여기에는 정이 배어 있다. 그리고 기묘한 표현이기에 느낌이 더 피부에 와닿는다. 그리고 생각할수록 그 표현이 기묘하면서도 스케일이 크고 생각이 깊다는 것을 알 수 있다. 또 자연현상이나 논리적으로도 전혀 어긋나지 않는다. 동해 바다에서 일출을 보았던 사람이라면 '해일생잔야(海日生殘夜)'하는 것을 체험했을 것이다. 그리고 동지만 지나면 봄이며 신춘(新春)이니 '강춘(江春)이 구년(舊年)에 입(入)했음'을 느낄 수 있다. 하여튼 좋은 시, 좋은 구절이다.

098. <ruby>題<rt>제</rt></ruby><ruby>破<rt>파</rt></ruby><ruby>山<rt>산</rt></ruby><ruby>寺<rt>사</rt></ruby><ruby>後<rt>후</rt></ruby><ruby>禪<rt>선</rt></ruby><ruby>院<rt>원</rt></ruby> 파산사 뒤 선원에서 짓다

● 常建상건

<ruby>清<rt>청</rt></ruby><ruby>晨<rt>신</rt></ruby><ruby>入<rt>입</rt></ruby><ruby>古<rt>고</rt></ruby><ruby>寺<rt>사</rt></ruby>　<ruby>初<rt>초</rt></ruby><ruby>日<rt>일</rt></ruby><ruby>照<rt>조</rt></ruby><ruby>高<rt>고</rt></ruby><ruby>林<rt>림</rt></ruby>

<ruby>曲<rt>곡</rt></ruby><ruby>徑<rt>경</rt></ruby><ruby>通<rt>통</rt></ruby><ruby>幽<rt>유</rt></ruby><ruby>處<rt>처</rt></ruby>　<ruby>禪<rt>선</rt></ruby><ruby>房<rt>방</rt></ruby><ruby>花<rt>화</rt></ruby><ruby>木<rt>목</rt></ruby><ruby>深<rt>심</rt></ruby>

<ruby>山<rt>산</rt></ruby><ruby>光<rt>광</rt></ruby><ruby>悅<rt>열</rt></ruby><ruby>鳥<rt>조</rt></ruby><ruby>性<rt>성</rt></ruby>　<ruby>潭<rt>담</rt></ruby><ruby>影<rt>영</rt></ruby><ruby>空<rt>공</rt></ruby><ruby>人<rt>인</rt></ruby><ruby>心<rt>심</rt></ruby>

<ruby>萬<rt>만</rt></ruby><ruby>籟<rt>뢰</rt></ruby><ruby>此<rt>차</rt></ruby><ruby>俱<rt>구</rt></ruby><ruby>寂<rt>적</rt></ruby>　<ruby>惟<rt>유</rt></ruby><ruby>聞<rt>문</rt></ruby><ruby>鐘<rt>종</rt></ruby><ruby>磬<rt>경</rt></ruby><ruby>音<rt>음</rt></ruby>

이른 새벽 옛 절을 찾아가니
금방 떠오른 해가 깊은 숲을 비춘다.
구부러진 길은 한적한 곳으로 이어졌고
선방 둘레엔 꽃과 나무가 우거졌다.
작은 새들은 숲의 풍광을 즐기고
텅 빈 내 마음은 못에 비친 그림자다.
온갖 소리 모두 잠잠한데
오직 종과 석경 소리만 들린다.

註釋

▶ <題破山寺後禪院(제파산사후선원)> : '파산사 뒤 선원에서 짓다'. 破山
寺(파산사) - 강소성 동남부의 장강 서남안의 상숙시(常熟市) 우산진(虞
山鎭)에 있는 흥복사(興福寺)이다. 남조의 제(齊)나라(479-502 존속) 때
어떤 고관이 자신의 집을 절로 만들었다고 한다.

▶ 淸晨入古寺(청신입고사) : 淸晨(청신) - 동틀 무렵, 새벽녘, 이른 새벽.

▶ 初日照高林(초일조고림) : 初日(초일) - 금방 떠오른 해.

▶ 曲徑通幽處(곡경통유처) : 曲徑(곡경) - 구부러진 좁은 길.

▶ 禪房花木深(선방화목심) : 禪房(선방) - 참선하는 방. 花木(화목) - 꽃과
나무. 深(심) - 빽빽하다.

▶ 山光悅鳥性(산광열조성) : 山光(산광) - 산림의 풍광. 鳥性(조성) - 새
[鳥]의 본성. '새는 숲속에서 즐겨 놀고'의 뜻.

▶ 潭影空人心(담영공인심) : 潭 깊을 담. 연못. 潭影(담영) - 연못에 비친
그림자. 나의 마음은 물그림자처럼 비었다.

▶ 萬籟此俱寂(만뢰차구적) : 籟 통소 뢰. 萬籟(만뢰) - 세상의 모든 소리.
俱 함께 구.

▶ 惟聞鐘磬音(유문종경음) : 鐘 쇠북 종. 磬 경쇠 경. 석경(石磬)은 옥이나
돌로 만든 악기.

마음에 품은 바가 있기에, 아니면 평소 구하는 바가 있기에 이른 새벽에 절을 찾았을 것이다. 시인이 품은 뜻이 심원하고 흥취가 남다르기에 아름다운 구절이 나올 수 있는 것이다.

1-4구까지는 그냥 절의 풍경을 묘사했다. 사원과 그리고 더 그윽한 곳에 자리 잡은 선방의 경치이다. 그곳에서 시인이 본 것은 산새와 연못에 비친 그림자이다.

산새는 그냥 숲에서 산다. 산새의 본성이 조용한 곳을 좋아하는 근성이 있어서가 아니라 그냥 사는 것이다. 그리고 연못, 아니면 물에 비친 내 모습은 어떤가? 내가 황금덩어리를 들고 있다하여 그림자가 누렇게 보이나? 내가 탐욕의 주체라 하여 내 그림자와 노승의 그림자가 다른가? 그림자는 '공(空)'이다.

'담영공인심(潭影空人心)'이 바로 핵심 구절이다. 5-8구에 모두 불도(佛道)가 드러나 보이지만 핵심은 역시 '공(空)'이다. 공(空)이니 선(善)하고, 선하니 자락(自樂)할 수 있고, 자락하면 초연(超然)하고, 초연하니 공(空)이 아니겠는가?

099. 寄左省杜拾遺 문하성 두습유에게 보내다

● 岑參잠삼

聯步趨丹陛　分曹限紫微

曉隨天仗入　暮惹御香歸

白髮悲花落　靑雲羨鳥飛

聖朝無闕事　自覺諫書稀

둘이서 나란히 바쁘게 붉은 계단을 올라
자미가 심어진 곳에서 갈라졌지요.
아침엔 조정 의장병을 따라 들어가고
저녁엔 어전 향내를 묻혀 돌아왔지요.
백발에 지는 꽃을 서러워하고
청운에 나는 새를 부러워했지요.
성명聖明한 조정 틀린 정사가 없기에
간쟁의 글이 거의 없는 것 같지요.

▶ <寄左省杜拾遺(기좌성두습유)> : '문하성 두습유에게 보내다'. 左省(좌성) – 문하성(門下省). 중서성은 우성(右省)이라 했다. 杜拾遺(두습유) – 두보(杜甫). 두보는 문하성의 속관인 습유였고 당시 잠삼은 중서성 소속 '보궐(輔闕)'이라는 직책에 있었다. 두보의 좌습유는 간관(諫官)이다. 습유는 언관(言官)으로 조정의 과실을 알리고 바로잡는 역할을 담당하지만 종8품의 하위직이었다(송대宋代에는 정언正言). 예종(睿宗) 때(685) 설치된 습유는 중서성과 문하성 소속이었는데 문하성 소속의 습유는 좌습유, 중서성 소속은 우습유라 하였다. 당나라 시인 중에서 진자앙(陳子昂)도 습유로 근무했다. 이 시는 숙종(肅宗) 건원(乾元) 원년(758)에 지은 것으로 당시 잠삼은 44세였고, 두보는 47세였다. 두보와 잠삼은 서로 증답(贈答)한 시가 많다. 이때 두보의 관직생활과 관련된 시로써 107 <춘숙좌성(春宿左省)> 시가 있다.

▶ 聯步趨丹陛(연보추단폐) : 聯步(연보) – 두 사람이 동행하다. 趨 달릴 추. 빨리 걷다[快步]. 丹陛(단폐) – 붉은 칠을 한 계단 위, 조정의 계단.

▶ 分曹限紫微(분조한자미) : 分曹(분조) – 담당 업무를 달리하다. 限(한) – 경계로 하다. 紫微(자미) – 꽃 이름. 배롱나무[木百日紅]. 중서성에는 자미를 많이 심었다고 한다.

▶ 曉隨天仗入(효수천장입) : 曉 새벽 효. 隨 따를 수. 뒤따르다. 天仗(천장) – 조정을 호위하는 의장대.

▶ 暮惹御香歸(모야어향귀) : 暮 저물 모. 惹 이끌 야. 묻히다, 물들이다. 御香(어향) – 어전(御前)의 향.

▶ 白髮悲花落(백발비화락) : 白髮(백발) – 그 당시에 40세 이상이면 초로(初老)라 하였다.

▶ 靑雲羨鳥飛(청운선조비) : 羨 부러워할 선. 이 연은 잠삼의 심경을 서술한 것이다.

▶ 聖朝無闕事(성조무궐사) : 聖朝(성조) – 숙종(肅宗, 재위 756-762) 때 안록산과 사사명의 난은 진행 중이었다. 無闕事(무궐사) – 잘못된 정사가

없다. 칭송을 들을 정도로 정치가 안정되지는 않았었다.

▶ 自覺諫書稀(자각간서희) : 諫書(간서) - 신하나 지방에서 올라오는 충간 하는 글. 稀 드물 희. 언로(言路)가 트이지 못했음을 풍자하였다고 보아야 한다.

🌑 詩意

5구 '백발비화락(白髮悲花落)'에서 잠삼이 실제 백발이었는지는 추정할 수 없다. '꽃이 지는 것을 서러워하다'는 나이는 들었는데 그에 걸맞는 직위도 아니고, 또 언제 그만두어야 할지도 모르는 불안감을 표출했다고 해석할 수 있다.

그리고 6구 '청운선조비(靑雲羨鳥飛)'는 두보에게 기증하는 시이기에 두보가 '청운을 뚫고 높이 나는 새처럼' 관운이 트인 것을 축하한다는 의미가 들어 있다. 그러나 두보는 결코 잘나가는 것이 아니었다. 두보는 다음해에 지방 관아의 참군으로 폄직된다.

사실 관운(官運)이 없기는 두보가 더했다. 관직 아니면 생활이 보장되지 않는 문인 - 지식인- 의 불안한 실상을 염두에 두어야 한다. 두보는 이 시를 받고 <봉답잠삼보궐견증(奉答岑參補闕見贈)>이라는 시를 지어 보냈다.

하여튼 시를 주고받는 아름다운 교제는 향기롭다. 두보나 잠삼과 같은 일류 시인이 아닐지라도, 받은 시에 화답하는 마음은 진정한 우정의 표현이 아니겠는가?

100. 贈孟浩然 맹호연에게 주다　● 李白이백

吾愛孟夫子　風流天下聞

紅顔棄軒冕　白首臥松雲

醉月頻中聖　迷花不事君

高山安可仰　徒此挹清芬

나는 맹부자를 애모하나니
이분 풍류는 천하에 소문났지요.
젊어서 벼슬에 뜻을 두지 않았고
늙어도 청송과 백운에 노닐었지요.
달에 취하고 술을 자주 즐기며
꽃과 놀면서 벼슬하지 않았네.
고산을 어이 아니 우러르리오
이대로 맑은 향기 따를 뿐이네.

註釋

▶ <贈孟浩然(증맹호연)> : '맹호연에게 주다'. 孟浩然(맹호연) – 689-740. 양양(襄陽) 출신으로 녹문산(鹿門山)에 은거하며 독서와 시작으로 세월을 보냈다. 이름은 호(浩)이고 호연(浩然)은 자(字)인데 보통 자로 불린다. 왕유(王維)와 함께 '왕맹(王孟)'으로 병칭된다.

▶ 吾愛孟夫子(오애맹부자) : 夫子(부자) – 남자에 대한 존칭. 맹호연은 이백보다 2세 연상이었고, 40대에 이백과 개원(開元) 18년(730)경에 만났다.

▶ 風流天下聞(풍류천하문) : 風流(풍류) – 산수를 즐기며 산수에 노닌다. 맹호연은 젊어서부터 사방을 떠돌았기에 후인(後人)은 그를 '맹녹문(孟鹿門)' 또는 '녹문처사(鹿門處士)'라 불렀다. 풍류를 '풍채가 뛰어났다'로 새기는 주장도 있다. 天下聞(천하문) – 온 세상에 알려졌다.

▶ 紅顔棄軒冕(홍안기헌면) : 紅顔(홍안) – 술 취한 듯 얼굴색이 붉다는 뜻이 아니라 동안(童顔) 곧 젊은 나이. 棄 버릴 기. 軒 추녀 헌. 집, 수레의 총칭. 초헌(軺軒)은 대부 이상의 고관이 타는 수레. 冕 면류관 면. 고관들의 예모(禮帽). 軒冕(헌면) – 높은 관직, 귀현(貴顯).

▶ 白首臥松雲(백수와송운) : 白首(백수) – 관직이 없는 평민. 臥松雲(와송운) – 산수에 묻혀 지내다. '홍안(紅顔)에 헌면(軒冕)을 기(棄)하고, 백수(白首)로 송운(松雲)에 와(臥)하다'의 글자 10자로 맹호연의 일생을 다 서술하였다.

▶ 醉月頻中聖(취월빈중성) : 醉月(취월) – 월광(月光)에 취하다. 頻 자주 빈. 中聖(중성) – '성인을 만나다'라는 뜻이지만 실제로는 술에 취한 사람, 술꾼을 지칭한다. 위(魏)의 상서령인 서막(徐邈)이 조조(曹操)의 금주령을 어기고 술에 취했는데, 조조가 화를 내며 이를 따지자 선우보(鮮于輔)란 사람이 나서서 "청주(淸酒)를 성인이라 부르고, 탁주(濁酒)를 현인이라 말하는데, 서막은 성인을 만났던 것 같습니다."라고 변명해 주었다.(≪삼국지 위지魏志 서막전≫)

▶ 迷花不事君(미화불사군) : 迷花(미화) – 꽃에 취하다. 不事君(불사군) – 벼슬하지 않다. 현종 재위 때 맹호연은 장안에 올라와 진사과에 응시

하였으나 낙방하였다. 왕유가 현종에게 맹호연을 추천하였으나 현종
은 맹호연의 시 <세모귀남산(歲暮歸南山)> 중에서 '재주가 없다고
명주(明主)가 버렸다(不才明主棄)'는 구절을 보고서 "나는 경을 버린
적이 없거늘 어찌 이리 심한 말을 하는가?"라면서 싫어하여 임용되지
않았다. 또 채방사(採訪使) 한조종(韓朝宗)이 맹호연을 좋아하여 맹호
연을 조정에 추천키로 하고 잔치에 초청하였으나, 맹호연은 다른 지인
을 만나 술에 취하여 한조종과의 약속을 지키지 않았다. 관직을 얻고
자 하면서도 '얽매이지 않는 자유로운 삶'을 포기할 수 없었을 것이다.

▶ 高山安可仰(고산안가앙) : 고산을 어찌 올려 볼 수 있겠나? '고산앙지(高
山仰止)하고 경행행지(景行行止)하다'라는 말이 있는데(《시경 소아小
雅》), 이백이 맹호연을 고산이나 경행(景行, 큰길)처럼 우러러보고 따른
다는 뜻. '고산경행(高山景行)'은 대도지덕(大道至德)을 비유하는 말이
다.

▶ 徒此挹淸芬(도차읍청분) : 徒 무리 도. 아무것도 없는[空], 다만. 挹 물을
읍. 당기다, 본받다, 경모(景慕)하다. 芬 향기로울 분. 淸芬(청분) - 맑은
향기, 고상한 인품.

🏵 詩意

이 시의 주제는 '고산(高山)을 안가앙(安可仰)하리오. 도차(徒此)로 읍청분
(挹淸芬)하리라'이다. 선풍(仙風)을 타고 표일(飄逸)하고 싶은 젊은 이백이
맹호연의 풍류와 고취(高趣)를 잘 알고 있기에 우러르고 본받으려 했다.
맹호연이 고의 고향 녹문산에 은거하고 있을 때 찾아가 만난 이백의 감격을
짐작할 수 있다. 맹호연의 시는 산수의 아름다움과 유유자적하며 속세에서
스스로 멀어지는 은일의 아취(雅趣)를 청신하게 읊었기에 그 인품에 감격
한 이백이 시를 지어 칭송한 것이다.
이 시는 맹호연의 풍류[기起] - 삶[승承] - 은일[전轉] - 이백의 존경심[결結]
을 그렸다고 생각할 수 있다.

<ruby>渡<rt>도</rt></ruby><ruby>荊<rt>형</rt></ruby><ruby>門<rt>문</rt></ruby><ruby>送<rt>송</rt></ruby><ruby>別<rt>별</rt></ruby> 형문 건너에서 송별하다　● 李白이백

<ruby>渡<rt>도</rt></ruby><ruby>遠<rt>원</rt></ruby><ruby>荊<rt>형</rt></ruby><ruby>門<rt>문</rt></ruby><ruby>外<rt>외</rt></ruby>　　<ruby>來<rt>내</rt></ruby><ruby>從<rt>종</rt></ruby><ruby>楚<rt>초</rt></ruby><ruby>國<rt>국</rt></ruby><ruby>遊<rt>유</rt></ruby>

<ruby>山<rt>산</rt></ruby><ruby>隨<rt>수</rt></ruby><ruby>平<rt>평</rt></ruby><ruby>野<rt>야</rt></ruby><ruby>盡<rt>진</rt></ruby>　　<ruby>江<rt>강</rt></ruby><ruby>入<rt>입</rt></ruby><ruby>大<rt>대</rt></ruby><ruby>荒<rt>황</rt></ruby><ruby>流<rt>류</rt></ruby>

<ruby>月<rt>월</rt></ruby><ruby>下<rt>하</rt></ruby><ruby>飛<rt>비</rt></ruby><ruby>天<rt>천</rt></ruby><ruby>鏡<rt>경</rt></ruby>　　<ruby>雲<rt>운</rt></ruby><ruby>生<rt>생</rt></ruby><ruby>結<rt>결</rt></ruby><ruby>海<rt>해</rt></ruby><ruby>樓<rt>루</rt></ruby>

<ruby>仍<rt>잉</rt></ruby><ruby>憐<rt>련</rt></ruby><ruby>故<rt>고</rt></ruby><ruby>鄉<rt>향</rt></ruby><ruby>水<rt>수</rt></ruby>　　<ruby>萬<rt>만</rt></ruby><ruby>里<rt>리</rt></ruby><ruby>送<rt>송</rt></ruby><ruby>行<rt>행</rt></ruby><ruby>舟<rt>주</rt></ruby>

물을 건너 멀리 형문산을 지나
여기 와서 초의 옛 땅을 노닐다.
산은 넓은 들에 와서 스러지고
강은 거친 땅에 들어 흘러간다.
달은 나는 거울처럼 하늘에 떴고
구름 모여 바다의 누각을 만든다.
여전히 고향의 강물을 그리나니
만 리 밖 먼 곳에 배를 전송해주네.

● 註釋

▶ <渡荊門送別(도형문송별)> : '형문 건너에서 송별하다'. 渡 물 건널 도.
荊 가시나무 형. 형주(荊州)를 의미. 荊門(형문) – 호북성의 지명이며

산 이름. 강한평원(江漢平原)의 북쪽에 위치하여 동으로는 무한(武漢)과 연결되고 서로는 삼협(三峽)을, 남으로는 소상(瀟湘)과 통할 수 있는 지역으로 춘추시대 초(楚)의 서쪽 변경이었다. 장안에서 내려가면 '형주(荊州)나 초나라로 들어가는 문호'라는 뜻이다. 이 시는 개원 13년이나 14년(726)쯤, 25, 6세의 이백이 촉을 떠나 장강을 따라 여행하며 지은 시로 알려졌다. 시 제목에는 송별이라 했지만 송별의 대상에 대한 언급도 없고 자연 경관을 묘사하였기에 이백 스스로 '산수의 송별을 받는 자신'을 읊었다고 생각할 수 있다.

▶渡遠荊門外(도원형문외) : 渡遠(도원) – '원도(遠渡)'로 된 판본도 있다. 물을 건너 형문을 지나서 멀리 가다. 이백의 긴 여정을 묘사했다.

▶來從楚國遊(내종초국유) : 來(내) – 다른 곳에서 지금 있는 곳으로 동작이 진행되었음을 표시한다. 從(종) – ~로부터, ~에서, 지금까지, 여태껏. 楚國(초국) – 형문의 동쪽은 옛 초 땅이었다. 遊(유) – 이리저리 다니다, 떠돌다, 사귀다, 떠다니다.

▶山隨平野盡(산수평야진) : 산은 평야를 따라 없어졌다. 산이 드높고 힘차게 달려왔다가 평야에서 없어졌다는 표현이다. 산이 없는 곳이 바로 평야이다. 이런 표현은 묘사의 대상을 바꾸어 생각한 것이다. 이육사(李陸史)의 <광야(曠野)> 시 '모든 산맥들이 바다를 연모해 휘달릴 때도 차마 이곳을 범하던 못하였으리라'와 같은 의미이다.

▶江入大荒流(강입대황류) : 江(강) – 장강(長江). 大荒(대황) – 광막한 들. 강한평원을 말한다. 이육사의 <광야> 시 '끊임없는 광음을 부지런한 계절이 피어선 지고, 큰 강물이 비로소 길을 열었다'가 연상되는 구절이다. '산은 평야를 수(隨)하여 진(盡)하고, 강은 대황에 입(入)하여 유(流)한다'는 이 구절은 이백 시의 웅장한 스케일과 무한대로 확대된 공간개념을 반증하는 구절이다.

▶月下飛天鏡(월하비천경) : 下(하) – '하늘에 떠서 지나가다'로 풀이하면 딱 맞을 것 같다. 飛天鏡(비천경) – 날아가는 하늘의 거울. 밝고 큰 달을 표현하였다. 천경은 달.

▶ 雲生結海樓(운생결해루) : 구름은 바다의 기운처럼 피어난다. 구름 색과 모양의 변화가 바다의 신기루와 같다. 海樓(해루) - 바다의 신기루. 이 시는 이백이 고향 촉 땅을 떠나 장강을 여행할 때 지은 시라고 주장하는 사람도 있다. 그렇다면 그는 '바다의 신기루'를 직접 체험하지는 못했을 것이다. 다만 독서량이 많은 천재시인이기에 이런 표현이 가능했을 것이다.

▶ 仍憐故鄕水(잉련고향수) : 仍 인할 잉. 거듭, 아무래도. 憐 불쌍히 여길 련. 어여쁘다. 故鄕水(고향수) - 고향의 강. 장강. 장강 상류 지역이 촉이며 이백의 고향이다.

▶ 萬里送行舟(만리송행주) : 만 리 떨어진 이곳까지 나를 보내주었다는 의미.

🏵 詩意

'산수평야진(山隨平野盡)'을 '강물이 험준한 산악지대를 지나 넓은 평야를 흐르게 되자, 산들도 안 보이게 된다'는 뜻이라며 '촉(蜀)의 산들은 형문산에 와서 안 보인다'라고 말한 사람은 책상에 앉아서 시를 풀이한 것이다. 해석은 그럴 듯하지만 이치를 따지면 그럴 수가 없다. 물론 이백의 눈으로 안 보이지 마음속으로는 잊지 못한다고 보충할 수도 있다.

그러나 이백도 고향 촉에서 형문은 만 리라고 묘사하였다. 사람의 시력이 그리 좋은 것이 아니다. 여기는 고향 땅과 산천의 형세가 완전히 다른 곳이다. 그냥 이곳 산수를 묘사한 것이지 '고향의 산이 여기서는 안 보인다'라는 풀이는 너무 관념적이다.

'강입대황류(江入大荒流)'에 대한 풀이도 그렇다. 대황은 땅의 끝이다. 이백의 이 묘사는 그 끝이 안 보이는 벌판 가운데를 강이 흐른다는 뜻이다. 산과 산 사이를 굽이굽이 돌아서 흐르는 촉의 강이 아니다. 강의 스케일이 달라졌다. 다만 배로 여행하기에 물은 고향과 이어졌다고 느꼈다. 그래서 고향의 강이 생각나고, 고향의 강이 만 리 밖 여기까지 와서 나를 전송한다고 읊었을 것이다.

이백의 이 두 구는 두보의 '별이 떨어지니 평야는 광활하고, 달이 떠오르는 대강(大江)은 흘러간다(星垂平野闊 月湧大江流)(113 <여야서회(旅夜書懷)> 참조)'와 스케일과 발상이 비슷하다. '별이 떨어지는 광활한 평원, 흐르는 강물을 비추며 힘차게 솟아오르는 달'을 표현하였는데 자연을 바라보는 시인의 감정은 이처럼 섬세하면서도 무한대이다.

이백과 두보 두 사람이 마치 높은 상공에서 하늘과 땅과 산과 강을 내려다보며 이 구절을 읊은 것 같다. 그리고 이백과 두보는 다 같이 여행 중에 이런 시를 썼다. 곧 여행 중이었기에 이런 표현이 가능했다는 의미도 있다. 그래서 사람들은 여행을 권하는지도 모른다.

그러나 두 시인의 묘사를 놓고 누가 더 낫고 못하다는 비교가 불가능한 절창(絶唱)이라 아니할 수 없다.

102. 送友人 우인을 전송하며　● 李白이백

靑山橫北郭　白水遶東城

此地一爲別　孤蓬萬里征

浮雲遊子意　落日故人情

揮手自玆去　蕭蕭班馬鳴

청산은 북쪽 성곽을 둘러싸고

백수는 동쪽 성 밖을 감아 돈다.
여기서 이별을 하고 나면
날리는 쑥 솜처럼 만리를 떠돌리라.
뜬 구름은 나그네의 마음이며
지는 해는 벗님의 염려로다.
잡은 손 놓고 여길 떠나니
가는 말 울음소리만 남았다.

註釋

▶ <送友人(송우인)> : '우인을 전송하며'. 인구에 널리 회자되는 시이다.

▶ 靑山橫北郭(청산횡북곽) : 橫(횡) - 가로지르다. 郭(곽) - 외성(外城). 본래 성(城)은 내성(內城), 곽은 외성이지만 한 도시에 내성과 외성이 없다면 그냥 성이다.

▶ 白水遶東城(백수요동성) : 遶 두를 요. 이 수련(首聯)은 청산과 백수, 횡(橫)과 요(遶), 북곽(北郭)과 동성(東城)이 모두 대를 이루고 있다.

▶ 此地一爲別(차지일위별) : 此地(차지) - 이곳. 청산과 백수가 있는 곳. 爲(위) - 동사로 쓰였다.

▶ 孤蓬萬里征(고봉만리정) : 蓬 쑥 봉. 쑥은 가을이면 하얗게 꽃이 피고 그것은 솜처럼 공중으로 날아 흩어진다. 봉호(蓬蒿). 征 칠 정. 가다, 떠돌다.

▶ 浮雲遊子意(부운유자의) : 浮雲(부운) - 떠도는 구름. 정처 없음을 상징. 떠나가는 사람의 자유분방한 성격을 표현. 遊子(유자) - 나그네. '떠도는 구름은 나그네의 마음이다.' → 나그네의 마음은 떠도는 구름과 같다. 표현의 기교를 느낄 수 있다.

▶ 落日故人情(낙일고인정) : 落日(낙일) - 지는 해. 멈출 수 없다. 아침 해의 떠오르는 속도에 느리다 생각되지만, 지는 해는 빨리 떨어진다. 여기서 낙일은 친우가 나그네를 염려하는 마음은 잠시도 멈추지 않는다

는 뜻이다.

▶ 揮手自玆去(휘수자자거) : 揮 휘두를 휘. 떨치다. 揮手(휘수) - 잡는 손이
아니라 헤어지며 '놓고 가는 손'. 玆 무성할 자. 여기, 이에, 지금, 이제,
곧. 自玆去(자자거) - 여기를 떠나서 가니.

▶ 蕭蕭班馬鳴(소소반마명) : 蕭蕭(소소) - 여기서는 말 울음소리. 헤어지기
에 말 울음소리도 슬프게 들린다면서 말 울음소리로 이별의 장면을 마무
리하였다. 班 나눌 반. 차례, 옥을 나누다, 떠나가다[別也]. 班馬(반마)
- 떠나가는 말. 우인은 지금 말을 타고 떠나갔다. 반(班)을 반여(班如,
걸음이 느리다)의 뜻으로 엮어 풀어도 좋다.

🌸 詩意

실제적인 인물이나 환경이 구체적으로 나타나지는 않았으나 벗과의 이별
이 산뜻하고 리얼하게 그려진 걸작이다.

이 시의 짜임새는 꿰어 놓은 구슬과 같다.

수련(首聯)은 이별하는 장소를 완벽한 대구로 묘사하였다. 청산과 백수는
아름답지만 그 다음은 고봉만리(孤蓬萬里)이다. 고봉(孤蓬)은 너무 쓸쓸한
정경이다. 그 이별하는 장소의 아름다움과 쓸쓸함은 바로 미련(尾聯)에서
다른 모습으로 그려진다. 곧 잡은 손을 놓고 갔는데 쓸쓸한 말 울음소리만
남았다고 하였다. 보내는 사람의 눈에 들어왔던 청산과 백수는 다 사라졌다.
이 얼마나 애틋한 마음인가!

수련의 이별 장면 다음에 보내는 사람과 남은 사람의 마음이 그려진다.
가는 사람은 늦가을 바람에 날리는 쑥 솜처럼 만리 밖을 떠돌 것이다. 나그
네의 지친 육신이 느껴진다. 그리고 나그네는 떠도는 구름[浮雲]처럼 자유
롭고 한가할 수 있겠지만, 보내는 사람이 걱정해주는 마음은 지는 해[落日]
처럼 잠시도 멈출 수 없다.

고봉(孤蓬), 부운(浮雲), 낙일(落日)은 이별의 상징이다. 거기에 마지막으로
소소(蕭蕭)한 말 울음소리를 추가로 더 첨가하여 완벽하게 이별을 묘사하
였다. 그러니 명시이고 절창이 아니겠는가?

103. 聽蜀僧濬彈琴 촉의 승려 준의 탄금을 듣고

● 李白이백

蜀僧抱綠綺　西下峨眉峰

爲我一揮手　如聽萬壑松

客心洗流水　餘響入霜鐘

不覺碧山暮　秋雲暗幾重

촉의 스님이 녹기 거문고를 안고
서쪽 아미산에서 내려와서는
나를 위해 한 곡을 탔는데
온 골짝 소나무에 부는 바람이었다.
나그네 마음을 씻어주는 냇물처럼
여음이 산사의 종소리에 이어지는데
어느새 청산에 어둠이 내리고
높은 구름은 벌써 몇 겹이런가?

- ▶ <聽蜀僧濬彈琴(청촉승준탄금)> : '촉의 승려 준의 탄금을 듣고'. 濬 도랑을 파낼 준. 파내어 물길을 트는 것. 요즈음은 준설(浚渫)이라는 말을 쓴다. 여기서는 승려 이름이나 기타는 미상.
- ▶ 蜀僧抱綠綺(촉승포녹기) : 抱 안을 포. 綠綺(녹기) - 한(漢)의 사마상여(司馬相如, 기원전 179?-117)가 탔다고 하는 신묘한 거문고. 사마상여는 자(字)가 장경(長卿). 촉(蜀)의 성도(成都) 사람으로 사부(辭賦) 작가. 대표작은 <자허부(子虛賦)>. 촉의 부잣집 미인 탁문군(卓文君)과 사통(私通)하고 달아나 술장사를 하며 생계를 이었다는 로맨티스트.
- ▶ 西下峨眉峰(서하아미봉) : 峨眉峰(아미봉) - 사천성 아미산시(峨眉山市)에 있는 산 이름. 최고봉은 만불정(萬佛頂)으로 해발 3,099m. 서쪽 촉에서 왔다는 뜻.
- ▶ 爲我一揮手(위아일휘수) : 爲我(위아) - 나를 위해.
- ▶ 如聽萬壑松(여청만학송) : 壑 골짜기 학. 萬壑松(만학송) - 모든 골짜기에 있는 소나무. 그 소나무 사이로 부는 바람소리.
- ▶ 客心洗流水(객심세유수) : 洗流水(세유수) - 흘러가는 물에 씻다.
- ▶ 餘響入霜鐘(여향입상종) : 餘響(여향) - 여음(餘音). 霜鐘(상종) - 서리가 내릴 때 우는 종소리. 맑은 종소리의 여운과 같다는 의미.
- ▶ 不覺碧山暮(불각벽산모) : 碧山暮(벽산모) - 청산에 어둠이 내리다.
- ▶ 秋雲暗幾重(추운암기중) : 暗(암) - 어느새, 나도 모르게. 幾重(기중) - 몇 겹.

🌸 詩意

앞의 4구는 제목 그대로이다. 거문고 연주를 묘사하면서 그 거문고소리를 깊고 험한 산속 소나무 숲을 스치는 바람소리와 같다고 하였다.
후반 4구는 거문고의 여음을 묘사하였는데, 가을 산사의 종소리처럼 여음이 길게 이어지는데 청산에 어둠이 내리고, 하늘에는 높은 뭉게구름이 만들어진다면서 여음을 시각적 형상으로 만들었다.

이 시를 전반과 후반으로 구분하여 각각 한 문장으로 번역한 것은 시인의
의도를 따랐다. 이 시는 이백이 그냥 단숨에 읊었다. 그야말로 숨을 쉴 겨를
도 없이 일기가성(一氣呵成)으로 써내려간 시다. 읽는 사람을 마치 거문고
소리 앞에 몰아넣는 듯하다. 시인이 먹물을 찍어 중간에 단 한 번만 붓을
멈춘 것 같다는 느낌이 들었다. 아무런 군더더기가 없다. 그야말로 '고산유
수(高山流水)' - 아무런 막힘 없이 맑은 소리를 내며 흘러내렸다.
그러면서도 끝에 가서는 조용히 황혼 속에 흥취를 식히고 가라앉히고 있다.
벽산(碧山)에 내린 어둠과, 높이 피어오른 추운(秋雲)으로 형상화하여 끝을
맺었다. 호방한 이백의 또 다른 일면을 보는 것 같다.

104. 夜泊牛渚懷古 우저에서 야박하며 회고하다
● 李白이백

牛渚西江夜　靑天無片雲

登舟望秋月　空憶謝將軍

余亦能高詠　斯人不可聞

明朝挂帆去　楓葉落紛紛

우저에 배를 댄 서강의 밤
청천엔 조각구름도 없다.
배에서 가을 달을 보면서
공연히 사謝장군을 생각해 본다.
나도 역시 시를 즐겨 읊지만
그분같이 들어줄 이 없도다.
내일 아침 돛을 올리고 떠나면
단풍잎만 어지러이 떨어지리라.

註釋

▶ <夜泊牛渚懷古(야박우저회고)> : '우저에서 야박하며 회고하다'. 渚 물가 저. 우저산(牛渚山)은 안휘성 마안산시(馬鞍山市) 당도현(當塗縣)에 있는 산. 당도현은 강남수향(江南水鄕)으로 풍광이 수려한 지방이다. 이 우저산 아래로 장강이 흐르는데 험한 산이 장강으로 툭 튀어 나왔고 그곳을 채석기(采石磯, 기磯는 강가의 자갈밭)라고 부른다. 전해오는 이야기로는 이백이 그곳에서 술을 마시면서 달을 건지러 물에 들어갔다고 한다. 당도현 청산풍경지구(靑山風景地區)에 이백의 묘원(墓園)이 있다.

▶ 牛渚西江夜(우저서강야) : 西江(서강) – 장강의 안휘성 구간을 특히 서강이라 한다. 여기서는 남경(南京)이 가깝다.

▶ 靑天無片雲(청천무편운) : 무편운(無片雲)하면 분명 별이 총총했을 것이다.

▶ 登舟望秋月(등주망추월) : 登舟(등주) – 선상(船上)에서.

▶ 空憶謝將軍(공억사장군) : 憶 생각할 억. 동진(東晉)의 문장가인 원굉(袁宏, 328-376)이 여기서 시를 읊었고, 이를 그곳의 행정관이던 사상(謝尙)이 듣고 칭찬했다는 이야기가 전한다. 사상은 진군 사씨(陳郡謝氏)의 일족으로 사실상 동진의 정치와 군사를 이끌었던 명문이다. 사곤(謝鯤), 사상, 사안(謝安), 사현(謝玄) 등이 모두 진군 사씨로 낭야 왕씨(琅琊王氏)와 함께 남조의 최고명문이었다. 여기서는 이백 자신을 원굉과 비교하면

서 자신의 시문을 알아줄 사람이 없다는 뜻을 표했다. 참고로 사상은 채석기의 돌을 채취해 최초로 석경(石磬)을 만들 만큼 음률에도 밝았다고 한다.

▶ 余亦能高詠(여역능고영) : 余 나 여. 高詠(고영) – 낭랑하게 시를 읊다.

▶ 斯人不可聞(사인불가문) : 斯人(사인) – 이 사람. 사상(謝尙). 회재불우 (懷才不遇)의 아쉬움을 토로하였다.

▶ 明朝挂帆去(명조괘범거) : 挂 걸 괘. 帆 돛 범.

▶ 楓葉落紛紛(풍엽낙분분) : 楓 단풍나무 풍.

🏵 **詩意**

수련(首聯)은 경치를 읊어 제목을 풀이하였고, 함련(頷聯)과 경련(頸聯)에서는 원굉과 사상의 고사를 빌어 자신의 회포를 말하고, 미련(尾聯)에서 다시 떠난 다음의 경치를 그리면서 못다한 감회를 풀었다. 내용으로는 자기를 알아주는 사람이 없으니 떠나더라도 남는 아쉬운 뜻을 읊었다. 미련의 평범한 서술이 오히려 슬픔을 더해준다.

여행 중인 이백이 내일 아침에 떠나는 것은 그럴 수 있는 것이고, 가을이니 낙엽은 떨어질 것이다. 그런데 그 뒷맛은 쓸쓸하기만 하다. 자신의 불우를 이야기한 다음의 정경이라 슬픈 것인가? 나중에 이 근처에서 이백이 죽었다는 것을 우리가 알고 있기에 서글픈 것인가?

이 시는 율시이나, 율시의 격식인 함련과 경련에서 대구가 이루어지지 않았으므로 파격이라 할 수 있다. 천재시인인만큼 율시의 격식을 엄격히 따르자면 못할 것도 아니지만 그럴 뜻이 없었다고 보아야 할 것이다.

🏵 **參考 채석기(采石磯) – 이백의 죽음**

이백의 <월하독작(月下獨酌)>과 <장진주(將進酒)>에서도 보았듯이 이백은 술을 정말 좋아했다. 밝은 대낮에 마시는 술보다 달을 보면서 마시면 훨씬 운치가 있다.

이백의 음주는 '광음(狂飲)'이란 표현이 더 좋을 것이다. 광음은 난폭한 폭음이 아니다. 광음은 술이 너무 좋아서, 또 술 마시는 자리가 정말 흥겨워서, 그리고 술을 함께하는 사람들을 진정 좋아하기에 마음껏 크게 마시는 술이다. 그러한 이백이 어찌 달을 좋아하지 않을 수 있겠는가?

중국인들은 하늘의 달을 '월(月, yuè)'이라 쓰지만 보통 '월량(月亮, yuè liang)'이라고 말한다. 누구에게나 똑같이 어둠을 밝혀주는 달이기에 중국인들에게 달은 고상함과 공명정대의 상징이다.

이백은 숙종 보응(寶應) 원년(762)에 족숙(族叔)이지만 나이가 어린 이양영(李陽泳)을 찾아가 의지한다. 거기서 병이 깊어 다시 일어나지 못하고 62세에 죽는다. 이양영은 이백의 시를 모은 《초당집(草堂集)》의 서문에서 이백이 병사(病死)했다고 분명히 기록하였다.

그러나 중국인들은 이백의 평범한 병사를 믿고 싶지 않았을 것이다. 만당의 시인 왕정보(王定保, 870~940)는 그의 《당척언(唐摭言)》이라는 문집에서 이백은 '궁금포(宮錦袍)를 입고 채석강(采石江)에 유람하면서 당당히 온 세상을 압도하듯 마음껏 흥에 겨워 술을 마셨는데, 취해서 달을 건지려 물속에 뛰어들었다가 죽었다.'라고 기록했다. 이를 '남월낙수(攬月落水)'라고 하며, 지금의 안휘성 마안산시(馬鞍山市) 채석기란 곳이 바로 이백이 달을 건지려 했던 곳이라고 한다. 송(宋)의 홍매(洪邁)도 그의 《용재수필(容齋隨筆)》에서 같은 이야기를 기록하였는데 다만 이야기 앞에 '세속언(世俗言)'이라는 말을 첨가하였다.

하여튼 중국인들이나 술을 좋아하는 사람들은 '객지에서의 쓸쓸한 병사'보다는 '술에 취해 물속의 달을 건지려 했던 낭만적 죽음'으로 이백을 기억하고 싶었을 것이다.

앞으로도 이백의 시를 많이 감상해야 하지만 <야박우저회고(夜泊牛渚懷古)> 시의 마지막이 너무 쓸쓸하고, 마치 이백의 죽음을 예고한 그 자리인 것 같아 시인의 죽음을 이야기했다.

105. 月夜 ^{월야} 달밤 ● 杜甫두보

今夜鄜州月　閨中只獨看
^{금야부주월}　^{규중지독간}

遙憐小兒女　未解憶長安
^{요련소아녀}　^{미해억장안}

香霧雲鬟濕　清輝玉臂寒
^{향무운환습}　^{청휘옥비한}

何時倚虛幌　雙照淚痕乾
^{하시의허황}　^{쌍조누흔건}

오늘 밤 부주鄜州의 달을
아내는 혼자 보고 있으리라.
멀리서 그리는 어린 자식들
아직은 장안을 생각 못하리라.
밤안개에 구름머리가 축축하고
달빛 아래 고운 팔이 차가우리라.
어느 날에나 창가에 기대어
둘이 눈물 마른 얼굴로 달을 보겠나?

註釋

▶ <月夜(월야)> : '달밤'. 두보의 역경과, 역경 속에서도 애틋한 가족
　사랑을 느낄 수 있는 시이다. 지덕(至德) 원년(756) 가을에 지은 것으로

알려졌다.

▶ 今夜鄜州月(금야부주월) : 鄜 고을 이름 부. 鄜州(부주) - 지금의 섬서성 연안시(延安市) 황릉현(黃陵縣). 안록산의 난이 일어나기 바로 직전에 두보는 봉선현(奉先縣)으로 가서 가족을 만났다. 그리고 난이 일어났고, 지덕 원년 5월 안록산이 장안에 가까이 쳐들어오자 두보는 다시 봉선현으로 가서 가족을 데리고 백수현(白水縣)으로 피난했다가, 다시 6월에는 부주로 가족을 피난시켰다. 그리고 숙종(肅宗)이 즉위했다는 소식을 들은 두보는 혼자 노자관(蘆子關)을 지나서 숙종이 있는 영무(靈武)로 가려다가 도중에서 반군에게 잡혀 장안으로 끌려왔다. 요행히 지위가 낮았으므로 별로 해를 입지 않고 연금 상태로 지낼 수가 있었다. 그러나 두보의 심중은 몹시 괴로웠다. 이 시는 장안에서 부주에 있는 처자를 생각하며 지은 것이다. 당시 두보는 45세였다.

▶ 閨中只獨看(규중지독간) : 閨中(규중) - 규방, 내실(內室), 곧 아내. 只 다만 지.

▶ 遙憐小兒女(요련소아녀) : 遙 멀 요. 憐 불쌍히 여길 련. 小兒女(소아녀) - 어린 자식들, 사내아이와 여자아이.

▶ 未解憶長安(미해억장안) : 未解(미해) - 알지 못하다. 憶長安(억장안) - 장안에 있는 아버지를 생각하다. 내가 이렇게 억류되어 있는 줄을 모를 것이다.

▶ 香霧雲鬟濕(향무운환습) : 香霧(향무) - 밤안개의 시적 표현. 雲鬟濕(운환습) - 구름같이 올린 머리가 축축하다. 鬟 쪽진 머리 환.

▶ 淸輝玉臂寒(청휘옥비한) : 淸輝(청휘) - 달빛. 臂 팔 비.

▶ 何時倚虛幌(하시의허황) : 倚 기댈 의. 幌 휘장 황. 훤히 들여다보이는 휘장, 커튼, 창문.

▶ 雙照淚痕乾(쌍조누흔건) : 雙照(쌍조) - 둘이 같이 달빛을 쬐다, 달이 두 사람을 같이 비추다. 痕 흉터 흔. 자취. 淚痕乾(누흔건) - 눈물 마른 자국.

가족애를 착실하고 온화한 필치로 그렸다. 아름다운 부인에 대한 사랑과 어린 자식들을 안타까워하는 아버지의 정이 섬세하게 나타나기도 했다. 또한 가족과 헤어져 울고 있는 두보의 눈물이 선명하게 그려지기도 한 시다. 이 시에서는 두보가 달을 보는 묘사가 없다. 아내는 혼자 달을 보고 있을 것이지만, 아버지가 고생하고 있으리라 생각도 못하는 아이들은 잠들었을지도 모른다. 그러니 그 아이들이 더 가엾고 그리울 것이다.

수련에서는 달을 '독간(獨看)'하지만 미련(尾聯)에서는 '쌍조(雙照)'하는 모습을 그리고 있다. 이는 수미상응(首尾相應)이다. 부부의 마음은 이런 것이다. 여기서 함련(頷聯)의 '요련소아녀 미해억장안(遙憐小兒女 未解憶長安)'을 주의해서 봐야 한다. 아버지는 '어린 아이들을(小兒女) 멀리서 가엾게 생각한다(遙憐).' 어린아이들은 '장안에 있는 아버지에 대한 생각을(憶長安) 아직은 알지 못한다(未解).' 두 구절은 그 뜻과 구조에서 요련(遙憐)과 미해(未解)가 서로 대가 되고, 소아녀(小兒女)와 억장안(憶長安)이 대가 되는 것이다. 이처럼 한 뜻에 이어 다음의 뜻으로 흐르는 물처럼 일관되게 흘러가면서 구절의 성분이나 대상이 서로 짝을 이루는 대구를 특별히 '유수대(流水對)'라고 한다.

🌸 參考　이백과 두보의 비교

성당(盛唐) 시단의 일월과 같았던 이백(701-762)과 두보(712-770)는 제각기 다른 개성을 가지고 서로를 걱정하는 우정을 간직했었다. 두 사람이 약 10년 차이로 태어나고 죽었다는 것도, 두 사람의 인생 역정이 비슷하면서도 차이가 나는 것도, 그리고 시풍(詩風) 등 모든 면에서 서로 비교가 되기에 정리를 할 필요가 있다.

우선 두 사람이 발휘한 시단(詩壇)에서의 광채는 한유가 말한 '이두문장재광염만장(李杜文章 在光焰萬丈)' 그대로의 거성(巨星)이었으며, 여기에 시불(詩佛) 왕유(王維, 692-761)가 근접하여 기타 군성(群星)과 함께 성당의 시단은 당시의 최전성기였음을 먼저 염두에 두어야 한다.

선조(先祖) - 이백의 선조는 뚜렷하게 내세울 것이 별로 없고 언제 왜 입촉(入蜀)하였는가도 불분명한 유랑민의 후예로서, 이백에게는 협객의 기질이 있었다. 두보의 먼 조상은 서진의 장수로서 손권이 세운 오(吳)를 멸망시킨 두예(杜預, 222-285)이다. 두예는 평소 학문을 좋아해 좌구명(左丘明)의 《춘추좌전(春秋左傳)》을 틈만 나면 읽었고 행군 중에도 사람을 시켜 말 앞에서 《좌전》을 읽게 하였다. 이에 사람들은 두예를 '좌전에 푹 빠졌다'는 뜻으로 '좌전벽(左傳癖)'이라고 불렀다. 두보의 조부인 두심언(杜審言)은 측천무후 시대에 관료이면서 시인으로 이름이 났었고, 부친 두한(杜閑)은 지방관을 역임했다. 이렇듯 두보는 그 혈통에 유가의 기질과 철학이 있었고 조상의 내력에 자부심을 갖고 있었다.

재능 - 재주는 둘 다 타고난 바가 있었다. 이백은 5세에 육갑(六甲)을 외우고, 10세에 백가서를 보았고, 15세에 둔갑(遁甲)에 관한 기서(奇書)를 읽고 사마상여만큼 부(賦)를 지은 조숙한 천재였다. 두보 또한 조숙하고 문재를 타고났다. 이백은 그 기질이 호탕하고 표일(飄逸)하여 풍류의 기질이 농후하였고, 두보는 독서와 심사(沈思)하며 진지하게 각고면려(刻苦勉勵)하는 기질이었다고 요약할 수 있다. 때문에 이백은 형식을 벗어난 고체시에서 빛을 발하며 천재성을 발휘하였고, 두보는 율시의 주옥을 가다듬었다.

환경 - 이백과 두보 두 사람 모두 젊어서 각지를 유랑했다. 젊은 날의 유랑은 시인으로서의 기초 자양분을 습득할 수 있는 기회였다. 뒤에 이백은 감음(酣飮)하고 종주(縱酒)하며 방약무인(傍若無人)한 듯 천상천하를 휘젓고 놀았으며, 재물의 소중함을 몰랐을 정도로 호사하였다. 그러나 두보의 가세는 일찍부터 기울어 경제적인 어려움에 봉착했고, 낙제(落第)의 고배를 마셔야 했고, 방랑과 질병 속에서 가족을 데리고 초조하면서 오뇌했다. 성선(成仙)하고 싶은 방랑기질 속에 탈속한 시풍을 가졌던 이백과, 우세우민(憂世憂民) 속에서 침울한 애상(哀傷)의 시를 썼던 두보는 이러한 환경의 차이가 있었다.

사상과 성격 - 이백은 그 바탕에 노장(老莊)사상으로 향락적인 기질이 있었고, 두보는 유가사상에 박애주의자였다고 말할 수 있다. 이백이 이기적이고 지자(知者)이며 동적이었다면, 두보는 이타적이며 요산(樂山)의 인자(仁者)의 기질을 발현하였다. 이백은 자신의 인생을 천지라는 역여(逆旅, 여관)를 잠시 들렀다 가는 나그네로 보았고, 두보는 조그만 분수에 만족할 수 있는 안정을 희구하며 힘들게 살아야만 했다. 때문에 자기만큼이나 고통을 받는 서민들의 애환을 자신의 애환으로 느끼며 그 아픔을 사실대로 기록하려 애를 썼다. 이백이나 두보 모두 안록산의 난을 겪었다. 이백은 방관자적 입장을 견지하였고, 두보는 어떻게든 국가를 위해 봉사할 수 있는 기회를 찾으려 노력했지만 위대한 시인에게 관직은 어울리지 않는 옷과 같았다.

▎**시풍(詩風)** – 이백은 귀족들의 부화(富華)한 생활을 겪어도 보았고 현종이나 권귀(權貴)를 위한 봉사도 해보았으나, 두보는 오로지 평민들의 삶을 소재로 시를 썼다. 이백이 낭만적이고 유미주의적이고 퇴폐적인 상상이나 주관적 감정과 기분을 읊었다면, 두보는 사실적이고 인도주의적 사고와 사회의 일면을 사실적·객관적으로 기록하는 시를 썼다. 이백이 시에 술과 여인의 아름다움을 그리고, 낭만적 연애의 감정을 유감없이 표현했다면, 두보는 굶주림이나 질고를 시의 주제로 삼았고, 여인과의 연애감정을 토로한 시는 찾아볼 수가 없다. 이백은 그 천재성을 바탕으로 단숨에 즉석에서 완성하는 일기가성(一氣呵成)의 호매(豪邁)하고 청일(淸逸)한 시를 쓴 데 비해, 두보는 인력으로 조탁하여 공들여 시한 수를 완성했다고 말할 수 있다.

이러한 이백과 두보는 누가 더 어떻다는 우열을 비교할 수가 없다. 두보가 이백만큼 그렇게 호탕할 수도 없고, 이백은 두보처럼 침울할 수 없는 기질이었으며, 이백의 〈촉도난(蜀道難)〉이나 〈장진주(將進酒)〉 같은 시를 두보에게서 기대할 수 없으며, 이백에게 〈병거행(兵車行)〉 같은 시를 써보라고 권유할 수는 없을 것이다.

106. 春望^{춘망} 봄날 높은 곳에서 멀리 바라보다 ● 杜甫두보

國破山河在
_{국 파 산 하 재}

城春草木深
_{성 춘 초 목 심}

感時花濺淚
_{감 시 화 천 루}

恨別鳥驚心
_{한 별 조 경 심}

烽火連三月
_{봉 화 연 삼 월}

家書抵萬金
_{가 서 저 만 금}

白頭搔更短
_{백 두 소 갱 단}

渾欲不勝簪
_{혼 욕 불 승 잠}

나라는 깨어져도 산천은 그대로니
성안에 봄이 드니 초목은 우거졌다.
시절을 알아 꽃에도 눈물을 뿌리고
이별의 한은 새소리에도 가슴이 뛴다.
봉화가 연이어 석 달을 계속하니
집안의 편지는 만금만큼 소중하다.
흰 머리 긁어대니 더 많이 빠져서
아무리 묶어도 동곳잠을 못 끼겠다.

註釋

▶ <春望(춘망)> : '봄날 높은 곳에서 멀리 바라보다'. 이 시는 매우 유명한 오언율시로 안록산의 난 중, 장안에 억류되어 있던 숙종 지덕(至德) 2년 (757), 두보 나이 46세 때 작품이다. 두보의 우국충정이 봄날의 경관과 대비되어 비감(悲感)을 배가하는 시이다.

▶ 國破山河在(국파산하재) : 國破(국파) – 나라가 전란으로 부서지다.

▶ 城春草木深(성춘초목심) : 城春(성춘) – 장안성에도 봄은 전처럼 찾아왔다. 草木深(초목심) – 초목이 우거지다. 겨울이 가고 봄이 오면 삶과 기쁨이 소생하는 계절이다. 그러나 산하(山河)만 남아 있고 그 밖의 것은 없으며 초목만 무성하니 사람은 없다는 뜻이 된다. 이것이 바로 언어지외 (言語之外)의 본뜻이다.

▶ 感時花濺淚(감시화천루) : 感時(감시) – 시대상황에 대해 느끼다. 안록산 의 난에 따른 고초가 심하다. 花(화) – 꽃에도, 꽃을 보아도. 濺 흩뿌릴 천. 濺淚(천루) – 쇄루(灑淚)와 같음. 눈물을 뿌리다.

▶ 恨別鳥驚心(한별조경심) : 恨別(한별) – 통한의 이별. 鳥(조) – 새가 지저 귀는 소리. 驚心(경심) – 마음이 놀라다, 괜히 두근거리다.

▶ 烽火連三月(봉화연삼월) : 烽火(봉화) – 군사의 위급 상황을 알리는 연기 나 횃불. 싸움이 계속되고 있음. 連三月(연삼월) – 석 달을 계속하다.

▶ 家書抵萬金(가서저만금) : 家書(가서) – 본가에서 온 안부 편지. 抵 거스 를 저. 부딪다, ~와 상당하다, ~와 비슷하다.

▶ 白頭搔更短(백두소갱단) : 白頭(백두) – 흰 머리. 搔 긁을 소. 更短(갱단) – 더 짧아지다, 머리카락이 자꾸 빠져 많지 않다.

▶ 渾欲不勝簪(혼욕불승잠) : 渾 흐릴 혼. 전부, 온통, 거의, 전혀, 실로, 그야 말로(간직簡直, 과장이 있는 말투). 渾欲(혼욕) – 아무리 하려 해도. 簪 비녀 잠. 꽂다, 찌르다. 不勝簪(불승잠) – 머리를 묶고 동곳을 꽂으려 해도 안 된다는 뜻.

이 시는 율시의 표본으로 인용되는 걸작이다.

수련(首聯)에서는 국파(國破)와 성춘(城春)으로 시대상황과 계절을 언급하여 제목의 뜻을 말하고 있다. 인간들의 작위로 나라는 부서졌으나 산하는 그대로 있다. 난리에 시달린 사람에게 새봄의 정경은 슬픔만을 안겨준다.

그리고 연이은 함련(頷聯)과 경련(頸聯)은 높은 곳에서 처자식이 있는 곳을 바라보며 느낀 감상이니, 시인은 지금 지치고 불안하며 전투에 놀랐고 고향 소식에 애태우고 있음을 알 수 있다.

끝으로 미련(尾聯)은 이런 상황에서 늙어가는 시인의 모습을 그대로 묘사하고 있다. 미련에 묘사된 시인의 모습은 곧 수련의 '국파산하재(國破山河在)'의 실상으로 오버랩 된다.

시인의 언사는 매우 평범하나 한 글자 한 구절이 고통이고 진실이기에, 이보다 더 절실한 묘사가 있을 수 없다는 생각을 하게 된다. 시인이 겪는 고통이 정말로 극심하기에 그 언사가 읽는 이의 심금을 울리고 있다.

107. 春宿左省 봄날, 좌성에서 숙직하다 ● 杜甫두보

花隱掖垣暮　啾啾棲鳥過

星臨萬戶動　月傍九霄多

不寢聽金鑰　因風想玉珂

<ruby>明<rt>명</rt></ruby><ruby>朝<rt>조</rt></ruby><ruby>有<rt>유</rt></ruby><ruby>封<rt>봉</rt></ruby><ruby>事<rt>사</rt></ruby>　<ruby>數<rt>삭</rt></ruby><ruby>問<rt>문</rt></ruby><ruby>夜<rt>야</rt></ruby><ruby>如<rt>여</rt></ruby><ruby>何<rt>하</rt></ruby>

꽃이 숨는 듯 궁궐 담에 어둠이 오고
찍찍 우짖으며 둥지로 새가 날아간다.
별은 수많은 궁궐 위에 반짝이고
달빛은 높다란 정전 위에 쏟아진다.
잠을 못 이뤄 자물쇠소리 들으며
바람결에 말방울소리라 생각해본다.
내일 아침 상주할 일이 있기에
자주 밤이 얼마나 지났는가 묻는다.

註釋

▶ <春宿左省(춘숙좌성)> : '봄날, 좌성에서 숙직하다.'　宿 잘 숙. 숙직하다.
左省(좌성) – 문하성(門下省). 당시 두보는 문하성 소속 좌습유로 근무했
다. 099 <기좌성두습유(寄左省杜拾遺)> 참조.

▶ 花隱掖垣暮(화은액원모) : 花隱(화은) – 꽃이 잘 안 보인다.　掖 겨드랑이
액. 끼다, 돕다. 정전(正殿)에 딸린 궁, 궁궐 안의 뜰, 궁궐의 문.　垣 담
원.　暮 날 저물 모.

▶ 啾啾棲鳥過(추추서조과) : 啾 시끄러운 소리 추. 새소리의 음사(音寫).
棲 살 서. 깃들다.

▶ 星臨萬戶動(성림만호동) : 성(星)이 ~에서 동(動)하다.　臨(임) – 내려다
보다, 낮은 데로 향하다, ~에 임하여, 그 자리에 나아가다.　萬戶(만호)
– 장안의 민가. 여기서는 궁궐의 여러 문. 천문만호(千門萬戶).　動(동)
– 반짝이다.

▶ 月傍九霄多(월방구소다) : 월(月, 월광)이 ~에서 다(多)하다.　傍 곁 방.

霄 하늘 소. 九霄(구소) - 구천(九天). 여기서는 황제의 크고 높은 정전.
多(다) - 많이 비추다, 더 밝다.

▶ 不寢聽金鑰(불침청금약) : 不寢(불침) - 잠을 못 자다. 鑰 자물쇠 약.
빗장. 金鑰(금약) - 자물쇠, 쇠 빗장. 이를 '황금 자물쇠'라고 번역하는
사람이 있다면 그는 금은방에서 파는 행운의 열쇠를 부러워하는 사람일
것이다.

▶ 因風想玉珂(인풍상옥가) : 因風(인풍) - 바람결에. 想(상) - 생각하다.
珂 흰 옥돌 가. 玉珂(옥가) - 말의 장식물. 달랑대며 소리가 난다. 여기서
는 관리들이 말을 타고 '출근할 시간인가?'라고 생각하다.

▶ 明朝有封事(명조유봉사) : 封事(봉사) - 밀봉해서 상주(上奏)하는 글.

▶ 數問夜如何(삭문야여하) : 數問(삭문) - 자주 묻다. 夜如何(야여하) -
밤이 얼마나 지났는지.

詩意

본래 숙직을 하면 잠자리도 바뀌고 긴장으로 잠을 못 이루고 여러 가지
생각을 하게 된다. 지금부터 1,300여 년 전에 두보 역시 그러했다. 숙직하는
초저녁부터 별과 달이 쏟아지는 한밤, 그리고 새벽이 가까워 오는 시간까지
눈앞에 차례로 그려진다.

수련(首聯)의 화은(花隱)은 제목의 춘(春)을 묘사하였고, 함련(頷聯)의 성
(星)~동(動)과 월(月)~다(多)로 밤을, 그리고 경련(頸聯)의 불침(不寢)은
바로 제목의 숙(宿)을 설명하는데 금약(金鑰)소리가 들리고, 옥가(玉珂)일
것이라 생각하는 곳은 좌성(左省)의 어느 곳이다.

종8품(우리나라의 8급 공무원) 습유가 걱정하는 우국충정이 눈물겹다. 밤
을 하얗게 새면서 내일 아침의 봉사(封事)를 생각하는 것으로 미련(尾聯)
을 끝내지만, 두보의 이런 충정에도 불구하고 관운은 그를 따라오지 않았
다.

108. 至德二載甫自京金光門出~

지덕 2년, 두보는 금광문을 나서서~　● 杜甫두보

此道昔歸順　西郊胡正繁

至今猶破膽　應有未招魂

近侍歸京邑　移官豈至尊

無才日衰老　駐馬望千門

이 길로 전날 천자를 뵈러 갈 때
서교西郊에는 호인이 막 설쳐댔었다.
지금까지도 간담이 서늘하니
응당 죽은 사람이 있었으리라.
가까이 모시고 장안으로 돌아왔는데
바뀌는 자리가 어찌 임금 뜻인가?
재주도 없고 날마다 약해지고 늙으니
가는 말 멈추고 궁궐을 돌아본다.

▶ ＜至德二載甫自京金光門出~(지덕이재보자경금광문출)~＞ : '지덕 2년, 두보는 금광문을 나서서 ~'. 정식 제목은 '지덕이재보자경금광문출간도귀봉상(至德二載甫自京金光門出間道歸鳳翔) 건원초종좌습유이화주연(乾元初從左拾遺移華州掾) 여친고별(與親故別) 인출차문(因出此門) 유비왕사(有悲往事)' 39자의 장문이다. 왜 이렇게 긴 제목을 달았는지는 여러 가지로 생각할 수 있다. 이 뜻은 '지덕 2년(757)에 두보는 장안성의 금광문을 나서서 샛길을 따라 봉상으로 돌아갔다. 건원 초년(758) 좌습유에서 화주의 하급관리로 이동되어 지인들과 헤어지며 이 문[금광문]을 나서니 지난 일이 서글펐다'이다. 鳳翔(봉상) - 지명. 지금의 섬서성 서부의 보계시(寶鷄市) 부근. 영무(靈武)에서 즉위한 숙종이 정부군을 이끌고 주둔하던 곳이다. 두보는 그곳에 가서 충성을 인정받아 좌습유가 되었다. 移(이) - 이동하다. 사실은 폄직되었다. 華州(화주) - 섬서성의 지명. 掾 도울 연. 하급관리의 총칭. 정확하게 화주사공참군(華州司功參軍)이다. 親故(친고) - 친척이나 지인. 此門(차문) - 금광문. 悲(비) - 비감(悲感). 往事(왕사) - 지난 일.

▶ 此道昔歸順(차도석귀순) : 歸順(귀순) - 반군이 있는 곳에서 황제가 있는 곳으로 찾아가다.

▶ 西郊胡正繁(서교호정번) : 西郊(서교) - 장안의 서쪽 교외. 胡(호) - 안록산의 반군. 繁 많을 번. 正繁(정번) - 한창 세력을 떨치다.

▶ 至今猶破膽(지금유파담) : 破膽(파담) - 쓸개가 찢어지는 것 같다, 크게 놀라다.

▶ 應有未招魂(응유미초혼) : 未招魂(미초혼) - 도망가는 혼을 부르지 못하다. 혼백을 부르지 못한 사람, 곧 그때 죽은 사람도 있을 것이라는 뜻.

▶ 近侍歸京邑(근시귀경읍) : 近侍(근시) - 황제를 가까이에서 모시다. 京邑(경읍) - 장안.

▶ 移官豈至尊(이관기지존) : 移官(이관) - 두보가 좌천당한 일. 豈至尊(기지존) - 어찌 폐하 때문이겠는가?

▶ 無才日衰老(무재일쇠로) : 日衰老(일쇠로) - 하루하루 쇠약해지고 늙다.
▶ 駐馬望千門(주마망천문) : 駐馬(주마) - 말을 멈추다. 千門(천문) - 도성
  의 궁전. 천문만호(千門萬戶)의 궁궐.

詩意

방관(房琯, 696-763)은 현종의 명을 받아 옥새를 숙종에게 전한 사람이다.
숙종은 그를 재상으로 임명했다. 전에 초토절도사(招討節度使)인 방관은
진도야란 곳에서 소가 끄는 수레를 이용한 전투를 벌였지만 안록산 군에게
대패했다. 그 패전 사실이 다시 논쟁거리가 되었고, 두보는 패전한 방관을
변호했다하여 곧 방관의 당인(黨人)으로 지목받게 되었다. 그리하여 숙종
의 미움을 받아 화주사공참군으로 좌천된다.
이 시는 좌천되어 떠나는 과정을 서술하였지만 이는 두보 인생의 전환점이
되어 궁핍한 가운데 각지를 떠돌아야만 했다.

參考 두보의 정의감

솔직히 말해서 종8품의 하위직에서 재상을 위해 변호한다는 것은 지금 사
람으로서는 이해가 어려울 것이다. 요즈음 8급 공무원이 국무총리나 부총
리, 아니면 장관의 일에 왈가왈부하는 것과 비슷한 상황이다.
그러나 사마천(司馬遷)이 사관(史官)으로서 정의감 때문에 흉노에 투항했
던 이릉(李陵, 비장군飛將軍 이광李廣의 손자)을 변호하다가 무제(武帝)의
미움을 받아 궁형(宮刑)을 받은 것과 비슷하게 볼 수도 있다.
사마천은 이릉과 그저 얼굴을 알 정도로, 개인적인 친분이 있는 것은 아니었
다. 그러나 평소 이릉의 인품을 알고 있었기에 그가 패전하여 투항하였지만,
언젠가는 한(漢)을 위해 공적을 쌓으려 했을 것이라고 변호해주었다. 그것
은 사관으로서의 의무감이었고 정의감이었다.
두보와 방관의 관계는 동향(同鄕)이며, 두보를 추천한 사람이 방관이었기
에 그 의리가 남달랐다고 볼 수 있다. 그렇다면 두보는 비록 미관말직이지만

지인을 위한 의리와 정의감에서 나서야만 했을 것이다. 그러나 두보가 방관을 변호하지 않았다 하여 비겁한 사람이라고 평가될 그런 위치는 아니었다. 그만큼 두보는 낮은 지위였다.

두보의 좌천은 하란진명(賀蘭進明)이란 자의 참소가 있었고 숙종이 결재한 일이다. 그래도 두보는 자신의 좌천이 '이관기지존(移官豈至尊)'이라고 표현했다. 화주로 좌천된 이후 두보는 다시 장안으로 돌아오지 못했다. 두보는 화주로 가면서 안록산 난의 참상을 묘사한 <삼리(三吏)>와 <삼별(三別)>이라는 명작을 남기게 된다.

7월에 두보는 관직을 버리고 진주(秦州, 지금의 감숙성 천수시天水市)로 옮겨간다. 이때부터 동북풍에 휘날리는 먼지 속에서 가족을 데리고 중국의 서남 각지를 떠돌아다니는 유랑생활을 시작한다. 먹을 것을 해결할 수 없던 두보는 진주에서 남쪽으로 동곡(同谷, 지금의 감숙성 성현成縣)으로 갔지만 거기서도 춥고 배고픈 설움만 겪어야 했다.

109. 月夜憶舍弟 달밤에 동생들을 생각하다　●杜甫두보

戌鼓斷人行　邊秋一雁聲

露從今夜白　月是故鄉明

有弟皆分散　無家問死生

寄書長不達　況乃未休兵

군진의 북소리에 사람 발길 끊겼고
변방의 가을에 외기러기 울고 간다.
이슬은 오늘 밤 이후 희게 된다는데
그래도 달은 고향달이 더 밝으리라.
동생이 있으나 모두 흩어져 있으니
생사를 물어볼 집조차 없도다.
보내는 편지는 늘 들어가지 않는데
거기다 또 싸움도 끝이 없도다.

🌸 註釋

▶ <月夜憶舍弟(월야억사제)> : '달밤에 동생들을 생각하다'. 舍弟(사제)
－ 한 집에 살던 동생. 두보에게는 두영(杜穎), 두관(杜觀), 두풍(杜豊),
두점(杜占)의 네 동생이 있었다고 한다. 안록산의 난 중에 헤어진 뒤 서로 소식을 몰랐다. 두보가 759년에 진주(秦州)를 유랑하면서 지은 것으로 알려졌다.

▶ 戍鼓斷人行(수고단인행) : 戍鼓(수고) - 방수(防戍)하는 군진에서 치는 북소리. 人行(인행) - 사람 통행.

▶ 邊秋一雁聲(변추일안성) : 邊秋(변추) - 변방의 가을.

▶ 露從今夜白(노종금야백) : 이슬은 오늘 밤부터 희어진다. 24절기 중 백로 (白露, 양력 9월 7일 전후)가 되었다는 뜻.

▶ 月是故鄕明(월시고향명) : 중국인의 속담에 '밝은 달도 늘 둥글지 않지만, 달은 고향의 달이 더 밝다(明月不常圓 月是故鄕明)'라 하였는데 이는 두 보의 시에서 따온 것 같다.

▶ 有弟皆分散(유제개분산) : 동생들이 모두 흩어져 있다. 두보는 장남으로, 막내동생과 함께 살았지만 다른 동생들은 산동, 하남, 장안에 흩어져 있었다.

▶ 無家問死生(무가문사생) : 생사를 물어볼 집이 없다. 형제들의 생활도 모두 곤궁했을 것이다.

▶ 寄書長不達(기서장부달) : 서신을 보내도 늘 가지 못한다. 소식 전할 길이 없다는 뜻.

▶ 況乃未休兵(황내미휴병) : 況 하물며 황.

🌸 詩意

이때 안록산은 그 아들 안경서에게 피살당했고 안록산의 부장이던 사사명 (史思明)이 반군을 이끌고 낙양에 이르렀는데, 관군을 이끈 이광필은 그들 에게 대패했다. 그런 불안한 시대 상황이었기에 형제에 대한 그리움이 더했 을 것이다. 이 시의 주제는 '억(憶)'이다. 사람 발길이 끊겨도 동생들을 생각 한다. 기러기소리, 백로(白露), 명월(明月), 분산(分散), 사생(死生), 기서(寄 書) 모두가 '억(憶)'이며 마음을 아프게 한다. 각 연의 주제를 전투에 이어 고향의 달, 그리고 소식 모르는 형제들을 묘사한 뒤에 마지막으로 소식도 전할 수 없는 답답한 마음으로 시를 맺었다.

110. ^{천 말 회 이 백} 天末懷李白 하늘 끝에서 이백을 그리워하다

● 杜甫두보

凉風起天末　君子意如何

鴻鴈幾時到　江湖秋水多

文章憎命達　魑魅喜人過

應共冤魂語　投詩贈汨羅

양풍은 하늘 끝에서 불어오는데
그대의 감회 어떠하신지요?
소식은 언제쯤 도착하려는지?
강호엔 가을물이 넘치네요.
문장은 팔자 핀 사람 싫어하고
이매魑魅는 지나는 사람 좋아한다지요.
그러니 한 많은 넋을 위로하려
시를 지어 멱라수에 던지렵니다.

🌸 註釋

▶ <天末懷李白(천말회이백)> : '하늘 끝에서 이백을 그리워하다'. 天末(천말) - 천제(天際), 하늘과 땅이 닿는 곳. 이 시는 두보가 건원 2년(759)에 진주(秦州)에서 지은 것으로 알려졌다. 011 <몽이백(夢李白) (一)>과 012 <몽이백 (二)> 참고.

▶ 涼風起天末(양풍기천말) : 涼 서늘할 량. 涼(량)의 속자.

▶ 君子意如何(군자의여하) : 君子(군자) - 여기서는 이백. 意(의) - 감회.

▶ 鴻鴈幾時到(홍안기시도) : 鴻 큰기러기 홍. 鴈 기러기 안. 雁(안)과 같음. 鴻鴈(홍안) - 편지. 幾時(기시) - 언제.

▶ 江湖秋水多(강호추수다) : 秋水(추수) - 가을물.

▶ 文章憎命達(문장증명달) : 문장은 이름나고 높은 벼슬에 오르는 것을 미워한다. 훌륭한 글을 짓는 사람은 운명이 좋지 않다, 유명인이나 고관의 시문은 별로 뛰어난 것이 없다. 시나 문장을 잘하는 사람은 팔자가 고생하고 가난하게 살게 마련이라며 이백을 위로하지만 이는 곧 자위(自慰)의 뜻을 갖고 있다.

▶ 魑魅喜人過(이매희인과) : 魑 도깨비 리. 魅 도깨비 매. 魑魅(이매) - 사람을 잡아먹는다는 도깨비. 喜人過(희인과) - 사람이 지나가는 것을 좋아하다, 지나가는 사람을 좋아하다.

▶ 應共冤魂語(응공원혼어) : 冤魂(원혼) - 원통한 혼령. 여기서는 전국시대 초(楚)나라의 굴원(屈原).

▶ 投詩贈汨羅(투시증멱라) : 汨 강 이름 멱, 물에 빠질 골. 상강(湘江). 汨羅(멱라) - 굴원이 투신한 강물. 汨은 삼수변(氵)+날 일(日). 삼수변(氵)+가로왈(曰)=氵曰(물 흐를 율). 삼수변(氵)+눈 목(目)=泪(눈물 루).

🌸 詩意

두보는 이백을 좋아하고 존경하였기에 이백을 위한 시를 많이 지었다. 대개가 이백을 회상하거나 혹은 이백을 염려하는 시다. <증이백(贈李白)>, <춘일억이백(春日憶李白)>은 30대의 젊은 두보가 낙양 일원에서 이백과 어울려 술 마시고 교유하다가 헤어진 다음에 지은 시다. 그러므로 젊은 시인들의 패기와 호탕한 기상이 가득 넘친다. '백야시무적 표연사불군(白也詩無敵 飄然思不群)'이나 '통음광가공도일 비양발호위수웅(痛飮狂歌空度日 飛揚 跋扈爲誰雄)'과 같은 구절이 바로 그러한 예이다.

그러나 <몽이백(夢李白)>과 이 시는 국가적 혼란시기에 서로 흩어져 생사조차 알 길 없는 옛날의 벗을 걱정하고 있다. 이때의 두보 나이는 50세이다. 전란을 피해, 헐벗고 굶주린 처자식을 이끌고, 먹을 것과 안주할 자리를 찾아 변경지대를 방랑하고 있었다.

이때 이백이 억울한 누명을 쓰고 남쪽으로 유배되었다는 소식을 들었으니, 두보의 심정은 어떠했으랴? 극한의 절망감 속에서 하늘이 준 숙명은 문학하는 사람의 길을 막고, 도깨비 같은 못난 인간들은 착한 사람을 벌주기를 좋아한다며 이백을 위로하고 있다.

앞 4구는 찬바람이 불어온다면서 안부를 묻고 있다. 후반 4구는 사람 팔자를 이야기하면서 굴원을 위로하기 위해 시를 지어 멱라수에 던지고 싶다는 뜻을 표했는데, 이는 이백과 자신의 기구한 운명에 대한 동병상련이라 할 수 있다.

▌ 두보의 소릉초당(少陵草堂)

111. 奉濟驛重送嚴公四韻 봉제역에서 엄공을 다시
전송하는 4운 ● 杜甫두보

遠送從此別　靑山空復情

幾時杯重把　昨夜月同行

列郡謳歌惜　三朝出入榮

江村獨歸處　寂寞養殘生

먼 길 보내지만 이제 헤어지는데
청산은 공연히 석별의 정을 보태네.
언제 다시 잔을 잡을 수 있을지
어제 달밤을 같이 걸어왔었네.
여러 고을에서 칭송하며 아쉬워하고
삼조三朝를 섬기는 영광을 누리시네.
강촌에 홀로 돌아가 그곳에서
쓸쓸히 남은 인생 보내야 하네.

註釋

▶ <奉濟驛重送嚴公四韻(봉제역중송엄공사운)> : '봉제역에서 엄공을 다시 전송하는 4운.' 奉濟驛(봉제역) – 지금의 사천성 중북부의 성도(成都) 평원에 자리한 면죽시(綿竹市)에 해당한다. 양조업이 발달하여 이곳에서 생산되는 '면죽대곡(綿竹大曲)'과 특히 '검남춘(劍南春)'은 아주 유명한 술이다. 2008년에 대지진이 일어났던 곳이다. 重送(중송) – 거듭 전송하다. 두보는 엄무(嚴武)와 이별하면서 증별시를 한번 지었었는데 다시 이별의 시를 지었기에 '중송'이라 했다. 嚴公(엄공) – 엄무. 검남서천절도사(劍南西川節度使)로 있으면서 두보를 적극 후원해 주었기에 두보는 잠시 안정된 생활을 했다. 엄무는 토번을 무찌른 공으로 중앙으로 승진하여 장안으로 돌아갔다. 四韻(사운) – 율시(律詩)와 같다. 율시는 2구마다 네 번 압운한다. 운자를 10개 썼으면 10운이니 20구가 된다. 이 시에서는 정(情)·행(行)·영(榮)·생(生)이 운자이다.

▶ 遠送從此別(원송종차별) : 遠送(원송) – 성도에서 이곳 면죽까지 전송차 동행하였다. 從此(종차) – 봉제역.

▶ 靑山空復情(청산공부정) : 復情(부정) – 이별의 정을 보태준다. 푸른 산을 보며 이별한다는 의미.

▶ 幾時杯重把(기시배중파) : 幾時(기시) – 어느 시기, 언제. 杯重把(배중파) – 다시 술잔을 기울일 수 있을까?

▶ 昨夜月同行(작야월동행) : 月同行(월동행) – 달빛 아래 같이 걸어왔다.

▶ 列郡謳歌惜(열군구가석) : 列郡(열군) – 엄무가 관할하던 여러 군. 謳 노래할 구. 謳歌(구가) – 칭송하다. 惜 아낄 석. 이별을 아까워하다.

▶ 三朝出入榮(삼조출입영) : 三朝(삼조) – 현종, 숙종 그리고 762년에 즉위한 황제 대종(代宗).

▶ 江村獨歸處(강촌독귀처) : 江村(강촌) – 성도의 두보초당(杜甫草堂)이 있는 곳.

▶ 寂寞養殘生(적막양잔생) : 殘生(잔생) – 나머지 인생, 죽을 때까지의 생활.

이별의 장소에서 두보는 '기시배중파(幾時杯重把)'이라면서 미래를 기대해 본다. 그리고 '작야월동행(昨夜月同行)'이라면서 어젯밤 달빛 아래를 같이 걸어왔던 지난 일을 서술했다. 결국 이는 수련(首聯)의 '청산공부정(靑山空復情)'의 정의(情意)를 다시 강조한 것이라 볼 수 있다. 경련(頸聯)은 보내는 사람에 대한 칭송의 말이다. 그러고 나면 결국 자신에게로 돌아온다. 두보는 엄무의 도움을 받았던 그 초당에서 혼자 살아야 한다는 적막한 심정으로 그간의 도움에 감사를 표했다.

🌸 **參考 두보의 만년 – 시사(詩史)**

안사의 난 중에 관군이 상주(相州)에서 대패하고, 관중(關中)에 대기근이 들자 두보는 화주(華州)의 사공참군직을 버리고 가족을 데리고 진주(秦州)나 동곡(同谷) 등지를 떠돌았다. 그러다가 성도에 들어와 엄무의 도움을 받아 초당을 짓고 잠시나마 비교적 안정된 생활을 했다. 이때가 어찌 보면 두보의 만년에서 가장 행복한 시기였다.

엄무가 입조한 뒤 바로 촉(蜀)의 군벌인 성도소윤겸어사이던 서지도(徐知道)가 난을 일으킨다(762). 두보는 난을 피해 재주(梓州, 지금의 사천성 삼대三台), 낭주(閬州, 지금의 사천성 관중) 일대를 떠돌았고, 서지도는 그 부장에게 피살된다.

다시 성도로 돌아온 두보의 생활은 어려웠다. 엄무는 765년에 죽고, 두보는 다시 이곳저곳을 떠돌았다. 기주(夔州)에서 2년을 보내고 호북, 호남 일대를 떠돌다가 상강(湘江)의 나룻배 안에서 59세로 770년에 병사한다. 이 시기에 두보는 〈수함견심(水檻遣心)〉, 〈춘야희우(春夜喜雨)〉, 〈모옥위추풍소파가(茅屋爲秋風所破歌)〉, 〈병귤(病橘)〉, 〈등루(登樓)〉, 〈촉상(蜀相)〉, 〈문관군수하남하북(聞官軍收河南河北)〉, 〈등고(登高)〉, 〈추흥(秋興)〉, 〈삼절구(三絶句)〉, 〈세안행(歲晏行)〉 등 수백 수의 시를 남겨 안사의 난 전후 20여년의 사회모습을 묘사하였다. 그래서 두보의 시를 시사(詩史)라 부를 수 있는 것이다.

112. 別房太尉墓 방태위의 묘를 떠나며　● 杜甫두보

他鄉復行役　駐馬別孤墳

近淚無乾土　低空有斷雲

對棋陪謝傅　把劍覓徐君

惟見林花落　鶯啼送客聞

타향에서 또 떠도는 몸이지만
말을 멈춰 외로운 봉문을 둘러본다.
눈물 젖어 메마른 땅이 없고
낮게 드린 조각구름만 떠돈다.
바둑 두던 사안謝安처럼 침착했고
칼을 서군徐君 묘에 두었던 의리를 지켰다.
보이는 것은 수풀에서 지는 꽃
꾀꼬리는 손님을 보내듯 울어댄다.

註釋

▶ <別房太尉墓(별방태위묘)> : '방태위의 묘를 떠나며'. 房太尉(방태위)
　－ 방관(房琯, 696-763). 안록산의 난 중 진도사(陳濤斜)에서 관군은 대패

했고 그 패전의 책임은 방관에게도 있었다. 그래도 숙종(肅宗)이 장안으로 돌아온 뒤 방관은 승진하고 청하군공(淸河郡公)에 봉해지기도 했다. 그는 문객 동정란(董庭蘭)의 탄금(彈琴)을 좋아하였는데 동정란이 뇌물을 받았다 하여 방관은 태자소사(太子少師)로 폄직되었다가 다시 지방관으로 폄직되었다. 두보는 그러한 방관을 변호하였지만 숙종의 미움을 받아 화주(華州)로 폄직되었다. 방관은 대종(代宗)이 즉위하면서 다시 특진형부상서(特進刑部尙書)가 되었는데 장안으로 돌아오던 도중에 병으로 죽었고 사후에 태위(太尉)로 추증되었다. 방관은 두보와 오랫동안 긴밀한 관계를 유지하였는데 두보가 장안에서 봉상으로 가서 좌습유에 임명될 때 방관의 추천이 있었다.

▶ 他鄕復行役(타향부행역) : 他鄕(타향) - 두보는 성도 일대를 떠돌고 있었다. 行役(행역) - 유랑하는 고역(苦役).

▶ 駐馬別孤墳(주마별고분) : 別(별) - 이별하다, 헤어지다, 둘러보고 가다. 孤墳(고분) - 방관은 특진되어 장안으로 부임하러 가다가(763년 4월) 병이 들어 낭주(閬州)의 절에서 죽었다. 그래서 객지에 있기에 고분이라 하였다.

▶ 近淚無乾土(근루무건토) : 눈물을 흘려 마른 땅이 없다. 좀 과장이지만 크게 슬퍼했다는 뜻.

▶ 低空有斷雲(저공유단운) : 斷雲(단운) - 고운(孤雲).

▶ 對棋陪謝傅(대기배사부) : 對棋(대기) - 바둑판을 대하다, 바둑을 두다. 棋 바둑 기. 陪 쌓아올릴 배. 거들다, 모시다. 謝傅(사부) - 동진(東晉)의 사안(謝安, 320-385). 자기 관리가 철저했던 사안과 같은 풍모를 지닌 방관이었다고 칭송하는 구절이다. 한때 화북을 통일했고 고구려에 불교를 전해 주기도 했던 5호16국시대 전진(前秦)의 왕 부견(符堅)이 대군으로 동진에 침입하자(비수淝水의 싸움) 조야가 모두 두려워 떨었지만, 사안은 태평하게 별장에서 손님과 바둑을 두고 있었다. 승리했다는 서신이 왔을 때, 사안은 아무 표정도 없이 읽은 뒤에 자리 옆으로 치워 놓았다. 바둑이 끝나고 손님이 묻자 천천히 말했다. "어린애들이 적을 이제야 격

파했답니다." 손님이 나가자 사안은 방에 뛰어 들어오면서 매우 기뻐했는데 나막신의 굽이 떨어져 나가는 줄도 몰랐다고 한다. 그의 표정 꾸밈과 감정 억제가 이와 같았다.

▶ 把劍覓徐君(파검멱서군) : 覓 찾을 멱. 徐君(서군) - 춘추시대 서(徐)라는 나라 임금. 춘추시대 오(吳)의 왕자 연릉계자(延陵季子)가 보검을 차고 진(晉)에 가는 도중 서군의 환대를 받았다. 서군은 연릉계자의 보검을 부러워했고, 이를 연릉계자도 알았다. 연릉계자가 진에 가서 일을 마치고 돌아올 때 서군은 죽고 없었다. 연릉계자는 그 보검을 서군의 무덤 나무에 걸어두고 떠나갔다. 두보는 연릉계자의 의리를 지켜 여기를 찾았다는 뜻을 말했다.

▶ 惟見林花落(유견임화락) : 꽃이 지는 것만 보인다. 여기에는 나의 생도 끝날 것 같다는 두보의 탄식이 들어 있다.

▶ 鶯啼送客聞(앵제송객문) : 鶯 꾀꼬리 앵. 啼 울 제. 送客聞(송객문) - 나그네를 전송하듯 울어대다.

🌸 詩意

낭주에서 성도로 돌아가는 도중에 두보는 방관의 무덤을 찾는다. 출생 연도를 따진다면 방관은 두보보다 15세 이상 나이가 많았다. 때문에 두보와 방관의 붕우지정(朋友之情)이란 표현은 옳지 않다고 본다. 다만 두보가 벼슬도 없는 포의(布衣)였지만 끝까지 알아주고 믿어 주었기에 두보도 그를 따르고 변호했을 것이다.

수련(首聯)에서는 제목 그대로 묘를 찾은 사유를 말했고, 함련(頷聯)에서는 슬피 통곡했다. 경련(頸聯)에서는 죽은 이가 사안 같은 풍모를 지녔고, 살아 있는 자신은 연릉계자처럼 의리를 지켰다고 고인과 자신을 묘사하였다. 그리고 미련(尾聯)에서는 외로운 무덤 주변에 떠도는 슬픈 정서를 그렸다. 결국 수련의 표현처럼 또 떠돌아야 하는 두보였다.

113. 旅夜書懷 여야서회 떠도는 밤에 소회를 쓰다　●杜甫두보

細草微風岸　危檣獨夜舟
세초미풍안　위장독야주

星垂平野闊　月湧大江流
성수평야활　월용대강류

名豈文章著　官因老病休
명기문장저　관인노병휴

飄飄何所似　天地一沙鷗
표표하소사　천지일사구

작은 풀 미풍에 흔들리는 강 언덕에
높은 돛대 세우고 밤에 홀로 배를 대었다.
별이 드리우는 들판은 끝없이 넓고
달은 떠오르고 큰 강은 흘러간다.
명성이 어찌 문장이 좋아야만 하는가?
벼슬은 늙고 병들어 그만두었노라.
떠도는 이 몸 무엇과 같겠나?
하늘과 땅 사이 한 마리 물새로다.

註釋

- ▶ <旅夜書懷(여야서회)> : '떠도는 밤에 소회를 쓰다'. 이 시는 대략 대종(代宗) 영태(永泰) 원년(765)에 가족을 거느리고 성도 초당을 떠나 배를 타고 동으로 흘러가며 운안(雲安, 지금의 사천성 운양현雲陽縣)에서 지은 것이라고 알려졌다.

- ▶ 細草微風岸(세초미풍안) : 細草(세초) - 금방 돋아난 풀. 微 작을 미.

- ▶ 危檣獨夜舟(위장독야주) : 危 두려울 위. 높은. 檣 돛대 장. 危檣(위장) - 높다란 기둥. 수련은 두보의 배를 중심으로 한 근경(近景)을 묘사하였다.

- ▶ 星垂平野闊(성수평야활) : 星垂(성수) - 별빛이 쏟아지다, 별이 드리우다. 곧 별이 땅과 닿다. 수(垂) 대신 임(臨)으로 된 판본도 있다. 闊 넓을 활.

- ▶ 月湧大江流(월용대강류) : 湧 샘솟을 용. 힘차게 솟아오르다. 大江(대강) - 장강. 함련(頷聯)은 배에서 바라보는 원경(遠景)을 묘사하였다.

- ▶ 名豈文章著(명기문장저) : 名(명) - 명성. 著 분명할 저. 뛰어나다.

- ▶ 官因老病休(관인노병휴) : 休(휴) - 휴관(休官), 사직했다. 성수(星垂)와 월용(月湧)의 느낌이 자신과는 아무런 상관도 없는 것처럼 느껴질 때 시인은 한없이 서글펐을 것이다.

- ▶ 飄飄何所似(표표하소사) : 飄 회오리바람 표. 飄飄(표표) - 바람에 펄럭이는 모양, 정처 없이 떠도는 모양. 何所似(하소사) - 무엇과 비슷한가?

- ▶ 天地一沙鷗(천지일사구) : 鷗 갈매기 구. 沙鷗(사구) - 물새. 고(孤) 또는 백(白), 대(大)나 소(小)가 아니라 일사구(一沙鷗)라 표현한 것은 수련(首聯)의 '독(獨)'과 상응한다.

詩意

곤궁과 실의에 찬 두보의 한숨에 읽는 사람도 가슴이 미어지는 것 같다. 두보는 자기 신세가 강가에 홀로 된 물새와 같다고 했는데, 어쩌면 자신이 물새보다 더 불쌍하다고 느꼈을 것이다. 직업도 재산도 없는 두보에게 하루

하루 끼니 때우기는 고통의 연속이었을 것이다.

중국 속담에 '들판의 참새가 쌓아둔 양식이 없지만 천지는 넓다(野雀無糧天地廣)'라는 말이 있다. 또 '섣달에 아무리 눈이 쌓여도 참새는 굶어 죽지 않는다(臘月下雪餓不死麻雀)'라는 속담처럼 참새나 물새는 적어도 굶지는 않는다. 이 시를 읽으면서 착하디착한 시인이 이런 곤궁에 처해야 하는가를 자꾸 생각한다. 시인과 가난은 형제간인가?

본래 가난이란 선비의 일상이다(貧者士之常)라고 스스로 위안하고 지내는 경우도 많다. 그러나 젊어 가난은 가난이라 할 것도 없지만(少年受貧不算貧), 노년에 가난해지면 가난이 사람을 죽인다(老年受貧貧死人)고 하였다. 또 젊은이의 고생은 지나가는 바람이지만(後生苦 風吹過), 늙은이의 고생은 진짜 고생이다(老年苦 眞個苦). 늙은 두보의 가난이기에 가슴이 더 아프다.

두보의 시와 먼저 나온 왕만(王灣)의 097 <차북고산하(次北固山下)>와 표현기교를 한번 비교해 볼 필요가 있다.

海日生殘夜　江春入舊年　<차북고산하>
星垂平野闊　月湧大江流　<여야서회>

왕만의 시는 '잔야생해일(殘夜生海日)하고 구년입강춘(舊年入江春)하다'라는 평범한 말의 어순을 바꾸어서 절묘한 표현으로 바뀌었다.

이는 두보의 시도 마찬가지이다. '평야는 활(闊)하고 성(星)은 수(垂)하며, 대강(大江)은 유(流)하는데 월(月)은 용(湧)한다'는 뜻인데 이를 어순을 바꾸어서 참신하면서도 힘찬 절창을 만들어냈다.

똑같은 말도 시인의 손을 거치면 새롭게 변하다. 그래서 시인은 언어의 마술사라고 한다. 물론 그런 표현을 만들어내려고 시인은 고심해야 한다. 이 시는 이백의 <야박우저회고(夜泊牛渚懷古)>와 분위기가 매우 비슷하다. 둘 다 강가에 배를 대고 1박을 한다. 그러나 나그네와 떠돌이의 차이라고 할 수 있는 분위기가 있다. 젊은 이백은 옛일을 회고하면서도 스케일이 크고 또 희망에 차있다. 그렇지만 마지막 미련(尾聯)에는 슬픔이 배어 있다. 그리고 두보의 밤배에도 근심과 걱정이 가득하다. 노년의 작품이라 생각하니 더욱 슬프기만 하다.

편의를 위하여 여기서 두 편의 시를 나란히 써 놓고 읽어보면 느낌이 온다.

<야박우저회고(夜泊牛渚懷古)>   <여야서회(旅夜書懷)>

牛渚西江夜	細草微風岸
靑天無片雲	危檣獨夜舟
登舟望秋月	星垂平野闊
空憶謝將軍	月湧大江流
余亦能高詠	名豈文章著
斯人不可聞	官因老病休
明朝挂帆去	飄飄何所似
楓葉落紛紛	天地一沙鷗

시선(詩仙)이고 시성(詩聖)이니 두 시인의 광채와 불꽃이 만장(萬丈)만큼 치솟지만 그 느낌이 이렇듯 차이가 나는 것은 이백은 젊었을 때였고, 두보는 늙어 이 시를 읊었다는 차이이다. 그래서 '세월 앞에 장사 없다'는 말이 나오는 것이다.

천재시인 중에 누가 더 뛰어났는가의 비교가 아니라 '누구의 분위기가 어떠한가'의 차이이다.

114. 登岳陽樓 악양루에 올라 ● 杜甫두보

昔聞洞庭水　今上岳陽樓

吳楚東南坼　乾坤日夜浮

親朋無一字　老病有孤舟

戎馬關山北　憑軒涕泗流

옛날 동정호 소문을 들었는데
오늘 악양루에 올랐다.
오초吳楚의 땅은 동남쪽으로 트였고
천지의 낮과 밤은 여기서 떠오른다.
친척과 친구로부터 아무 소식 없고
늙고 병들어 배 한 척에 의지한다.
전마戰馬는 관산의 북으로 간다는데
난간에 기대니 눈물 콧물만 흘린다.

▶ <登岳陽樓(등악양루)> : '악양루에 올라.' 岳陽樓(악양루) – 호남성 악양
시 악양고성(岳陽古城)의 서문 위에 자리 잡고 있다. 아래로는 동정호를
굽어보고, 앞에 군산(君山)을 바라보며 북쪽으로는 장강이 흐른다. 보통
강남 4대 명루(名樓)의 하나이다. '동정은 천하수(天下水)요 악양은 천하
루(天下樓)이다'라는 칭송을 듣는다. 전해오기로는 삼국시대 동오(東吳)
의 대장 노숙(魯肅)의 열군루(閱軍樓)가 그 시작이라고 한다. 이후 파릉성
루(巴陵城樓)라고 불리다가 당조(唐朝)부터 악양루로 불리었다고 한다.
당 개원 4년(716), 중서령이던 장열(張說)이 이곳 악주(岳州)로 관직이
폄직되어 와서 늘 문인들과 이곳에 올라 시를 지었다고 한다. 이후 장구
령, 맹호연, 이백, 두보, 한유, 유우석, 백거이, 이상은 등이 연이어 악양루
에 올라 시를 읊었는데 그 중에서도 두보의 <등악양루>는 천추의 절창이
라 할 수 있다. 현재의 건물은 1983년에 원 재료의 53%를 활용하여 개축
한 것이라고 한다.

▌악양루(岳陽樓)

▶ 昔聞洞庭水(석문동정수) : 洞庭水(동정수) – 동정호. 옛날에는 '8백리동 정'이라 하였으나 토사가 쌓이고 개간으로 인해 면적이 크게 줄고 호수도 3개로 분리되었다.

▶ 今上岳陽樓(금상악양루) : 두보는 대종 대력(大曆) 3년(768)에 악양루를 찾았다.

▶ 吳楚東南坼(오초동남탁) : 吳楚(오초) – 옛 오와 초나라를 말하지만 그 나라가 있던 땅, 지금의 장강 남북을 포함하는 화중(華中) 지방을 지칭한 다. 坼 터질 탁. 갈라지다, 트였다. '갈라졌다(분리)'의 뜻으로 해석한 번역서가 많으나 '막히었던 것이 트였다(be opened)'로 해석해야 맞을 것이다. 그래야 다음의 건곤(乾坤)과 호응이 된다. 사실 어느 시대의 오와 초의 영역을 동정호를 기준으로 동과 남으로 구분할 수가 없다. 오초는 화북 사람들이 생각할 때 '남쪽의 땅'일 뿐, 나라[國家]라는 개념으로 인식 되지 않는다.

▶ 乾坤日夜浮(건곤일야부) : 乾 하늘 건. 坤 땅 곤. 乾坤(건곤) – 하늘과 땅, 천지. 본래 하늘을 의미하는 《주역》의 건괘(乾卦, ☰를 상하로 2개 겹친 것)와 땅을 의미하는 곤괘(坤卦, ☷를 상하로 2개 겹친 것)에서 건곤 이라 하였다. '별건곤(別乾坤)'이라는 말은 '별천지'와 같다. 日夜(일야) – 낮과 밤. 浮 뜰 부. 해와 달이 떠오르다. 해와 달이 뜨면 곧 낮과 밤이다. 악양루에 오른 시인은 '동정호는 광대하여 그곳에서 해와 달이 뜨고 진다'는 천지의 광대함과 운행과 순환의 자연법칙을 절실히 느꼈을 것이다.

▶ 親朋無一字(친붕무일자) : 親朋(친붕) – 친척과 붕우. 無一字(무일자) – 소식이 없다. 이 구절을 쓰면서 두보는 눈물을 흘렸을 것이다.

▶ 老病有孤舟(노병유고주) : 老病(노병) – 늙고 병든 자신. 有孤舟(유고주) – 배 한 척만 있다. 아마도 악양루에 올라 가족과 같이 점심 먹을 노자도 없었을 것 같다는 생각이 든다. 이 구절에서 두보는 설움이 가슴까지 차올랐으리라.

▶ 戎馬關山北(융마관산북) : 戎馬(융마) – 전마(戰馬), 전쟁. 당시 당과 토번

은 전쟁 중이었고 유명한 곽자의(郭子儀)가 당군을 지휘하고 있었다. 여기서 두보는 큰 한숨을 내쉬며 눈앞이 캄캄하다는 생각을 했을 것이다. 關山(관산) - 관중(關中) 땅. 北(북) - 북으로 가다, 북으로 향하다. 다음 구의 유(流)에 호응하니 동사로 풀이해야 한다. '관산 북쪽'은 아니다.

▶ 憑軒涕泗流(빙헌체사류) : 憑 기댈 빙. 軒 추녀 헌. 涕 눈물 체. 泗 물 이름 사(공자孔子의 고향 근처). 콧물. 눈물과 함께 나오는 콧물. 두보가 울음을 참고 있는 모습이 눈에 보이는 것 같다.

詩意

전반 4구는 악양루에 오른 과정과 자연경관을 묘사했다. 후반 4구는 시인의 심경을 읊었는데 '일구일곡(一句一哭)'이 아닌 것이 없다.

수련에서는 석(昔)과 금(今)으로 동정호를 보고 싶었던 오랜 희망이 오늘에야 이루어졌다는 아쉬움이 담겨 있다. 함련에서는 탁(坼)과 부(浮)로 대지는 광활하게 트였고 일월이 여기서 떠오른다는 광대함을 묘사하고 있다. 그리고 경련에서는 무(無)로는 그리움을, 유(有)로는 가난을 그려내었다. 곧 무소식의 그리움과 유고주(有孤舟)의 빈곤은 두보의 현실을 극명하게 나타내주고 있다. 그리고 미련의 북(北)과 유(流)로 전쟁과 고난을 사실대로 묘사하였다.

이 시는 산수자연의 경관을 소재로 하였지만 시인이 겪은 역경이 그의 산수시를 슬픔으로 색칠하였다. 몸에 밴 가난이고 슬픔인데 어찌 환하게 웃고 호탕하게 큰소리를 치며 세밀하고 끈적끈적한 묘사를 할 수 있겠는가? 부귀와 빈천은 이미 팔자에 정해진 것(富貴貧賤 命中前定)이라지만, 사람이 가난하면 큰 뜻을 못 가진다(人貧志短)고 하였다. 말이 수척하면 털만 길어 보이고(馬瘦毛長), 사람은 궁하면 의지도 짧다(人窮志短)는 말도 있다. 그러기에 보통사람들은 가난에 굴복한다.

두보의 시를 읽으면서 왜 이런 생각이 떠오르는 것일까? 두보의 뜻과 안목이 좁다는 뜻은 결코 아니다. 다만 두보에게 주어진 빈궁이 두보를 슬프게 했으니 시인에 대한 연민의 정이 가슴에 차오른다.

參考 4대 명루(名樓)

중국 사람들은 최고의 경지에 오른 것을 손가락으로 꼽아 열거하기를 좋아한다. 예를 들면 '4대 기서(奇書)'라는 말은 흔히 쓰는 말이다. 4대 발명이라면서 중국인이 자부심을 갖는 것으로 일반적으로 제지술, 나침반, 화약, 그리고 활자 인쇄술을 말한다.

이 시에 나온 악양시의 악양루(岳陽樓)는 무한(武漢)의 황학루(黃鶴樓), 남창시(南昌市)의 등왕각(滕王閣), 영제시(永濟市)의 관작루(鸛雀樓)와 함께 중국 4대 명루로 꼽힌다.

그리고 4대 미인이라면 서시(西施), 왕소군(王昭君), 조비연(趙飛燕, 대신 초선貂蟬을 넣기도 한다), 양옥환(楊玉環, 양귀비)을 지칭하다. 고대 4대 명기(名妓)로 소소소(蘇小小), 이사사(李師師), 양홍옥(梁紅玉), 진원원(陳圓圓)을 꼽는가 하면, 고대의 4대 음녀(淫女)로 하희(夏姬), 효문유황후(孝文幽皇后), 호태후(胡太后), 반금련(潘金蓮)을 든다. 그런가 하면 4대 미남으로 혜강(嵇康), 주유(周瑜), 양화(楊華), 난릉왕(蘭陵王)을 지칭한다.

또 중국 역사상 4대 간신으로 《수호전》에 등장하는 북송(北宋)의 채경(蔡京)을 필두로 하여 남송(南宋)의 진회(秦檜), 명(明)나라의 엄숭(嚴嵩), 청(淸)나라의 화신(和珅)을 꼽는다. 무병장수를 기원하는 중국인들은 고대 4대 명의(名醫)로 편작(扁鵲), 화타(華佗), 장중경(張仲景), 이시진(李時珍)을 꼽는다.

근래에는 '문장 4대'라 하여 '대명(大鳴), 대방(大放), 대변론(大辯論), 대자보(大字報)'를 꼽았다. 이외에도 '4대 ○○'는 많이 있다. 하여튼 중국인들은 손가락 꼽기를 좋아한다.

115. <ruby>輞<rt>망</rt></ruby><ruby>川<rt>천</rt></ruby><ruby>閑<rt>한</rt></ruby><ruby>居<rt>거</rt></ruby><ruby>贈<rt>증</rt></ruby><ruby>裴<rt>배</rt></ruby><ruby>秀<rt>수</rt></ruby><ruby>才<rt>재</rt></ruby><ruby>迪<rt>적</rt></ruby> 망천에서 한가히 지내면서
수재 배적에게 주다　● 王維 왕유

<ruby>寒<rt>한</rt></ruby><ruby>山<rt>산</rt></ruby><ruby>轉<rt>전</rt></ruby><ruby>蒼<rt>창</rt></ruby><ruby>翠<rt>취</rt></ruby>　<ruby>秋<rt>추</rt></ruby><ruby>水<rt>수</rt></ruby><ruby>日<rt>일</rt></ruby><ruby>潺<rt>잔</rt></ruby><ruby>湲<rt>원</rt></ruby>

<ruby>倚<rt>의</rt></ruby><ruby>杖<rt>장</rt></ruby><ruby>柴<rt>시</rt></ruby><ruby>門<rt>문</rt></ruby><ruby>外<rt>외</rt></ruby>　<ruby>臨<rt>임</rt></ruby><ruby>風<rt>풍</rt></ruby><ruby>聽<rt>청</rt></ruby><ruby>暮<rt>모</rt></ruby><ruby>蟬<rt>선</rt></ruby>

<ruby>渡<rt>도</rt></ruby><ruby>頭<rt>두</rt></ruby><ruby>餘<rt>여</rt></ruby><ruby>落<rt>락</rt></ruby><ruby>日<rt>일</rt></ruby>　<ruby>墟<rt>허</rt></ruby><ruby>里<rt>리</rt></ruby><ruby>上<rt>상</rt></ruby><ruby>孤<rt>고</rt></ruby><ruby>煙<rt>연</rt></ruby>

<ruby>復<rt>부</rt></ruby><ruby>值<rt>치</rt></ruby><ruby>接<rt>접</rt></ruby><ruby>輿<rt>여</rt></ruby><ruby>醉<rt>취</rt></ruby>　<ruby>狂<rt>광</rt></ruby><ruby>歌<rt>가</rt></ruby><ruby>五<rt>오</rt></ruby><ruby>柳<rt>류</rt></ruby><ruby>前<rt>전</rt></ruby>

가을산은 검푸르게 바뀌고
가을물은 날마다 소리 내어 흐른다.
지팡이를 짚고 사립문을 나서니
바람결에 저녁 매미소리 들린다.
나루터엔 낙일의 볕이 남아 있고
마을에는 한 줄기 연기가 오른다.
다시 술 취한 접여接輿를 만난다면
크게 오류선생 앞에서 노래하리라.

▶ <輞川閑居贈裵秀才迪(망천한거증배수재적)> : '망천에서 한가히 지내면서 수재 배적에게 주다'. 輞 바퀴 테 망. 輞川(망천) - 지금의 섬서성 서안시 남전현(藍田縣). 남전은 옥의 산지로도 유명하다. 秀才(수재) - 당나라 초기에는 과거의 한 영역이었으나 곧 폐지되었다. 사인(士人)에 대한 일반적 칭호로 널리 사용되었다. 裵 옷 치렁치렁할 배. 迪 나아갈 적. 裵迪(배적) - 왕유의 우인. 두보와도 친교가 있었다고 한다. 배적은 과거에 여러 번 응시하였으나 번번이 실패하였다고 한다.

▶ 寒山轉蒼翠(한산전창취) : 寒山(한산) - 한랭한 산. 여기서는 낙엽진 가을의 산. 轉(전) - 바뀌다. 蒼翠(창취) - 푸른 듯 검다. 창(蒼)에는 '회백색'이라는 뜻도 있다. 하여튼 낙엽진 산의 충충한 색이지 봄이나 여름철과 같은 푸른색은 아니다.

▶ 秋水日潺湲(추수일잔원) : 日(일) - 날마다. 潺 물 흐르는 소리 잔. 湲 물 흐를 원.

▶ 倚杖柴門外(의장시문외) : 倚杖(의장) - 지팡이를 짚다.

▶ 臨風聽暮蟬(임풍청모선) : 暮蟬(모선) - 해 저물 무렵에 우는 매미.

▶ 渡頭餘落日(도두여락일) : 渡頭(도두) - 나루터. 餘落日(여락일) - 지는 해의 볕이 남아있다, 아직 환하다. 여(餘)와 다음 구의 상(上)은 동사 역할을 한다.

▶ 墟里上孤煙(허리상고연) : 墟 언덕 허. 墟里(허리) - 마을. 上孤煙(상고연) - 한 줄기 연기가 피어오르다.

▶ 復値接輿醉(부치접여취) : 値 값 치. 만나다. 置(치)로 쓴 판본도 있다. 接輿(접여) - 인명. 초(楚)의 광인(狂人). 《논어 미자(微子)》편에 현실 참여의지를 가진 공자를 비웃는 인물로 등장한다. '楚狂接輿歌而過孔子曰, 鳳兮鳳兮, 何德之衰. 往者不可諫, 來者猶可追. 已而已而. 今之從政者殆而. 孔子下, 欲與之言. 趨而辟之, 不得與之言.'

▶ 狂歌五柳前(광가오류전) : 狂歌(광가) - 미친 듯 노래하리라, 큰 소리로 노래하리라. 五柳(오류) - 도연명(陶淵明), 오류선생. 도연명처럼 은거하

리라.

詩意

이 시는 왕유 만년의 작품이다. 왕유는 늘 채식을 했고 색깔 있는 옷을
입지 않았고 아내와 사별한 뒤 30년을 혼자 지냈다고 한다. 그의 망천 별장
에는 대나무와 꽃이 우거졌는데 시우(詩友) 배적이 거문고를 안고 와서
같이 즐겼다고 한다.

이 시를 보면 집 주변의 산, 집 앞, 그리고 마을 풍경을 그림 그리듯 읊은
뒤에 미련에서 자신의 은거 의지를 확실하게 표현하였다.

적극적인 현실참여 의지를 가지고 여러 나라를 14년이나 철환(轍環)하였던
공자를 '위험한 짓을 하는 사람'이라 비웃었던 초인(楚人) 접여(接輿)였으
며, 집 앞에 오류(五柳)를 심고 자호(自號)하며 농사를 지었던 도연명이었
다. 접여와 도연명을 따라 은거하겠다는 의지가 확실한 왕유였다.

산 거 추 명
116. 山居秋暝 산속 거처에 가을 해가 지다

● 王維 왕유

공 산 신 우 후　　천 기 만 래 추
空山新雨後　　天氣晚來秋

명 월 송 간 조　　청 천 석 상 류
明月松間照　　清泉石上流

죽 훤 귀 완 녀　　연 동 하 어 주
竹喧歸浣女　　蓮動下漁舟

^{수 의 춘 방 헐}
隨意春芳歇　^{왕 손 자 가 류}王孫自可留

공산에 금방 비가 그치자
천기는 늦가을로 접어든다.
명월은 소나무 사이를 비추고
맑은 냇물은 돌 위를 흐른다.
대밭 시끄럽게 빨래한 여인들 돌아오고
연잎 흔들리니 고깃배가 지나간다.
어느덧 봄꽃이 졌다고 하지만
귀인은 스스로 여기에 머물리라.

🌸 註釋

▶ <山居秋暝(산거추명)> : '산속 거처에 가을 해가 지다'. 暝 어두울 명.

▶ 空山新雨後(공산신우후) : 空山(공산) - 여기서는 다른 사람이 없다는 의미. 新雨後(신우후) - 금방 비가 그친 뒤.

▶ 天氣晚來秋(천기만래추) : 天氣(천기) - 날씨. 晚來秋(만래추) - 만추가 되다. 만추래(晚秋來)의 뜻인데 운을 맞추기 위해 어순이 바뀌었다.

▶ 明月松間照(명월송간조) : 명월은 소나무 사이를 비추고.

▶ 淸泉石上流(청천석상류) : 淸泉(청천) - 맑은 시냇물.

▶ 竹喧歸浣女(죽훤귀완녀) : 竹(죽) - 대나무 밭. 喧 의젓할 훤, 시끄러울 훤. 浣女(완녀) - 빨래한 여인들.

▶ 蓮動下漁舟(연동하어주) : 下(하) - 지나가다. 漁舟(어주) - 고기잡이 배.

▶ 隨意春芳歇(수의춘방헐) : 隨意(수의) - 다른 사람의 뜻에 맡기다(任他也), 제멋대로, 내 의지와는 상관없이. →어느덧. 春芳(춘방) - 봄꽃. 歇 쉴 헐. 비다, 다하다, 고사(枯死)하다. 왕유의 인생에서 봄과 같은 시절은

가고 없다는 의미.

▶ 王孫自可留(왕손자가류) : 王孫(왕손) - 귀인, 은자. 自可留(자가류) -
스스로 머물 수 있으리라.

🌸 詩意

왕유의 은거지에 가을을 재촉하는 비가 내리다가 금방 그쳤다. 가을비가
오는 그대로 날은 날마다 추워지니 지금은 만추(晚秋)이다. 수련에서는 원
경을 스케치하였는데, 이는 제목에 있는 '추(秋)'에 대한 착실한 묘사이다.
가까이 보니 소나무 사이로 보름달이 비추고 맑은 냇물은 돌 위를 흐른다.
함련은 왕유의 신변 묘사이다.

늦가을의 초저녁 - 바로 제목의 명(暝)에 해당하는 이 시간 - 빨래하던
여인들이 무리지어 떠들면서 대밭을 지나간다. 그런가 하면 소리 없이 지나
가는 고깃배에 연잎이 흔들린다. 동과 정의 대비를 통해 경치의 묘사에서
분위기를 바꾼다. 이것이 바로 경련, 곧 기승전결의 전에 해당한다.

그러면서 미련에서는 왕유 자신의 심경을 말한다. 내 뜻과 상관없이 계절은
순환한다. 봄꽃이 없는 계절이지만 귀인은 어디에 가겠는가? 내가 머무는
이곳도 매우 좋다는 뜻이다. 은거에 대한 자부심과 함께 다른 귀인에게
은거를 권유하는 시이다.

그래서 왕유의 시에 대하여 '시중(詩中)에 유화(有畫)하고, 화중(畫中)에
유시(有詩)'라고 말할 수 있는 것이다.

117. 歸嵩山作 숭산으로 돌아와 짓다　　● 王維 왕유

清川帶長薄　車馬去閑閑

流水如有意　暮禽相與還

荒城臨古渡　落日滿秋山

迢遞嵩高下　歸來且閉關

맑은 시내 따라 긴 수풀이 있고
수레는 느릿느릿 굴러간다.
흐르는 물도 내 마음 같고
저물녘 새들은 짝지어 돌아간다.
황폐한 성곽은 옛 나루 곁에 있고
지는 해 가을 산에 가득하다.
멀고 먼 숭산 그 아래로
돌아와 바로 대문을 닫는다.

▶ <歸嵩山作(귀숭산작)> : '숭산으로 돌아와 짓다'. 崇山(숭산) – 오악 중 중악(中嶽)으로 하남성 서부의 등봉시(登封市)에 있는데 최고봉의 높이는 1,491m이다. 이 산 아래 무술로 유명한 소림사(少林寺)가 있어 우리나라 관광객이 많이 찾는 곳이다.

▶ 淸川帶長薄(청천대장박) : 薄 엷을 박. 풀과 나무가 섞여 무성한 곳. 나무만 모여 자라면 임(林)이지만, 풀과 나무가 섞여 자라면 박(薄)이라 한다. 長薄(장박) – 길게 형성된 총림(叢林).

▶ 車馬去閑閑(거마거한한) : 閑閑(한한) – 천천히 여유 있게 가는 모양.

▶ 流水如有意(유수여유의) : 有意(유의) – 나의 마음. 내 마음과 같다.

▶ 暮禽相與還(모금상여환) : 禽 새 금. 조류. 暮禽(모금) – 저녁에 숲으로 돌아오는 새.

▶ 荒城臨古渡(황성임고도) : 荒城(황성) – 황량해진 성. 古渡(고도) – 옛 나루터.

▶ 落日滿秋山(낙일만추산) : 滿秋山(만추산) – 추산(秋山)에 가득하다, 추산을 비추다.

▶ 迢遞嵩高下(초체숭고하) : 迢 멀 초. 遞 갈마들 체. 바꾸다, 보내다. 迢遞(초체) – 멀고 먼 모양, 까마득한. 嵩高(숭고) – 숭산을 숭고라고도 한다.

▶ 歸來且閉關(귀래차폐관) : 歸來(귀래) – 은거지로 돌아와. 且(차) – 바로. 閉關(폐관) – 대문을 닫다.

🌸 詩意

주제는 풍경에 대한 묘사이지만 그림에 맞춰 시인의 마음을 함께 넣어 그렸다. 천천히 굴러가는 수레, 소리 내지 않고 흐르는 시냇물, 황량한 옛 성터와 석양의 볕이 가득 찬 가을 산을 바라보는 여유는 곧 은자의 여유이며 너그러움이다. 왕유의 여유와 너그러움은 곧 자연에 대한 무한한 사랑이며 세속적 욕망에 대한 거부가 아니겠는가?

118. 終南山 종남산　● 王維왕유

太乙近天都　連山接海隅

白雲迴望合　青靄入看無

分野中峰變　陰晴衆壑殊

欲投人處宿　隔水問樵夫

태을산은 천신의 도읍에 가깝고
이어진 산들은 땅 끝에 닿는다.
백운은 돌아보면 산에 합쳐 있고
푸른 안개가 끼면 보이는 것이 없다.
별들의 구역은 중봉에 따라 바뀌고
흐리거나 맑으면 뭇 골짜기가 달라진다.
사람이 사는 곳에 묵고 싶어서
물 건너 나무꾼에게 물어본다.

▶ <終南山(종남산)> : 종남산은 남산(南山), 태을산(太乙山)이라고도 부르는데 일반적으로 진령산맥(秦嶺山脈)에서 섬서성 부분을 지칭한다. 도교의 성지인 누관대(樓觀臺)가 있다. 김용(金庸)의 소설 ≪신조협려(神雕俠侶)≫와 ≪사조영웅전(射雕英雄傳)≫의 한 배경.

▶ 太乙近天都(태을근천도) : 太乙(태을) - 전한 무제 원봉(元封) 2년(기원전 109)에 종남산에 태을궁을 지었기에 태을산이라고 한다. 태을은 태일(太一)과 같다. 태일은 천신 중에서 가장 존귀한 신. 天都(천도) - 천신들의 도읍. 천도에 가깝다는 말은 태을산(종남산)이 높다는 의미이다. 천도를 '천자의 도읍' 곧 장안으로 해석하면 다음 구절에서 막히게 된다.

▶ 連山接海隅(연산접해우) : 連山(연산) - 산들이 연이어져. 隅 모퉁이 우. 海隅(해우) - 땅 끝. 여기서 해(海)는 물이 넘실대는 바다가 아니다. 옛 중원(中原) 사람들은 평생 동안 바다를 구경할 기회가 없었다. 그런데도 해(海)라는 글자를 만들었고 사용했다. 해(海)에는 '황원지지(荒遠之地)'라는 뜻이 있다. 중국을 감싼 먼먼 땅 끝이 전부 해(海)라고 생각하였으니 사해(四海)는 사방과 같은 의미로도 쓰인다. 接海隅(접해우) - 종남산이 있는 진령산맥의 길이, 곧 원대함을 뜻한다. 종남산을 포함한 진령산맥은 하남성 숭산에서 시작하여 섬서성 장안 부근을 지나 감숙성 임조현(臨洮縣)에 이르는 장장 1,600km의 산맥으로 이는 티베트 지방으로 연결된다. 그렇다면 종남산에 연이어진 산들이 해우에 닿는다는 뜻을 이해할 수 있을 것이다.

▶ 白雲迴望合(백운회망합) : 迴 돌 회. 돌아서다. 迴望合(회망합) - 돌아서서 보면 (산과 구름이) 합해졌다.

▶ 靑靄入看無(청애입간무) : 靄 아지랑이 애. 짙은 안개, 검은 구름. 靑靄(청애) - 유색 운기(雲氣), 검은색 구름. 위의 백(白)의 상대. 청(靑)은 '검다'의 뜻도 있다. 노자(老子)가 타고 간 청우(靑牛)는 '검은 소[黑毛之牛]'이다. 물론 그림에서는 흰 소로 그리는 경우가 있는데 노자와 함께 오래 살았기에 털이 하얗게 된 것이다. 청의(靑衣)는 천한 자의 검은 옷이다.

청(靑)을 꼭 푸른색으로만 해석할 수 없다.

▶ 分野中峰變(분야중봉변) : 分野(분야) - 하늘을 28수로 나눈 것. 별자리. 中峰變(중봉변) - 종남산의 봉우리에 따라 변한다.

▶ 陰晴衆壑殊(음청중학수) : 陰晴(음청) - 흐리거나 개임[晴]에 따라. 衆壑殊(중학수) - 여러 골짜기가 다르게 보인다.

▶ 欲投人處宿(욕투인처숙) : 사람 있는 곳을 찾아 자려고.

▶ 隔水問樵夫(격수문초부) : 樵 땔나무 초. 樵夫(초부) - 나무꾼.

🌸 詩意

왕유가 지은 시를 제대로 이해하려면 왕유가 갖고 있는 그만한 수준의 지식을 갖고 있어야 한다고 생각한다. '태을(太乙)'이나 '분야(分野)'를 사전에서 확인하지 않고 우리가 알고 있는 한자 상식으로 풀이할 수 있겠는가? 수련에서는 종남산의 높이와 크기를 언급하였다. 함련과 경련은 변화무쌍한 종남산을 그렸다. 그리고 마지막으로 종남산의 품에 안기는 인간 - 자연과 인간의 합일(合一)을 추구하였다.

🌸 參考 종남첩경(終南捷徑) - 은일(隱逸)을 가장하여 벼슬 구하기

황제가 산림에 은거하는 현인을 찾아 등용하는 것은 의무이면서 선정(善政)의 상징인데, 이를 구현(求賢)이라 한다. 종남산은 장안 가까운 곳에 있다. 노장용(盧藏用)이란 사람은 진사과에 급제하였지만 발령을 받지 못하자 종남산에 들어가 은거하면서 소문을 내었다. 얼마 뒤 특별히 황제의 부름을 받아 좌습유에 임용되었다.

사마승정(司馬承禎)이란 사람이 은거하려 하자 노장용은 종남산을 가리키며 "저 산에 은거하기 좋은 곳이 있다."고 말했다. 그러자 사마승정은 "내가 보기에는 벼슬길로 들어서는 첩경(捷徑)이 있는 것 같습니다."라고 말했다. 이에 노장용은 부끄러워했다. 말하자면 고상한 은일인 척 종남산에서 황제의 부름을 기다리는 사람에게 종남산은 벼슬길로 가는 가장 빠른 길이었다. 이를 '종남첩경'이라 한다.

119. 酬張少府 ^{수장소부} 장소부에게 주다　　● 王維 왕유

晚年唯好靜　萬事不關心
^{만년유호정}　^{만사불관심}

自顧無長策　空知返舊林
^{자고무장책}　^{공지반구림}

松風吹解帶　山月照彈琴
^{송풍취해대}　^{산월조탄금}

君問窮通理　漁歌入浦深
^{군문궁통리}　^{어가입포심}

만년에 오직 조용한 곳을 좋아하고
만사에 관심을 갖지 않았소.
내가 봐도 좋은 방책이 없어
그냥 전에 살던 데로 돌아왔소.
솔바람이 불면 옷 띠를 풀고
산을 비춘 달이 밝으면 탄금하지요.
그대가 은거나 출사의 뜻을 물었지만
어부의 노래가 강가 안까지 들리네요.

⬤ 註釋

▶ <酬張少府(수장소부)> : '장소부에게 주다'. 酬 갚을 수. 보내온 것에
대한 답장이나 답례. 주고받다. 少府(소부) - 현위(縣尉). 장소부의 인명
미상. 아마 출사(出仕)를 권유하는 편지나 시를 보내온 것으로 추정된다.

▶ 晚年唯好靜(만년유호정) : 唯 오직 유. 靜 고요할 정. 정거(靜居), 정한(靜閑).

▶ 萬事不關心(만사불관심) : 萬事(만사) - 세상사.

▶ 自顧無長策(자고무장책) : 自顧(자고) - 자신을 돌아보아도. 長策(장책) - 좋은 방책.

▶ 空知返舊林(공지반구림) : 返 돌아올 반. 舊林(구림) - 전에 살던 산속. 망천(輞川).

▶ 松風吹解帶(송풍취해대) : 解帶(해대) - 옷의 띠를 풀고. 예의 격식을 잠시 버리다.

▶ 山月照彈琴(산월조탄금) : 山月(산월) - 산에 걸친 달. 照(조) - 조요(照耀), 환하게 비추다.

▶ 君問窮通理(군문궁통리) : 君問(군문) - 당신의 물음. 窮通理(궁통리) - 곤궁과 형통의 이치, 은거하거나 출사하려는 뜻.

▶ 漁歌入浦深(어가입포심) : 漁歌(어가) - 어부의 노래. 浦(포) - 수변(水邊), 물가. 굳이 '포구'라 번역하지 않는다. 入浦深(입포심) - 심입포(深入浦). 강가에서 산 쪽으로 먼 곳.

🏵 詩意

벗이 시를 보내와 이런저런 사유로 출사(出仕)를 권유했을 것이다. 그러나 왕유는 '나는 잘하는 것이 없다'면서 산속 생활에 대한 이야기를 하면서 정면에서의 확답을 회피하다가, 마지막에 '어가입포심(漁歌入浦深)'이라고 선의(禪意)로 대답하였다.

'어가입포심'의 결구(結句)를 '어부는 노래하며 물길 깊숙이 들어간다' 또는 '어부의 노래가 강가의 안쪽까지 들려온다 - 그래서 이곳의 내가 들을 수 있다' 그리고 '어부 노래가 강가 안쪽으로 사라진다'로 옮길 수 있는데, 선문답 같은 시구이니 그 정경은 시를 감상하는 마음에 따라 달라질 것이다. 하여튼 왕유는 다시 벼슬길에 나갈 생각이 없다는 것은 확실하다. '어가(漁歌)'가 왕유의 답변이지만 노래하는 어부가 은자는 아닐 것이다.

^{과 향 적 사}
120. 過香積寺 향적사에 들러서　● 王維왕유

^{부 지 향 적 사}　　^{수 리 입 운 봉}
不知香積寺　數里入雲峰

^{고 목 무 인 경}　　^{심 산 하 처 종}
古木無人徑　深山何處鐘

^{천 성 열 위 석}　　^{일 색 냉 청 송}
泉聲咽危石　日色冷靑松

^{박 모 공 담 곡}　　^{안 선 제 독 룡}
薄暮空潭曲　安禪制毒龍

향적사까지 거리도 모르고
몇 리를 구름 속으로 걸었다.
고목 사이 인적 없는 좁은 길
깊은 산 어디서 들리는 종소리인가?
물소리도 돌 틈에서 목이 메고
빛이 있어도 청송에서 한기가 돈다.
어스름에 호젓한 물가를 돌아가
마음 편한 참선으로 욕망을 끊는다.

● 註釋

▶ <過香積寺(과향적사)> : '향적사에 들러서.' 香積寺(향적사) - 정토종
　(淨土宗)의 본사로 섬서성 서안시 장안구(長安區)에 있다. 당 고종 때
　창건되어 중종(中宗) 때부터(706) 향적사로 불렸다고 한다. 당 무종(武宗)

의 회창법난(會昌法難) 때 겨우 폐사를 면했고, 송대(宋代) 이후 다시 향적사라 불렸는데 왕유의 시 때문에 더욱 유명해졌다고 한다.

▶ 不知香積寺(부지향적사) : 不知(부지) - 여기서는 향적사까지의 이정(里程)을 잘 몰랐다는 뜻이다. 절이 '있나 없나를 몰랐다'는 뜻은 아니다.

▶ 數里入雲峰(수리입운봉) : 雲峰(운봉) - 구름 속.

▶ 古木無人徑(고목무인경) : 徑 지름길 경. 좁은 길.

▶ 深山何處鐘(심산하처종) : 何處鐘(하처종) - 어디서 들려오는 종소리인가?

▶ 泉聲咽危石(천성열위석) : 泉聲(천성) - 냇물소리. 咽 목구멍 인, 목멜 열. 열명(咽鳴, 목메듯 울리다). 危石(위석) - 뾰족하게 높은 돌, 어지러이 흩어진 돌. 咽危石(열위석) - 어지러이 흩어진 돌 사이를 흐르는 소리.

▶ 日色冷靑松(일색냉청송) : 빛이 들지만 청송 사이는 서늘하다.

▶ 薄暮空潭曲(박모공담곡) : 薄暮(박모) - 해가 지려 할 때. 空(공) - 호젓한, 공적(空寂). 潭 못 담. 물 가.

▶ 安禪制毒龍(안선제독룡) : 安禪(안선) - 심신이 편안하게 참선(參禪)에

▋ 향적사(香積寺)

들다. 毒龍(독룡) - 욕망.

🌸 詩意

앞서 나온 상건(常建)의 <제파산사후선원(題破山寺後禪院)>처럼 심산에서 느끼는 유취(幽趣)가 비슷하다. 이 시에 그려진 여러 경물, 예를 들어 운봉(雲峰), 무인경(無人徑), 종(鐘), 위석(危石), 청송(靑松)이나 절에 도착하기 전 호젓한 물개[공담空潭]가 모두 정물이면서 제자리에 잘 배치된 것 같다. 향적사를 찾아가는 여정을 잘 그릴 수 있고 이어 참선에 든 경지가 눈에 보이는 듯하다.

왕유의 시에 묘사된 선경은 입선(入禪)의 경지, 곧 참선의 경계이다. 그렇다고 고승의 게송(偈頌) 같은 맛은 전혀 없다. 여하튼 시에 선(禪)의 경지를 불어넣었다는 점은 왕유 시의 또 다른 성취라 할 수 있다.

121. 송 재 주 이 사 군
送梓州李使君 재주의 이사군을 전송하며

🌑 王維 왕유

만 학 수 참 천
萬壑樹參天

천 산 향 두 견
千山響杜鵑

산 중 일 야 우
山中一夜雨

수 초 백 중 천
樹杪百重泉

한 녀 수 동 포
漢女輸橦布

파 인 송 우 전
巴人訟芋田

문 옹 번 교 수
文翁翻敎授

불 감 의 선 현
不敢倚先賢

온 골짜기 나무들 하늘에 닿겠고
모든 산에 두견이 울겠지요.
산중에 밤새 비가 내리면
나뭇가지마다 줄줄이 물이 흐르겠지.
한수漢水의 여인들 면포를 바칠 것이고
파巴 땅의 사람들 토란밭 송사도 있겠지.
문옹文翁이 풍습 바꾸려 백성을 가르쳤듯
선현의 치적 감히 아니 따르리오!

🌸 註釋

▶ 〈送梓州李使君(송재주이사군)〉: '재주의 이사군을 전송하며'. 梓 가래
나무 재. 목판인쇄용 판목. 梓州(재주) - 지금의 사천성 삼태현(三台縣).
使君(사군) - 지방관, 태수.

▶ 萬壑樹參天(만학수참천): 參天(참천) - 하늘에 닿다, 하늘을 바라보다.
재주, 곧 촉에는 높은 산이 많고 나무가 울창하다. 수련(首聯)은 이사군이
부임할 재주의 대략을 묘사하였다.

▶ 千山響杜鵑(천산향두견): 響 울림 향. 울리다, 울다. 鵑 두견이 견. 杜鵑
(두견) - 두견새. 사천(四川) 땅에는 두견새가 많다고 한다.

▶ 山中一夜雨(산중일야우): 산중에 밤새 내린 비. 이는 왕유의 경험대로
'그곳도 그럴 것이다'라는 뜻.

▶ 樹杪百重泉(수초백중천): 杪 끝 초. 나뭇가지. 百重泉(백중천) - 모든
갈래로 물이 흐르다.

▶ 漢女輸橦布(한녀수동포): 漢女(한녀) - 한수(漢水)가 흐르는 재주의 부
녀자들. 사천 지방은 유방(劉邦)이 한왕(漢王)으로 봉해진 곳이다. 輸
나를 수. 바치다, 헌납하다. 橦 나무 이름 동. 목화. 橦布(동포) - 면포(綿
布), 면직물, 무명.

▶ 巴人訟芋田(파인송우전): 巴人(파인) - 파 땅의 사람들. 파는 파국(巴國).

전국시대 나라 이름. 진(秦)에 의해 망한 뒤 파군(巴郡)이 되었다. 사천 분지의 동부, 상강 서쪽. 섬서성 일부 지역을 포함하는 지역 명칭. 訟 송사할 송. 쟁송(爭訟). 芋 토란 우. 토란은 구황식물의 한 가지로, 국을 끓이면 담백하다.

▶ 文翁翻教授(문옹번교수) : 文翁(문옹) - 한 경제(漢景帝) 때 촉의 군수. 백성이 우매한 것을 보고 영민한 사람을 골라 장안에 유학하게 한 뒤 돌아와 학궁(學宮)을 열어 백성을 가르치게 했다. 翻 뒤집을 번. 풍습을 바꾸다. 教授(교수) - 가르치다.

▶ 不敢倚先賢(불감의선현) : 倚 의지할 의. 先賢(선현) - 선현의 교화. 선현 의 치적을 본받아 선정을 베풀어 달라는 우정의 당부일 것이다.

🌸 詩意

1구부터 6구까지가 모두 재주(梓州)에 대한 묘사이며 설명인데, 그 속에는 아름다운 산천이 있고 순박한 백성의 생활모습을 그리고 있다.

전체적으로 우인을 전송하는 별의(別意)보다는 우인에 대한 칭송과 당부의 뜻이 많다. 그곳 재주 땅의 백성이 순박하여 세금도 잘 내겠지만 토란밭 송사가 많은 곳이라니 민생을 잘 보듬어 달라는 부탁에는 우정이 넘쳐흐른 다. 그러면서 백성의 교화가 중요하다며 옛 선현의 예를 따라 부지런히 선정을 베풀 것을 부탁하고 있다.

물론 미련(尾聯)의 '문옹번교수 불감의선현(文翁翻教授 不敢倚先賢)'의 풀 이는 여러 가지가 있을 수 있으나 우인에게 당부하는 뜻으로 해석하면 무난 할 것이다. 도연명의 '호독서(好讀書)나 불구심해(不求甚解)'가 이런 때 적 용되는 말이 아니겠는가?

물론 우인을 전송하니 술을 한잔 하면서, 아니면 조용히 차를 음미하면서 아쉬운 정을 나누었을 것이다. 시로 이 정도의 부탁을 하는 우정은 얼마나 아름다운가?

122. 漢江臨眺 한강을 조망하다 ● 王維 왕유

한 강 임 조

楚塞三湘接　荊門九派通
초 새 삼 상 접　형 문 구 파 통

江流天地外　山色有無中
강 류 천 지 외　산 색 유 무 중

郡邑浮前浦　波瀾動遠空
군 읍 부 전 포　파 란 동 원 공

襄陽好風日　留醉與山翁
양 양 호 풍 일　유 취 여 산 옹

초楚의 변경으로 삼상三湘의 땅과 접했고
형문산에서는 여러 지류와 통한다.
강물은 천지의 밖으로 흘러가고
산색은 강에서 보였다 안 보였다 한다.
여러 고을이 물길 따라 널려 있고
파도는 먼 하늘도 흔드는 것 같다.
양양 땅 풍광이 좋은 날을 잡아
여기서 산옹山翁과 함께 취하고 싶구나!

● 註釋

▶ <漢江臨眺(한강임조)> : '한강을 조망하다'. 漢江(한강) - 한수(漢水)라
고도 하고 옛날에는 '면수(沔水)'라 불렀다. 섬서성에서 발원하여 호북성
의 한구(漢口)에서 장강에 합류되는 장강 최대 지류이다. 지금도 중국

하천 중에서 가장 오염되지 않은 강으로 꼽힌다. 수량이 많고 오염이 덜 된 이 한강 물을 황하로 공급하기 위하여 인공 터널과 수로를 뚫는 소위 '남수북조(南水北調)' 사업은 지금 중국 최대의 토목공사로 중국의 '제2 대운하' '중국식의 라인강'이라 부르는 공사이다. 眺 바라볼 조. '한강 임범(漢江臨汎)'으로 된 판본도 있다. 시인은 양양(襄陽)에서 한강을 내려다보며 시를 읊었다.

▶ 楚塞三湘接(초새삼상접) : 楚塞(초새) - 초나라의 변방. 한수 일대는 전국 시대 초의 서북 변방이었다. 三湘(삼상) - 3개의 상수(湘水). 상수 유역의 총칭. 소상(瀟湘), 완상(浣湘), 증상(蒸湘)을 지칭.

▶ 荊門九派通(형문구파통) : 荊門(형문) - 형문산. 형주(荊州)로 들어가는 요지. 九派通(구파통) - 여러 지류와 상통한다.

▶ 江流天地外(강류천지외) : 한강은 천지 밖으로 흘러간다.

▶ 山色有無中(산색유무중) : 산의 형색이 있는 듯 없는 듯하다. 구름과 안개가 많아 보이다 안 보이다 한다는 뜻. 中(중) - 위의 외(外)와 짝하는데 강의 가운데에서.

▶ 郡邑浮前浦(군읍부전포) : 郡邑(군읍) - 여러 고을. 浮 뜰 부. 널려 있다. 前浦(전포) - 강 앞쪽으로.

▶ 波瀾動遠空(파란동원공) : 瀾 물결 란. 波瀾(파란) - 강에 이는 파도. 遠空(원공) - 먼 하늘. 파도가 치는데 작은 배를 타고 있으면 하늘이 흔들리는 것 같다.

▶ 襄陽好風日(양양호풍일) : 襄陽(양양) - 지금의 호북성 양번시(襄樊市)로, 군사와 상업의 요지. 왕유가 이곳에서 등고(登高)하였음을 알 수 있다. 양양은 소설 《삼국연의》에서 반드시 차지해야 할 용무지지(用武之地)였다. 관우가 위(魏)의 7군을 수장(水葬)한 곳도 이곳이다.

▶ 留醉與山翁(유취여산옹) : 留醉(유취) - 머물면서 술을 마시다. 山翁(산옹) - 죽림칠현(竹林七賢)의 한 사람인 산도(山濤)의 아들 산간(山簡). 그는 술을 무척이나 즐겼다고 한다.

詩意

수련(首聯)은 형초(荊楚)의 지리적 위치의 대강을 말해 한강을 설명하였다.

함련(頷聯)은 강류(江流)와 산색으로 주변 경관을 묘사하였다. 강류, 산색(山色), 군읍(郡邑), 파란(波瀾)으로 이어지는 묘사가 기운차다.

경련(頸聯)은 한강에 따라 형성된 여러 성읍을 언급하였다. 이때에는 소설 《삼국연의》가 유행하기 훨씬 전이지만, 기본 상식이 있기에 옛날 삼국의 역사를 떠올렸으리라.

미련(尾聯)은 역시 사람에 대한 이야기로 끝을 맺었다. 옛 죽림칠현과 그 아들 한 사람을 들어 술을 마시면서 옛 회포를 풀어보고 싶다는 시인의 마음을 언급하였다.

강가에서 시인 세 사람이 한 구절씩 읊었다.

  이백 : <도형문송별(渡荊門送別)>　　山隨平野盡　江入大荒流 ~
  두보 : <여야서회(旅夜書懷)>　　　　星垂平野闊　月湧大江流 ~
  왕유 : <한강임조(漢江臨眺)>　　　　江流天地外　山色有無中 ~

하여튼 느낌이 다르다. 이렇게 다른 느낌을 주는 것이 시인의 개성이다. 누구를 좋아할지는 시를 읽는 사람에 따라 다를 것이다.

參考　한강을 읊은 두보(杜甫)의 시

<강한(江漢) - 장강長江과 한수漢水>

  강한을 그리는 먼 길 나그네
  천지에 떠도는 못난 선비로다.
  조각구름은 하늘 따라 멀어졌고
  긴긴 밤에 달과 같은 외로움.
  낙일에 마음을 굳게 다져보지만
  추풍에 병은 도지려 한다.
  고래로 길 아는 노마老馬가 있었다면
  필히 먼 길 돌아가지는 않았으리라.

江漢思遠客　乾坤一腐儒
片雲天共遠　永夜月同孤
落日心猶壯　秋風病欲蘇
古來存老馬　不必取長途

123. 終南別業 종남산의 별장　● 王維 왕유

中歲頗好道　晚家南山陲

興來每獨往　勝事空自知

行到水窮處　坐看雲起時

偶然値林叟　談笑無還期

중년에 불도를 좋아하여
만년에 남산 기슭에 산다.
신나면 곧잘 혼자 다니고
기꺼운 일은 절로 나만 안다.
걷다가 물이 다한 곳에 가면
때로는 앉아 구름 이는 데를 본다.

우연히 산속 노인을 만나면
담소를 하느라 돌아갈 줄 모른다.

註釋

▶ <終南別業(종남별업)> : '종남산의 별장'. 118 <종남산>이 종남산의
산세를 읊었다면, 이 시는 종남산에 은거하는 자신의 생활을 노래했다.

▶ 中歲頗好道(중세파호도) : 中歲(중세) - 중년. 頗 자못 파. 제법. 好道(호
도) - 불도를 좋아하다. 수구(首句)는 은거 이유를 설명한 셈이다. 왕유가
불도를 좋아한 것은 모친의 영향이며, 형제들이 모두 불도에 심취했다.

▶ 晚家南山陲(만가남산수) : 晚(만) - 만년에. 家(가) - 집을 짓다. 동사로
쓰였다. 陲 근처 수. 부근.

▶ 興來每獨往(흥래매독왕) : 每(매) - 늘, 매번. 獨往(독왕) - 홀로 다니다.

▶ 勝事空自知(승사공자지) : 勝事(승사) - 기쁜 일[快意], 자연을 즐기는 일.

▶ 行到水窮處(행도수궁처) : 水窮處(수궁처) - 물이 다한 곳, 발원지, 산속
깊은 곳.

▶ 坐看雲起時(좌간운기시) : 雲(운) - 운무(雲霧). 起(기) - 일어나다[昇起].
時(시) - 가끔. 운을 맞추기 위해 뒤로 뺐다. 여기까지는 은거의 일상을
그렸다.

▶ 偶然值林叟(우연치임수) : 値(치) - 만나다. 林叟(임수) - 산골 노인.

▶ 談笑無還期(담소무환기) : 無還期(무환기) - 돌아갈 기약이 없다, 돌아갈
때를 잊는다.

詩意

종남산에서의 한가한 생활을 노래했다. 수련(首聯)에서는 은거 이유를 말
했고, 이후는 모두 왕유가 사는 모습이다. 경련(頸聯)의 '행도수궁처 좌간운
기시(行到水窮處 坐看雲起時)'는 천고의 절창이다. 앞산에서 구름이 일어
나는 곳을 바라본다는 뜻이니 이 일이 아마 최고의 '승사(勝事)'일 것이다.

124. 望洞庭湖贈張丞相 동정호를 바라보며 장승상에게
드리다 ● 孟浩然맹호연

八月湖水平　涵虛混太清

氣蒸雲夢澤　波撼岳陽城

欲濟無舟楫　端居恥聖明

坐觀垂釣者　徒有羨魚情

팔월 동정호의 넘실대는 수면은
허공을 머금어 하늘과 뒤섞였다.
대기는 운몽택을 삶는 듯하고
파도는 악양성을 흔드는 것 같다.
물을 건너려 해도 배가 없으며
평소 생활이 천자께 부끄럽습니다.
낚시하는 사람을 보고 있노라면
괜히 잡은 고기가 탐날 뿐입니다.

▶ <望洞庭湖贈張丞相(망동정호증장승상)> : '동정호를 바라보며 장승상에게 드리다'. 張丞相(장승상) - 장구령(張九齡, 673-740). 현종 개원 21년(733), 다시 장구령을 중서시랑동중서문하평장사(中書侍郞同中書門下平章事)로 기용했다. 이는 재상급 직위이다.

▶ 八月湖水平(팔월호수평) : 8월이면 추수(秋水)가 많아 장강 및 동정호의 수위가 높을 때이다. 湖水平(호수평) - 호수가 꽉 찼다.

▶ 涵虛混太淸(함허혼태청) : 涵 젖을 함. 가라앉다, 포용하다. 涵虛(함허) - 허공을 끌어안은 듯하다. 混(혼) - 섞이다. 太淸(태청) - 하늘.

▶ 氣蒸雲夢澤(기증운몽택) : 蒸 찔 증. 삶다, 물건을 물에 넣고 끓이다. 雲夢澤(운몽택) - 운택(雲澤)과 몽택(夢澤) 두 개의 호수. 악양(岳陽)에서 보면 동북쪽에 위치하여 동정호보다 약간 하류에 있었다. 한때는 동정호만큼이나 깊고 넓었으나 지금은 토사로 메워져 거의 육지가 되었고 겨우 홍호(洪湖)라는 흔적만 남아 있다고 한다. 옛 초왕(楚王)의 사냥터. 동정호와는 별개의 호수였다.

▶ 波撼岳陽城(파감악양성) : 波(파) - 동정호의 파도. 撼 흔들 감. 여기까지 전반 4구는 동정호의 경관을 읊었다.

▶ 欲濟無舟楫(욕제무주즙) : 濟 물 건널 제. 楫 노 즙. 舟楫(주즙) - 배[船]. 배가 없다면 강이나 호수를 건널 수 없다. 이런 말은 어떤 요구사항이나 부탁할 일이 있을 때 하는 말 같다.

▶ 端居恥聖明(단거치성명) : 端居(단거) - 평거(平居). 일상생활. 恥 부끄러울 치. 聖明(성명) - 명주(明主), 천자. 나라를 위해 일하지 못하니 부끄럽다는 뜻.

▶ 坐觀垂釣者(좌관수조자) : 垂釣(수조) - 낚시를 드리우다, 낚시를 하다. 여기서는 장구령과 같이 높은 벼슬을 하는 사람.

▶ 徒有羨魚情(도유선어정) : 徒(도) - 한갓. 羨 부러워할 선. 羨魚情(선어정) - 남이 잡은 물고기를 부러워하는 생각. '나도 당신처럼 벼슬하고 싶으니 좀 힘 좀 써주시오'라는 뜻.

🌸 詩意

풍경을 읊은 시로 전반 4구는 동정호의 모습을 통크게 묘사하였다. 맹호연이 동정호를 묘사한 시는 두보만은 못하지만 그래도 '기증운몽택(氣蒸雲夢澤)하고 파감악양성(波撼岳陽城)하다'라는 구절은 호탕하다는 느낌이 온다. 그러나 후반 4구는 직접적인 부탁의 말이다. 이런 부탁의 말이 좀 비굴하다는 생각이 들지 않는 것은 전반 4구의 통큰 묘사가 있었기 때문이 아니겠는가? 뒷날 맹호연은 장구령의 막료로 일하게 된다.

'임연선어(臨淵羨魚)'는 누구에게나 공통된 심사이다. 물에서 다른 사람이 고기 잡는 것을 부러워 말고(臨河而羨魚), 집에 와서 그물을 짜는 것이 더 좋은 것이다(不如歸家結網). 그리고 괭이를 메고 비를 기다리느니(荷鋤候雨), 도랑을 치고 물을 끌어들이는 것이 더 나은 것이다(不如決渚).

그러나 그물을 짤 실도 없다면 어찌해야 하는가? 포기할 수 없다면 부탁할 수밖에 없을 것이다. 맹호연은 장구령보다 15, 6세 연하였으니 이런 시를 보내도 괜찮았을 것이다.

사실, 사람 연분이란 것은 다 정해져 있는 것이다. 벼슬하는 사람은 그런 연분이 있기 때문이 아니겠는가? 각자 정해진 인연이 있으니 다른 사람을 부러워 말라(有因緣莫羨人)는 말이 왜 있겠는가?

125. 與諸子登峴山 여러 벗과 현산에 오르다

● 孟浩然 맹호연

人事有代謝　往來成古今

江山留勝跡　我輩復登臨

水落魚梁淺　天寒夢澤深

羊公碑字在　讀罷淚沾襟

사람의 일이란 돌고 도는 것이며
세월이 가고 오면 과거와 현재이다.
강산엔 볼만한 고적도 남아 있으니
우리들 다시금 높은 곳에 올랐다.
물이 줄자 고기잡이 도랑이 드러나고
날이 차니 몽택호는 깊어졌다.
양호羊祜의 비석이 있는 곳에서
읽고 나니 눈물이 옷깃을 적신다.

註釋

▶ <與諸子登峴山(여제자등현산)> : '여러 벗과 현산에 오르다'. 峴 고개현. 峴山(현산) – 서진(西晉)의 명장인 양호(羊祜, 221-278)의 선정을 기록한 비석(타루비墮淚碑)이 있는 산. 일명 현수산(峴首山). 지금의 호북성 양번시(襄樊市)에 있다.

▶ 人事有代謝(인사유대사) : 人事(인사) – 사람의 일. 인간의 성공과 실패. 謝 사례할 사. 거절하다, 시들다, 떨어지다. 代謝(대사) – 흥체(興替). 번영과 쇠퇴가 교체되다, 돌고 돈다.

▶ 往來成古今(왕래성고금) : 往來(왕래) – 세월이 가고 오다. 成古今(성고금) – 과거와 현재가 된다.

▶ 江山留勝跡(강산유승적) : 勝跡(승적) – 볼만한 자취, 고적, 유물.

▶ 我輩復登臨(아배부등림) : 我輩(아배) – 우리들.

▶ 水落魚梁淺(수락어량천) : 水落(수락) – 수위가 낮아지다. 魚梁(어량) – 고기잡이를 위한 물구멍. 淺 얕을 천. 드러나다.

▶ 天寒夢澤深(천한몽택심) : 夢澤深(몽택심) – 운몽택이 깊어졌다.

▶ 羊公碑字在(양공비자재) : 羊公(양공) – 양호(羊祜). 碑字在(비자재) – 비석이 있다.

▶ 讀罷淚沾襟(독파누첨금) : 罷 그만둘 파. 다하다, 마치다. 沾 더할 첨. 襟 옷깃 금.

詩意

이는 기행의 감상을 읊은 시이다. 수련(首聯)의 첫 구는 인간사를, 다음 구에서는 흐르는 시간을 언급하였다. 3구에서는 공간을 그리고, 4구는 높은 곳에 올랐다하여 제목을 요약하였다. 여기까지는 전반부에 속한다. 이어 5, 6구에서는 높은 곳에서 내려다본 풍경을 묘사하면서 처량한 감정을 한층 돋웠다.

그리고 마지막 연에서는 양호의 선정을 기록한 '타루비'를 읽고 눈물을 흘렸다고 하였다. 그 눈물은 양호의 선정에 감동한 감격의 눈물인가? 아니면 이름도 없이 사라져 갈 자신들의 무명이 서러워 흘린 것인가?

● 參考 양육지교(羊陸之交)와 타루비

양호(羊祜)와 육항(陸抗)의 교정(交情) - 적장(敵將)과의 우호적인 교제

서진(西晉)은 오(吳)나라를 멸망시키려는 뜻이 있어 양호를 형주의 도독으로 삼았다. 오나라는 육항에게 여러 군사를 감독케 하였다. 양호와 육항은 국경을 마주하였는데 사자들이 늘 왕래하였다. 육항이 양호에게 술을 보냈는데 양호는 의심하지 않고 마셨으며, 육항의 병에 양호가 조제한 약을 보냈는데 육항은 그 자리에서 복용하면서 "양숙자(羊叔子, 양호)가 어찌 사람을 독살하겠는가!"라고 말했다.

양호는 덕정을 펴기에 힘쓰면서 오나라 병사들에게도 너그러웠으니 교전할 때마다 날짜를 정한 다음에야 전투를 했고 엄습하지 않았다. 육항 역시 변방의 병사들에게 각자의 경계선만 지키면 될 것이니 작은 이득을 탐하지 말라고 했다.

양호의 덕정에 감화를 받은 양양(襄陽)의 백성들은 양호가 병사한 뒤 그의 덕정을 비석에 새겨 그가 즐겨 노닐던 현산(峴山)에 세웠다. 이후 많은 사람들이 그 비문을 읽으며 눈물을 흘렸다 하여 그 비석을 '타루비(墮淚碑)라 하였고, 지금의 호북성 양번시(襄樊市)에 서 있다.

양호는 산수자연을 좋아했고 문학에도 상당한 조예가 있었다고 한다. 전해오는 양호의 글로는 <안부(雁賦)>, <양개부표(讓開府表)>, <청벌오표(請伐吳表)>가 있는데, <청벌오표>는 제갈량의 <출사표(出師表)>와 나란히 명성을 누리고 있다.

126. 淸明日宴梅道士房 청명날 매도사의 방에서
잔치하며 ● 孟浩然 맹호연

林臥愁春盡　開軒覽物華

忽逢靑鳥使　邀入赤松家

金灶初開火　仙桃正發花

童顔若可駐　何惜醉流霞

산림에 살며 봄이 진다고 걱정되어
창문을 열고 화사한 경치를 본다.
뜻밖에 소식 전하는 사람이 오더니
신선의 집으로 나를 맞이해 들인다.
쇠솥에 새 불을 넣으니
선도仙桃가 막 꽃을 피웠다.
만약에 청춘을 머물게 할 수 있다면
유하주에 취한들 무엇이 아까우랴!

▶ <淸明日宴梅道士房(청명일연매도사방)> : '청명날 매도사의 방에서 잔
치하며'. 梅道士(매도사) - 매씨(梅氏) 성을 가진 도사는 맹호연의 우인.
'연매도사산방(宴梅道士山房)'으로 된 판본도 있다.

▶ 林臥愁春盡(임와수춘진) : 林臥(임와) - 산림에서 은거하다. 愁(수) -
걱정하다. 春盡(춘진) - 봄이 다 지나가다.

▶ 開軒覽物華(개헌남물화) : 開軒(개헌) - 창문을 열다. 건유(搴帷, 휘장을
들어올리다)로 된 판본도 있다. 覽物華(남물화) - 경물의 화려한 모습을
보다.

▶ 忽逢靑鳥使(홀봉청조사) : 靑鳥使(청조사) - 서왕모(西王母)의 내방을
알리기 위해 한 무제에게 온 파랑새. 사인(使人), 사자. 여기서는 매도사의
초청을 알려온 사람.

▶ 邀入赤松家(요입적송가) : 邀 맞을 요. 邀入(요입) - 맞이하다. 赤松家
(적송가) - 적송자의 집, 도사의 거주지. 적송자는 본래 신농씨(神農氏)
시대에 비를 내리게 하는 우사(雨師). 신선을 의미. 장량(張良)은 적송자

서왕모(西王母)

를 따라 노닐고 싶다고 하였다.

▶ 金灶初開火(금조초개화) : 灶 부엌 조. 金灶(금조) - 쇠솥. 찻물을 끓이는 솥단지. 단조(丹竈, 연단煉丹을 하는 솥)로 된 판본도 있다. 初開火(초개화) - 새 불을 붙이다. 보통 한식(寒食) 전후가 청명이니 한식을 지나 새로 불을 피웠다는 뜻.

▶ 仙桃正發花(선도정발화) : 仙桃(선도) - 신선이 먹는다는 복숭아. 서왕모가 한 무제에게 주었다는 복숭아. 正發花(정발화) - 막 꽃이 피었다.

▶ 童顔若可駐(동안약가주) : 童顔(동안) - 불그레한 얼굴. 청춘을 상징. 若可駐(약가주) - 만약 머물게만 할 수 있다면.

▶ 何惜醉流霞(하석취유하) : 何惜(하석) - 어찌 아까우랴. 霞 노을 하. 流霞(유하) - 신선이 마신다는 술 이름. 여기서는 도사가 준비한 술. 어떤 사람이 10년 동안 도술을 배우다가 돌아왔다. 아내가 무엇을 배웠느냐고 묻자, 신선이 자기에게 유하주 한 잔만을 주었는데 그 술을 마시자 배가 고프지도, 목이 마르지도 않았다고 말했다.

🌸 詩意

청명일이면 봄이 한창일 때이다. 그러니 춘흥(春興)을 즐기고 싶어 신록과 경물을 감상했을 것이다. 이는 제목의 '청명일'에 대한 묘사이다.

그리고는 매도사의 초청을 받고 산방에 가고 차를 마시고 술을 마셨던 일들을 순차적으로 묘사하였다. 도사는 본래 도교의 성직자이지만 신선을 따르려 하고 신선처럼 무병장수를 추구하는 사람을 도사라 하였다. 서왕모는 여자 신선의 최고 지도자이다. 서왕모와 한 무제의 고사(故事)는 수많은 문학 작품에 언급된다.

여기서도 마찬가지이니 매도사의 심부름을 온 사람을 청조사(靑鳥使)라 하였다. 그밖에 적송가(赤松家), 금조(金灶), 선도(仙桃), 유하주(流霞酒) 등이 모두 신선과 관계되는 용어들이다. 이러한 유선(遊仙)의 뜻은 작자 마음 속의 은거 의지와 일맥상통할 것이다. 그리고 자신을 초청해준 도사를 멋진 시어로 칭송해주는 것도 시인이 베풀 수 있는 선행이 아니겠는가?

127. 歲暮歸南山 세모의 남산에 돌아와서

● 孟浩然 맹호연

北闕休上書　南山歸敝廬

不才明主棄　多病故人疎

白髮催年老　靑陽逼歲除

永懷愁不寐　松月夜窓虛

북궐의 상서上書를 그만두고

남산의 낡은 오두막으로 돌아왔다.

재주도 없기에 명주明主도 나를 버렸고

잔병이 많으니 우인도 멀어졌다.

백발은 늙기를 재촉하는 듯

봄날은 세모를 빨리 가라 한다.

끝없는 회포 시름으로 잠 못 들고

소나무 비친 달에 밤 창문이 훵하다.

註釋

▶ <歲暮歸南山(세모귀남산)> : '세모의 남산에 돌아와서'. 맹호연은 40여 세에 장안에 가서 벼슬을 얻으려 하였으나 뜻을 이루지 못했다. 그리고는 양양으로 돌아왔는데 세모에 온갖 회포를 이 시로 대변한 것 같다. 100 이백의 <증맹호연(贈孟浩然)> 참고. 여기서 남산은 종남산이 아닌 맹호 연의 고향 남산이다.

▶ 北闕休上書(북궐휴상서) : 北闕(북궐) – 북에 있는 궁궐. 궁궐은 남향이고 제왕은 남면(南面)하기에 신하의 입장에서 보면 늘 북쪽이다. 休 쉴 휴. 그만두다.

▶ 南山歸敝廬(남산귀폐려) : 歸(귀) – 귀향하여 은거하다. 敝 해질 폐. 낡은. 廬 집 려.

▶ 不才明主棄(부재명주기) : 不才(부재) – 재주가 없어서. 무재(無才). 明主 棄(명주기) – 명주(明主)에게 버림 받았다. 자신이 등용되지 못했다는 우회적 표현이 현종의 노여움을 산 셈이다.

▶ 多病故人疎(다병고인소) : 다병하니 고인과도 소원하다. 疎 트일 소. 왕 래가 뜨다, 멀어지다. 이 함련(頷聯)은 겸사의 뜻으로 썼다. '모두가 내 탓'이라는 뜻이었지만 현종이 읽을 때는 '남의 탓' 느낌이 온 것이다.

▶ 白髮催年老(백발최년로) : 催 재촉할 최.

▶ 靑陽逼歲除(청양핍세제) : 靑陽(청양) – 봄[春]. 이런 전고는 지식이 없으 면 알 수도 없고 쓸 수도 없다. 이것이 바로 다독(多讀)해야 하는 이유이 다. 逼 닥칠 핍. 歲除(세제) – 세모(歲暮).

▶ 永懷愁不寐(영회수불매) : 永懷(영회) – 끝이 없는 이런저런 생각. 寐 잠잘 매. 愁不寐(수불매) – 걱정으로 잠을 못 이루다.

▶ 松月夜窗虛(송월야창허) : 松月(송월) – 송간(松間)의 월색(月色). 虛(허) – 휑하다, 휑뎅그렁하다. 허백(虛白).

🌸 詩意

아주 현실적인 계산으로 따져볼 때, 옛사람이 어려서부터 글을 배우고 생산적인 일도 하지 않으면서 많은 독서로 시를 지을 정도라면, 물려받은 기본 재산이 있어 의식은 해결할 수 있었다고 보아야 한다. 다만 전란이나 흉년, 또는 각종 질병 등등으로 그 재산이 줄어든다면, 또 지인들이 모두 관직에 진출했다면 벼슬에 뜻을 두지 않을 수 없다.

사실 맹호연이 고향에서 생활하면서 도사를 방문하고, 우인과 시를 증답하면서 교제할 수 있었다면 일단 의식은 해결되는 상황이었다. 그러나 자식은 커가고 어찌할 것인가?

시인이라 하여 이슬을 받아먹고 사는 사람이 아니다. 시인의 근심이 어찌 좋은 시를 쓰기 위한 고민뿐이겠는가?

1, 2구에서는 북궐(北闕)과 남산이, 3, 4구에서는 부재(不才)와 다병(多病), 그리고 5, 6구에서는 백발과 청양(靑陽)으로 상징되는 세월이 모두 맹호연의 근심거리이다.

제목에는 근심이란 뜻이 조금도 보이지 않지만 이 시의 주제는 '수(愁)'이고, 1~6구까지가 모두 맹호연을 잠 못 이루게 하는 걱정거리이다. 그런 근심을 더해 주는 것은 소나무에 걸친 달이었다. 이태백과 함께 술을 마시는 달이 아니었다.

128. 過故人莊 친우의 농장에 들러　● 孟浩然 맹호연

故人具雞黍　邀我至田家

綠樹村邊合　靑山郭外斜

開軒面場圃　把酒話桑麻

待到重陽日　還來就菊花

친우가 닭 잡고 술을 준비해서
나를 데리고 농가로 갔네.
녹수는 마을 끝에 모여 있고
청산은 멀리서 비스듬히 에워쌌네.
문을 열면 마당과 밭이 보이는데
술잔 들고 농사 이야기를 나눈다.
기다려 중양절이 되면
돌아와 국화를 보라 권한다.

▶ <過故人莊(과고인장)> : '친우의 농장에 들러'. 故人(고인) – '죽은 사람'
이 아니라 구우(舊友), 곧 친우란 뜻이다. '공자지고인왈원양(孔子之故人
曰原壤)'의 고인은 친우이다. 물론 사인(死人), 전부(前夫), 구처(舊妻)로
쓰일 때도 있다. 莊(장) – 전가(田家), 산거(山居)와 그에 딸린 원포(園圃),
또는 별서(別墅, 별장)를 통칭한다. 이 시는 도연명의 시와 그 분위기가
매우 비슷하다. 어찌 보면 도연명의 핵심용어를 모두 차용한 것 같은
전원시이다.

▶ 故人具雞黍(고인구계서) : 具 갖출 구. 구비하다. 雞 닭 계. 鷄(계)와
같음. 黍 기장 서. 기장으로 지은 밥이라기보다는 기장으로 담근 술.
도연명의 <이거(移居) 1수>의 '인곡시시래 항언담재석(隣曲時時來 抗言
談在昔)'과 비슷하다. 닭 잡고 술을 준비했다면 손님에 대한 최고의 대접
이었다. 주인의 성의에 대해서는 더 말할 필요가 없다.

▶ 邀我至田家(요아지전가) : 邀 맞을 요.

▶ 綠樹村邊合(녹수촌변합) : 村邊合(촌변합) – 마을 끝에 모여 있다. 합(合)
은 집야(集也).

▶ 靑山郭外斜(청산곽외사) : 郭(곽) – 가장자리, 에워싸다.

▶ 開軒面場圃(개헌면장포) : 開軒(개헌) – 창문을 열다. 面(면) – 마주하다.
圃 밭 포. 場圃(장포) – 타작하는 마당과 논밭.

▶ 把酒話桑麻(파주화상마) : 桑麻(상마) – 뽕나무와 삼[麻]. 농사 이야기.
도연명의 <귀전원거(歸田園居) 2수>에 '상견무잡언 단도상마장(相見無
雜言 但道桑麻長)'이라는 구절이 있다.

▶ 待到重陽日(대도중양일) : 重陽日(중양일) – 9월 9일.

▶ 還來就菊花(환래취국화) : 還來(환래) – 다시 와서. 就菊花(취국화)
– 국화 곁에 가리라. 물론 술을 한잔 하겠다는 뜻이다. 취(就)는 근야(近
也).

🌸 詩意

아주 담백한 전원시이다. 미문(美文)으로 윤색하려는 의도는 하나도 안 보인다. 굵직한 선으로 쓱쓱 그린 그림이다. 이런 소탈한 시골 마을에서 마음에 맞는 친구와 둘이 막걸리를 마시는데 특별히 꾸며 그려낼 필요가 있을까? 그냥 '기분 좋게 마시다 보니 나도 취해 버렸어!'라고 말하면 그 술자리 정경에 대한 묘사는 끝이다. 나머지는 읽는 사람이 머릿속으로 생각하면 된다.

친구 집에 가고, 마을을 멀리서 둘러보고, 마당을 내려다보며 술잔을 들고 농사 이야기를 할 것이다. 그리고 가을이 되면 또 오라고 권한다. 물론 맹호연도 기꺼이 응낙한다.

그리고 꼭 가리라고, 또 국화 곁에 서겠다고 생각하였다. 그래서 '취(就)'라 하였다. '취(就)' 1자가 이 시의 시안(詩眼)이다.

시안 – 시인의 안목, 시의 구중안(句中眼) – 시구 중의 한 글자는 시 전체의 품격을 말해주고, 시 전체의 기본 바탕을 결정짓는다. 또 시가 논리적으로 옳고 그르냐를 판단할 수 있는 기준이 되기도 한다.

도연명의 '채국동리하 유연견남산(採菊東籬下 悠然見南山)'에서 '견(見)'이 바로 시안이다. 이 '견(見)'을 '망(望)'으로 썼다면 시인도 시의 품격도 다 떨어질 것이라고 소식(蘇軾, 1036-1101, 동파東坡)이 말했다.

만약 이 시에서 '대도중양일(待到重陽日)하여 환래취국화(還來就菊花)하리라'를 '환래대국화(還來對菊花)' 또는 '환래채국화(還來採菊花)'로, 아니면 '환래취국화(還來醉菊花)'로 고친다면 시의 맛이 크게 달라질 수 있다. 시안은 오언의 경우 구의 세 번째, 칠언의 경우 다섯 번째 글자이다.

129. 秦中感秋寄遠上人 진중에서 가을에 원스님에게
주다 ● 孟浩然 맹호연

一丘常欲臥　三徑苦無資

北土非吾願　東林懷我師

黃金然桂盡　壯志逐年衰

日夕涼風至　聞蟬但益悲

늘 조그만 동산에 은거하고 싶었지만
실로 삼경三徑의 뜰도 부담이었습니다.
장안에 살기가 내 소원이 아니기에
동림에 계신 나의 대사大師가 그립습니다.
비용은 계수나무 태우듯 다 없어지고
큰 뜻은 나이 따라 약해집니다.
아침저녁에 찬바람이 불어오니
매미소리에 더 더욱 슬퍼집니다.

▶ <秦中感秋寄遠上人(진중감추기원상인)> : '진중에서 가을에 원스님에게 주다'. 秦中(진중) – 관중(關中)으로 그 중심은 장안이다. 지금의 섬서성 지역. 感秋(감추) – 가을을 느껴. 遠上人(원상인) – 원(遠)은 성명(姓名) 미상. 상인(上人)은 승려에 대한 존칭. 맹호연은 40세에 장안에 와서 과거에 응시하였으나 낙방하였고, 벼슬을 구했으나 얻지 못했다. 장안에서 지은 시이다.

▶ 一丘常欲臥(일구상욕와) : 一丘(일구) – 조그만 산. 臥(와) – 귀은(歸隱).

▶ 三徑苦無資(삼경고무자) : 三徑(삼경) – 대문에서 본채에 이르는 사이의 조그만 정원. 작은 길[徑] 3개가 있어 삼경이라 한다. 도연명의 <귀거래혜사(歸去來兮辭)>의 '삼경취황 송국유존(三徑就荒 松菊猶存)'의 삼경이다. 은거할 작은 별서(別墅). 苦無資(고무자) – 실로 그럴 밑천이 없다.

▶ 北土非吾願(북토비오원) : 北土(북토) – 북지(北地) 곧 장안. 도연명의 <귀거래혜사>에 '부귀비오원 제향불가기(富貴非吾願 帝鄕不可期)'란 말이 있다.

▶ 東林懷我師(동림회아사) : 東林(동림) – 동림사. 여기서는 원상인이 거주하는 절.

▶ 黃金然桂盡(황금연계진) : 黃金(황금) – 돈. 然(연) – 燃(연)과 같음. 태우다. 桂(계) – 계수나무. 생활비는 연료를 충당하는 데 다 썼다. 곧 생활비가 많아 감당을 못한다는 의미.

▶ 壯志逐年衰(장지축년쇠) : 壯志(장지) – 젊은 날의 포부. 逐年衰(축년쇠) – 나이 먹는 데 따라 쇠퇴한다.

▶ 日夕涼風至(일석양풍지) : 涼風(양풍) – 서늘한 가을바람.

▶ 聞蟬但益悲(문선단익비) : 聞蟬(문선) – 매미소리를 듣다. 但益悲(단익비) – 더 서글퍼질 뿐이다.

詩意

전반 4구는 빨리 고향으로 돌아가고 싶은 작자의 심경을 묘사하였고, 후반 4구는 객지 생활의 어려움과 함께 작아지는 자신의 슬퍼지는 심경을 말했다. '동림회아사(東林懷我師)'만을 제외한 나머지 구절은 원상인(遠上人)과 관계가 없고 오로지 맹호연의 고초만이 가득하다. 그렇다면 결국 이런 제목을 빌어 객지의 설움을 묘사한 시이다.

이런 고통은 맹호연이 아니더라도 실패자(loser)라면 누구나 느끼는 기분이다. 그렇다면 평소 맹호연의 시풍과 다르고, 그래서 맹호연의 작품이 아닐지도 모른다는 주장이 나오게 된다.

130. 宿桐廬江寄廣陵舊遊 동려강에서 자면서 광릉의 옛 벗에게 주다 ● 孟浩然맹호연

山暝聞猿愁　滄江急夜流

風鳴兩岸葉　月照一孤舟

建德非吾土　維揚憶舊遊

還將兩行淚　遙寄海西頭

어둑한 산에 원숭이 울음 들리고
푸르른 강은 급류로 흐르는 밤이다.
바람은 양쪽 언덕 나뭇잎에 울고
달빛은 한척 외로운 배를 비춘다.
건덕도 내 머물 땅이 아니기에
양주에 사는 옛 벗을 그린다.
차라리 두 줄기 눈물을
멀리 바다 서쪽 끝에 보내련다.

註釋

▶ <宿桐廬江寄廣陵舊遊(숙동려강기광릉구유)> : '동려강에서 자면서 광릉의 옛 벗에게 주다'. 桐廬江(동려강) - 절강성 서북부 항주시(抗州市) 동려현을 흐르는 강. 동려부춘강(桐廬富春江)이라고도 부른다. 廣陵(광릉) - 강소성의 번화한 도시인 양주(揚州). 수(隋)의 대운하와 장강이 만나는 곳. 수 양제가 용주(龍舟)를 타고 이곳 이궁에 내려와 있다가 최후를 맞이한다. 舊遊(구유) - 구우(舊友).

▶ 山暝聞猿愁(산명문원수) : 猿愁(원수) - 원숭이의 애잔한 울음소리.

▶ 滄江急夜流(창강급야류) : 滄江(창강) - 푸른 강. 동려강의 다른 이름.

▶ 風鳴兩岸葉(풍명양안엽) : 風鳴(풍명) - 바람이 울다, 바람소리. 兩岸葉(양안엽) - 양안(兩岸)의 나뭇잎.

▶ 月照一孤舟(월조일고주) : 밤은 나그네의 수심이 많은 시간. 그런 나그네에게 달이 빠질 수 없다. 위락 시설과 음식점, 술집이 많은 우리나라에서 객지를 여행하는 사람은 달을 쳐다볼 이유가 없다고 한다.

▶ 建德非吾土(건덕비오토) : 建德(건덕) - 지명. 절강성 동려현 남쪽. 吾土(오토) - 내 고향.

▶ 維揚憶舊遊(유양억구유) : 維揚(유양) - 지명. 원래 이름은 광릉(廣陵), 강소성 양주(揚州).

▶ 還將兩行淚(환장양행루) : 兩行淚(양행루) - 두 줄기 눈물.
▶ 遙寄海西頭(요기해서두) : 遙 멀 요. 멀리, 멀리 있는. 海西頭(해서두) - 동해의 서편. 광릉(양주)은 회수의 남쪽, 장강의 북쪽, 동해의 서쪽에 있다 하였다. 지금의 절강성 양주를 해안도시라고는 할 수 없다. 하지만 장강의 하류로 바닷물이 들어오기에 고인의 시각으로는 쑥 들어온 바다의 서쪽 끝이라 생각했을 것이다.

詩意

동려강은 항주 인근의 절경으로 알려졌다. 거기서 양주(揚州)까지는 우리 나라 서울에서 부산과 비슷한 거리이다. 맹호연도 여기서는 나그네 신세로 다만 친구가 있는 곳과 조금은 가깝다는 생각에 친구에 대한 그리움을 토로하고 있다.

동려강 부춘(富春)은 절경으로 유명한 곳이기에 나그네의 객수는 더 깊어지는 것이리라. 앞의 4구에서는 절경을 그렸다면, 뒤의 4구는 그리움을 묘사하였다. 객지에서의 밤은 그리움이 아니더라도 잠들기 어렵다.

131. 留別王侍御維 시어사인 왕유를 떠나오면서

● 孟浩然 맹호연

寂寂竟何待　朝朝空自歸

欲尋芳草去　惜與故人違

當路誰相假　知音世所稀

祇因守寂寞　還掩故園扉

적막할 뿐 끝내 무엇을 기대하나?
날마다 빈손으로 홀로 돌아왔었소.
꽃다운 풀을 찾으러 나섰지만
친우의 곁을 아쉽게 떠난다오.
요직의 그 누가 힘써 주리오?
세상엔 지기가 드문 것이라오.
오로지 외로움을 이겨가면서
돌아가 옛집 문을 닫고 살리오!

● 註釋

▶ <留別王侍御維(유별왕시어유)> : '시어사인 왕유를 떠나오면서'. 留別
(유별) - 떠나는 사람의 입장에서 헤어짐. 송별과는 반대의 뜻. 侍御(시
어) - 관직명. 왕유(王維)는 맹호연을 천거하였던 지인.

▶ 寂寂竟何待(적적경하대) : 寂 고요할 적. 寂寂(적적) – 아주 적막하다.
竟 다할 경. 끝. 何待(하대) – 무얼 기대하나?
▶ 朝朝空自歸(조조공자귀) : 朝朝(조조) – 날마다.
▶ 欲尋芳草去(욕심방초거) : 芳草去(방초거) – 방초는 향기로운 풀. 은거하
려 하다.
▶ 惜與故人違(석여고인위) : 惜 안타까울 석. 故人(고인) – 우인, 왕유.
▶ 當路誰相假(당로수상가) : 當路(당로) – 정계의 실권자, 인사권자. 假(가)
– 빌려주다, 힘써주다. 誰相假(수상가) – 누가 힘을 써 주겠나?
▶ 知音世所稀(지음세소희) : 知音(지음) – 지인, 지기. 稀 드물 희.
▶ 祇因守寂寞(지인수적막) : 祇 마침 지, 토지 신 기. 다만.
▶ 還掩故園扉(환엄고원비) : 掩 가릴 엄. 닫다. 故園(고원) – 옛집.

🌸 詩意

산수전원 시인의 과거에 이런 슬픔이 있는 줄 누가 알리오? 수련(首聯)은
너무 침통하다. 이력서 백 여 장을 보내 놓고 핸드폰을 바라보다가 다시
PC를 켜고 또 다른 스타일로 이력서를 작성하며 사진값도 걱정해야 하는
젊은이보다 더 서글펐을 것이다. 왜냐하면 맹호연은 이미 40이 넘었다.
방초(芳草)를 찾아 장안까지 왔고, 지인의 도움을 받아 애를 썼지만, 이제
는 포기하고 돌아가려는 함련(頷聯)에는 왕유에 대한 미안함이 넘쳐난다.
그러면서 경련(頸聯)에는 누구라 할 것은 아니지만 요로(要路)에 있는 사람
들은 '왜 나를 몰라주는가?'라는 분노와 함께 자기 합리화를 추구한다. 본래
세상에는 지음(知音)이 많지 않다는 것! 이것이 내 몫이려니, 운명이려니
하고 그냥 잊어버리기에는 너무 가슴이 미어진다.
맹호연의 의지는 미련(尾聯)에 확실해진다. 적막한 고향에 가서 이제 세상에
대한 욕망을 접겠다는 서러움이 뚝뚝 떨어진다. 맹호연은 그렇게 돌아왔다.
하기야 왕유의 가슴도 아프기만 하다. 왕유는 친우 기무잠이 과거에 낙방하
고 고향으로 갈 때 전별의 시를 지었었다. 014 <송기무잠낙제환향(送綦毋
潛落第還鄉)> 참고. 이번에는 맹호연을 송별하고 있다.

早寒江上有懷 일찍 추워진 강가에서 소회

● 孟浩然맹호연

木落雁南渡　北風江上寒

我家襄水曲　遙隔楚雲端

鄕淚客中盡　孤帆天際看

迷津欲有問　平海夕漫漫

낙엽 지고 기러기 남으로 오는데
북풍 부는 강은 차갑기만 하네.
나의 집은 양수襄水가 구부러진 곳
멀리 저쪽 초 땅의 구름 끝이라.
나그네 눈물은 길에 다 뿌렸고
외로운 돛배는 하늘 끝에 떠있네.
나루 길을 잃어 물으려 해도
넓은 강 밤에는 물만 넘실댄다.

▶ <早寒江上有懷(조한강상유회)> : '일찍 추워진 강가에서 소회'. '조한유회(早寒有懷)'로 된 판본도 있다.

▶ 木落雁南渡(목락안남도) : 渡 물 건널 도.

▶ 北風江上寒(북풍강상한) : 寒 찰 한. 제목에 있는 '조한(早寒)'의 분위기를 띄웠다.

▶ 我家襄水曲(아가양수곡) : 襄水(양수) - 한수(漢水)의 양양(襄陽) 부근을 지칭. 마치 금강의 부여 부근을 백마강(白馬江)이라 부르는 것과 같다.

▶ 遙隔楚雲端(요격초운단) : 楚雲端(초운단) - 초 땅의 구름 끝 저쪽. 양양은 옛날 초 영역이었다.

▶ 鄕淚客中盡(향루객중진) : 鄕淚(향루) - 고향 그리며 흘리는 눈물. 客中盡(객중진) - 나그네 생활을 오래 하다 보니 눈물이 말라버렸다.

▶ 孤帆天際看(고범천제간) : 天際(천제) - 하늘과 땅, 하늘과 강이 맞닿는 곳, 하늘 끝.

▶ 迷津欲有問(미진욕유문) : 迷津(미진) - 갈 길을 잃다, 갈 방향을 잡지 못하다. '문진(問津)'에서 파생한 말. ≪논어 미자(微子)≫에 있다. 공자가

▌ 문진((問津)

자로(子路)를 시켜 나루터 가는 길을 물었더니 장저(長沮)는 '그는 나루터를 알고 있을 거야.'하면서 일러주지 않았다(長沮桀溺 耦而耕, 孔子過之, 使子路問津焉. 長沮曰, ~是知津矣). 이후 문진은 '세상을 살아가는 방법' 또는 '학문을 하는 방법'이란 뜻으로 썼다.

▶ 平海夕漫漫(평해석만만) : 平海(평해) - 바다같이 평평한 강물. 漫 질펀할 만. 漫漫(만만) - 끝없이 광활한 모양.

🌸 詩意

시 전체를 고향 그리는 마음으로 채웠다. 하루 중에는 저녁때, 한 해에는 가을에 특히 집 생각과 고향 생각이 난다. 고향 생각이 점점 진하게 그려져 경련(頸聯)에 가서 눈물을 뿌린다. 문제는 고향을 떠나 나그네로 떠돌아도 성공하고 영광의 길이라면 덜 서러울 터인데, 지금 맹호연은 갈 방향을 잃었다는 데 문제가 있고, 그래서 서글픈 것이다.

문진(問津)을 하려 해도 물어볼 사람이 없으니 어떻게 찾아가야 하는가? 이 어찌 맹호연만의 문제이겠는가?

맹호연의 시는 260여 수가 전해진다. 대부분이 오언이고 특히 오언율시가 많고 칠언은 겨우 10여수라고 한다. 맹호연의 시는 그의 나이 40세를 전후로 확실하게 구분이 된다.

40세 이전에는 은자(隱者)의 담담한 심경 묘사가 많으면서도 가끔은 부귀영화에 대한 미련을 버리지 못하는, 다시 말해 평정 속에서도 호기심이 튀어나오는 정조(情操)라 할 수 있다.

그러나 40세 이후에는 부귀나 출세, 벼슬에 대한 아쉬움이 완전히 사라진 평화로운 산수전원시가 주류를 이룬다. 이 40세가 바로 맹호연이 장안에 와서 벼슬을 구하려던 시기였다. 맹호연은 왕유와 거의 동년배이다. 그러나 왕유보다 먼저 당나라의 산수전원시를 확립했다는 것이 일반적인 평가이다.

133. 秋日登吳公臺上寺遠眺 가을날 오공대에 올랐다가 절에서 멀리 보다 ● 劉長卿 유장경

古臺搖落後　秋日望鄕心

野寺人來少　雲峰水隔深

夕陽依舊壘　寒磬滿空林

惆悵南朝事　長江獨至今

옛 누대는 무너진 채 남아있고
가을날 고향을 그리는 마음.
들 절에 찾는 사람 드물고
구름은 강 건너서 높이 피어오른다.
석양은 옛 진지를 비추고
한경寒磬 소리만 낙엽 진 숲에 가득하다.
남조의 흥망은 슬픈 일이지만
장강은 지금껏 홀로 흐른다.

作者　유장경(劉長卿, 709-780?) - 오언장성(五言長城)

자(字)는 문방(文房), 현종 개원 21년(733) 진사과에 급제, 전운사판관(轉運使判官)을 역임한 뒤 숙종 지덕(至德) 연간(756-758)에 감찰어사를 지냈지만 무고에 의해 감옥에 갇혔다가 풀려났다. 반주남파현위(潘州南巴縣尉)로 폄직되었다가 목주사마(睦州司馬)를 역임한 뒤 수주자사(隨州刺史)로 관직생활을 끝냈다. 보통 유수주(劉隨州)라고 통칭하고 문집 《유수주집(劉隨州集)》이 전한다.

두보보다 3세 연장자로 숙종(756-762), 대종(代宗) 연간(762-779)에 시인으로 명성이 높았는데 시풍은 평실(平實)하면서도 엄정한 구상에 운율을 중시하여 음조가 조화를 잘 이루었다고 한다. 특히 오언 근체시에 우수하여 '오언장성(五言長城)'이라는 별칭으로 통하였으며, 왕유에 견줄 수 있는 산수전원시를 지었고, 객수(客愁), 이별의 한이나 한적한 심경을 주제로 한 수작이 많이 있다.

註釋

▶ <秋日登吳公臺上寺遠眺(추일등오공대상사원조)> : '가을날 오공대에 올랐다가 절에서 멀리 보다'. 吳公臺(오공대) - 강소성 양주시(揚州市) 강도구(江都區)에 있는 활터였는데, 남조 진(陳)나라의 오명철(吳明徹)이란 장군이 크게 증축한 이후로 오공대라 불린다.

▶ 古臺搖落後(고대요락후) : 古臺(고대) - 오공대. 搖 흔들릴 요. 搖落(요락) - 퇴락하다.

▶ 秋日望鄕心(추일망향심) : 秋日(추일) - 추입(秋入)으로 된 판본도 있다. 望鄕心(망향심) - 고향에 가고픈 마음.

▶ 野寺人來少(야사인래소) : 野寺(야사) - 이 지역에 높은 산이 없으니 들 가운데 절이 있었던 모양이다.

▶ 雲峰水隔深(운봉수격심) : 雲峰(운봉) - 구름. 水隔深(수격심) - 강을 사이에 두고 구름이 높이 피어오르다.

▶ 夕陽依舊壘(석양의구루) : 依舊壘(의구루) - 옛 진지(陣地)에 비추다.

▶寒磬滿空林(한경만공림) : 磬(경) - 경돌 경. 옥이나 돌로 만든 악기. 滿空林(만공림) - 인적이 없는 숲, 또는 낙엽이 진 숲에 가득하다.

▶惆悵南朝事(추창남조사) : 惆 슬퍼할 추. 悵 슬퍼할 창. 惆悵(추창) - 슬퍼하다. 南朝(남조) - 양자강 중하류를 중심으로 차례로 서고 멸망했던 송(宋, 420-479), 제(齊, 479-502), 양(梁, 502-557), 진(陳, 557-589)의 4개 왕조. 오(吳, 222-280), 동진(東晉, 317-420)을 포함하면 육조라 한다.

▶長江獨至今(장강독지금) : 장강만은 예로부터 지금까지 홀로 흐른다.

🏵 詩意

옛 고적지를 찾으면 으레 지난 역사의 흥망을 생각한다. 공룡이나 맘모스(매머드)가 지구상에서 사라졌다 하여 슬퍼하는 사람은 없다. 잘해서 흥하고 못해서 망한 역사이지만 그것이 인간의 일이기에 서글픈 것이다. 더군다나 그곳이 전쟁터였다면, 그리고 가을, 또 석양 무렵, 거기에다가 인적이 없는 낙엽 진 숲에, 절에서 치는 경쇠 소리가 들려올 때 고향 생각과 함께 슬프기만 하다.

특히나 남조의 귀족문화는 화려했다. 양 무제(梁武帝) 소연(蕭衍, 재위 502-549)은 중국 역사상 가장 불교에 심취했던 황제였다. 자신의 몸을 부처님께 시주하였으니 황제이면서 승려였다. 그가 후경(侯景)의 난에 굶어 죽어야 했으니 그런 역사를 알기에 인간사가 더욱 서글픈 것이다. 그러나 그런 역사의 흐름과 무관한 듯 장강만은 유유히 흘러오고 또 흘러간다. 이 시는 진자앙(陳子昻)의 046 <등유주대가(登幽州臺歌)>와 분위기가 비슷하다.

134. 送李中丞歸漢陽別業 한양의 별장으로
돌아가는 이중승을 보내며 ● 劉長卿 유장경

流落征南將　曾驅十萬師

罷歸無舊業　老去戀明時

獨立三邊靜　輕生一劍知

茫茫江漢上　日暮復何之

자리에서 물러난 정남대장군은
일찍이 십만 대군을 거느렸었다.
그만두고 돌아가나 옛 터전 사라졌고
늙어 떠나며 명주明主의 치세를 그린다.
우뚝 섰을 때 모든 변방이 조용했고
목숨 바친 마음 그의 칼은 알리라.
망망한 장강과 한수 위로
저무는 햇살에 또 어디로 가시는가?

▶ <送李中丞歸漢陽別業(송이중승귀한양별업)> : '한양의 별장으로 돌아
가는 이중승을 보내며'. 中丞(중승) - 관직 이름, 어사중승(御史中丞)의
약칭. 漢陽(한양) - 지금의 호북성의 성도(省都)인 무한시(武漢市, 화중
華中지구의 최대 도시, 장강과 한수가 시 중심을 통과한다. 옛 무창武昌,
한구漢口, 한양을 무한삼진武漢三鎭이라 불렀다). 別業(별업) - 별장,
농장.

▶ 流落征南將(유락정남장) : 流落(유락) - 현직에 있지 않는. 征南將(정남
장) - 정남장군(征南將軍).

▶ 曾驅十萬師(증구십만사) : 曾(증) - 일찍이. 驅 몰 구. 지휘하다. 十萬師
(십만사) - 십만 대군.

▶ 罷歸無舊業(파귀무구업) : 罷(파) - 파직, 직책에서 물러나다. 舊業(구업)
- 옛 재산.

▶ 老去戀明時(노거연명시) : 戀(연) - 그리워하다, 연모하다. 明時(명시)
- 명주(明主)가 통치하던 시대, 성세(盛世).

▶ 獨立三邊靜(독립삼변정) : 三邊(삼변) - 변방. 靜(정) - 평정(平靜).

▶ 輕生一劍知(경생일검지) : 輕生(경생) - 생명을 가벼이 하다, 나라를 위해
목숨을 바치다.

▶ 茫茫江漢上(망망강한상) : 茫茫(망망) - 아득한 모양. 江漢(강한) - 장강
과 한수.

▶ 日暮復何之(일모부하지) : 何之(하지) - 어디로 가는가?

詩意

송별의 정을 읊었는데 수련(首聯)은 이중승(李中丞)의 직위와 경력, 현재를
소개하고 있다. 그리고 경련에서는 그의 변함없는 충성심과 공업(功業)을
칭송하고 있다. 위국충성하였고 나라를 위해 목숨을 가볍게 여겼던 그 충성
은 그의 칼이 알고 있으리라 하였으니 절로 숙연해진다. 그리고 결련(結聯)
에서야 이별의 모습을 그렸는데 서경이 곧 서정이라 할 수 있다. 시인은

석양의 망망한 강물 위에 긴 그림자와 함께 어디로 가느냐면서 노장(老將)과 별리(別離)의 아픔을 토로하고 있다. 그가 노장군이기에 아마도 이별이 더 서글플 것이다.

결련의 망망(茫茫)과 하지(何之)는 수련의 유락(流落), 함련의 파귀(罷歸)와 호응하여 별리의 정을 매듭지었다.

135. 餞別王十一南遊 왕십일의 남쪽 유람을 전별하며

● 劉長卿 유장경

望君煙水闊　揮手淚霑巾

飛鳥沒何處　青山空向人

長江一帆遠　落日五湖春

誰見汀洲上　相思愁白蘋

그대를 향해 물안개 깔린 트인 강에서
손을 휘젓고 눈물은 수건을 적신다.
날던 새는 어디로 사라졌는가?
그댄 공연히 청산을 바라본다.

장강에 배 한 척 멀리 가서
낙일엔 오호의 봄을 즐기리라.
누가 보는가? 물 가운데 섬에서
그리움과 걱정으로 바라보는 흰 마름.

註釋

▶ <餞別王十一南遊(전별왕십일남유)> : '왕십일의 남쪽 유람을 전별하며'. 餞 전별할 전. 사람을 전송하기 위해 음식을 대접하는 뜻. 물론 여비를 보태주기도 한다. 王十一(왕십일) – 왕씨 형제 서열 11번째 사람. 이름 미상.

▶ 望君煙水闊(망군연수활) : 煙水(연수) – 물안개가 피어오르는 수면. 闊 트일 활. 막히는 곳이 없고 드넓다.

▶ 揮手淚霑巾(휘수누점건) : 손을 흔들고, 눈물이 수건을 적시고. 이별할 때 빠질 수 없는 동작이다.

▶ 飛鳥沒何處(비조몰하처) : 날던 새는 어디로 사라졌는가?

▶ 靑山空向人(청산공향인) : 사실은 '인공향청산(人空向靑山)'이다.

▶ 長江一帆遠(장강일범원) : 遠(원) – 멀어지다.

▶ 落日五湖春(낙일오호춘) : 五湖(오호) – 태호(太湖). 강소성 남부와 절강성 북부에 걸친 호수. 호수의 대부분 수역은 강소성 소주시(蘇州市)에 속한다. 태호 주변의 도시로는 소주, 무석(無錫), 의흥(宜興), 절강성의 호주(湖州)가 있다. 이곳에서 산출되는 태호석(太湖石)은 정원 장식용, 또는 가산(假山)을 조성하는 데 널리 쓰인다. 태호석은 많은 구멍이 있어 기묘하고 신비한 느낌을 주는데, 호수에 잠수하여 캐낸다. 春(춘) – 봄이 되다, 봄이 왔다, 봄을 즐기다. 원(遠)에 호응하여 동사로 새겨야 한다.

▶ 誰見汀洲上(수견정주상) : 汀 물가 정. 호수 가운데의 모래섬. 洲 물가 주. 호수나 강의 모래섬.

▶ 相思愁白蘋(상사수백빈) : 蘋 개구리밥 빈. 떠다니는 수초(水草).

수련(首聯)은 보내는 사람, 곧 시인의 동작으로 별리의 정을 그렸다. 3, 4구는 떠나가는 왕십일(王十一)의 동작이다. 그냥 망연히 청산을 바라보면서 감정을 통제하고 있다. 5, 6구는 떠나는 사람의 여정을 예상하면서 여로를 걱정해준다. 이어 결련(結聯)에서는 떠도는 흰 마름에 서로 그리는 마음을 기탁하였다.

이별의 시에 눈물 흘리는 장면이 들어 있긴 하지만 마치 멋진 풍경화를 그려내듯 담담한 심경으로 이별을 묘사하였다. 첫 구의 망군(望君)은 8구의 상사(相思)와 호응하면서 그 중간에 이별의 모습과 마음을 전부 다 담았다. 하여튼 자연과의 합일 속에 수미(首尾)가 일관되게 호응하며, 마주보고 이야기하듯 평이하면서도 진정이 통하는 시라고 할 수 있다.

136. 尋南溪常山道士隱居 남계로 상산도사의 은거를 찾아가다 ● 劉長卿유장경

一路經行處　莓苔見履痕

白雲依靜渚　春草閉閑門

過雨看松色　隨山到水源

溪花與禪意　相對亦忘言

길 따라 걷다보니

이끼 위에 신 자국이 보인다.

백운은 조용한 물가에 떠 있고

춘초春草는 닫힌 문 앞에 무성하다.

비 온 뒤 소나무는 윤기가 나고

산길 따라 깊은 골을 걸어본다.

물가의 꽃에 선禪의 뜻이

서로 마주하니 또 말을 잊었다.

註釋

▶ <尋南溪常山道士隱居(심남계상산도사은거)> : '남계로 상산도사의 은
거를 찾아가다'. '심남계상도사(尋南溪常道士)'로 된 판본도 있다. 尋
찾을 심. 보통 심방(尋訪)이라 한다. 南溪(남계) - 위치나 지명 미상.
常山道士(상산도사) - 성명 미상. 이 시에서는 상산도사의 모습이나 말
이 하나도 없다. 결국 못 만났다는 이야기이다.

▶ 一路經行處(일로경행처) : 經行(경행) - 지나가다.

▶ 莓苔見履痕(매태견리흔) : 莓 나무딸기 매. 이끼. 苔 이끼 태. 莓苔(매태)
- 청태(靑苔). 見(견) - 보이다. 履 신 리. 짚신, 밟다. 痕 흉터 흔. 자취.

▶ 白雲依靜渚(백운의정저) : 渚 물 가 저.

▶ 春草閉閑門(춘초폐한문) : 春草(춘초) - 방초(芳草)라 한 책도 있다. 閉閑
門(폐한문) - 사람 출입이 거의 없기에 문은 닫혀 있다는 뜻.

▶ 過雨看松色(과우간송색) : 비가 지난 다음의 소나무는 특히 윤기가 흐른
다. 비에 씻겼으니 당연히 그럴 것이라 생각할 수 있지만 이는 경험해
본 사람만이 그 느낌을 안다.

▶ 隨山到水源(수산도수원) : 水源(수원) - 냇물의 발원지.

▶ 溪花與禪意(계화여선의) : 溪花(계화) - 계곡에 핀 꽃. 禪(선) - 불승(佛
僧)의 참선이 아니라 '조용히 관조하고 사색하는 뜻'으로 새기면 된다.

▶相對亦忘言(상대역망언) : 시인이 망언했다는 표현은 심득(心得)은 했으나 말[言辭]로 표현을 못한다는 뜻이다. 말이란 뜻에 있는 것이니 득의(得意)하면 언사를 잊을 수 있다.

🌸 詩意

수련(首聯)에서는 도사를 만날 희망과 가능성을 묘사하였다. 1, 2구에서 그린 묘사는 시 전체에 깔린 배경사진이다. 3, 4구에서는 도사가 은거하고 있는 곳을 비우고 없는 정경을 설명하고 있으며, 5, 6구는 은거지의 모습, 그리고 7, 8구는 심산(深山)의 꽃에서 선경에 들었음을 묘사하였다.

전체적으로 경치를 묘사한 시이나 그 요점은 '계화여선의(溪花與禪意)'이다. 시인의 서경은 시인의 의경(意景)이다. 도사를 찾아갔으나 도사보다 더 깊은 선의(禪意)를 터득하였다. 그럴 수 있는 단초는 바로 계곡에 핀 꽃이다. 꽃은 시인에게 아무 말도 하지 않았는데 시인은 말이 없어도 깨우치는 경지에 도달하였다. 이런 경지는 상산도사(常山道士)와 시인의 정신적 유대나 공감을 말해주고 있다.

독자들은 문자를 읽으면서 시인이 쓴 문자 외의 뜻을 깨닫는다. 시를 읽는 사람이 언제나 시인만 못하지는 않을 것이다. 그러나 시인의 묘사가 독자에게 새로운 시의(詩意)를 열어주는 단초가 된다면 그 시는 훌륭한 시일 것이다. 계곡에 핀 꽃과 선(禪)은 서로 관계하지 않는다. 꽃은 꽃이고 도사나 시인의 선(禪)은 그냥 선(禪)이다. 꽃은 다만 그들에게 화제가 될 뿐이다. 그래서 묘한 것이 아닌가?

137. 新_신年_년作_작 새해에 짓다　● 劉長卿 유장경

鄕_향心_심新_신歲_세切_절　天_천畔_반獨_독潸_산然_연

老_노至_지居_거人_인下_하　春_춘歸_귀在_재客_객先_선

嶺_영猿_원同_동旦_단暮_모　江_강柳_류共_공風_풍煙_연

已_이是_시長_장沙_사傅_부　從_종今_금又_우幾_기年_년

고향 생각은 새해에 더 간절하나니
하늘 끝에서 혼자서 눈물만 흘리네.
늙도록 남의 아래에서 일하니
봄은 나그네보다 먼저 돌아왔네.
산의 원숭이와 아침저녁을 보내고
강의 버들과 날씨를 같이 겪었네.
이미 장사長沙의 태부와 같나니
올해부터 또 몇 년일런지?

▶ <新年作(신년작)> : '새해에 짓다'. 송지문(宋之問)의 작으로 알려진 책도 있다. 이 시는 유장경이 52세에 지금의 호북성 서부의 장양토가족자치현(長陽土家族自治縣)에 해당하는 목주사마(睦州司馬)로 폄직되어 근무하며 지은 것이다. 또 숙종 건원(乾元) 원년(758)에 반주(潘州, 지금의 광동성 지역) 남파현위(南巴縣尉)로 근무할 때 지은 시라는 주장도 있다. 하여튼 50세를 전후하여 지방관아의 미관말직에 근무할 때는 확실하다.

▶ 鄕心新歲切(향심신세절) : 鄕心(향심) – 고향 생각. 切(절) – 간절하다, 절절하다.

▶ 天畔獨潸然(천반독산연) : 畔 두둑 반. 天畔(천반) – 하늘 끝, 먼 변경지역. 潸 눈물 흐를 산. 潸然(산연) – 눈물 흘리는 모양.

▶ 老至居人下(노지거인하) : 老至(노지) – 늙도록. 50세면 늙었다고 할 수 있다. 居人下(거인하) – 다른 사람 아래에 있다, 하급관리로 근무하다.

▶ 春歸在客先(춘귀재객선) : 봄은 나그네[客, 자신]보다 먼저 돌아왔다. 나는 '아직 봄이 온 것을 못 느끼지만 계절은 이미 봄이다'라는 뜻이다.

▶ 嶺猿同旦暮(영원동단모) : 猨 원숭이 원. 猿(원)과 같음. 嶺猨(영원) – 산에 사는 원숭이. 同旦暮(동단모) – 아침저녁을 같이 보내다.

▶ 江柳共風煙(강류공풍연) : 共風煙(공풍연) – 바람과 안개를 같이 겪다, 날씨를 같이하다.

▶ 已是長沙傅(이시장사부) : 傅 스승 부. 長沙傅(장사부) – 장사왕(長沙王)의 태부(太傅). 곧 가의(賈誼, 기원전 200-169). 유명한 정논문(政論文)인 <과진론(過秦論)>을 지은 사람. 유장경은 자신의 억울함을 가의에 견주었다.

▶ 從今又幾年(종금우기년) : 又 또 우. 이제부터 또 몇 년을 지내야 하나? 돌아갈 기약이 없음을 한탄하고 있다.

시인의 감회를 읊은 시이다. 그런데 참 절묘한 표현이다.

늙도록 남의 밑에서 일해야 한다. 사실 그럴 경우야 많다. 지방관아의 태수가 아닌 그 속관으로 근무하는 심정이 오죽하겠는가? 그런데 그것도 자신의 의사와는 관계없이 폄직되었고, 또 환경이 열악한 타향이다. 그러니 매일 춥고 배고프며 억울하다. 그러니 무슨 여유가 있어 봄을 느끼겠는가? 그러나 타향객이 느끼지도 못하는 사이 신년이고 신춘이다. 봄이 나보다 먼저 와 있다! 생각이 깊지 않고서야 어찌 이런 절묘한 표현을 할 수 있겠는가?

수련(首聯)의 신세(新歲)는 제목의 신년이다. 신년이 대개 입춘 전후이니 신년은 희망의 새봄이기에 누구나 즐기고 희망을 가지는 명절이다. 그러나 홀로 눈물을 흘리고 있다.

함련(頷聯)의 감회는 독자에게 슬픔을 안겨준다. 경련(頸聯)은 적거지(謫居地)의 풍경이다. 아침저녁으로 원숭이의 애잔한 울음소리를 듣고 강가의 버들과 함께 비바람을 겪고 있다. 슬픔에 고향 생각은 더 간절해지는데 미련(尾聯)에서도 슬픔뿐이다.

남쪽으로 폄직되어 와 울분 속에 지내다가 통곡하고 죽은, 요절한 천재시인 가의(賈誼) - 가의와 같은 신세이니 돌아갈 희망도 없다. '종금우기년(從今又幾年)'은 거의 절규처럼 들려온다.

參考 가의(賈誼) - 조숙한 천재의 비극적 죽음

가의는 젊은 나이에 문제(文帝)의 신임과 인정을 받아 22세에 나라의 문헌과 전적을 관장하는 최연소 박사가 되었는데 이 직책은 황제의 고문 역할까지 담당했다. 가의의 천재성은 문제가 감탄할 정도라서 1년 뒤에는 태중대부(太中大夫)로 승진하였다. 가의는 새로운 제례(制禮)로 진제(秦制)를 대체하려 했고, 문제도 가의의 제안을 채용하려 했으나 관료와 종실의 반대에 부딪쳐 좌절되었고, 기원전 177년에는 장사왕의 태부로 좌천된다.

가의는 이런 폄직에 불만을 가질 수밖에 없었다. 가의는 상강(湘江)을 거닐면서 <조굴원부(弔屈原賦)>를 지어 억울하게 유배되어 멱라수에 투신한 굴원을 조상하였다. 장사왕의 태부로 3년을 지냈는데 불길한 조짐으로 알려진 복조(鵩鳥, 부엉이)가 집에 날아든 것을 보고 <복조부(鵩鳥賦)>를 지었다.

<조굴원부>와 <복조부>는 그의 이소체(離騷體) 부(賦)의 대표작이다. 굴원과 가의의 문학을 자랑으로 여기기 때문에, 호남성의 성도(省都)인 장사시(長沙市)는 '굴원과 가의의 고향'이라는 뜻으로 '굴가지향(屈賈之鄕)'이라 하며 굴원과 가의의 유적을 보존하고 있다.

문제 7년(기원전 173), 문제는 가의를 낙읍으로 불러들인다. 곧 문제는 가의를 자신이 가장 아끼는 양회왕(梁懷王)의 태부로 임명한다. 가의는 이 무렵 태부의 책임을 다하면서 각종 정논문을 지어 올리며 자신의 주장을 펴는데 <치안책(治安策)>과 <논적저소(論積貯疏)>가 이 시기의 대표적 논술로, 문채가 찬란하고 논리가 정연하다는 평을 듣는다.

그러나 문제 11년에 양회왕이 낙마하여 죽는 참사가 일어났고, 가의는 자신이 친왕을 제대로 보필하지 못했다며 종일 통곡하기를 1년여를 계속하며 우울하게 2년을 지내고 나이 33세에 죽는다. 사마천은 ≪사기 굴원가생열전(屈原賈生列傳)≫을 지었고, ≪한서(漢書)≫에도 <가의전>이 있다.

138. <ruby>送<rt>송</rt></ruby><ruby>僧<rt>승</rt></ruby><ruby>歸<rt>귀</rt></ruby><ruby>日<rt>일</rt></ruby><ruby>本<rt>본</rt></ruby> 일본으로 돌아가는 승려를 보내며

● 錢起전기

<ruby>上<rt>상</rt></ruby><ruby>國<rt>국</rt></ruby><ruby>隨<rt>수</rt></ruby><ruby>緣<rt>연</rt></ruby><ruby>住<rt>주</rt></ruby>　<ruby>來<rt>내</rt></ruby><ruby>途<rt>도</rt></ruby><ruby>若<rt>약</rt></ruby><ruby>夢<rt>몽</rt></ruby><ruby>行<rt>행</rt></ruby>

<ruby>浮<rt>부</rt></ruby><ruby>天<rt>천</rt></ruby><ruby>滄<rt>창</rt></ruby><ruby>海<rt>해</rt></ruby><ruby>遠<rt>원</rt></ruby>　<ruby>去<rt>거</rt></ruby><ruby>世<rt>세</rt></ruby><ruby>法<rt>법</rt></ruby><ruby>舟<rt>주</rt></ruby><ruby>輕<rt>경</rt></ruby>

<ruby>水<rt>수</rt></ruby><ruby>月<rt>월</rt></ruby><ruby>通<rt>통</rt></ruby><ruby>禪<rt>선</rt></ruby><ruby>寂<rt>적</rt></ruby>　<ruby>魚<rt>어</rt></ruby><ruby>龍<rt>룡</rt></ruby><ruby>聽<rt>청</rt></ruby><ruby>梵<rt>범</rt></ruby><ruby>聲<rt>성</rt></ruby>

<ruby>惟<rt>유</rt></ruby><ruby>憐<rt>련</rt></ruby><ruby>一<rt>일</rt></ruby><ruby>燈<rt>등</rt></ruby><ruby>影<rt>영</rt></ruby>　<ruby>萬<rt>만</rt></ruby><ruby>里<rt>리</rt></ruby><ruby>眼<rt>안</rt></ruby><ruby>中<rt>중</rt></ruby><ruby>明<rt>명</rt></ruby>

중국에는 인연 따라 머물렀으니
오는 길은 꿈길 같았으리라.
하늘에 닿은 창해는 멀기만 하니
돌아가는 불법의 배는 가벼우리라.
물속 달과 같은 선경禪境에 통했으니
어룡도 불법의 소리를 들으리라.
오직 지혜의 법등을 아껴
만리에 이르도록 혜안慧眼이 밝으리라!

作者 전기(錢起, 722-780) - 대력십재자(大曆十才子)의 한 사람

자(字)는 중문(仲文)으로 천보 연간에 진사에 등과하고 비서성교서랑(秘書省校書郞)을 거쳐 상서고공낭중(尙書考功郞中)과 한림학사(翰林學士) 등을 역임했다. 당시 사람들은 '앞에는 심전기(沈佺期)와 송지문(宋之問)[전유심송前有沈宋], 뒤에는 전기(錢起)와 낭사원(郞士元)[후유전낭後有錢郞]'이라며 중당 시인의 대표이며 대력십재자의 한 사람으로 전기를 꼽았다. 시는 오언이 주를 이루고 있으며 송별과 수증(酬贈)의 시가 많다. 또한 산수 속에서 은일을 따르고자 하는 내용이 많은데 그 시격은 청기(淸奇)하고 문리가 담원(淡遠)하다는 평을 받고 있다. 문집으로 《전중랑집(錢仲郞集)》이 있다.

註釋

▶ <送僧歸日本(송승귀일본)> : '일본으로 돌아가는 승려를 보내며'.

▶ 上國隨緣住(상국수연주) : 上國(상국) - 중국. 隨緣住(수연주) - 인연을 따라 머물렀다. 수연(隨緣)은 인연.

▶ 來途若夢行(내도약몽행) : 來途(내도) - 오는 길. 일본에서 당에 오는 길. 통일신라에서는 당에 견당사(遣唐使)를 보냈고, 견당유학생을 숙위학생(宿衛學生)이라 하였다. 일본은 통일신라에 견신라사(遣新羅使)를 보냈고, 일본이 당에 파견하는 사신은 신라를 경유하여 당으로 갔다. 일본은 20년 간격으로 견당사를 보냈는데 4척의 배에 2, 3백여명 규모의 견당사를 파견하였다. 여기에는 당연히 일본 최고의 지식계급인 승려가 포함되었다. 견당사 외에도 많은 승려를 당에 보냈는데 당시 유학승의 노력으로 서적, 경전, 공예품들이 일본에 유입되었다.

▶ 浮天滄海遠(부천창해원) : 浮天(부천) - 하늘에 맞닿은. 滄 차가울 창, 푸를 창.

▶ 去世法舟輕(거세법주경) : 去世(거세) - 진세(塵世)를 떠난다. 입당(入唐)하여 수도를 잘하여 득도한 바 있을 것이라는 칭송의 뜻이 있다. 法舟(법주) - 불법(佛法, 불경)을 싣고 가는 배, 법승이 타고 가는 배, 일승(日

僧)이 타고 가는 배.

▶ 水月通禪寂(수월통선적) : 水月(수월) - 물속의 달. 볼 수는 있으나 잡을
수 없는 달. 속세의 인간이 알고 있는 것. 通禪寂(통선적) - 선(禪)의
경지에 통했다. 통선관(通禪觀)으로 된 판본도 있다.

▶ 魚龍聽梵聲(어룡청범성) : 魚龍(어룡) - 수중의 중생들. 梵 범어 범.
梵聲(범성) - 불경 외우는 소리.

▶ 惟憐一燈影(유련일등영) : 惟憐(유련) - 오직 ~을 아끼고 좋아하다. 影
그림자 영. 햇살, 빛. 一燈影(일등영) - 지혜의 등불 하나, 무명을 밝히는
지혜의 등불.

▶ 萬里眼中明(만리안중명) : 만리에 이르도록 혜안이 밝으리라!

🌸 詩意

이 시에는 불교용어가 많이 등장한다. 수연(隨緣), 수월(水月), 선적(禪寂),
범성(梵聲), 일등영(一燈影), 안중명(眼中明)이 모두 불교 이치를 설명하는
말들이다. 전 4구는 일본에서 중국에 왔고 이제 돌아간다는 내용이고, 후
4구는 그간의 도행(道行)으로 많은 것을 깨우쳤으니 널리 불법을 가르치며
지혜의 등불을 지켜달라는 기원이 담겨 있다.

🌸 參考 중당(中唐)의 시인 대력십재자(大曆十才子)

중당의 시인 그룹으로 '대력십재자'가 있다. 대력은 대종(代宗)의 연호
(766-779)이며, 십재자는 10명의 시인이나 거기에 들어가는 사람에 대해서
는 서로 다르다.

《신당서》에 기재된 10명은 이단(李端), 노륜(盧綸), 사공서(司空曙), 전기,
경위(耿湋), 길중부(吉中孚), 묘발(苗發), 하후심(夏侯審), 한굉(韓翃), 최동
(崔洞) 등이다.

중당 시인 요합(姚合)의 《극현집(極玄集)》에는 이단, 노륜, 길중부, 한굉,
전기, 사공서, 묘발, 최동, 경위, 하후심 등을 꼽고 있으며, 관세명(管世銘,

1738-1798)의 《독설산방당시초(讀雪山房唐詩鈔)》에서는 유장경(劉長卿), 전기, 낭사원(郎士元), 이가우(李嘉祐), 황보염(皇甫冉), 사공서, 한굉, 노륜, 이단, 이익(李益)을 꼽고 있다.

대개 이단, 노륜, 사공서, 전기, 경휘 등은 공통적으로 포함되고 있으나 다른 사람은 들쭉날쭉하다.

139. 谷口書齋寄楊補闕 곡구의 서재에서 양보궐에게 보내다 ● 錢起전기

泉壑帶茅茨　雲霞生薜帷

竹憐新雨後　山愛夕陽時

閑鷺棲常早　秋花落更遲

家童掃蘿逕　昨與故人期

골짜기는 초가를 에워쌌고
노을은 담쟁이 울타리를 비춘다.
대나무는 비온 뒤에 말쑥하고
산은 석양이 비칠 때 아름답다.

한로閑鷺는 일찍 둥지에 들고
추화秋花는 더욱 늦게 진다.
아이가 덩굴 길을 청소한 것은
어제 우인과 약속했기 때문이지!

📌 註釋

▶ <谷口書齋寄楊補闕(곡구서재기양보궐)> : '곡구의 서재에서 양보궐에
  게 보내다'. 谷口(곡구) – 지금의 섬서성 중부의 경하(涇河) 하류. 함양시
  (咸陽市) 관할의 예천현(禮泉縣). 한대(漢代)까지 곡구현(谷口縣)이라 불
  렸다. 전해오기로는 여기서 황제(黃帝)가 신선이 되어 승천했다고 한다.
  楊補闕(양보궐) – 인명 미상. 보궐은 관직명. 간관(諫官).
▶ 泉壑帶茅茨(천학대모자) : 泉壑(천학) – 계곡, 골짜기. 帶(대) – 둘러싸다,
  이어졌다. 茅 띠 모. 잔디. 茨 가시나무 자. 茅茨(모자) – 모옥(茅屋),
  전기의 서재.
▶ 雲霞生薜帷(운하생벽유) : 雲霞(운하) – 노을. 薜 승검초 벽. 향기가 나는
  풀이름, 줄사철나무, 담쟁이 계통의 나무. 帷 휘장 유. 薜帷(벽유) –
  담쟁이가 무성하여 휘장을 두른 것 같다는 뜻. 모자(茅茨)와 같이 은거생
  활을 뜻하는 말. 담쟁이 울타리로 번역했다.
▶ 竹憐新雨後(죽련신우후) : 竹憐(죽련) – 대나무가 말쑥하다. '예쁘게 보이
  다'는 어울리지 않는다.
▶ 山愛夕陽時(산애석양시) : 산이 석양을 좋아할 때. 해질녘.
▶ 閑鷺棲常早(한로서상조) : 鷺 해오라기 로. 棲 깃들 서. 살다. 常早(상조)
  – 늘 일찍.
▶ 秋花落更遲(추화낙갱지) : 落更遲(낙갱지) – 더 늦게 지는 것 같다.
▶ 家童掃蘿逕(가동소라경) : 掃 쓸 소. 쓸어버리다. 蘿 댕댕이덩굴 라.
  逕 소로 경. 좁은 길.
▶ 昨與故人期(작여고인기) : 期 기약할 기. 약속하다.

🌸 **詩意**

천학(泉壑)과 운하(雲霞), 죽(竹)과 산, 그리고 한로(閑鷺)와 추화(秋花)를 전부 의인화하여 구절의 주어로 묘사하였다.

이런 경치를 배경으로 삼고 집 주변을 깨끗이 청소하였으니 '친우여! 빨리 오시오!'라고 부르는 것 같다. 1-6구에서 경치를 그리고 7, 8구로 우인을 기다리는 시인의 마음을 표출하였으니 매우 짜임새 있는 서경시라 할 수 있다.

아름다운 자연은 거기에 사람이 있기에 아름다운 것이다. 사람이 살지 않는 정글을 아름답다고 생각하는 사람은 없다. 만년빙설의 대평원은 신비하거나 장엄하겠지만, 사람이 살지 않는다면 그 아름다움을 누가 그려내겠는가? 그래서 인간이 가치가 있는 존재이고, 그러하기에 시인이 있어야 한다.

140. 淮上喜會梁川故人 회수淮水에서 반갑게 양천의 친우를 만나다　● 韋應物위응물

江漢曾爲客　相逢每醉還

浮雲一別後　流水十年間

歡笑情如舊　蕭疎鬢已斑

何因北歸去　淮上對秋山

한수漢水에서 나그네로 떠돌 때
서로 만나면 늘 취해선 돌아갔지.
구름처럼 한번 떠나간 뒤로
유수같이 십년이 지났도다.
기뻐 담소하니 마음은 예 그대로나
성긴 머리칼은 이미 반백이로다.
무엇 때문에 북으로 돌아가는가?
회수에서 가을 산을 보아도 좋다오.

● 註釋

▶ 〈淮上喜會梁川故人(회상희회양천고인)〉：‘회수(淮水)에서 반갑게 양천의 친우를 만나다’. 梁川(양천) – 양주(梁州). 당대(唐代)에는 지금의 섬

서성 한중(漢中), 남정(南鄭) 일대. 장안 서남쪽 한수(漢水)의 상류지역.
시인은 지금 회수에서 옛날 양주에서 같이 놀던 시인을 만났다.

▶ 江漢曾爲客(강한증위객) : 江漢(강한) - 한수, 한강.

▶ 相逢每醉還(상봉매취환) : 每醉還(매취환) - 늘 취해서 돌아갔다.

▶ 浮雲一別後(부운일별후) : 부운처럼 한번 헤어진 뒤에. 浮雲(부운) -
이리저리 떠돌다. 1구의 '위객(爲客)'에 응한다.

▶ 流水十年間(유수십년간) : 부운과 유수의 대우(對偶). 부운은 헤어졌던
우인이고, 유수는 그동안의 행적일 것이다.

▶ 歡笑情如舊(환소정여구) : 歡笑(환소) - 환희하며 담소하다.

▶ 蕭疎鬢已斑(소소빈이반) : 蕭疎(소소) - 성기다, 희소하다, 얼마 남지 않
은. 鬢 살쩍 빈. 발(髮)과 같음. 斑 얼룩 반. 여기서는 희어지다. 반백(斑白)
은 희끗희끗하다. 已斑(이반) - 4구의 유수(流水)에 응한다.

▶ 何因北歸去(하인북귀거) : 何因(하인) - 무엇 때문에. 北歸去(북귀거)
- 불귀거(不歸去)로 된 판본도 있으니, 완전히 다른 뜻이 된다.

▶ 淮上對秋山(회상대추산) : 淮上(회상) - 회수의 강에서. 강소성 회음(淮
陰) 일대.

🌸 詩意

옛날 양주(梁州)에서 같이 취해 즐겼다. 그러다가 부운(浮雲)과 같이 헤
어진 뒤 유수(流水)처럼 흘러버린 10년. 서로 그리워하면서 헤어져 있었다.
이제 만나 옛 정이 새롭지만 이미 반백이 되었다고 했다. 그러면서 시인은
우인에게 양주로 돌아가지 말고 회수에서 같이 지내자는 뜻을 표현했다.
부운과 유수는 실제의 묘사가 아닌 상징이다. 부운은 정처 없는 존재로
환상과 같고, 언제든지 떠나려는 속성이 있다. 유수는 무상이며 그러다
보니 반백이 되었다. 부운과 유수 - 이런 상징으로 시인은 자신의 감정을
대체한다. 하기야 회수에서의 만남도 부운과 유수의 한 부분일 것이다.

141. 賦得暮雨送李胄 시제詩題 모우로 이주를

부 득 모 우 송 이 주

전송하다　● 韋應物위응물

楚江微雨裡　建業暮鐘時
초 강 미 우 리　건 업 모 종 시

漠漠帆來重　冥冥鳥去遲
막 막 범 래 중　명 명 조 거 지

海門深不見　浦樹遠含滋
해 문 심 불 견　포 수 원 함 자

相送情無限　沾襟比散絲
상 송 정 무 한　첨 금 비 산 사

초강의 가랑비 속에
건업建業의 저녁 종을 칠 때.
짙은 안개에 돛배는 천천히 들어오고
진한 어스름에 새도 느리게 날아간다.
해문海門은 깊숙하여 보이지도 않고
포구 나무는 멀리 물기를 머금었다.
서로 보내는 정 끝이 없으니
옷깃 적시는 눈물은 가랑비 같아라.

▶ <賦得暮雨送李胄(부득모우송이주)> : '시제(詩題) 모우로 이주를 전송하다'. 賦得(부득) - '시제를 얻다'. 이전 사람의 시제나 시구를 나의 시 제목으로 삼을 경우 '부득'이란 말을 붙였다. 본래 과거시험의 시제나 응제시(應制詩)에는 전인(前人)의 시제나 시구를 활용했기에 '부득'이란 말을 붙였다. 또 여러 사람이 같은 제목으로 시를 지을 때도 그러하였다. 胄 투구 주. 이주(李胄) 또는 이조(李曹)라고 되어 있는 책도 있는데 인명 미상.

▶ 楚江微雨裡(초강미우리) : 楚江(초강) - 장강 중에서 옛 초(楚)의 영역을 흐르는 부분을 특별히 초강이라고도 불렀다. 금강 일부분을 백마강(白馬江), 낙동강 일부분을 황산강(黃山江)이라 하는 것과 같다. 裡 속 리. 물건의 안쪽. 표(表)의 반대. 이(裏)와 같음.

▶ 建業暮鐘時(건업모종시) : 建業(건업) - 지금의 강소성 남경시(南京市). 손권(孫權)의 오(吳) 이후 6조의 수도였다. 暮鐘(모종) - 저녁 종을 칠 때.

▶ 漠漠帆來重(막막범래중) : 漠 사막 막. 고요하다, 끝없다, 널리 펴다. 漠漠 (막막) - (구름, 연기, 안개 등이) 짙게 낀 모양. 帆來重(범래중) - 돛이 비에 젖어 처진 채로 들어오다, 배가 느리게 들어오다.

▶ 冥冥鳥去遲(명명조거지) : 冥冥(명명) - 날이 어둑어둑한 모양. 鳥去遲 (조거지) - 새도 천천히 날다.

▶ 海門深不見(해문심불견) : 海門(해문) - 장강이 바다로 들어가는 곳. 深不見(심불견) - 아주 멀어 보이지 않다. 심원(深遠).

▶ 浦樹遠含滋(포수원함자) : 遠含滋(원함자) - 멀리까지 물기를 머금었다. 滋 불을 자. 불어나다, 번식하다, 젖어 있다(자윤滋潤).

▶ 相送情無限(상송정무한) : 서로 보내는 정은 끝이 없다.

▶ 沾襟比散絲(첨금비산사) : 沾 더할 첨. 襟 옷깃 금. 옷소매. 散絲(산사) - 흐트러진 실. 가늘게 내리는 비. 比(비) - ~에 비할 수 있다, ~로 간주하다, 닮게 하다, 본뜨다.

詩意

이 시는 제목 그대로 '저녁[暮]과 비[雨]'의 이미지로 시의 서정이 제한되었다. 구성을 보면 1구는 우(雨, 미우微雨), 2구는 모(暮, 저녁 종소리), 3구는 우(雨, 짙은 구름), 4구는 모(暮, 명명冥冥), 5구는 모(暮, 불견不見), 6구는 우(雨, 함자含滋)를 묘사하고 있다. 그리고 송별의 정은 7, 8구에 그렸는데 그것도 옷깃을 적시는 눈물 = 가랑비[散絲]로 형상화 되었다. 특히 3, 4구는 절묘하여 많이 사람들이 외우는 명구라 하였다.

시인은 지금 부슬부슬 비가 내리는 저녁 때, 포구에서 이별하고 있다. 경치에 대한 묘사 기법이 상세하면서도 간절하며, 동과 정, 원경과 근경의 대비도 절묘하다.

그리고 미련(尾聯)에 이별의 정과 비 내리는 저녁[暮雨]의 경(景)이 하나로 융합되었다. 마지막 연뿐만 아니라 각 구의 정경과 별리의 정이 모두 같으니 곧 '비(比)'는 이 시 전체에 통한다고 볼 수 있다.

142. 酬程延秋夜卽事見贈 정연의 추야즉사

증여시에 대한 화답　　● 韓翃한굉

長簟迎風早　空城澹月華

星河秋一雁　砧杵夜千家

節候看應晚　心期臥亦賒

向來吟秀句　不覺已鳴鴉

대나무 숲에 벌써 가을바람 불고
인적 없는 마을에 달빛만 아름답다.
은하수를 가로지르는 기러기 한 마리
다듬이질 소리가 집집마다 들리는 밤.
계절은 응당 늦가을인 것 같은데
증답할 마음에 잠자리도 늦는다오.
여태껏 멋진 구절을 읊다보니
갈까마귀 울며 밝은 줄 몰랐다오.

🌸 **作者** 한굉(韓翃, ?-?) - 러브스토리 ≪유씨전(柳氏傳)≫의 주인공

자(字)는 군평(君平), 대력십재자의 한 사람. 천보(天寶) 13년(754)에 진사가 되었고, 숙종 보응(寶應) 원년(762), 치청(淄靑)절도사인 후희일(侯希逸)의 막료로 있었으며, 덕종 건중(建中) 원년(780)에 중서사인이 되었다. 당시에 같은 이름이 또 한 사람 있어 덕종이 '춘성무처불비화(春城無處不飛花)를 읊은 한굉'이라고 지명하였다. '춘성무처불비화'는 한굉의 <한식(寒食)> 시의 한 구절로, 그만큼 그의 시는 유명하였다.

시는 '부용이 물 밖으로 나오듯 시흥이 풍부하여 조야의 인사들이 그의 시를 좋아하였다'고 한다. ≪신당서 문예전(文藝傳)≫에 그의 약전이 있다. 유씨(柳氏) 성의 가기(歌妓)를 사랑했는데, 그녀와의 러브스토리는 뒷날 ≪유씨전≫으로 만들어져 지금껏 전해 온다.

🌸 **註釋**

▶ <酬程延秋夜卽事見贈(수정연추야즉사견증)> : '정연의 추야즉사 증여시에 대한 화답'. 酬 갚을 수. 보내온 시나 예물에 대한 답례. 程延(정연) - 생평(生平) 미상의 인물. 卽事(즉사) - 즉석에서 시가를 지음(즉음卽吟). 見贈(견증) - 보내왔다.

▶ 長簟迎風早(장점영풍조) : 簟 삿자리 점. 대나무 쪽을 엮어 만든 자리. 마디가 길고 키가 큰 대나무[簟竹]. 迎風(영풍) - 바람을 쐬다. '대나무에 바람이 불어온다'의 시적 표현. 早(조) - 벌써. '대나무로 만든 자리'로 새기면 말이 되질 않는다. 가을밤에 대나무 밭에 부는 바람소리를 들어본 사람은 이 정경을 이해할 수 있다.

▶ 空城澹月華(공성담월화) : 澹 담박할 담. 月華(월화) - 달빛.

▶ 星河秋一雁(성하추일안) : 星河(성하) - 은하(銀河).

▶ 砧杵夜千家(침저야천가) : 砧 다듬잇돌 침. 杵 공이 저. 다듬이 방망이. 夜千家(야천가) - 모든 집에서 다듬이질하는 밤.

▶ 節候看應晩(절후간응만) : 節候(절후) - 절기. 應(응) - 틀림없이 ~할

것이다. 看應晚(간응만) - 응당 늦을 것(가을이 깊었을 것)이라 생각하다.

▶ 心期臥亦賒(심기와역사) : 心期(심기) - 마음의 기약, 다짐한 마음. 臥 (와) - 잠자리에 들다. 賒 세낼 사. 시간이 길다, 오래다, 늦다.

▶ 向來吟秀句(향래음수구) : 向來(향래) - 지금까지. 秀句(수구) - 멋진 구절. 정연(程延)이 보내온 시.

▶ 不覺已鳴鴉(불각이명아) : 鳴 울 명. 鴉 갈까마귀 아. 已鳴鴉(이명아) - 이미 까마귀가 울었다. 날이 밝았다.

🌸 詩意

전반 4구는 받은 시의 제목에 따라 가을밤의 경치를 읊었다. 대나무 밭을 지나는 바람, 그리고 가을밤을 밝히는 달빛, 기러기, 다듬이 소리야말로 늦가을 밤을 그릴 수 있는 정경이다. 특히 3, 4구에 '~추일안(秋一雁), ~야천 가(夜千家)'라 하여 '추(秋)와 야(夜)'로 증여받은 시 주제를 넣어 시안(詩眼)으로 만든 시인의 재주가 탁월하다. 이 구절은 뜻도 있고 시각과 청각으로 느끼는 정경이 매우 아름다운 대구이다.

후반 4구는 시인이 받은 시를 읽고 또 읽으며 좋은 시를 화답하려 노력한다는 성의를 서술하였다. 이처럼 공을 들이며 노력하고 그렇게 다듬어 아름다운 시를 엮었던 것이 바로 중당시의 특색이다.

🌸 參考 한굉의 러브스토리

대력십재자의 한 사람인 한굉은 젊은 날 이웃의 대가인 이씨(李氏)와 친했다. 그 이씨 집에는 유씨(柳氏) 성을 가진 가기(歌妓)가 있었다. 유씨는 본래 명문가의 처녀였으나 파가되면서 이씨 집에 흘러온 재원이었다. 한굉과 유씨는 곧 사랑에 빠졌고 이를 이씨도 인정했다. 그러나 한굉은 안록산의 난이 일어나면서 관리로서 전장에 나가야만 했다. 그리고 3년 뒤 한굉은 장안에서 유씨를 찾아나섰다.

한편, 난중에 이씨 또한 몰락하게 되었는데 이 혼란통에 가기 유씨는 머리를 깎고 여승이 되었다가, 안록산 난 진압에 공을 세운 토번족 장수 사타리(沙

吒利)의 차지가 되었다. 이런 사실을 안 한굉은 몰래 유씨에게 글을 보냈다.

　章臺柳 章臺柳　昔日靑靑今在否
　縱使長條似舊垂　亦應攀折他人手

유씨 또한 몰래 답시를 보내왔다.

　楊柳枝 芳菲節　所恨年年贈離別
　一葉隨風忽報秋　縱使君來豈堪折

변함없는 사랑을 확인하고 애를 태우던 두 사람은 어느 날 거리에서 우연히 마주치게 되지만 서로의 마음을 하소연한 뒤 곧 헤어져야만 했다. 이후 식음을 거의 전폐한 한굉의 사정을 많은 사람들이 알게 되었다. 한굉의 동료인 허준(許俊)은 몇 사람과 함께 몰래 사타리의 집에 들어가 유씨를 데려와 한굉에게 넘겨주었다.
한굉의 상관인 치청절도사(淄靑節度使) 후희일(侯希逸)은 이런 사연을 숙종에게 보고하였다. 황제도 감동하여 사타리에게 비단 2천 필을 내려주며 유씨를 내주라 하자, 사타리는 유씨를 포기할 수밖에 없었다고 한다.

143. 闕題 제목을 모름 ● 劉眘虛유신허

道有白雲盡　春與青溪長

時有落花至　遠隨流水香

閑門向山路　深柳讀書堂

幽映每白日　清輝照衣裳

길은 흰 구름 사이로 없어졌고
봄은 맑은 물처럼 무르익었다.
때로 낙화가 떨어지니
멀리 흐르는 물 따라 향기롭다.
빈 대문은 산길을 따라 열렸고
독서당엔 버들만 무성하다.
해가 나면 늘 그림자가 어른거리고
밝은 빛은 내 옷을 비춘다.

◉ 作者 유신허(劉眘虛) - 맹호연(孟浩然)의 친우

자(字)는 전을(全乙). 신(眘)은 삼갈 신(愼)의 고자(古字). 개원 연간에 과거를 거쳐 숭문관교서랑(崇文館校書郎)을 지냈다. 맹호연, 왕창령(王昌齡)과 교유했다. 시는 유정홍원(幽情興遠)하고 생각이 깊으며 사어(詞語)가 기이하다는 평을 받는다.

◉ 註釋

▶ <闕題(궐제)> : '제목을 모름'. 제목은 있었는데 지금은 전해지지 않는다는 뜻. 무제(無題)가 아님. 闕 대궐 궐. 빠지다, 모자라다, 틈새, 헐다.

▶ 道由白雲盡(도유백운진) : 길은 백운이 있는 곳에서 없어졌다, 산속 깊은 곳까지 이어졌다.

▶ 春與靑溪長(춘여청계장) : 봄은 청계(靑溪)를 따라 길다, 봄은 청계에서 무르익었다. 청계는 청계(淸溪)가 되어야 하는데 백운의 대우를 맞추기 위해 청계(靑溪)라 하였다. 이런 경우를 차자대(借字對)라 한다.

▶ 時有落花至(시유낙화지) : 낙화유시지(落花有時至)의 도치.

▶ 遠隨流水香(원수유수향) : 유수는 수(隨)하여 멀리까지 향이 있다. 향은 지(至)의 대(對).

▶ 閑門向山路(한문향산로) : 閑門(한문) - 방문객이 없어 문은 늘 조용하다.

▶ 深柳讀書堂(심류독서당) : 深(심) - 정도가 깊다, 감정이 짙다, 색이 진하다, 시간이 오래되다, 무성하다.

▶ 幽映每白日(유영매백일) : 幽映(유영) - 그림자가 어른거리다. 每白日(매백일) - 해가 비출 때는 늘.

▶ 淸輝照衣裳(청휘조의상) : 淸輝(청휘) - 밝은 빛. 밝은 빛이 든다.

◉ 詩意

매우 한적하고 안온하며 속세의 티끌이 내려앉을 만한 공간이 없고, 주인의 여유와 너그러움이 느껴지는 봄 풍경이다. 대개의 시는 장소를 옮기며 이런

저런 경치를 묘사하는데 이 시는 독서당에서 본 정경만을 그렸다.

독서당 주변에는 버들이 무성하고, 버들은 시냇가에 있고, 시내에는 봄이 무르익었고 낙화가 떠내려온다. 때문에 출입하는 사람이 없으니 한적한데 길은 마주보고 열렸고, 그 길은 멀리 산까지 이어져 있다는 그림이 떠오른다. 사고(思苦)하면 어기(語奇)라 하였으니 대우를 의식하며 공을 들인 표시가 나는 시이다. 백운과 청계, 낙화와 유수, 한문(閑門)과 심류(深柳), 유영(幽映)과 청휘(淸輝) 등이 매 연마다 대우를 이루었다.

기이한 글자나 표현이 없어도 전체적으로 완벽한 서경을 이루었다. 전 4구는 시인이 들어있지 않은 서경이고, 후 4구는 시인이 보이긴 하지만 거의 동작이 없는 존재로 그려졌다. 전체적으로 선의(禪意)가 느껴진다.

144. 客舍與故人偶集 객사에서 고인과 우연히 만나다 ● 戴叔倫대숙륜

天秋月又滿　城闕夜千重

還作江南會　翻疑夢裡逢

風枝驚暗鵲　露草覆寒蟲

羈旅長堪醉　相留畏曉鐘

추천秋天에 달은 다시 둥글고
성안에 천 겹 밤은 깊었다.
그전에 강남에서 마냥 또 만나니
오히려 꿈속에서 만났나 했네.
바람 부는 가지에 밤 까치가 놀라고
이슬 맺힌 풀은 귀뚜라미를 덮어준다.
떠도는 몸은 늘 취해 있지만
서로 만류하며 새벽종을 걱정하네.

🏵 **作者 대숙륜(戴叔倫, 732-789) - 성실했던 관리**

자(字)는 유공(幼公). 당 대종(代宗) 연간에 비서성정자(秘書省正字)를 역임하고 탁지염철제사(度支鹽鐵諸使)의 막부에서 일했다. 덕종(德宗) 건중(建中) 연간에 동양현령(東陽縣令)으로 근무하다가 강서관찰사의 막부에서 근무했고, 얼마 뒤 무주자사(撫州刺史), 이부낭중(吏部郎中)을 지냈다. 만년에 용주자사겸용관경략사(容州刺史兼容管經略使)를 지내다가 임소에서 죽었다. 농촌생활에 대한 시가 많은데 시흥이 유원(幽遠)하여 작품마다 사람들을 놀라게 했다는 말이 있다. 운율의 미를 추구하여 뒷날 신운파(神韻派)의 선도역할을 하였다.

염철사의 막료로 일할 때 사천의 운안(雲安)이란 곳에서 징수한 재물을 운반하던 중 양자림(楊子琳)이란 반란 세력에 잡혔다. 양자림이 돈을 내놓으면 목숨을 살려주겠다고 하였으나, 대숙륜은 '몸이야 버릴 수 있지만 국가의 재물은 빼앗길 수 없다'며 끝까지 버티니 도적도 어쩔 수 없이 풀어주었다는 이야기가 전한다.

🏵 **註釋**

▶ <客舍與故人偶集(객사여고인우집)> : '객사에서 고인과 우연히 만나다'. '강향고인우집객사(江鄕故人偶集客舍)'로 된 판본도 있다.

▶ 天秋月又滿(천추월우만) : 天秋(천추) - 추천(秋天). 又 또 우.

▶ 城闕夜千重(성궐야천중) : 夜千重(야천중) - 한밤, 깊은 밤.

▶ 還作江南會(환작강남회) : 또 강남에서 만났다.

▶ 翻疑夢裡逢(번의몽리봉) : 翻 날 번. 날다, 뒤집다, 도리어[反而]. 夢裡逢(몽리봉) - 꿈속에서의 상봉.

▶ 風枝驚暗鵲(풍지경암작) : 風枝(풍지) - 바람에 흔들리는 나뭇가지. 驚暗鵲(경암작) - 어둠 속에서 잠든 까치를 놀라게 하다.

▶ 露草覆寒蟲(노초복한충) : 覆寒蟲(복한충) - 한충은 귀뚜라미. 귀뚜라미를 덮어주다.

▶ 羈旅長堪醉(기려장감취) : 羈 굴레 기. 羈旅(기려) - 사명을 띠고 여행하

다. 長堪醉(장감취) - 늘 취해 있다.

▶ 相留畏曉鐘(상류외효종) : 曉鐘(효종) - 새벽 종소리.

🏵 詩意

객지에서 옛 술친구를 만났다면 그 기쁨은 이루 형언할 수 없을 것이다. 그 기쁨은 '우(偶)' 하나로 집약된다. 시인도 친우도 누구도 생각을 못한 만남이었기에 '우(偶)' 아니면 설명할 길이 없었을 것이다. 그러나 그 재회의 기쁨 뒤에는 또 다른 이별의 슬픔을 겪어야 한다. 그러기에 그 가을 달 밝은 밤이 두려운 것이다.

바람에 흔들리는 나뭇가지가 까치를 깨우고, 귀뚜라미는 찬 이슬에 젖은 풀 속을 파고든다는 묘사는 정말로 세밀하다. 밤의 정경 묘사에서 보이지 않는 그곳을 생각해낸 것은 그만큼 고심하며 시구를 찾았다는 증거이다. 시인의 고심은 날이 밝는 것이 두렵다. '외(畏)'는 이별의 아픔을 상징한다. 한마디로 서경 속에 정이 있고, 그 정 때문에 기쁨과 두려움이 있으니 정경의 융합의 경계가 신묘할 뿐이다.

145. 送李端^{송이단} 이단을 보내며　　● 盧綸노륜

故關衰草遍　離別正堪悲

路出寒雲外　人歸暮雪時

少孤爲客早　多難識君遲

掩淚空相向　風塵何處期

옛 관문에는 시든 풀이 가득하고
헤어지나니 정히 슬픔을 이겨야 하네.
길은 겨울 구름 너머에 이어졌고
나는 저녁 눈 내릴 때 돌아온다.
어려 부친 잃고 일찍부터 떠돌면서
다난했던 그대를 늦게야 알았네.
얼굴 가려 눈물짓고 괜히 뒤만 보나니
풍진 세상에 어디서 다시 만날까?

作者 노륜(盧綸, 739-799) - 대표작은 <새하곡(塞下曲)>

자(字)는 윤언(允言)으로 대력십재자의 한 사람이다. 현종 천보 말년에 진사에 급제하였으나 바로 안사의 난이 일어나 관리에 임용되지 못했다. 지금의 강서 구강(九江) 일대에 피난했다가 대종 대력(大曆) 연간에 다시 응시하였으나 여러 차례 고배를 마셨다. 대력 6년(771)에 재상 원재(元載)와 왕진(王縉)의 천거로 집현학사(集賢學士)와 비서성교서랑을 지낸 후 감찰어사를 역임하였다.

대력 11년에 원재와 왕진의 세력이 꺾이면서 노륜도 관련이 있다 하여 죽을 때까지 중용되지 못했다. 덕종 건중(建中) 원년(780)에 몇 개의 직책을 거쳐 검교호부낭중(檢校戶部郎中)을 역임했기에 후세 사람들은 '노호부(盧戶部)'라고 칭한다.

문종(文宗, 재위 826-840)이 노륜의 시를 좋아하여 "노륜이 죽은 이후로 문장은 어떠한가? 그만한 아들이 있는가?"라고 묻자 당시 재상이던 이덕유(李德裕)는 "노륜의 네 아들이 모두 진사가 되어 대각(臺閣)에 벼슬하고 있습니다."라고 대답했다고 한다.

시는 사경(寫景)에 뛰어나고 형상이 선명하며, 언어가 간단하면서도 세련되었다는 평을 듣는데 오절악부 <새하곡>이 가장 유명하다.

註釋

▶ <送李端(송이단)> : '이단을 보내며'. 李端(이단) - 대종 대력 5년에 진사가 되어 항주사마(杭州司馬)를 지낸 뒤 형산(衡山)에 은거했다. 시집 3권이 전한다.

▶ 故關衰草遍(고관쇠초편) : 故關(고관) - 본 고향. 여기서는 옛날의 관문. 衰草(쇠초) - 시들은 풀. 계절은 늦가을이거나 겨울이다. 遍 두루 편. 널려 있다.

▶ 離別正堪悲(이별정감비) : 正(정) - 부사로 쓰일 때는 마침, 딱, 바야흐로. 堪 견딜 감.

▶ 路出寒雲外(노출한운외) : 寒雲(한운) - 겨울철의 구름. 고산한운(孤山寒

雲) 속으로 난 길, 떠난 사람이 간 길.

▶ 人歸暮雪時(인귀모설시) : 暮雪(모설) – 저녁에 내리는 눈. 보내고 돌아오는 사람이 걸은 길.

▶ 少孤爲客早(소고위객조) : 少孤(소고) – 어려서 부친을 여의다. 이단이 그러했다는 말.

▶ 多難識君遲(다난식군지) : 識君(식군) – 그대를 알다, 그대와 교제하다. 遲 늦을 지.

▶ 掩淚空相向(엄루공상향) : 掩淚(엄루) – 얼굴을 가리고 눈물을 흘리다. 空相向(공상향) – 떠난 사람을 망연히 바라보다.

▶ 風塵何處期(풍진하처기) : 風塵(풍진) – 험한 바람이 불고 먼지 나는 곳, 험한 세상, 속세. 何處期(하처기) – 어디서 만날 수 있으랴?

🏵 詩意

앞의 두 연은 친구와의 이별 장면이다. 3구와 4구에서 떠난 사람과 보내는 사람의 길을 극명하게 대조시켰다. 그러한 대조가 바로 슬픔[悲]이다. 후반 두 연은 이별 후의 감정이다. 지난 옛일을 회고하면서 앞으로의 기약 없는 만남을 슬퍼하고 있다.

이 시는 처음부터 끝까지 슬픔으로 일관하고 있다. 시인이 묘사한 경치 또한 슬픔의 배경이 된다.

146. 喜見外弟又言別 내종 아우를 반갑게 만났고
이어 이별을 말하다 ● 李益이익

十年離亂後　長大一相逢

問姓驚初見　稱名憶舊容

別來滄海事　語罷暮天鐘

明日巴陵道　秋山又幾重

십년 난리를 겪은 뒤에
어른 되어 처음 상봉을 했네.
성을 묻고 놀라 다시 보며
이름을 듣고 옛 얼굴 떠올렸네.
헤어진 뒤로 상전벽해 같은 일들을
이야기 다하니 저녁 종소리가 들리네.
내일이면 파릉 길을 가야 하니
가을 산은 또 몇 겹겹이런가?

● 作者　이익(李益, 746-829) - '시귀(詩鬼) 이하(李賀)'와 같은 문중
자(字)는 군우(君虞). 중당 시인으로 변새시(邊塞詩)로 이름이 났고 오언과

칠언절구에 뛰어났다. 대력십재자의 한 사람. 재상 이규(李揆)의 족자(族子)로 같은 집안의 '시귀'라 불리는 이하와 나란히 명성을 누렸다. 이익의 <정인(征人)>, <조행(早行)> 등의 시는 시화로 그려 당시 사람들에게 널리 알려졌다고 한다.

전해오는 이야기로는 곽소옥(霍小玉)이라는 재모쌍전(才貌雙全)의 명기(名妓)와 시를 주고받으며 사랑을 약속했는데, 나중에 노씨(盧氏) 집안 처녀와 결혼하였다. 거의 발광하다시피 된 곽소옥은 이익을 불러내 "이군(李君)! 이군! 나는 지금 죽어버리겠다. 내가 죽은 뒤 악귀가 되어 기어이 당신의 처첩을 종일토록 괴롭히겠다."고 말한 뒤 자결하였다. 이후 이익 부부는 끝내 불화하였다고 한다. 하여튼 이익은 사람됨이 의심이 많았으며 질투와 시샘과 집착이 강했으며 처첩에 대한 단속이 매우 심해 당시 사람들이 '이익의 병[李益疾]'이라 부를 정도였다고 한다.

동배(同輩)가 모두 승진할 때 이익만 승진을 하지 못해 곧잘 우울했고 그 때문에 황하 북쪽 유주(幽州) 일대를 유람하였다. 나중에 유제(劉濟)의 막료로 일하면서 유제와 시를 증답하였는데 원망의 뜻이 많았다. 당시 그가 지은 <야발군중(夜發軍中)>, <야상수항성문적(夜上受降城聞笛)> 등은 변새시로 널리 알려졌다.

헌종(憲宗)도 그의 명성을 알고 입조케 하여 비서소감(秘書少監)에 임명하였고, 뒤에 집현전학사를 역임하였다. 그러자 이익은 더욱 자신의 재학(才學)을 뽐내며 다른 문인들을 멸시하여 많은 사람과 어울리지 못했다. 결국 간관이 이익이 유주에 있으면서 늘 원한을 품었다 하여 한때 폄직을 당하기도 했다. 나중에 우산기상시(右散騎常侍)를 역임한 뒤 문종 때 예부상서를 지낸 뒤 곧 죽었다.

당시 조정에 같은 이름의 이익이 있었는데 시인 이익은 '문장이익(文章李益)'이라고 불렸다고 한다.

🌀 註釋

▶ <喜見外弟又言別(희견외제우언별)> : '내종 아우를 반갑게 만났고 이어

이별을 말하다'. 外弟(외제) – 내종(고종姑從) 아우. 내종 사촌. 중국인들
은 '표형(表兄)', '표제(表弟)'라고 말한다. 노륜(盧綸)이 이익의 내종이었
다고 한다.

- ▶ 十年離亂後(십년이란후) : 十年(십년) – 안사(安史)의 난(855-863). 실제
  로는 8년간 지속되었다.　離 떼놓을 리. 재난을 당하다.
- ▶ 長大一相逢(장대일상봉) : 長大(장대) – 어른이 되다.
- ▶ 問姓驚初見(문성경초견) : 성을 묻고 놀라 초견(初見)하다.
- ▶ 稱名憶舊容(칭명억구용) : 칭명하자 구용을 생각[憶]했다.
- ▶ 別來滄海事(별래창해사) : 別來(별래) – 헤어진 뒤로. 滄海(창해) – 창해
  상전(滄海桑田, 푸른 바다가 뽕나무 밭이 되다). 세상의 크고도 많은 변화.
  상전벽해(桑田碧海)와 같음.
- ▶ 語罷暮天鐘(어파모천종) : 語罷(어파) – 긴 이야기를 끝내니.
- ▶ 明日巴陵道(명일파릉도) : 巴陵道(파릉도) – 파릉에 가는 길. 파릉은 호남
  성 동북부의 악양시(岳陽市). 전설에 후예(后羿)가 큰 뱀[巴]을 죽였는데
  그 뼈가 산이 되었기에 파릉이라고 불렀다고 한다.
- ▶ 秋山又幾重(추산우기중) : 幾重(기중) – 몇 겹.

🌸 詩意

사람이 살면서 만나고 헤어지는 일이야 다반사 아닌가? 어렸을 적 내종
사촌과 같이 놀며 자랐고, 서로 못 보며 십년 가까운 세월을 난리를 겪은
뒤에 다시 만났으니 그 반가움이야 짐작할 만하다.

반가운 재회와 서글픈 이별 — 흔하고 흔한 인간사인데 이 시는 담백한
언어로 만남의 과정과 정담(情談), 그리고 헤어짐을 서러워하고 있다.

'문성경초견 칭명억구용(問姓驚初見 稱名憶舊容)'은 우리가 흔히 겪는 일
이지만 이렇게 시구로 읽으니 그 정경이 더욱 눈에 선하다. 문자의 힘이
언어와 다른 점이 바로 이것이다. 이 시에서는 정련된 문자와 백묘(白描)
기법으로, 상세한 정절(情節)을 층층이 쌓아올리듯 서술하여 상봉과 별리
의 정을 우리에게 전하고 있다.

147. 雲陽館與韓紳宿別 운양의 객사에서 한신과

같이 자고 작별하다　● 司空曙사공서

故人江海別　幾度隔山川

乍見翻疑夢　相悲各問年

孤燈寒照雨　深竹暗浮煙

更有明朝恨　離杯惜共傳

벗과는 외지에서 헤어진 뒤로
몇 번을 산천에 막혔었던가?
짧은 만남이 되레 꿈만 같은데
서로 나이를 물으며 슬퍼하도다.
외로운 등은 찬 빗줄기를 비추고
우거진 대나무에 안개가 자욱하다.
다시 내일 아침 헤어질 슬픔에
이별 술잔 서로 주며 아쉬워한다.

作者　사공서(司空曙, 720-790) - 대력십재자의 한 사람

자(字)는 문명(文明). 사공(司空)은 복성. 진사 급제 이후 검남절도사(劍南節度使) 위고(韋皐)의 막부에서 관료로 일하다가 좌습유를 거쳐 공부(工部)에서 운하나 제방 공사와 조운(漕運)을 담당하는 수부낭중(水部郞中)을 역임했다.

대력십재자의 한 사람으로 자연경색(自然景色)과 향정여사(鄕情旅思)의 애수를 읊은 시가 많고 오언율시에 능했다.

註釋

▶ <雲陽館與韓紳宿別(운양관여한신숙별)> : '운양의 객사에서 한신과 같이 자고 작별하다'. 雲陽(운양) - 지금의 섬서성 중부, 경하(涇河) 하류에 위치한 함양시 관할의 경양현(涇陽縣). 韓紳(한신) - 한승경(韓升卿)으로 된 책도 있는데 한유(韓愈)의 숙부로 추정된다.

▶ 故人江海別(고인강해별) : 故人(고인) - 우인(友人). 江海(강해) - 외지. 사공서가 한신(韓紳)을 강남 등 외지에서 만났다 헤어졌다는 뜻.

▶ 幾度隔山川(기도격산천) : 幾度(기도) - 몇 번. 隔山川(격산천) - 산천이 막혀 만나지 못했다.

▶ 乍見翻疑夢(사견번의몽) : 乍 잠깐 사. 乍見(사견) - 짧은 만남. 翻疑夢(번의몽) - 오히려 꿈인가 의심하다.

▶ 相悲各問年(상비각문년) : 各問年(각문년) - 서로 나이를 묻다.

▶ 孤燈寒照雨(고등한조우) : 차가운 빗줄기를 비추는 등불 하나.

▶ 深竹暗浮煙(심죽암부연) : 暗(암) - 자욱하다.

▶ 更有明朝恨(갱유명조한) : 明朝恨(명조한) - 내일 아침 별리(別離)의 한.

▶ 離杯惜共傳(이배석공전) : 離杯(이배) - 작별의 술잔. 惜共傳(석공전) - 아쉬워하며 서로 권하다.

詩意

이별의 시가 많은 것은 그만한 그리움 때문이리라. 이 시는 당인(唐人)들의 여행과 별리시 중에서도 '특별한 감동을 주는 시'라고 알려졌다.

수련에서는 오랜 이별과 만남을 먼저 말했다. 그리고 다시 이별의 슬픔을 쭉 묘사하며 끝을 맺는다.

꿈처럼 이루어진 짧은 만남에(乍見翻疑夢) 서로의 나이를 물어가며 늙음을 한탄한다(相悲各問年). 꿈같다는 표현은 기쁨과 놀람의 집약이니 이 외에 더 좋은 표현이 있을까?

거기에다가 객사에 찬비가 내리는 밤이라면(孤燈寒照雨), 또 밤안개가 자욱하다면(深竹暗浮煙) 슬픔은 배가 된다. 3-6구의 묘사와 표현에 시인은 공을 좀 들인 것 같다.

그리고 내일 아침으로 예정된 긴 이별은(更有明朝恨) 서로의 정감을 유발한다. 여기서는 '갱(更)'자가 반드시 필요하다. 스케줄뿐만 아니라 주고받는 감정에 관하여 더 많은 것이 '갱(更)'에 들어있는 것 같다.

그러니 그 이별의 술잔에는 슬픔을 채워 주고받을 것이다(離杯惜共傳). 천언만어(千言萬語)의 다른 말이 더 필요하겠는가?

사나이끼리 주고받는 술잔에는 언제나 긴긴 사연이 농축되어 있다. 그래서 사나이들은 술을 좋아한다.

148. <ruby>喜<rt>희</rt></ruby><ruby>外<rt>외</rt></ruby><ruby>弟<rt>제</rt></ruby><ruby>盧<rt>노</rt></ruby><ruby>綸<rt>륜</rt></ruby><ruby>見<rt>견</rt></ruby><ruby>宿<rt>숙</rt></ruby> 내종 아우 노륜이 와서 자는

것을 기뻐하다　●　<ruby>司空曙<rt>사공서</rt></ruby>

<ruby>靜<rt>정</rt></ruby><ruby>夜<rt>야</rt></ruby><ruby>四<rt>사</rt></ruby><ruby>無<rt>무</rt></ruby><ruby>鄰<rt>린</rt></ruby>　<ruby>荒<rt>황</rt></ruby><ruby>居<rt>거</rt></ruby><ruby>舊<rt>구</rt></ruby><ruby>業<rt>업</rt></ruby><ruby>貧<rt>빈</rt></ruby>

<ruby>雨<rt>우</rt></ruby><ruby>中<rt>중</rt></ruby><ruby>黃<rt>황</rt></ruby><ruby>葉<rt>엽</rt></ruby><ruby>樹<rt>수</rt></ruby>　<ruby>燈<rt>등</rt></ruby><ruby>下<rt>하</rt></ruby><ruby>白<rt>백</rt></ruby><ruby>頭<rt>두</rt></ruby><ruby>人<rt>인</rt></ruby>

<ruby>以<rt>이</rt></ruby><ruby>我<rt>아</rt></ruby><ruby>獨<rt>독</rt></ruby><ruby>沉<rt>침</rt></ruby><ruby>久<rt>구</rt></ruby>　<ruby>愧<rt>괴</rt></ruby><ruby>君<rt>군</rt></ruby><ruby>相<rt>상</rt></ruby><ruby>訪<rt>방</rt></ruby><ruby>頻<rt>빈</rt></ruby>

<ruby>平<rt>평</rt></ruby><ruby>生<rt>생</rt></ruby><ruby>自<rt>자</rt></ruby><ruby>有<rt>유</rt></ruby><ruby>分<rt>분</rt></ruby>　<ruby>況<rt>황</rt></ruby><ruby>是<rt>시</rt></ruby><ruby>蔡<rt>채</rt></ruby><ruby>家<rt>가</rt></ruby><ruby>親<rt>친</rt></ruby>

고요한 밤 이웃 사람도 없는 듯한데
보잘것없는 집은 예부터 가난했네.
비가 오는데 단풍이 든 나무
등불 아래엔 노인 한 사람.
내가 홀로 은거한 지 오랜데도
그대 자주 찾아주니 부끄럽도다.
평소 우리는 교분이 두텁고
더구나 사촌이 아니던가!

● 註釋

▶ <喜外弟盧綸見宿(희외제노륜견숙)> : '내종 아우 노륜이 와서 자는 것을

기뻐하다'. 盧綸(노륜) - 739-799. 자(字)는 윤언(允言)으로 대력십재자
의 한 사람. 145 <송이단(送李端)> 시의 작자 참조. 見宿(견숙) - 찾아와
서 같이 유숙하다.

▶ 靜夜四無鄰(정야사무린) : 四無鄰(사무린) - 사방에 이웃이 없다.

▶ 荒居舊業貧(황거구업빈) : 荒居(황거) - 볼품없는 거처. 舊業貧(구업빈)
 - 물려받은 재산이 없다.

▶ 雨中黃葉樹(우중황엽수) : 黃葉樹(황엽수) - 계절이 가을임을 알 수 있다.

▶ 燈下白頭人(등하백두인) : 白頭人(백두인) - 노인. 시인 자신. 자신의
 집에는 단풍든 나무와 자신뿐이라는 설명.

▶ 以我獨沈久(이아독침구) : 以我(이아) - 나로서는. 獨沈(독침) - 홀로
 은거하는 생활. 침(沉)은 영락하다, 몰락하다(침윤沉淪). 久 오랠 구.

▶ 愧君相訪頻(괴군상방빈) : 愧 부끄러울 괴. 相訪頻(상방빈) - 자주 방문
 하다.

▶ 平生自有分(평생자유분) : 平生(평생) - 평소. 自有分(자유분) - 전부터
 교분이 있다. 분(分)은 교분.

▶ 況是蔡家親(황시채가친) : 況 하물며 황. 蔡家親(채가친) - 서진의 양호
 (羊祜)는 채옹(蔡邕)의 외손이었다. 친척이라는 의미. '곽가친(霍家親)'으
 로 된 판본도 있는데 한(漢) 곽거병(霍去病)은 위청(衛靑)의 생질이었다.
 곧 위청은 곽거병의 외삼촌.

🏵 詩意

사공서와 노륜은 모두 대력십재자에 속하는 사람들이다. 본래 '대력십재자'
는 대종(代宗) 대력(大曆) 연간(766-779)에 장안에서 대종의 부마도위인
곽애(郭曖, 곽자의郭子儀의 아들)의 집에 모여 술 마시고 시를 읊던 시인의
소그룹이었다. 이들은 평소 서로 방문했고 주고받은 시들을 모아 각자 자신
의 문집을 채웠다. 물론 뒷날 각자의 벼슬이나 인생행로에 따라 흩어졌지만
그래도 서로를 잘 찾아다녔다고 한다.

이 시는 당시 이들의 생활모습을 짐작할 수 있다. 사공서는 경제적으로

물려받은 재산도 없이 가난했던 것 같다. 단풍이 든 나무[黃葉樹]와 백두가 된 자신[白頭人]의 나란한 비교는 읽는 이에게 슬픔을 안겨준다. 그러면서 후반 4구는 가난 속에서도 변함없는 교분을 이어가는 이들의 기쁨을 알 수 있다. 그러한 변함없는 교분이 곧 생의 기쁨일 것이다.

149. 賊平後送人北歸 적도가 평정된 후 북으로 돌아가는 사람을 보내며 ● 司空曙사공서

世亂同南去　時淸獨北還

他鄕生白髮　舊國見靑山

曉月過殘壘　繁星宿故關

寒禽與衰草　處處伴愁顔

세상 난리에 같이 남으로 왔다가
때가 안정돼 홀로 북으로 돌아가네.
타향에서 백발만 늘었지만
고향의 청산을 보겠지요.
새벽달 아래로 무너진 보루를 지나

뭇별을 보면서 옛 마을에서 자겠지요.
겨울 철새와 시든 풀들이
곳곳에서 시름겨운 얼굴의 짝이겠지요.

▶ <賊平後送人北歸(적평후송인북귀)> : '적도가 평정된 후 북으로 돌아가는 사람을 보내며'. 사공서가 안사의 난에 촉(蜀)의 검남(劍南)에서 지은 것이라 알려졌다.
▶ 世亂同南去(세란동남거) : 世亂(세란) – 안사의 난.
▶ 時淸獨北還(시청독북환) : 時淸(시청) – 시국이 평정하다.
▶ 他鄕生白髮(타향생백발) : 他鄕(타향) – 피난지. 生白髮(생백발) – 백발이 생기다, 세월이 오래되었다.
▶ 舊國見靑山(구국견청산) : 舊國(구국) – 고향, 가향(家鄕).
▶ 曉月過殘壘(효월과잔루) : 曉月(효월) – 새벽 달. 殘壘(잔루) – 허물어진 옛 군루(軍樓).
▶ 繁星宿故關(번성숙고관) : 繁星(번성) – 뭇 별, 많은 별. 宿故關(숙고관) – 옛 마을에서 묵다.
▶ 寒禽與衰草(한금여쇠초) : 寒禽(한금) – 겨울 철새. '추위에 떠는 새'라고 옮기는 것은 조금 무리이며 느낌이 오지 않는다. 겨울이라서 새가 추위에 떨겠는가? 衰草(쇠초) – 시든 풀.
▶ 處處伴愁顔(처처반수안) : 伴 짝 반. 짝이 되다. 愁顔(수안) – 근심하는 얼굴.

🌸 詩意

수련에서는 같이 왔지만 같이 돌아가지 못하는 아쉬움을 토로했다. 이어서 타향에서 고향에 돌아가는 여러 감회를 생각하며 읊었다. 그러면서 돌아가더라도 시름겨운 얼굴로 살 것이라고 염려하고 있다.

150. 蜀^촉先^선主^주廟^묘 촉한蜀漢 선주의 묘당 ● 劉禹錫유우석

天^천地^지英^영雄^웅氣^기　千^천秋^추尚^상凜^늠然^연

勢^세分^분三^삼足^족鼎^정　業^업復^부五^오銖^수錢^전

得^득相^상能^능開^개國^국　生^생兒^아不^불象^상賢^현

淒^처涼^량蜀^촉故^고妓^기　來^내舞^무魏^위宮^궁前^전

천지에 가득한 영웅의 기개
천년이 지난 지금에도 늠름하다.
천하를 나눠 삼국이 정립하며
제업帝業은 한漢을 부흥하였다.
제갈 승상을 얻어 개국할 수 있었으나
아들이 있지만 현인을 닮지 않았다.
처량한 촉나라의 가기는
위魏의 궁전에서 춤을 춰야만 했네.

作者 유우석(劉禹錫, 772-842) - <누실명(陋室銘)>을 지은 시인

자(字)는 몽득(夢得). 당나라의 저명시
인이며 중당 문학을 대표하는 인물의
한 사람이다. 21세에 진사에 급제하고
감찰어사를 지낸 뒤 왕숙문(王叔文)의
천거를 받아 요직을 역임하였으나 23
세에 왕숙문이 실각되면서 그도 낭주
(郞州, 지금의 호남성 상덕시常德市)사
마로 폄직되어 10년을 지내야만 했다.
이후 광동 지방의 지방관을 역임한 뒤
문종(文宗) 대화(大和) 2년(828) 장안
으로 돌아와 태자빈객(太子賓客)을 역
임하였기에 '유빈객(劉賓客)'이라고도
부르고, 검교예부상서와 비서감의 허
함(虛銜 : 이름뿐인 관직)을 받았기에
'비서유상서(秘書劉尙書)'라고도 부른
다.

시풍은 박실유창(朴實流暢)하여 웅혼하고 상쾌하며 호탕한 기운이 있어
당시 사람들이 '시호(詩豪)'라는 별칭으로 불렀다. 만년에 백거이(白居易)
와 매우 친했으며 원진(元稹) 등과 함께 시와 음악의 융화, 문자와 음악의
융화를 꾀했기에 많은 사람들이 즐겨 그의 시를 외웠다고 한다.
약 800여수의 시가 전해지는데 서민들의 생활 모습과 영사(咏史), 회고,
서정을 읊은 명작이 많고 우정을 중시하여 많은 사람들이 그를 좋아하였다
고 한다. 특히 <유지사(柳枝詞)>, <죽지사(竹枝詞)>, <양류지사(楊柳枝
詞)> 등은 민가적이어서 널리 불렸다. 산문 <누실명>은 우리나라에서도
유명한 글이다. 짧은 명문이기에 수록한다.

山不在高, 有仙則名. 水不在深, 有龍則靈. 斯是陋室, 惟吾德馨. 苔痕上階
綠, 草色入簾靑. 談笑有鴻儒, 往來無白丁. 可以調素琴, 閱金經. 無絲竹之

亂耳, 無案牘之勞形. 南陽諸葛廬, 西蜀子雲亭. 孔子云, 何陋之有.

🏵 註釋

▶ <蜀先主廟(촉선주묘)> : '촉한(蜀漢) 선주의 묘당'. 先主(선주) - 촉한 (221-263 존속)의 개국군주. 《삼국연의(三國演義)》 주인공의 한 사람. 묘당은 사천성 성도시 남문 무후사대가(武侯祠大街)에 있다. 중국 유일의 군신(君臣)을 합사(合祀)한 사묘(祠廟)로, 무후사와 소열묘당(昭烈廟堂)과 무덤인 혜릉(惠陵)을 합하여 조성되었으나 사람들은 무후사라 통칭한다.

▶ 天地英雄氣(천지영웅기) : 천지에 떨친 영웅의 기개.

▶ 千秋尙凜然(천추상늠연) : 尙(상) - 오히려, 아직도. 凜 찰 름. 凜然(늠연) - 늠름(凜凜)하다.

▶ 勢分三足鼎(세분삼족정) : 勢(세) - 천하대세. 分(분) - 분할하여. 鼎 세발 솥 정. 정족(鼎足). 제갈량의 삼분천하(三分天下)의 계책.

▶ 業復五銖錢(업부오수전) : 전후한(前後漢)의 정통을 이었다는 뜻. 銖(수) - 무게단위 수. 1냥의 24분의 1. 五銖錢(오수전) - 5수(五銖)는 무게를 지칭. 동전에 '오수' 두 자가 쓰여 있다. 최초로 전한 무제 원수(元狩) 5년(기원전 118)에 주조된 이후 널리 통용되다가 왕망(王莽)의 신(新)나라에서 유통이 금지되었다. 이후 후한에서 위(魏), 진(晉), 남제(南齊), 양(梁), 진(陳), 북위(北魏)와 수(隋)나라에서 주조하여 줄곧 유통되었다. 당 건국 이후 고조 무덕(武德) 4년(621) 공식적으로 폐지되었다.

▶ 得相能開國(득상능개국) : 得相(득상) - 재상을 얻다. 재상은 제갈량(諸葛亮, 181-234). 제갈량의 자(字)는 공명(孔明). 별호는 와룡(臥龍)선생. 중국의 대표적 충신이며 지략가, 촉한 승상으로 무향후(武鄕侯)에 봉해졌고 죽은 뒤에 충무후(忠武侯)로 추존. 세칭 무후, 또는 제갈무후라 한다.

▶ 生兒不象賢(생아불상현) : 生兒(생아) - 후주 유선(劉禪)을 말한다. 不象賢(불상현) - 현인을 닮지 않다.

▶ 凄涼蜀故妓(처량촉고기) : 凄 쓸쓸할 처. 凄涼(처량) - 쓸쓸하고 서글프다. 蜀故妓(촉고기) - 촉 출신의 가기(歌妓).

▶ 來舞魏宮前(내무위궁전) : 촉한이 멸망한 뒤 위(魏) 궁궐에 불려와 춤을 춰야만 했다.

⚫ 詩意

촉한과 유비, 제갈량, 후주 유선 등은 모두 《삼국연의》를 통해 우리에게 친숙한 이름이다. 전반 4구는 유비의 업적으로 한(漢)을 부흥한 사실을 서술하였다. 삼족정(三足鼎)은 제갈량의 삼분천하와 대립 항쟁을 뜻한다. 그리고 오수전(五銖錢)을 인용하여 한의 계승을 서술한 것은 영사시로서 아주 우수하다 할 수 있다.

후반 4구는 유비가 죽은 뒤 촉의 멸망을 묘사한 것이니 역사의 아픔을 위(魏) 궁궐에서 춤추는 가기(歌妓)를 통하여 그려내었다.

⚫ 參考 촉한(蜀漢)의 멸망과 어리석은 후주

조조(曹操)의 아들 조비(曹丕)는 헌제(獻帝)를 핍박하여 선양을 받아 제위에 올랐다. 이 소식을 들은 유비(劉備, 161-223, 자字 현덕玄德)는 한(漢)의 대통(大統)을 잇는다 하여 촉에서 즉위하며 국호를 한으로 하였다. 역사에서는 이를 촉 또는 촉한으로 통칭한다.

유비는 223년 여름 4월에 붕어하니 재위 3년이고 개원(改元)한 것은 한 번인데 장무(章武)이다. 시호는 소열황제(昭烈皇帝)이고 사가는 선주(先主)라 통칭한다. 태자 유선(劉禪, 아명 아두阿斗)이 즉위하니 이를 후황제(後皇帝) 보통 후주(後主)라 칭한다. 후주 유선은 207년에 태어나 223년에 즉위하여 263년까지 41년을 재위하였다. 위(魏)에 멸망당한 뒤 271년에 65세로 죽었다. 당시로서는 장수했고 개인적으로는 유복한 일생이었다.

촉한이 멸망한 263년, 당시에 파악된 촉한의 국력은 총 28만 호에 인구는

94만 명이었고 관리가 4만 명, 장교와 병졸이 10만 2천 명이 있었다. 또 식량이 40여 만 섬, 금과 은이 2천 근, 비단 12만 필이 남아 있었다.

위나라 장수 등애(鄧艾)에게 항복하고 나라를 잃은 후주 유선은 몇몇 신하와 자식들과 함께 낙양으로 호송된다(263년). 이때 위나라의 실권을 장악한 사마소(司馬昭)가 유선을 보고 크게 꾸짖고는 후주 유선을 안락공(安樂公)에 봉하고, 나라를 파멸로 끌고 간 내시 황호를 처형한다.

어느 날, 사마소는 유선을 불러 잔치를 베풀면서 악공들에게 촉 의상을 입혀 촉 음악을 연주하게 하였다. 이에 촉 신하들이 모두 감상에 젖어 눈물을 흘리는데 유선만은 혼자 마냥 웃으며 즐거워하였다. 술이 어지간히 돌자 사마소는 신하를 둘러보며 말했다.

"사람이 무정하다더니 저 사람 같을 수 있겠는가? 비록 제갈공명이 살아 보필했어도 오래 가지 못했을 터인데, 더구나 강유(姜維) 따위가 어쩔 수 있었겠는가?"

그리고는 후주에게 물었다. "고국 촉 생각이 나지 않는가?"

이에 후주는 "이곳이 즐거우니 촉에 대한 그리움은 없습니다.(此間樂 不思蜀也)"라고 대답했다. 이후 사마소는 후주 유선에 대해서는 아무런 걱정도 하지 않았다고 한다.

151. 沒蕃故人 토번에서 죽은 친우　　　● 張籍장적

前年伐月支　城下沒全師

蕃漢斷消息　死生長別離

無人收廢帳　歸馬識殘旗

欲祭疑君在　天涯哭此時

작년에 월지국을 토벌했는데
성하城下의 전군이 몰살당했었다.
토번과 중국간에 소식이 끊겼고
죽고 산 자는 영원히 이별하였다.
아무도 부서진 군막을 수습하지 않았고
돌아온 말도 찢긴 깃발을 알았으리라.
제사하려니 그대 살아 있는 듯하여
하늘 끝 보며 지금 통곡할 뿐이라네.

作者 장적(張籍, 767?-830?) - 신악부운동의 선구

자(字)는 문창(文昌). 오군(吳郡, 지금의 강소 소주蘇州) 사람으로 덕종 정원(貞元) 14년(798)에 북쪽을 여행하면서 맹교(孟郊)의 소개로 변주(汴州, 지금의 하남 개봉開封)에서 한유(韓愈)를 처음 만났고, 정원 15년에 진사가 되었다. 태상시(太常寺) 태축(太祝)을 역임하였으나 안질로 고생하였다. 헌종(憲宗) 원화(元和) 11년(816) 국자감조교(國子監助敎)를 하다가 안질이 조금 나아지면서 비서랑이 되었다. 목종(穆宗) 장경(長慶) 원년(821)에 한유의 추천으로 국자박사가 되었고, 다른 직책을 거쳐 국자사업(國子司業)으로 관직생활을 마쳤기에 '장사업(張司業)'이라 통칭한다.

빈한한 가정 출신에 관직도 낮아 사회의 하층 민중들의 생활을 잘 이해하였다. 두보를 존경하고 그 시를 배우려 애썼는데 두보의 시를 쓴 종이를 태워 그 재를 물에 타 마셨다는 이야기가 전해온다.

시는 악부 형식을 빌려 사회의 부조리를 비판하고, 백성이 겪는 요역(徭役)과 군역, 부세의 고통을 동정하는 뜻이 강했기에 백거이 등의 추앙을 받았다. 백거이는 장적을 높여 '악부시에 뛰어나니 그와 짝할 만한 사람이 없다'면서 왕건(王建)과 나란히 '장왕악부(張王樂府)'라 불렀다. 원진, 백거이, 장적, 맹교 등의 시풍을 특히 '원화체(元和體)'라고도 부른다. 시집으로 《장사업시집(張司業詩集)》 8권이 전한다.

註釋

▶ <沒蕃故人(몰번고인)> : '토번에서 죽은 친우'. 沒(몰) - 전몰(戰歿)과 같은 뜻. 蕃 우거질 번. 토번(土蕃, 토번吐蕃)은 티베트 고원의 나라 이름. 역사상 당항(黨項), 토욕혼(吐谷渾, 谷音 욕)이라 기록하였다. 당 태종 때는 문성공주(文成公主)를 티베트 왕에게 시집보내기도 했지만 토번인들은 서쪽 변경을 자주 침범하였다.

▶ 前年伐月支(전년벌월지) : 前年(전년) - 정확히 언제인지는 알 수 없다. 月支(월지) - 월지(月氏)라고도 쓴다. 한대(漢代)의 대월지국(大月氏國)은 서역의 이민족을 지칭하거나 그들의 거주 지역에 대한 통칭으로 사용

한다.

▶ 城下沒全師(성하몰전사) : 沒全師(몰전사) - 전군이 몰살당하다.

▶ 蕃漢斷消息(번한단소식) : 蕃漢(번한) - 토번과 중국. 당시(唐詩)에서 한(漢)은 대개의 경우, 당(唐)을 뜻한다.

▶ 死生長別離(사생장별리) : 死生(사생) - 죽은 자와 산 자. 한 사람은 살고 다른 이는 죽었고.

▶ 無人收廢帳(무인수폐장) : 廢帳(폐장) - 부서진 장수의 천막.

▶ 歸馬識殘旗(귀마식잔기) : 殘旗(잔기) - 찢겨진 깃발. 말[馬]이 길을 안다 하였으니 말이 깃발을 알고 돌아왔다는 뜻.

▶ 欲祭疑君在(욕제의군재) : 疑(의) - ~인 것 같다.

▶ 天涯哭此時(천애곡차시) : 天涯(천애) - 하늘 끝, 하늘, 고인이 있는 곳. 哭 울 곡.

🌸 詩意

출정하여 죽고 없는 친우를 슬퍼하는 시이다. '욕제의군재(欲祭疑君在)'는 죽음이 믿기지 않는다는 시인의 마음을 대변해주고 있다.

나라를 위한 죽음이라지만, 산 자와 죽은 자의 이별은 서글프기만 하다. 이국 변방에서 고생하고, 또 고생만 하다가 이름도 없이 보람도 없이 죽어간 그 생령(生靈)을 누가 위로해주어야 하는가? 위정자는 누구를 위해 백성들을 그렇게 죽음으로 내모는가?

시인의 아픈 마음은 짧은 시구 안에서 너무 많은 이야기를 들려주고 있다.

152. 賦^부得^득古^고原^원草^초送^송別^별 시제詩題 고원초로 송별하다

● 白居易백거이

離^이離^리原^원上^상草^초　一^일歲^세一^일枯^고榮^영

野^야火^화燒^소不^부盡^진　春^춘風^풍吹^취又^우生^생

遠^원芳^방侵^침古^고道^도　晴^청翠^취接^접荒^황城^성

又^우送^송王^왕孫^손去^거　萋^처萋^처滿^만別^별情^정

무성하게 자란 벌판의 풀
해마다 한 번씩 죽다가 살아난다.
들불에 타도 아니 없어지고
춘풍이 불면 다시 살아난다.
멀리 뻗은 방초는 옛길을 덮었고
햇살 받은 푸른빛 황성에 닿았다.
이제 떠나는 그대를 보내니
우거진 풀에 이별의 정이 가득하다.

▶ <賦得古原草送別(부득고원초송별)> : '시제(詩題) 고원초로 송별하다'. 賦得(부득) – '시제를 얻다'. 이전 사람의 시제나 시구를 나의 시 제목으로 삼을 경우 '부득'이란 말을 붙였다. 제목이 '춘초(春草)'로 된 판본도 있다.

▶ 離離原上草(이리원상초) : 離離(이리) – 풀이 무성한 모양, 분명한 모양 (역력歷歷). 原上草(원상초) – 벌판의 풀.

▶ 一歲一枯榮(일세일고영) : 一枯榮(일고영) – 한 번 죽었다가 한 번 번성하다. 枯 초목이 마를 고.

▶ 野火燒不盡(야화소부진) : 燒不盡(소부진) – 타 없어지지 않는다. 아무리 어떤 시대에도 소인은 있게 마련이다. 그렇다하여 들풀의 강인한 생명력처럼 소인이 결코 사라지지 않는다는 식의 해석, 소인을 풀에 비유했다고 평하는 것은 지나친 비약일 것이다.

▶ 春風吹又生(춘풍취우생) : 춘풍이 불어오면 또 살아난다. 자연의 이치를 설명한 단순한 구절에 철리까지 들어 있어 모든 사람이 인용하고 또 활용하는 구절이다.

▶ 遠芳侵古道(원방침고도) : 遠芳(원방) – 멀리까지 뻗어가는 풀. 侵古道 (침고도) – 옛길을 덮다.

▶ 晴翠接荒城(청취접황성) : 翠 푸를 취. 晴翠(청취) – 햇빛이 비쳐 더욱 윤기가 나는 풀. 또는 '맑은 하늘'로 풀이한 책도 있다.

▶ 又送王孫去(우송왕손거) : 王孫(왕손) – 귀공자. 백거이의 우인.

▶ 萋萋滿別情(처처만별정) : 萋 풀 무성할 처. 萋萋(처처) – 풀이 무성한 모양. 滿別情(만별정) – 이별의 정이 가득하다. 영물시(詠物詩)는 맨 마지막에 작가의 본뜻을 드러내는데, 이 시 역시 그러하다.

詩意

이 시는 백거이가 16세에 지었다고 하는데 믿을 수 있겠는가? 믿기지 않겠지만 사실이다. 이 시는 실제로 이러한 이별을 겪은 시인의 경험이 아니라 순수한 창작이다. 그러니 더 놀라울 수밖에 없다.

백거이가 16세 때 과거에 응시하러 장안에 와서 이 시를 가지고 저작랑(著作郞)이며 시인인 고황(顧況, 725-814?)을 만나려 했다. 고황은 백거이의 명함을 보고서 "장안은 쌀값이[白] 너무 비싸 살기가[居] 쉽지 않다.[弗易]"라고 말했다. 그러나 앞의 4구를 읽고서는 "이런 재주를 가졌으면 쉽게 살기가 어렵지 않지!(有才如此 居易不難)"라며 감탄했다고 한다.

'일세일고영(一歲一枯榮)'은 비단 풀만이 아니라 인간에게도 해당되는 천리가 아니겠는가? 인생의 영화와 몰락은 말라죽는 풀보다 더 비극적이다. 그리고 3, 4구에 표현된 '춘풍취우생(春風吹又生)' - 야초(野草)의 강인한 생명력은 천고전송(千古傳誦)의 명구이다. 특히 혁명이나 큰 거사를 선동할 때 이 구절은 어느 표현보다도 더 선동적이며 모든 사람들에게 자신감을 불어넣어 준다.

5, 6구의 고도(古道)와 황성(荒城)은 이별의 아픔을 드러내기 위한 배경 그림으로 등장했고, 8구의 처처(萋萋)는 수련의 '이리(離離)'를 받으면서 '무성한 풀'을 바라보며 슬픔을 연상하는 극적인 반전을 이룬다.

◉ 參考 '야화소부진 춘풍취우생(野火燒不盡 春風吹又生)'

들풀의 강인한 생명력을 표현한 이 구절이 오늘날까지 혁명가들에게 가장 좋은 말로 회자될 줄은 아마 백거이도 몰랐을 것이다.

중국에서는 농민들의 봉기, 군대의 반란, 종교적 소요, 왕조 전복(顚覆)을 위한 역성혁명 등이 계속되었다. 그때마다 농민이나 다수의 군중을 선동할 만한 글귀나 명문장이 필요했다. 이는 최근 국민당과 공산당의 혁명투쟁에서도 마찬가지였다.

'작은 불티 하나가 넓은 들판을 태울 수 있다(星星之火 可以燎原)'는 말은 작은 실수가 큰 화근을 초래하거나, 미세한 세력이 엄청나게 커진다는 뜻으로 주로 혁명과 같은 상황을 표현할 때 사용하는 말이다.(성성星星은 부싯돌을 서로 부딪쳤을 때 튀는 불씨를 말한다)

또 요원열화(燎原烈火)는 '불타는 넓은 들판의 뜨거운 불길'이란 뜻으로

'맹렬한 기세'를 의미한다. 그리고 '사람이 많으면 역량이 크고, 땔감이 많으면 화염도 높다(人多力量大 柴多火焰高)'면서 여러 사람의 적극적 참여를 유도한다.

그리고 '작은 돌멩이가 큰 항아리를 깨뜨리고(小石頭能打破大缸)', '돌 하나가 천 겹의 물결을 일으킨다(一石激起千層浪)'며 선동하기도 한다. 어느 정도 분위기가 무르익으면 '산속에 비가 오려 하니 누각에 바람이 가득하다(山雨欲來風滿樓, 당唐 시인 허혼許渾의 시구)'라는 말로 큰 사건이 터지기 전의 긴장 상황을 표현한다.

153. 旅宿 여관에 묵으며　● 杜牧두목

旅館無良伴　凝情自悄然

寒燈思舊事　斷雁警愁眠

遠夢歸侵曉　家書到隔年

湘江好煙月　門繫釣魚船

여관에 같이 든 일행이 없어
골똘한 생각에 혼자서 조용하다.

희미한 등불에 옛일을 생각하고
외기러기 울음은 시름 잠을 깨운다.
고향 꿈은 새벽에 겨우 꾸었고
가서家書는 해를 걸러 도착한다.
상강에 구름 낀 달은 아름답고
여관 문엔 낚싯배만 매어졌다.

🌸 **作者 두목**(杜牧, 803-852) - 칠언절구에 뛰어난 소두(小杜)

자(字)는 목지(牧之)로 경조(京兆, 장
안) 사람이다. 《통전(通典)》의 저자
이면서 재상을 역임한 두우(杜佑,
735-812)의 손자인데 10여세에 부친
이 죽어 어렵게 생활하였다고 한다.
26세에 진사가 되어 굉문관(宏文館)
교서랑을 지내고 한때 절도사 우승유
(牛僧儒)의 막료로 일한 적도 있지만,
황주(黃州), 목주(睦州), 호주자사(湖
州刺史)를 역임하고 중서사인(中書
舍人)으로 관직을 마감하였다.

풍류재자로 알려진 그는 원래 강직한 성격과 고매한 정치적 포부를 가지고
있었다. 병서(兵書)에 주석을 달기도 했으며 부세(賦稅)와 치란(治亂)에 대
한 정논문(政論文)을 짓기도 하였다. 지방관으로 오래 근무했기에 포부를
펼 기회도 없었기에 실의 속에 강남의 아름다운 풍경에 취해 살았다.
그가 활동하던 시기는 당의 국세가 날로 쇠약해지던 시기였으니 재주는
뛰어났으나 시대를 잘못 만난 격이었다. 때문에 그의 시에는 우울한 정서와
인생에 대한 감상이 강하게 나타나 있다. 두보에 비하여 '소두'라 부르는데
칠언절구에 특히 뛰어났다.

고시는 호방하고 씩씩하며, 칠언절구와 율시는 정취가 호탕하면서도 건실
하다. 특히 역사적 사실을 읊은 영사시는 자신의 감개를 유감없이 발휘한
우수작으로 널리 애송되고 있는데 <아방궁부(阿房宮賦)>, <산행(山行)>,
<박진회(泊秦淮)> 등은 대표작이라 할 수 있다.

註釋

▶ <旅宿(여숙)> : '여관에 묵으며'.
▶ 旅館無良伴(여관무량반) : 良伴(양반) - 좋은 동료, 같이 가는 우인.
▶ 凝情自悄然(응정자초연) : 凝 엉길 응. 凝情(응정) - 응사(凝思)와 같음.
  생각을 집중하다, 혼자 골똘히 생각하다. 悄 근심할 초. 悄然(초연) -
  조용한 모습.
▶ 寒燈思舊事(한등사구사) : 舊事(구사) - 지난 일.
▶ 斷雁警愁眠(단안경수면) : 斷雁(단안) - 외로운 기러기, 무리를 잃은 기러
  기. 여기서는 기러기 울음소리. 愁眠(수면) - 시름하다가 드는 잠.
▶ 遠夢歸侵曉(원몽귀침효) : 遠夢(원몽) - 고향을 찾아가는 꿈. 侵曉(침효)
  - 새벽이 되다.
▶ 家書到隔年(가서도격년) : 隔年(격년) - 한 해 걸러.
▶ 湘江好煙月(상강호연월) : 湘江(상강) - 장강의 지류. 煙月(연월) - 풍광.
▶ 門繫釣魚船(문계조어선) : 繫 맬 계. 釣魚船(조어선) - 고기 낚는 배.

詩意

수련은 여관에서 무료하여 혼자 생각에 잠긴다고 하였다. 함련에서는 밤이
깊어도 잠을 못 이루고, 경련에서는 고향 생각이 더 간절해지며 가서(家書)
를 기다리고 고향 꿈을 꾼다. 그리고 미련에서는 여관 밖 경치를 서술하여
고향 생각을 애써 떨치고 싶은 나그네 마음을 그렸다.
시간에 따라 순차적으로 묘사한 여관의 하루 밤 정경은 꿈을 꾸는 듯 진행이
된다. 잠을 못 이루고 전전반측하는데, 그 자체가 꿈인지 생시인지 분간이

되지 않는다.

參考 두목(杜牧) - 자만심을 버리다

두목이 젊었을 적에 우인 몇 사람과 기세 좋게 장안 교외로 유람을 나갔다. 두목 일행은 멋진 사원을 찾아 들어갔는데 절 안의 큰 전각에 눈을 반쯤 내리감은 노승이 앉아 있었다. 일행은 자신들의 비단옷과 관모(官帽) 등을 보고 노승이 나와 맞이하며 차를 권할 것이라 은근히 기대하고 있었다. 그러나 노승은 일행에게 아무런 눈길도 주지 않았다.

두목이 바로 눈앞에 다가서자 노승이 '시주님 대명(大名)은?'하고 겨우 한 마디 물었다. 두목은 이때다 생각하고서 당당하게 이름을 말했다. 그러나 노승이 별다른 반응이 없자 옆 동료가 이 사람은 진사과 급제를 했으며, 전임 재상의 손자라는 것을 장황히 설명하면서 '어찌 그리 고루하신가?'라고 노승을 힐책했다.

그러자 노승은 '소승은 평생 소식(素食)과 참선 속에 살며 속세의 명리를 생각하지 않았는데, 당신들이 말하는 재자(才子)니 시문의 명성이 세상을 뒤덮으니 하는 말이 나와 무슨 상관이 있겠는가? 나는 당신들이 재주를 믿고 뽐내거나 명리에 얽매여 고생하지 않기를 바랄 뿐이오!'라고 말했다. 노승의 말에 충격을 받은 두목은 이후로 자기의 문재(文才)를 자랑하거나 자만하지 않았다고 한다.

154. 秋日赴闕題潼關驛樓 추일秋日에 장안에
가다가 동관역루에서 짓다 ● 許渾허혼

紅葉晩蕭蕭　長亭酒一瓢

殘雲歸太華　疏雨過中條

樹色隨山逈　河聲入海遙

帝鄉明日到　猶自夢漁樵

붉은 단풍은 저녁 바람에 휘날리고
장정長亭에 쉬며 술 한잔을 마신다.
조각구름은 화산으로 돌아가고
성긴 비는 중조산에 내린다.
푸른빛은 산을 따라 멀어지고
황하는 소리 내며 먼 바다로 간다.
장안에는 내일 도착하겠지만
나는 아직 어부와 나무꾼을 그린다.

作者　허혼(許渾) - 등고(登高), 회고시에 능한 시인

자(字)는 용회(用晦, 또는 중회仲晦)이고 윤주(潤州) 단양(丹陽, 지금의 강소 단양) 사람이다. 문종 대화(大和) 6년(832)에 진사에 급제하고, 선종(宣宗) 초에 감찰어사가 되었다가, 목주(睦州), 영주(郢州)의 자사를 역임하였다. 많은 율시와 절구는 대개 산림에 노닐거나 이별을 묘사한 작품이 많다. 시구가 원만하며 잘 다듬어졌다는 평을 들었는데 당시의 유명한 시인인 두목(杜牧)이나 위장(韋庄) 등이 그를 따랐다고 한다. 그의 시 <함양성동루(咸陽城東樓)>의 '산우욕래풍만루(山雨欲來風滿樓)' 시구는 매우 유명하다.

註釋

▶ <秋日赴闕題潼關驛樓(추일부궐제동관역루)> : '추일(秋日)에 장안에 가다가 동관역루에서 짓다'. 赴 나아갈 부. 闕(궐) - 궁궐의 망루. 赴闕(부궐) - 장안에 가다. 潼關(동관) - 지금의 섬서성 위남시(渭南市) 동관현(潼關縣). '관중 땅의 동대문'이라 할 수 있는 동관이 있다.

▶ 紅葉晩蕭蕭(홍엽만소소) : 蕭蕭(소소) - 바람소리.

▶ 長亭酒一瓢(장정주일표) : 長亭(장정) - 10리 길마다 설치한 휴게소. 瓢 바가지 표. 표주박.

▶ 殘雲歸太華(잔운귀태화) : 殘雲(잔운) - 몇 조각의 구름. 歸(귀) - 구름은 아침에 산에서 나왔다가 저녁에 산으로 돌아간다고 생각하였다. 太華(태화) - 서악(西嶽), 화산(華山).

▶ 疏雨過中條(소우과중조) : 疏雨(소우) - 성긴 빗방울. 中條(중조) - 산 이름. 산서성 남부의 동북에서 서남으로 이어진 산맥. 동으로는 태행산, 남으로는 황하에 닿았고, 서로는 황하를 사이에 두고 진령(秦嶺)을 마주 보고 있다. 전장 약 160km. 최고봉은 해발 2,321m. 도교의 성지가 많다.

▶ 樹色隨山迥(수색수산형) : 迥 멀 형. 隨山迥(수산형) - 산을 따라 멀어졌다.

▶ 河聲入海遙(하성입해요) : 遙 멀 요. 멀어지다, 거닐다.

▶ 帝鄉明日到(제향명일도) : 帝鄉(제향) – 장안.

▶ 猶自夢漁樵(유자몽어초) : 猶自(유자) – 여전히, 처음부터. 夢漁樵(몽어초) – 고기를 잡고 나무하는 생활을 꿈꾸다. 어초(漁樵)와 제향(帝鄉)은 대우가 된다.

🌸 詩意

수련의 두 구절은 가을의 여행길을 묘사했다. 흩날리는 낙엽과 길 주막에서의 한잔이 바로 가을 나그네의 이야기이다. 이어서 3-6구에 걸쳐 동관에서 바라본 풍경의 대강을 묘사하였다. 잔운(殘雲)과 소우(疏雨), 그리고 수색(樹色)과 하성(河聲) 어느 하나라도 빠져서는 안 될 것같이 꽉 틀에 맞춘 그림과 같다.

그리고 마지막으로 필자의 마음이 펼쳐진다. 장안에는 내일 도착하겠지만 필자의 마음은 강변이나 농촌 마을로 향해 있음을 알 수 있다.

155. 早秋 초가을　　● 許渾허혼

遙夜汎淸瑟　西風生翠蘿

殘螢栖玉露　早雁拂銀河

高樹曉還密　遠山晴更多

淮南一葉下　自覺老煙波

긴긴 밤 맑은 비파소리 가득하고
추풍은 푸른 담쟁이에 불어온다.
남은 반딧불이 찬 이슬에 숨고
이른 기러기는 은하를 스쳐간다.
높은 나무는 새벽에 더 빽빽하고
먼 산은 더 더욱 깨끗하도다.
회수에 낙엽이 지니
이 몸도 물결 따라 늙으리라.

註釋

▶ <早秋(조추)> : '초가을'. 동일 제목의 3수 중 하나이다. 초가을 경치를
그려 자신의 노년을 걱정하고 있다.

▶ 遙夜汎淸瑟(요야범청슬) : 遙 멀 요. 遙夜(요야) – 장야(長夜). 汎 뜰
범. 범류(泛流). 가득 차다. 淸瑟(청슬) – 청아한 거문고소리.

▶ 西風生翠蘿(서풍생취라) : 西風(서풍) – 추풍(秋風). 翠蘿(취라) – 푸른
담쟁이.

▶ 殘螢栖玉露(잔형서옥로) : 螢 개똥벌레 형. 반딧불이. 栖 깃들 서. 棲(서)
와 같음. 위(委)로 된 판본도 있다. 玉露(옥로) – 이슬.

▶ 早雁拂銀河(조안불은하) : 拂 털어낼 불. 스쳐 지나다.

▶ 高樹曉還密(고수효환밀) : 曉還密(효환밀) – 새벽에 다시 빽빽이 보이
다.

▶ 遠山晴更多(원산청갱다) : 원산(遠山)이 더욱더 밝게 보인다는 뜻.

▶ 淮南一葉下(회남일엽하) : 淮南(회남) – 회수(淮水)의 남쪽. 회수에 낙엽
이 하나 지는 것은 곧 가을이 된다는 뜻이다. 한 해가 또 지나갈 것이다.

▶ 自覺老煙波(자각노연파) : 老(노) – 늙어갈 것이다, 늙을 것이다. 煙波(연
파) – 물안개. 노연파를 동정파(洞庭波)로 한 판본도 있다.

1-7구가 모두 경치에 대한 서술이다. 이런 가을 풍경은 한 해가 지나간다는 뜻이고, 한 해가 지나가면 시인은 더 늙는다. 늙음에 대한 감상이 나올 수밖에 없는 풍경이다.

전반 4구가 가을밤이고, 후반 4구는 낮의 풍경이다. 각각의 경물이 모두 움직이고 있다. 시인의 세상을 보는 눈은 보통사람과 다르다는 것을 알 수 있다.

156. 蟬 매미 ● 李商隱이상은

本以高難飽　徒勞恨費聲

五更疏欲斷　一樹碧無情

薄宦梗猶泛　故園蕪已平

煩君最相警　我亦擧家清

본디 청고하기에 배부를 수 없고
괜히 수고롭게 울어댄 것이 한스럽다.
오경에 자지러들다 끊어지려는데

나무는 푸르지만 정을 주지 않는다.
각박한 벼슬살이 토막처럼 떠돌고
옛 땅은 이미 묵어 황폐해졌도다.
그대가 애써 나를 잘 깨우쳐 주지만
우리도 역시 온 집안이 청결하다네.

註釋

▶ <蟬(선)> : 蟬 매미 선. 매미의 고결함으로 자신을 비유한 영물시이다.

▶ 本以高難飽(본이고난포) : 高(고) – 청고(淸高). 매미는 찬풍음로(餐風飮露)하며 청명고결(淸明高潔)하다는 뜻.   飽 배부를 포.

▶ 徒勞恨費聲(도로한비성) : 徒勞(도로) – 헛수고하다.   恨(한) – 한스럽게 여기다.   費聲(비성) – 소리를 내다.

▶ 五更疏欲斷(오경소욕단) : 五更(오경) – 새벽, 날이 밝기 전.   疏欲斷(소욕단) – 매미소리가 점점 뜸해지다가 끊어지려 하다.

▶ 一樹碧無情(일수벽무정) : 無情(무정) – 나무는 매미에게 아무런 감정이 없다. 작자 자신이 사회로부터 아무런 주목을 못 받는다는 뜻이라고 풀이한다.

▶ 薄宦梗猶泛(박환경유범) : 薄 엷을 박. 薄宦(박환) – 각박한 벼슬살이[宦路], 낮은 벼슬, 소관(小官).   梗 느릅나무 경. 가시가 있는 나무. 곧다, 막히다, 나무토막, 인형.   泛 뜰 범. 떠돌다. 나무토막처럼 떠돌아 어디로 갈지 모른다는 의미.

▶ 故園蕪已平(고원무이평) : 故園(고원) – 옛 정원, 옛 농장.   蕪 거칠어질 무. 황폐해지다.

▶ 煩君最相警(번군최상경) : 煩君(번군) – 그대가 애를 써서.   最相警(최상경) – 가장 잘 일깨워주었다. 매미가 작자에게 많은 것을 깨우쳐 주었다는 뜻.

▶ 我亦舉家淸(아역거가청) : 舉 들 거. 온, 전부.

전 4구는 매미를 묘사하였다. 매미는 공연히 우느라고 고생만 했지 나무는
무정해서 아무 반응도 없다. 고원하고 청결한 품격이나 행동을 누구도 인정
하지 않는 세태에 대한 비판의 뜻이 들어있다.

후 4구는 자신에 대한 묘사로 낮은 관직에서 이리저리 떠도는 생활은 마치
물위를 떠가는 나무토막과 하나도 다르지 않다. 그러는 동안 갖고 있던
본바탕마저 황폐해진다. 5, 6구의 이러한 정경은 이 시의 요체인 8구의 '청
(淸)'의 실질적 근거라 할 수 있다.

다음에 마지막 미련에서는 매미가 울어서 나에게 그런 세상 이치를 깨우쳐
주지만 나는 그 이전부터 다 알고 있었고, 아가(我家)는 그렇게 청렴하다는
의미이다.

이상은은 옛 시인의 어떤 구절이나 표현을 차용하지 않고 자신의 뜻을 표현
하였다. 매미에게 나무는 '벽무정(碧無情)'하다는 표현은 정말 참신하다.

157. 風雨 풍우 ● 李商隱이상은

凄涼寶劍篇　羈泊欲窮年

黃葉仍風雨　靑樓自管絃

新知遭薄俗　舊好隔良緣

心斷新豊酒　銷愁斗幾千

처량하게 보검편實劍篇을 읽었는데
끌려 떠돌다가 평생이 끝나려 한다.
누런 잎 여전히 비바람에 날리지만
부귀한 사람은 각자 풍악을 즐긴다.
새로 사귀려다 야박한 인심에 당하고
예전 호우好友는 좋은 인연을 막으려 한다.
가슴 아파서 신풍주를 마시지만
근심 없애려면 한 말에 몇 천이려나?

🌸 **註釋**

▶ 〈風雨(풍우)〉: 자연현상의 풍우(風雨)가 이 시의 주제는 아니지만 풍우에 의탁하는 시인의 뜻은 깊기만 하다. 이상은 만년의 작품으로 자신의 일생이 아마 풍우와 같다고 생각했을 것이다.

▶ 凄涼寶劍篇(처량보검편): 凄涼(처량) – 거칠고 쓸쓸하다. 寶劍篇(보검편) – 당의 곽진(霍震)이 측천무후에게 지어 올린 문장. 이 글을 올린 뒤 곽진은 무후에 의해 높이 등용되었다. 이상은은 자신에게 그런 기회가 오지 않음을 한탄한 것이다.

▶ 羈泊欲窮年(기박욕궁년): 羈 굴레 기. 말 재갈. 통제 당하다. 기려(羈旅). 泊 배를 댈 박. 머무르다. 표박(瓢泊). 羈泊(기박) – 하급 관리로서 자신의 포부나 의지와는 상관없이 떠돌아다니는 자신을 말함. 窮 다할 궁. 窮年(궁년) – 한평생을 다 보내다.

▶ 黃葉仍風雨(황엽잉풍우): 仍 인할 잉. 여전히.

▶ 靑樓自管絃(청루자관현): 靑樓(청루) – 부귀한 사람의 집. 自(자) – 각자, 여기저기서. 自管絃(자관현) – 각자 풍악을 즐기다.

▶ 新知遭薄俗(신지조박속): 新知(신지) – 새로 만난 사람들. 遭 만날 조. 일을 당하다. 薄俗(박속) – 박정한 세속 인심, 야박한 인심.

▶ 舊好隔良緣(구호격양연): 舊好(구호) – 전부터 우호를 유지한 사람.

隔良緣(격양연) - 좋은 인연을 막고 있다.

▶ 心斷新豊酒(심단신풍주) : 心斷(심단) - 마음이 끊어지다, 마음이 단절되다. 新豊(신풍) - 한 고조(漢高祖)가 자신의 고향인 풍현(豊縣)의 상인이나 점포 등을 옮겨와 생긴 마을. 여기서 만든 술이 신풍주이다.

▶ 銷愁斗幾千(소수두기천) : 銷愁(소수) - 근심을 녹이다, 걱정을 해소하다. 斗幾千(두기천) - 한 말에 몇 천인가?

🌸 詩意

이상은의 인생은 이상하게 배배 꼬였다. 이상은은 처음에 영호초(令狐楚, 영호는 복성)의 도움으로 벼슬에 나섰으나 영호초가 죽은 다음에 왕무원(王茂元)의 사위가 된다. 그러자 반대당에 속하는 영호초의 아들 영호도(令狐綯)와 왕무원 사이에 선 이상은은 양쪽에서 모두 신임을 잃어 미관말직으로 관직을 끝내야만 했다.

하여튼 자신의 재능, 자신의 의지와는 전혀 상관없는 현실이었다. 자신은 누런 가랑잎[黃葉]으로 여전히[仍] 비바람[風雨]에 휩쓸려야만 했다. <보검편>을 지어 올려 높이 등용된 사람처럼 그런 기회가 오지도 않는다. 그러니 술[新豊酒]을 마시며 자신의 근심을 녹여 버리려[銷愁] 하지만 그런다고 시름이 없어지는가?

술로 근심을 잊으려 하지만 술이 깨면 근심은 더 깊어지는 것을 이상은도 알고 있었을 것이다. 그러면서도 이상은은 술을 찾았을 것이다. 이상은의 마음은 풍우에 시달리고 있었다.

158. 落花^{낙화} ● 李商隱^{이상은}

高閣客竟去 小園花亂飛
^{고 각 객 경 거} ^{소 원 화 란 비}

參差連曲陌 迢遞送斜暉
^{참 치 연 곡 맥} ^{초 체 송 사 휘}

腸斷未忍掃 眼穿仍欲歸
^{장 단 미 인 소} ^{안 천 잉 욕 귀}

芳心向春盡 所得是沾衣
^{방 심 향 춘 진} ^{소 득 시 첨 의}

높은 누각의 손님은 모두 돌아가자
작은 뜰의 꽃이 어지러이 날고 있다.
들쑥날쑥 굽은 두렁길 따라 꽃은 지고
멀리까지 지는 해를 따라가며 떨어진다.
애타는 마음이라 차마 쓸지 못하고
지켜보아도 봄은 여전히 떠나려 한다.
꽃다운 마음도 봄을 따라 지려 하는데
얻은 것은 눈물 젖은 옷뿐이로다.

● 註釋

▶ <落花(낙화)> : 흩날리는 꽃잎을 보며 시인은 가는 봄을 아쉬워한다.
　매우 섬세하면서도 감상적인 이상은의 시풍을 느낄 수 있는 시이다.

▶ 高閣客竟去(고각객경거) : 竟 다할 경. 마침내, 끝내.

▶ 小園花亂飛(소원화란비) : 亂飛(난비) - 어지러이 날다.

▶ 參差連曲陌(참치연곡맥) : 參差(참치) - 들쑥날쑥한 모양. 連(연) - 위에 서 아래로 이어지다. 曲陌(곡맥) - 구부러진 길. 陌 두렁 맥. 논두렁 밭두렁, 논밭의 길.

▶ 迢遞送斜暉(초체송사휘) : 迢 멀 초. 遞 번갈아들 체. 迢遞(초체) - 돌아 서 멀리 가다. 暉 빛 휘. 斜暉(사휘) - 석양.

▶ 腸斷未忍掃(장단미인소) : 腸斷(장단) - 애가 끊어지다.

▶ 眼穿仍欲歸(안천잉욕귀) : 眼穿(안천) - 뚫어질 듯 바라보다. 穿 뚫을 천. 仍(잉) - 그래도, 여전히. 欲歸(욕귀) - (봄이) 돌아가려 한다, 봄이 지나려 한다. 이는 꽃을 향한 시인의 치정(癡情)일 것이다.

▶ 芳心向春盡(방심향춘진) : 芳心(방심) - 꽃의 마음, 또는 꽃을 아끼는 마음, 시인의 마음. 向春盡(향춘진) - 봄을 따라 없어지려 한다.

▶ 所得是沾衣(소득시첨의) : 所得(소득) - 얻은 것.

🌸 詩意

이상은의 영물시의 하나이다. 이상은이 시로 그려낸 정경이 아름답고 함축된 뜻이 깊어 무언가 마음에 와 닿는 것이 있지만 딱히 이것이라고 말이 잘 안 나온다. 여하튼 지는 꽃은 마음을 아프게 한다. 더군다나 마음에 맺힌 것이 있을 때 낙화는 더 많은 슬픔을 준다. 그런 슬픔이 추하지는 않고, 그 정은 더 깊고 새롭다.

경련에서는 시인의 미련이 남아돈다. 쓸어버리지도 못하고, 남은 꽃 지지 말라고 뚫어져라 바라보아도 꽃도, 봄도 지려고만 한다.

그러다 보면 시인도 낙심한다. 꽃을 아끼는 마음도 봄을 따라 떠나려 한다. 그리고 시인은 눈물을 닦고 옷소매는 젖었다. 그것이 낙화가 주고 간 것이다. 이토록 섬세한 남자가, 이렇듯 여린 마음이 있었는가? 그래서 우리는 《당시삼백수》를 애송하는가 보다.

159. 凉思^{양사} 가을 생각 ● 李商隱^{이상은}

159. 涼思 가을 생각 ● 李商隱이상은

客^객去^거波^파平^평檻^함 　蟬^선休^휴露^노滿^만枝^지

永^영懷^회當^당此^차節^절 　倚^의立^립自^자移^이時^시

北^북斗^두兼^겸春^춘遠^원 　南^남陵^릉寓^우使^사遲^지

天^천涯^애占^점夢^몽數^삭 　疑^의誤^오有^유新^신知^지

그대 갈 제 물이 난간에 닿았지만
매미울음 그치자 가지에 가득한 이슬.
끝없는 그리움은 새 철이 되어도
기대어 서서는 홀로 시간을 보낸다.
북두성은 봄철 내내 멀어졌고
남릉에서 전해 오는 소식이 늦다.
하늘 끝 여기서 자주 꿈을 풀어보며
새사람 있다고 잘못 생각한다오.

▶ <涼思(양사)> : '가을 생각'. 지난 봄에 떠난 사람을 가을에 그린다는 뜻인데 그리는 사람이 누구인가는 알 수 없다. 친구라고 생각되지만 '그리는 여인'을 대입해도 뜻이 통한다.

▶ 客去波平檻(객거파평함) : 客(객) – 나그네, 그대, 시인이 그리는 임. 波 물결 파. 수위(水位). 檻 (가둬두는) 우리 함. 난간.

▶ 蟬休露滿枝(선휴노만지) : 蟬休(선휴) – 매미가 울음을 그치다.

▶ 永懷當此節(영회당차절) : 永懷(영회) – 영원히 그리다(회념懷念).

▶ 倚立自移時(의립자이시) : 倚立(의립) – 기대서다. 自移時(자이시) – 저절로 시간이 가다, 오랫동안 서 있다.

▶ 北斗兼春遠(북두겸춘원) : 北斗(북두) – 별 이름. 시인이 그리는 사람. 兼春遠(겸춘원) – 봄과 함께 멀어졌다. 봄부터 지금까지 헤어진 상태라는 것을 알 수 있다. 가을 석 달을 겸추(兼秋)라고 한다. 겸춘은 '봄철 내내'란 뜻으로 해석할 수 있다. '두 번의 봄' 곧 2년으로 해석하면 전후 맥이 안 통하는 것 같다.

▶ 南陵寓使遲(남릉우사지) : 南陵(남릉) – 지명. 지금의 안휘성 무호현(蕪湖縣). 그리는 사람이 있는 곳. 寓 머무를 우. 살다, 보내다. 寓使遲(우사지) – 소식 보내오는 것이 늦다. '우서(寓書)'는 '편지를 보내오다'는 뜻. '우사(寓使)'는 '소식을 전하는 인편'. 그렇다 하여 '우체부'는 아니다.

▶ 天涯占夢數(천애점몽삭) : 天涯(천애) – 하늘가, 시인이 있는 곳. 占夢(점몽) – 꿈을 가지고 점을 치다, 해몽하다. 數(삭) – 여러 번, 자주.

▶ 疑誤有新知(의오유신지) : 疑誤(의오) – 의심하며 잘못 생각하다. 新知(신지) – 새로 알게 된 사람, 새로운 애인.

詩意

그리움이란 그럴 것이다. 누구라고 딱 말하면 내 비밀을 다 내보이는 것 같아서 싫은 것이다. 그래서 반쯤 가릴 필요가 있다지만 읽는 사람으로서는 이 뜻인가 저 뜻인가 하면서 생각을 많이 해야 한다.

1, 2구를 보면 남자 친우로 생각되지만 7, 8구에서는 생각이 달라진다. 북두에 대한 해석도 그냥 별 이름인지, 아니면 '그리는 임'인지, 아니면 황제가 있는 곳, 곧 장안이라고 하는 해석까지 나온다. 겸춘(兼春)을 '봄과 함께'로 새기면 되는가? 아니면 '두 번의 봄'이면 2년인데 그렇다면 '봄 3달'과 '2년'이라는 차이가 생긴다. 하여튼 어떻게 해석하느냐에 따라 의미가 다르지만 '시인 생각의 묘'는 인정해야 한다.

전반 4구는 그리움이 용솟음치듯 문장의 기세가 힘차지만, 후반 4구는 '그리움의 고(苦)'를 묘사하였기에 조의(造意)가 매우 아름다우면서도 깊은 원망이 깔려 있는 것 같다. 하여튼 이런 시는 생각에 생각을 거듭하며 읽어야 한다.

160. 北青蘿 북청라　　● 李商隱이상은

殘陽西入崦　茅屋訪孤僧

落葉人何在　寒雲路幾層

獨敲初夜磬　閑倚一枝藤

世界微塵裡　吾寧愛與憎

석양이 서산에 지려 할 때
초가로 홀로 계신 스님을 찾았다.
낙엽은 지는데 스님은 어디 있나?
가을 구름만 길에 겹겹이 쌓였다.
홀로 경을 치며 저녁 불경 외다가
한가히 등나무 그루에 기대섰다.
인간 세상이 작은 티끌 속에 있거늘
나는 어찌 애증에 매달리는가?

註釋

▶ <北靑蘿(북청라)> : 의미가 좀 애매하다. 아주 좁은 지역을 지칭하는
지명이다. 우리나라 농촌 마을의 '안뜸', '모개울' 등 작은 자연마을을 지칭
하는 이름과 같다. 蘿 무 라. 새삼덩굴, 덩굴식물.

▶ 殘陽西入崦(잔양서입엄) : 殘陽(잔양) - 석양. 崦 산 이름 엄. 엄자산.
감숙성 천수시(天水市) 소재. 전설에 '엄자산의 우연(虞淵)으로 해가 들어
간다' 하였으니 일반적으로 '해가 지는 산'을 의미. 이상은이 천수시 근처
의 엄자산을 찾았다는 뜻은 아닌 것 같다.

▶ 茅屋訪孤僧(모옥방고승) : 茅屋(모옥) - 초가.

▶ 落葉人何在(낙엽인하재) : 人(인) - 이상은이 찾아가는 고승(高僧).

▶ 寒雲路幾層(한운노기층) : 寒雲(한운) - 위의 낙엽에 맞추어 '추운(秋雲)'.
낙엽과 한운 속에 암자를 찾아가는 것이 마치 불도에 정진하는 모습처럼
느껴진다.

▶ 獨敲初夜磬(독고초야경) : 敲 두드릴 고. 初夜(초야) - 초저녁. 磬 경쇠
경. 여기서는 경을 치며 불경을 외운다는 뜻.

▶ 閑倚一枝藤(한의일지등) : 藤 등나무 등. 이 경련은 고승의 모습이지
시인이 그러하다는 뜻은 아니다.

▶ 世界微塵裡(세계미진리) : 微塵(미진) - 작은 티끌. '대천세계(大千世界)

가 구재미진중(其在微塵中)이라'는 말이 있다.

▶吾寧愛與憎(오녕애여증) : 寧 편안할 녕. 어찌, 어떻게. 愛與憎(애여증)
- 애증, 사랑과 미움. 《능엄경(楞嚴經)》에 '인재세간(人在世間)은 직재
미진이(直在微塵耳)라. 하필 구어애증(何必 拘於愛憎)하여 이고차심야
(而苦此心也)라'는 말이 있다.

🌕 詩意

어느 마을에서 보든 해가 뜨는 산이 있고 해가 지는 산이 있다. 시인이
어디에서 이 시를 썼는지 모르지만 글자만 보고 엄자산으로 고승(孤僧)을
찾아갔다고 해석해야 하는가? 서산(西山)이라는 실제 지명도 있다. 그렇다
하여 동요에 '서산 너머'라면 실제 지명의 그 산이라고 말할 것인가?

이 시에서 '잔양(殘陽)'은 '초야(初夜)'로, '고승(孤僧)'은 '독고(獨敲)'로 이
어진다. 이러한 말 자체가 외로움이다. 그래서 이 시의 분위기는 한마디로
'한운(寒雲)의 한(寒)'과 '독고(獨敲)의 독(獨)'이다. '쓸쓸함과 외로움'은 많
은 것을 생각하게 하면서, 무엇인가 '돈오(頓悟)'를 유발케 한다.

인간세계란 것이 '하나의 티끌 속'이다. 거기서 애(愛)와 증(憎)으로 번뇌하
는 시인의 모습을 볼 수 있다. 시인의 '애증의 사슬을 끊어버리고 싶은 간절
한 소망'을 느낄 수 있다. '애증의 사슬'에서 초탈할 수 있다면 그것이 바로
해탈일 것이다.

미련의 7, 8구는 이상은 자신의 말이나 생각이라기보다는 고승이 들려준
말이나 시인에게 준 가르침이라고 생각할 수 있다. 그렇다면 마지막 구절의
'오(吾)'는 당연히 군(君)이 되어야 할 것이다. '오(吾)는 군(君)의 와자(訛
字)일 것이다.'라고 말한 청나라 기윤(紀昀)의 지적에 공감하면서 과연 시를
어떻게 공부해야 하는가를 다시 한 번 더 생각해 본다.

161

送人東遊 우신의 동유를 전송하며　● 溫庭筠 온정균

荒戍落黃葉　浩然離故關

高風漢陽渡　初日郢門山

江上幾人在　天涯孤棹還

何當重相見　樽酒慰離顔

무너진 고루에 가랑잎이 지는데
의연히 고향 땅을 떠나가네.
추풍은 한양의 나루터에 불고
떠오른 해는 영문산을 비추겠지.
강가에 마중할 사람도 거의 없고
하늘 이쪽에서 배 한 척 돌아가겠지.
언제쯤에나 서로 다시 만날까
한 통의 술로 떠나는 사람 위로한다.

● 作者　온정균(溫庭筠, 812-870?) - 화간파(花間派) 사인(詞人)
자(字)는 비경(飛卿)으로 태원(太原) 출신이다. 만당(晚唐)의 유명한 시인
인데 보통 화간파 사인으로 유명하다.

선세(先世)의 온언박(溫彦博)이 재상(당 태종 때 중서령)을 역임하였으나 온정균 대에 와서 그 가세는 이미 쇠미하였다. 대개의 문인이 그러했던 것처럼 어려서부터 호학하며 시사(詩詞)에 능했다. 또 권귀를 희롱하며 금기를 일부러 범하는 성격이었고, 외모가 조금 특이하여 '온종규(溫鍾馗, 종규는 역귀疫鬼를 몰아내는 무시무시한 신)'라 불리기도 했다.

재주가 많고 기민하기로는 칠보시(七步詩)를 읊은 조식(曹植)과 함께 온정균을 꼽는다. 영호도(令狐綯)의 아들 영호호(令狐滈)와 절친했고 늘 상부(相府)에 출입하였다. 나중에는 영호호의 미움을 받았고, 과거에 여러 번 실패하였기에 관직은 겨우 국자감조교에 그쳤다.

음률에 정통하여 음악가로 인정될 정도였고, 그 사풍(詞風)은 농기염려(濃綺豔麗)한 기풍이 역력하다. 당시의 이상은(李商隱), 단성식(段成式)과 함께 이름을 날렸는데 이들 3인의 형제 배항이 모두 16째라서 이들의 문장 스타일―기려(綺麗)하면서도 유미주의적 시풍―을 '3인의 16번째'라는 뜻으로 '36체(體)'라는 별칭으로 부르기도 한다.

온정균과 이상은 두 사람만을 지칭할 때는 특별히 '온리(溫李)'라고 부른다. 물론 이상은과 온정균의 차이도 엄연하다. 이상은은 영사시를 통해 농민의 질고를 고발하는 시를 지었지만, 온정균은 그러한 경향이 없었다.

시의 특징은 색채감이 농염하고, 사구가 화려하며 대구가 교묘하다. 산수시, 회고시, 객수(客愁)를 읊은 시는 감개가 크고 청신하며 대범하다는 평을 듣는다. 온정균은 시인보다는 다음 송대에 크게 성행한 사(詞)의 작가로 먼저 인식되고 중요한 지위를 차지하고 있다.

註釋

▶ <送人東遊(송인동유)> : '우인의 동유를 전송하며'. 우인이 누군지는 미상.
▶ 荒戌落黃葉(황수낙황엽) : 荒戌(황수) - 무너진 수루(戍樓). 黃葉(황엽) - 가랑잎.
▶ 浩然離故關(호연이고관) : 浩然(호연) - 호연지기(浩然之氣). 정대강직(正大剛直). 故關(고관) - 살고 있는 고향의 관문.

▸ 高風漢陽渡(고풍한양도) : 高風(고풍) - 추풍(秋風). 漢陽渡(한양도) - 한양의 나루[津]. 한양은 무창(武昌), 한구(漢口)와 함께 무한삼진(武漢三鎭)이라 불렸다. 지금은 전체가 호북성 무한시이다.

▸ 初日郢門山(초일영문산) : 郢 땅이름 영. 郢門山(영문산) - 형문산(荊門山). 지금의 호북성 지성현(枝城縣) 서북. 우인의 목적지는 한양인 것 같다.

▸ 江上幾人在(강상기인재) : 江上(강상) - 우인을 전송하는 곳. 幾人在(기인재) - 몇 사람이 있다, 사람이 거의 없다. 한양에는 마중 나올 사람도 거의 없을 것이라는 뜻.

▸ 天涯孤棹還(천애고도환) : 棹 노 도. 孤棹(고도) - 배 한 척. 우인이 타고 가는 배.

▸ 何當重相見(하당중상견) : 何當(하당) - 언제쯤. 重相見(중상견) - 서로 다시 만나다.

▸ 樽酒慰離顔(준주위리안) : 樽 술통 준. 樽酒(준주) - 한 통의 술. 慰離顔(위리안) - 떠나가는 얼굴을 위로하다.

🏵 詩意

이별의 시이다. 전체적으로 수식도 없고 강건한 기풍이 느껴지니 온정균의 다른 시나 사와는 느낌이 많이 다르다. 전체적으로 강개하면서도 이별의 슬픔이 강하게 밀려온다. 떠나는 사람의 '호연이고관(浩然離故關)'하여 별로 마중할 사람도 없는 그곳에 '천애고도환(天涯孤棹還)'하겠지만 이별의 처량한 느낌보다는 결연한 의지가 느껴진다.

함련의 '고풍한양도 초일영문산(高風漢陽渡 初日郢門山)'의 구절은 단순하다. 각각 '고풍'과 '초일'에 지명 한 자만 있을 뿐, 아무런 수식이 없다. 그래도 실경(實景)이 눈에 보이고 웅혼함이 밀려온다. 이런 여유 있는 풍격은 왜 느껴지는가? 이것이 바로 시의 풍격인 것이다.

이별의 현장에 '한 잔의 술'이 아니라 '한 통 술[樽酒]'이라 한 것을 보면 약간의 호기가 드러나면서 가을의 감상적 분위기를 바꿔준다.

162

灞上秋居 파상의 가을　　● 馬戴마대

灞原風雨定　晩見雁行頻

落葉他鄕樹　寒燈獨夜人

空園白露滴　孤壁野僧鄰

寄臥郊扉久　何年致此身

파상의 풍우가 멈추자
저녁에 기러기 행렬을 자주 본다.
타향에서 보는 낙엽 지는 나무
희미한 등불로 혼자 밤을 지내는 사람.
빈 뜰에 찬 이슬이 방울지고
외딴 집에는 스님이 이웃일 뿐.
은거하며 농촌에 오래 살지만
어느 해 이 몸이 벼슬할 수 있을지?

● 作者　마대(馬戴, ?-?) - 가도(賈島)의 시우(詩友)

자(字)는 우신(虞臣). 과거에 여러 번 낙방하다가 무종(武宗) 회창(會昌) 4년(844)에 비로소 진사에 급제하였다. 선종(宣宗) 대중(大中) 원년(847)에 태원절도사의 서기가 되었다. 이후 태학박사를 지내다가 화산(華山)에 은거하며 각지를 유람하였다. 이후 태상박사로 관직을 마감하였다. 가도, 요합(姚合), 허당(許棠)과 시우로, 주고받은 시가 많다.

註釋

▶ <灞上秋居(파상추거)> : '파상의 가을'. 灞 강 이름 파. 파수(灞水)는 진령(秦嶺)에서 발원하여 장안을 감싸고 흐르는 팔수(八水)의 하나로 위수(渭水)에 합친다. 패상(霸上, 으뜸 패)과 같다.

▶ 灞原風雨定(파원풍우정) : 灞原(파원) - 파수의 들판.

▶ 晚見雁行頻(만견안행빈) : 頻 자주 빈. 雁行頻(안행빈) - 기러기 떼가 자주 줄지어 날다.

▶ 落葉他鄕樹(낙엽타향수) : 타향의 낙엽수란 뜻.

▶ 寒燈獨夜人(한등독야인) : 홀로 희미한 등불 아래 밤을 지새우는 사람.

▶ 空園白露滴(공원백로적) : 滴 물방울 적. 방울져 떨어지다.

▶ 孤壁野僧鄰(고벽야승린) : 壁 벽(담) 벽. 벼랑, 절벽. 孤壁(고벽) - 외딴집. 野僧(야승) - 승(僧)의 겸칭. 鄰 이웃 린. 이웃에 살다.

▶ 寄臥郊扉久(기와교비구) : 寄臥(기와) - 은거하다. 扉 문짝 비. 집. 郊扉(교비) - 시골의 집.

▶ 何年致此身(하년치차신) : 致此身(치차신) - 관리가 되어 국가를 위해 몸 바치다.

詩意

빈사(貧士)의 감회를 읊은 시이다. 어찌 보면 적막과 고민이 창작의 동력이라는 사실을 일깨워주듯 시인은 가을의 적막을 읊었다. 수련에서는 거처와 시절을 읊어 제목의 뜻에 맞추었다. 함련에서는 자신이 타향에서 희미한 등불을 벗 삼는 생활을 묘사하였고(낙엽과 한등寒燈), 경련에서는 거처의 외로움을 한껏 강조하였다(공원空園과 고벽孤壁). 그리고 끝으로 회재불우하지만 자신의 희망을 토로하면서 오래 은거할 생각이 없다는 뜻을 말했다.

163. 楚江懷古 초강에서 옛일을 생각하다 ● 馬戴마대

露氣寒光集　微陽下楚丘

猿啼洞庭樹　人在木蘭舟

廣澤生明月　蒼山夾亂流

雲中君不見　竟夕自悲秋

이슬 맺히며 서늘한 기운이 모이고
희미한 햇살은 초楚의 산하를 비춘다.
원숭이는 동정호 나무에서 울고
나그네는 목란의 배를 타고 왔다.
드넓은 호수에 밝은 달이 뜨고
청산을 끼고 난류가 흐른다.
운중군을 볼 수가 없으니
밤을 새워 홀로 가을을 슬퍼한다.

註釋

▶ <楚江懷古(초강회고)> : '초강에서 옛일을 생각하다'. 楚江(초강) - 동정
　호로 들어오는 상수(湘水), 또는 호남성 경내를 통과하는 장강을 지칭한다.
▶ 露氣寒光集(노기한광집) : 이슬에 서늘한 기운이 맺히다.

▶ 微陽下楚丘(미양하초구) : 微陽(미양) - 희미한 빛. 楚丘(초구) - 초(楚) 의 산.

▶ 猿啼洞庭樹(원제동정수) : 啼 울 제. 洞庭樹(동정수) - 동정호의 나무.

▶ 人在木蘭舟(인재목란주) : 木蘭舟(목란주) - 목란으로 만든 배. 중국 제일 의 기술자라 할 수 있는 노반(魯班)이 심양강(潯陽江) 가운데에 있는 섬에 서 목란을 베어 만들었다는 전설의 배.

▶ 廣澤生明月(광택생명월) : 廣澤(광택) - 광활한 호수. 동정호.

▶ 蒼山夾亂流(창산협난류) : 양안의 창산은 난류를 끼고 있다. → 청산(青 山) 사이에 난류가 흐른다.

▶ 雲中君不見(운중군불견) : 雲中君(운중군) - 운신(雲神), 곧 상군(湘君). 굴원의 <구가(九歌)>의 한 작품이 <운중군>이다. 곧 굴원을 뜻한다.

▶ 竟夕自悲秋(경석자비추) : 竟夕(경석) - 온 밤, 밤새.

🌸 詩意

마대는 선종(宣宗) 대중 원년(847)에 산서성 태원(太原)의 절도사 막부에 근무하면서 직언했다가 용양위(龍陽尉, 용양은 지금의 호남성 한수漢壽)로 폄직되었다. 마대는 임지로 가면서 강북에서 강남으로 내려와 동정호를 지나면서 경치를 보고 감회에 젖어 <초강회고(楚江懷古)> 5편을 지었는데 이 시는 그 제1수이다.

시인은 만추의 장강과 동정호에서 옛 현인을 생각하면서 자신의 불우를 한탄하였다. 수련에서는 박모(薄暮)의 경치를 서술했다. 함련에서는 수련 의 '모(暮)'의 원숭이 울음과 외로운 배의 자신을 그렸다. '원제동정수(猿啼 洞庭樹)하고 인재목란주(人在木蘭舟)'라'는 '만당시(晩唐詩)의 명구'로 알 려졌다.

이어 경련에서는 산수의 야경을 묘사하였고, 회고의 본뜻은 미련에서 토로 하였다. 곧 '선현의 흔적을 더듬는 비추(悲秋)의 정경'이라 할 수 있다.

164. 書邊事 변방의 일을 적다　●張喬장교

調角斷淸秋　征人倚戍樓

春風對靑塚　白日落梁州

大漠無兵阻　窮邊有客遊

蕃情似此水　長願向南流

호각 소리는 가을하늘에서 사라지고
병사는 성루에 기대어 섰다.
춘풍이 왕소군의 묘에 불어오고
백일은 양주 땅에서 진다.
큰 사막에 싸움이 없으니
외진 변방에도 나그네가 지나간다.
토번 민심이 이 물과 같아
늘 남쪽으로 흘러가길 바란다.

🏵 作者 장교(張喬) - 가도(賈島)와 비슷한 풍격의 시

의종(懿宗, 재위 859-873, 연호 함통咸通) 때 진사과에 합격하였다. 황소(黃巢)의 난(875-884) 동안에 구화산(九華山, 안휘성 지주시池州市 청양현靑陽縣 경내, 중국 4대 불교 명산)에 은거하였다. 당시 그 지역의 문사인 허당(許棠), 정곡(鄭谷) 등 소위 '함통십철(咸通十哲)'과 교유하였다. 오율에 뛰어났고 시는 청아하고 운율을 잘 갖추었으며, 그 풍격이 가도와 비슷하다는 평을 듣는다.

🏵 註釋

▶ <書邊事(서변사)> : '변방의 일을 적다'.
▶ 調角斷淸秋(조각단청추) : 調角(조각) - 군 부대에서 쓰는 호각을 불다.
▶ 征人倚戍樓(정인의수루) : 征人(정인) - 변방의 군사. 倚 기댈 의. 戍樓(수루) - 망루, 초소.
▶ 春風對靑塚(춘풍대청총) : 靑塚(청총) - 한 원제(漢元帝)의 후궁으로 흉노 추장에게 시집간 왕소군(王昭君)의 묘. 새외(塞外) 지역에서 다른 풀이 모두 하얗게 죽어도 왕소군 무덤의 풀은 늘 파랗다고 하였다.
▶ 白日落梁州(백일낙양주) : 梁州(양주) - 감숙성 지역. 여기서는 중국 서북의 변방.
▶ 大漠無兵阻(대막무병조) : 大漠(대막) - 큰 사막. 阻 험할 조. 沮(막을 저)와 같음. 兵阻(병조) - 전쟁.
▶ 窮邊有客遊(궁변유객유) : 窮邊(궁변) - 궁벽한 변방.
▶ 蕃情似此水(번정사차수) : 蕃情(번정) - 토번인들의 정서. 似 같을 사.
▶ 長願向南流(장원향남류) : 長願(장원) - 늘 원한다. 向南流(향남류) - 남으로 흐르다. 곧 당(唐)에 귀부하려 한다.

🏵 詩意

사실 9세기의 당나라 정치는 엉망이었다. 황제는 환관의 손에 의해 옹립되고 폐위되었다. 그래서 '환관의 제자인 천자'라는 뜻으로 '문생천자(門生天子)'라는 말이 두루 통했다. 관료들은 우이당쟁(牛李黨爭)에 휩싸였고 절도사들의 번진은 이미 독립 상태였다. 의종 때 토번 등 서북 지역 이민족과는 평화적 관계를 유지하며 당에 신복(臣服)하였다지만 그것은 표면에 불과하였다.

이 시기에 변방의 이런 풍경은 허약해서 이민족을 통제 못하는 당의 현실을 풍자한 것에 불과하였다.

수련에서는 가을의 변방, 함련에서는 새외(塞外) 풍경, 경련에서는 전필(轉筆)하여 변방이 평화롭다 하였고, 미련에서는 번인(蕃人)들이 당에 귀부하고자 한다는 뜻을 표현하였다. 전체적으로 단숨에 써내려간 듯, 또 멀리 보면서 성큼성큼 걸어가는 느낌을 주는 시라고 생각된다.

▌ 왕소군(王昭君)이 흉노 땅으로 시집가는 그림

165. 巴山道中除夜有懷 파산에 가던 중 제야의 회포
_{파 산 도 중 제 야 유 회}

● 崔塗 최도

超遞三巴路　羈危萬里身
_{초 체 삼 파 로}　_{기 위 만 리 신}

亂山殘雪夜　孤獨異鄕人
_{난 산 잔 설 야}　_{고 독 이 향 인}

漸與骨肉遠　轉於僮僕親
_{점 여 골 육 원}　_{전 어 동 복 친}

那堪正飄泊　明日歲華新
_{나 감 정 표 박}　_{명 일 세 화 신}

멀고 먼 삼파로 가는 길

만리를 떠돌며 힘들게 살아가는 몸.

첩첩산중에 잔설이 남은 밤

홀로 외로이 타향을 떠도는 몸.

점점 골육과도 멀어지고

되레 어린 머슴들과 가깝다.

어찌 견디랴, 마침 떠돌면서

내일 세월이 새로 바뀐다네.

자(字)는 예산(禮山)으로 절강성 부춘(富春) 출신. 희종(僖宗) 광계(光啓)
4년(888) 과거에 응시하여 진사과에 합격하였다. 일생동안 장년에서 노년
에 이르는 동안 사천(四川), 귀주(貴州), 강소, 절강, 하남, 감숙 등 각지를
떠돌았다. 시작(詩作)은 떠도는 나그네의 심정과 실의 속의 사향(思鄕)을
주제로 하여, 처량하고도 울적하며 침잠(沈潛)하는 시를 읊었다. 《전당시
(全唐詩)》에 시 1권이 들어 있다.

🌑 註釋

▶ <巴山道中除夜有懷(파산도중제야유회)> : '파산에 가던 중 제야의 회
  포'. 간단히 '제야유회(除夜有懷)'로 된 판본도 있다.

▶ 迢遞三巴路(초체삼파로) : 迢遞(초체) - 멀고 먼 모양. 三巴(삼파) - 파군
  (巴郡), 파동(巴東), 파서(巴西)의 합칭. 지금의 사천성 동부, 장강의 삼협
  (三峽) 일대.

▶ 羈危萬里身(기위만리신) : 羈 굴레 기. 羈危(기위) - 외지를 떠돌며 위태
  롭게 살아가다.

▶ 亂山殘雪夜(난산잔설야) : 亂山(난산) - 첩첩산중.

▶ 孤獨異鄕人(고독이향인) : 孤獨(고독) - 고촉(孤燭)으로 된 판본도 있다.
  異鄕人(이향인) - 타향 사람.

▶ 漸與骨肉遠(점여골육원) : 漸 차츰 점, 물 스며들 점. 骨肉(골육) - 자녀,
  형제 등 지친(至親).

▶ 轉於僮僕親(전어동복친) : 轉(전) - 도리어. 僮 아이 동. 하인. 僕 종
  복. 머슴.

▶ 那堪正飄泊(나감정표박) : 那堪(나감) - 어찌 견디랴? 게다가. 飄泊(표
  박) - 떠돌다.

▶ 明日歲華新(명일세화신) : 歲華(세화) - 세월.

명절에 부모님 계신 고향에 못가면 그렇게 서운했었는데! 그리고 떠돌이들
도 어지간하면 명절에는 고향에 갔는데! 시인의 본래 집은 강남이라 하였는
데 장강을 따라 촉으로 가고 있는 것 같다.

수련에서는 삼파로(三巴路)와 만리신(萬里身)이 대우가 되면서 제목의 뜻
을 확실하게 보충해준다. '만리신'은 다음 구의 '이향인(異鄉人)'으로 다시
한 번 강조된다. 그리고 함련과 경련 역시 좋은 대우로 짜여 있지만, '골육원
(骨肉遠)'과 '동복친(僮僕親)'은 서글픈 대우이다.

이 시에는 제야란 말을 쓰지 않고도 해가 바뀌는 나그네의 여정을 농축해서
표현하였다.

166. 孤雁 외기러기　　● 崔塗최도

幾行歸去盡　片影獨何之

暮雨相呼失　寒塘欲下遲

渚雲低暗渡　關月冷遙隨

未必逢矰繳　孤飛自可疑

몇몇 무리가 다 돌아갔지만
혼자 남아서 홀로 어딜 가려나?
저녁 비에 서로 부르다가 놓치고
차가운 물가에 내리려다 멈칫거린다.
물가 구름 속 낮게 혼자 나는데
관문 달빛만 추운 하늘 멀리 비춘다.
필히 주살을 맞을 것은 아니라지만
홀로 날면서 스스로 조심해야지.

🏵 註釋

▶ <孤雁(고안)> : '외기러기'.

▶ 幾行歸去盡(기행귀거진) : 幾行(기행) – 몇 떼의 기러기들. 歸去盡(귀거
진) – 다 돌아갔다.

▶ 片影獨何之(편영독하지) : 片影(편영) – 그림자 하나, 홀로 된 기러기.
獨何之(독하지) – 혼자 어디로 가는가?

▶ 暮雨相呼失(모우상호실) : 暮雨(모우) – 밤비. 相呼失(상호실) – 서로
울며 날다가 무리를 잃다.

▶ 寒塘欲下遲(한당욕하지) : 塘 못 당. 저수지. 欲下遲(욕하지) – 내리려다
가 멈칫거리다.

▶ 渚雲低暗渡(저운저암도) : 渚 물가 저. 삼각주. 渚雲(저운) – 강가에 긴
구름. 低暗渡(저암도) – 낮게 혼자 날아가다.

▶ 關月冷遙隨(관월냉요수) : 關月(관월) – 관문에 비치는 달빛. 冷遙隨(냉
요수) – 차갑게 끝까지 따라오다.

▶ 未必逢矰繳(미필봉증격) : 矰 주살 증. 새를 잡을 수 있는 사냥 도구.
繳 주살의 줄 격.

▶ 孤飛自可疑(고비자가의) : 疑(의) – 조심하다.

1구 거진(去盡)은 새진(塞盡), 2구 편영(片影)은 염이(念爾), 독하지(獨何之)는 욕하지(欲何之), 6구 요수(遙隨)는 상수(相隨) 등 판본에 따라 내용을 달리하고 있다. 아마 이는 뒷날 필사하거나 출간하는 과정에서 평측(平仄)이나 운에 맞춘다는 뜻으로 수정하거나 '이렇게 고치면 뜻이 더 좋을 것'이라 판단하여 작자의 뜻과 상관없이 고쳤기 때문일 것이다. 덜 알려진 시인의 시일수록 이런 현상이 심하다.

이 시는 영물시이니 곧 고안(孤雁)으로 자비(自比)하는 뜻이 역력하다. 시인이 이향(異鄕)을 떠돌며, 자신이 겪는 세로(世路)의 험준함을 무리를 잃은 고안에 비유하면서 자신의 마음을 암시하고 있다.

전반 4구는 해질 무렵 연못 주변의 풍경으로 기러기들을 묘사하였다. 여기에는 자신의 처지나 생각이 들어 있지 않은 실제적 묘사이다.

후반 4구에서 자신의 외로운 마음을 완곡하게 표출하였는데 '저운저암도(渚雲低暗渡)하고 관월냉요수(關月冷遙隨)'라'하여 차가운 하늘과 달빛 속의 외로움을 그렸다. 마지막 구절은 시인 자신의 처세훈이며 스스로를 위안하는 뜻이 들어있다.

전체적으로 군더더기가 없고 여운이 남아 한 번 더 읽게 되는 좋은 시이다.

167. 春宮怨 봄날 궁녀의 슬픔　● 杜荀鶴두순학

早被嬋娟誤　欲妝臨鏡慵
조 피 선 연 오　욕 장 임 경 용

承恩不在貌　教妾若爲容
승 은 부 재 모　교 첩 약 위 용

風暖鳥聲碎　日高花影重
풍 난 조 성 쇄　일 고 화 영 중

年年越溪女　相憶採芙蓉
연 년 월 계 녀　상 억 채 부 용

전에 곱다고 뽑힌 것이 잘못됐으니
이젠 꾸미려 거울 보기도 싫어졌다오.
은총 입음이 미모에 있지 않거늘
나는 어떻게 꾸며야 하나요?
봄날 따스하면 새들이 지저귀고
해가 높아지면 그림자도 겹쳐집니다.
해마다 월계의 여인들은
부용을 따던 나를 그리겠지요.

作者 두순학(杜荀鶴, 846?-907) - 두목(杜牧)의 첩실 소생

자(字)는 언지(彦之)이고 호는 구화산인(九華山人)이다. 두목의 출첩(出妾) 소생으로 알려졌는데 배항이 15라서 보통 '두십오(杜十五)'라고 부른다. 어려서부터 호학했지만 46세에 겨우 진사가 되었다. 당 말기에는 과거제도도 문란해져서 권귀의 추천이 있어야만 겨우 급제할 수 있었다. 오대의 후량(後梁) 태조(주전충朱全忠)가 당을 멸망시킨 뒤 한림학사에 임명하였으나 5일 만에 죽었다고 한다.

시는 300여 편이 전해 오는데 오언과 칠언의 율시에 뛰어났다. 당 말기의 혼란과 현실을 묘사한 내용이 많은데, 황소의 난 이후 당의 사회상을 잘 반영하고 있다. 시집으로는 《당풍집(唐風集)》 3권이 있다.

註釋

▶ <春宮怨(춘궁원)> : '봄날 궁녀의 슬픔'. 제목과 달리 현외지음(弦絃外 之音, 말 속의 숨은 뜻)이 있다.

▶ 早被嬋娟誤(조피선연오) : 嬋 고울 선. 娟 예쁠 연. 嬋娟(선연) - 여인의 예쁜 용모.

▶ 欲妝臨鏡慵(욕장임경용) : 妝 꾸밀 장. 臨鏡(임경) - 거울 앞에 앉다. 慵 게으를 용. 황제가 찾아주지도 않으니 화장하기도 싫다는 뜻.

▶ 承恩不在貌(승은부재모) : 承恩(승은) - 황제의 총애.

▶ 敎妾若爲容(교첩약위용) : 敎(교) - ~에게 시키다, 하게 하다. 若爲容(약 위용) - 어떻게 얼굴을 꾸며야 하나? 이 구절은 '사랑받는 방법을 모르겠 다'라는 푸념일 것이다.

▶ 風暖鳥聲碎(풍난조성쇄) : 봄바람이 따뜻하면 새들도 많이 지저귄다. 碎 부술 쇄. '사랑을 주어야 애교도 부리지!'라는 한숨일 것이다.

▶ 日高花影重(일고화영중) : 해가 높이 뜨니 꽃 그림자가 진하다.

▶ 年年越溪女(연년월계녀) : 越溪女(월계녀) - 월(越)의 강가 약야계(若耶 溪)에서 비단 빨래를 하던 서시(西施).

▶ 相憶採芙蓉(상억채부용) : 芙蓉(부용) - 연꽃(하화荷花).

제목에 있는 춘(春)이라는 글자가 시에 없어도 봄날의 정경이 눈에 그려지며, 직접적인 원성(怨聲)이 없어도 그 한을 느낄 수 있다.

수련에서는 미모가 있다하여 뽑혀 들어온 것이 잘못된 시작이었고, 지금은 꾸미고 싶은 의욕도 잃었다고 하였다. 함련에서는 승은(承恩)은 용모에 있지 않으니 다른 길을 모르겠다는 더 큰 불평을 묘사하였다. 경련에서는 분위기를 바꿔 봄 경치를 서술하였지만 단순한 서경이 아니라 결련을 위한 바탕으로 새의 지저귐과 꽃 그림자의 인과를 논리적으로 설명하였다. 이 '풍난(風暖)에 조성쇄(鳥聲碎)하고, 일고(日高)에 화영중(花影重)하다'는 명구로 널리 애송되고 있다.

그리고 미련에서는 고향 사람들은 나도 서시처럼 사랑을 받을 것이라 생각하지만 현실은 정반대라는 슬픔을 완곡하게 표현하였다. 이 미련을 읽고 나면 다시 수련의 '조피선연오(早被嬋娟誤)하고' 함련의 '승은(承恩)은 부재모(不在貌)라'의 구절이 진리로구나 하는 느낌이 온다.

실의한 문인이 만리 밖의 궁문을 생각하며 눈물 흘리는 것과, 미모는 있지만 총애를 받지 못하는 궁녀의 그 한은 같을 것이다.

그리고 '여위열기자용야(女爲悅己者容也)'란 말이 실감나는 시이다. 이 말은 '지사(志士)는 자신을 알아주는 사람을 위해 죽을 수 있다(士爲知己者死)'는 시인의 의지이다. 본래 미인은 붉은 지분(脂粉)을 아끼고(佳人惜紅粉), 열사는 보검을 애지중지한다(烈士愛寶劍).

168. 章臺夜思 밤에 장대에서의 사념　● 韋莊위장

清瑟怨遙夜　繞絃風雨哀

孤燈聞楚角　殘月下章臺

芳草已云暮　故人殊未來

鄉書不可寄　秋雁又南迴

맑은 거문고 긴 밤을 원망하는 듯
줄을 맴도는 비바람소리 애달프다.
희미한 등불에 초楚 피리소리 들리고
새벽달 보며 장대에 내려선다.
방초도 벌써 시들었는데
벗님은 아직 돌아오지 않는다.
집에 보낼 편지 보낼 수 없는데
가을 기러기는 다시 남으로 돌아온다.

위장(韋莊, 836?-910) - 화간파(花間派) 사인(詞人)

자(字)는 단기(端己)로 두릉(杜陵, 지금의 섬서성 서안시 부근) 사람이다. 희종(僖宗) 광명(廣明) 원년(880)에 장안에서 과거에 응시했지만 황소(黃 巢)가 장안을 점거한 이후로는 각지를 떠돌았다. 중화(中和) 3년(883)에 낙양에서 장편 가행(歌行)인 <진부음(秦婦吟)>을 지었다.

소종(昭宗) 건녕(乾寧) 원년(894) 진사에 급제한 뒤(59세) 교서랑과 좌보궐 등의 직책을 역임했다. 이후 번진절도사의 막료로 일하다가 당이 멸망하고 (907) 왕건(王建, 907-918 재위)이 전촉(前蜀, 907-925 존속)을 개국하자 그 나라의 이부상서와 동평장사(同平章事, 재상급)를 역임한 뒤, 910년에 촉에서 죽었다.

화간파 사인으로 잘 알려졌는데 사풍(詞風)은 청려하여 온정균(溫庭筠)과 함께 '온위(溫韋)'로 병칭된다.

註釋

▶ <章臺夜思(장대야사)> : '밤에 장대에서의 사념'. 章臺(장대) - 초나라 장화대(章華臺, 기원전 6세기 초에 이궁離宮으로 지어졌다)로 추정(지금 의 호북성 감리현監利縣). 시 속에서는 장안을 대신한다. 시인은 황소의 난(875-884) 이후 각지를 떠돌았는데, 이 작품은 890년 가을에 지은 것으 로 추정된다.

▶ 清瑟怨遙夜(청슬원요야) : 瑟(슬) - 25현의 거문고.

▶ 繞絃風雨哀(요현풍우애) : 繞 두를 요, 둘러싸다. 繞絃(요현) - 현을 맴돌 다.

▶ 孤燈聞楚角(고등문초각) : 楚角(초각) - 슬픈 음색의 초나라 피리.

▶ 殘月下章臺(잔월하장대) : 殘月(잔월) - 새벽달. 여기서 제목을 풀이해준다.

▶ 芳草已云暮(방초이운모) : 방초도 오랜 세월이 지났다, 세월이 꽤 많이 흘렀다. 云(운) - 어조사. 어조를 고르게 하는 역할을 한다.(예, '이 해도 저물었다歲云暮矣')

▶ 故人殊未來(고인수미래) : 殊(수) - 유(猶)와 같음. 아직, 여전히.

▶ 鄕書不可寄(향서불가기) : 鄕書(향서) − 가서(家書).

▶ 秋雁又南迴(추안우남회) : 다시 1년이 지난다는 뜻. 迴(회) − 회(回),
  회(廻)와 같음.

🌸 詩意

수련은 25현 거문고의 청아한 음색에서 오히려 슬픔을 느끼는 시인의 수심
을 묘사하였다. 함련 3, 4구는 시인의 잠을 못 이루는 나그네의 모습을 그렸
는데 모두 밤을 그려냈다.

경련은 나그네가 떠돌아도 세월은 흐른다며 반전을 시도한 뒤에, 미련에서
가서(家書)를 보낼 길이 없는데 기러기는 다시 남으로 돌아온다는 고향을
그리는 사념으로 끝을 맺었다.

169. 尋陸鴻漸不遇 육홍점을 찾아갔으나 만나지 못하다

● 僧승 皎然교연

移家雖帶郭　　野徑入桑麻

近種籬邊菊　　秋來未著花

扣門無犬吠　　欲去問西家

報到山中去　　歸來每日斜

이사한 집이 성곽 근처라지만
들길은 삼밭과 뽕밭을 지나간다.
울타리 사이 국화를 많이 심었는데
가을이지만 아직 피지 않았다.
대문을 두드려 개 짖는 소리도 없는데
돌아서려다 이웃에 물었더니
산에 갔을 것이라 대답하는데
돌아오기는 매일 석양이라 한다.

作者　승 교연(僧 皎然) - 승려 시인

화상(和尙)으로 속성(俗姓)은 사(謝)씨이고 이름은 획(晝), 자(字)는 청획
(淸晝)인데 남조 송(宋) 사령운(謝靈運)의 후손이다. 처음에 입도하여 영철
(靈徹), 육우(陸羽)와 함께 묘희사(妙喜寺)에서 수도했다고 한다. 거처가
저산(杼山)에 있었는데, 시집으로 《저산집(杼山集)》이 있다.

註釋

▶ <尋陸鴻漸不遇(심육홍점불우)> : '육홍점을 찾아갔으나 만나지 못하다'.
尋 찾을 심. 찾아가다, 방문하다. 鴻漸(홍점) - 육우(陸羽)의 자(字). 육우
는 《다경(茶經)》을 저술하며 중국 차를 본격적으로 연구하여 중국인들
에게 '다신(茶神)'으로 추앙받는 사람이다.

▶ 移家雖帶郭(이가수대곽) : 移家(이가) - 집을 옮기다. 帶郭(대곽) - 성곽
근처.

▶ 野徑入桑麻(야경입상마) : 野徑(야경) - 들길. 入桑麻(입상마) - 뽕나무
와 삼밭을 지나가다.

▶ 近種籬邊菊(근종리변국) : 近(근) - 가까이, 가깝게. 種(종) - 심다. 近種
(근종) - 바짝 붙여 심었다, 많이 심었다. 籬邊菊(이변국) - 울타리 가의
국화. 도연명의 '채국동리하(採菊東籬下)'를 연상하면 된다.

▶ 秋來未著花(추래미착화) : 著花(착화) - 개화(開花). 착(著)은 着(착)과
같음.

▶ 扣門無犬吠(구문무견폐) : 扣 두드릴 구. 吠 개 짖을 폐.

▶ 欲去問西家(욕거문서가) : 西家(서가) - 이웃.

▶ 報到山中去(보도산중거) : 報到(보도) - 대답을 들었다.

▶ 歸來每日斜(귀래매일사) : 斜 비낄 사, 기울 사. 석양.

詩意

전 4구는 육우의 집을 찾아가는 길과 육우 집의 모습이다. 시골 마을이지만 울타리에 국화를 심어 키우는 점에서 은자의 풍모를 알 수 있다. 여기까지는 제목의 심육홍점(尋陸鴻漸)을 묘사하였다.

후반 4구는 '만나지 못한[不遇]' 사연이다. 이웃의 설명이기는 하지만, 매일 산에 가서 차를 찾거나 약초를 찾아 헤맨다는 사실과, 매일 늦게야 돌아온다는 사실을 알 수 있다.

參考　중국인의 차와 다신(茶神) 육우(陸羽)

중국인들은 일상생활에서의 일곱 가지 필수품[開門七件事]으로 땔감·쌀·기름·소금·간장·식초 그리고 차를 꼽는다. 적어도 이 정도는 준비되어야 신혼살림도 시작할 수 있고, 또 일상적인 하루가 시작될 수 있는데 그 중에 차가 들어 있다는 것이 우리하고 크게 다른 점이다. 어찌 보면 중국인들이 인류의 식생활 내지 기호품에 가장 크게 기여한 것은 바로 이 차라고 할 수 있다.

차의 원산지는 중국 사천성이나 운남성 일대라고 알려졌다. 지금은 세계의 많은 사람들이 차를 마시고 있지만, 중국에서 차가 음료로 일반화되기는 술보다 훨씬 늦다. 처음에는 차가 약재로만 쓰였는데 오랫동안 약재로 사용하다 보니, 사람들은 차가 치료뿐만 아니라 열을 내리고 해갈에도 좋고 정신을 맑게 하며, 향과 맛이 좋아 음료로도 우수하다는 것을 알게 되었다. 이에 재배하고 따서 말리고 조제하는 방법이 개량되면서 음다(飮茶) 풍습이 점차 확산되었다. 처음에는 사천 지역에서부터 시작되어 점차 강남 일대로, 다시 양자강 이북으로 보급되어, 당나라 때부터 많은 사람들이 일상적으로 차를 마시게 되었다.

당(唐) 이전의 문헌에는 씀바귀 도(荼), 가나무 가(檟), 차 싹 명(茗), 늦깎이 차 천(荈)이 차의 뜻으로 쓰였다고 한다. 도(荼, 씀바귀, 귀신 이름)는 일종의 쓴 나물이다. 《시경 패풍 곡풍(邶風 谷風)》에는 '누가 씀바귀를 쓰다고 하느냐(誰謂荼苦)'라는 시구가 있다. 당대에는 도(荼)와 차(茶)가 음이 비슷하여 서로 혼용되었지만 '도'에서 획을 하나 뺀 '차'자를 써서 마시는 차의 뜻으로만 전용했다.

차는 중국인들에게 일상생활의 일부였다. 당나라 때 이미 '양식 없이 3일을 지낼 수 있지만, 차 없이는 하루를 지낼 수 없다'는 말이 있을 정도였다. 그리고 당에서 차의 보급과 발전은 불교와 밀접한 관계가 있었다. 그래서 '다선일미(茶禪一味)' '음다좌선(飮茶坐禪)'의 풍조가 크게 유행하였다.

다학(茶學)의 전문가인 육우(733~804, 字 홍점鴻漸)는 '다성(茶聖)' 또는 '다선(茶仙)', '다신(茶神)'으로 불린다. 육우는 《다경(茶經)》을 저술하였는데, 이 책은 지금도 차의 고전으로 통한다.

육우의 일생은 역경의 연속이었다. 태어나자마자 부모는 그를 호북성 복주(復州) 근처 강가에 버렸다고 한다. 마침 근처를 지나던 승려가 지나다가 아이 울음소리를 듣고 거두어 길렀다. 아이는 총명하여 아홉 살에 시를 짓고 불경과 유가의 경전을 두루 섭렵하였다.

어린 육우는 절에 살면서 많은 고생을 하였고 이후 절을 떠나 혼자 공부했다. 학문과 문학에 성취한 바 있어 당시 최고의 명사였던 명필 안진경(顔眞卿)이나 안진경의 우인이며 은사(隱士)인 장지화(張志和) 등과 교유했다. 육우는 문재(文才)가 있었고 사려 깊은 사람이었다. 그리고 그는 천성적으로 차를 좋아했다. 그는 각종 차의 품종과 특성을 연구했고 온 중국을 돌면서 각지에서 생산되는 차와 각지의 물을 모두 맛보았다. 또 좋은 차, 특별한 차를 얻기 위해 칡 줄기에 몸을 묶고 절벽을 오르내리기도 했으며, 때와 시간에 따라 찻잎을 따고 직접 차를 만들기도 했다.

차나무에서 찻잎을 따는 시기를 맞추는 것이 아주 중요하다. 너무 빠르면 향기가 온전하지 못하고, 늦으면 싱그러운 맛을 잃는다. 그리고 때를 맞추더라도 그 전날 밤에 구름이 끼지 않고 아침 이슬이 내린 후에 따는 것이 최상품이고, 음산한 장마에 따는 것은 별로 좋지 않다. 또 차나무는 계곡 바위 사이에 자란 것이 좋고, 황토에서 자란 것은 별로 좋지 않다고 한다.

육우는 중국인들의 음식과 건강생활에 지대한 공헌을 하였다. 중국인들은 육우에게 감사하고 기념하기 위하여 육우가 죽은 뒤, 곧 그를 다신으로 받들었다.

'좋은 차는 미인과 같다'고 말한 소식(蘇軾, 동파東坡)도 차를 무척이나 즐겼다고 한다. 실제로 좋은 차는 마음을 깨끗하고 정신을 맑게 해주며, 가슴을 시원하게 열어주고 졸음을 쫓아주고 해갈에 도움이 된다. 그러나 좋은 차를 운치 있게 마시는 것은 그리 쉬운 일이 아니었다. 좋은 차를 마시는 데 아홉 가지 어려움[九難]이 있다고 하였으니 차의 제조, 감별, 다기(그릇), 불, 물, 굽기[炙], 가루 만들기[末], 끓이기, 마시기 모두가 어렵다고 했다. 또 차의 향을 네 가지로 구분하였는데 이 경지에 이르기도 그리 쉬운 일은 아니었다고 한다. 차의 네 가지 향이란 진향(眞香), 난향(蘭香), 청향(淸香), 순향(純香)을 말하는데 겉과 속이 같은 것이 순향이고, 알맞게 익은 것이 청향, 불기운이 고른 것이 난향, 비 오기 전 싱그러움을 머금은 것이 진향이라고 했다.

차는 문인들에게 갈증을 해소시켜 주고 정신을 맑게 해줄 뿐만 아니라 정서 생활과 품성 도야에 크게 이바지하였다. 좋은 품질의 차는 문인과 학사들에게 무한한 정취와 기쁨을 주었다. 차를 마실 때 객이 많으면 수선스럽고, 수선스러우면 아취가 없어진다고 했다.

'차는 혼자 마시면 신선의 경지이며[신神], 둘이 마시면 아주 좋고[승勝], 서넛이 마시면 재미있고[취趣], 대여섯이 마시면 무덤덤하고[범泛], 일고여덟 명이면 그저 내주는 것이다[시施]'.

부 록

作

者

紹

介

가도(賈島, 779-843) — 고음파(苦吟派) 시인

자(字)는 낭선(浪先, 낭선閬先)으로 범양(范陽, 지금의 하북성 탁주시涿州市) 사람이다. 빈한하여 일찍이 승려가 되어 법호를 무본(無本)이라 했다. 헌종 원화(元和) 5년(810) 장안에 와서 장적(張籍)을 만났다. 그가 낙양에서 한유(韓愈)의 행차와 부딪쳤을 때는 승려의 오후 외출이 금지되던 때였다고 한다. 한유의 가르침을 받아가며 환속하여 과거에 여러 번 응시하였으나 급제하지 못하다가 목종(穆宗) 장경(長慶) 2년(822)에 진사과에 급제하였다. 이후 관직생활은 불우하기만 했다.

가도는 이른바 '고음파'에 속하는 시인이다. 잘 알려진 전고인 '퇴고(推敲)'란 말은 가도로부터 나왔다. 가도는 나귀를 타고 가면서 '조숙지변수 승추월하문(鳥宿池邊樹 僧推月下門)'에서 推(옮을 추, 밀 퇴)를 쓸 것인가 敲(두드릴 고)를 쓸 것인가 고민했다. 한유의 지적대로 '승고월하문(僧敲月下門)'으로 하였는데, 나중에 이를 회고하며 '이구삼년득(二句三年得)하고 일음쌍루류(一吟双泪流)<제시후題詩後>'라고 말했다.

또 어느 날은 '낙엽만장안(落葉滿長安)'의 다음 구를 생각하다가 '추풍취위수(秋風吹渭水)' 구절이 입에서 절로 나왔다. 가도는 나귀 위에서 매우 좋아하다가 다른 귀인의 행차와 부딪쳐 하루 저녁을 갇혀 있었다는 이야기도 있다.

오언율시에 뛰어났으며 시는 의경이 고고황량(孤苦荒凉)하다는 평을 듣는다. 요합(姚合)과 친우였고 시풍도 비슷하여 후세에 '요가(姚賈)'라 합칭하였고 '요가시파(姚賈詩派)'라고도 부른다. '원진은 가볍고 백거이는 속(俗)하며(元輕白俗), 맹교(孟郊)는 냉정하고 가도는 수척하다(郊寒島瘦)'는 소식(蘇軾)의 평가는 동시대 시인의 특징을 잘 요약한 말이다.

고적(高適, 706- 765) — 변새(邊塞) 생활을 체험한 시인

자(字)는 달부(達夫). 변새시인으로 잠삼(岑參)과 함께 '고잠(高岑)'

으로 병칭된다. 매우 궁곤하게 출생하여 한때 빌어먹으며 생활한 때도 있었다고 한다. 천보(天寶) 8년에 봉구현위(封丘縣尉)로 관직에 들어선 뒤 주로 변방에서 생활하였다. 비교적 늦게 시를 짓기 시작했다고 하는데 변방의 생활, 병졸들의 감정, 젊은 부녀자들의 소회를 그린 작품이 많다. <연가행>은 이러한 고적을 대표할 수 있는 작품이다.

숙종을 거쳐 대종(代宗) 때 서천절도사(西川節度使)가 되었는데 광덕(廣德) 원년(763) 이후 토번의 공격이 있었고, 고적은 자신의 병력을 이끌고 출전하였으나 성공을 거두지 못했다. 나중에 형부시랑(刑部侍郎)과 좌산기상시(左散騎常侍)를 역임하였는데 관직생활이 가장 순탄했다고 알려진 시인이다.

이백, 두보와 교우하였으며 시는 강개, 호방하며 기상이 높아 기골(氣骨)을 겸비하였다는 평가를 받는다. 고적은 악부시 형식을 즐겨 채용하였는데 그의 작품을 모은 《고상시집(高常侍集)》이 전한다.

고황(顧況, 725-814?) - 신악부(新樂府) 운동에 동참

자(字)는 포옹(逋翁), 호는 화양진일(華陽眞逸), 만년에는 비옹(悲翁)이라 하였다. 숙종 지덕(至德) 2년(757) 진사가 되어 교서랑, 저작랑 등을 지냈지만 특별한 업적은 없었고 만년에 모산(茅山)이란 곳에 은거했다고 알려졌다. 시는 질박 평이하고 통속유창(通俗流暢)하면서도 두보의 현실주의적 시 정신을 이었으며 신악부 시가 운동의 선구가 되었다. 152 <부득고원초송별(賦得古原草送別)> 시의 참고 볼 것.

구위(邱爲, 694-789) - 장수(長壽)를 누린 효자

소주(蘇州) 가흥인(嘉興人)으로 과거에 여러 번 실패하고 농사를 지으면서도 계모를 극진히 모셔 집 마당에 영지(靈芝)가 자랐다고 한다. 천보(天寶) 원년(742)에 과거에 급제하여 태자우서자(太子右

庶子)가 되었는데 관직생활의 녹봉 절반을 노모 봉양에 썼기에 사람들의 칭송을 들었고, 80세 때에도 노모가 여전히 건강했다고 한다. 나중에 구위도 96세 장수를 누렸다. 청신평담(淸新平淡)하고 청정박소(淸淨朴素)한 언어로 산수자연을 노래했다. 구위(丘爲)로 된 판본도 있다.

권덕여(權德輿, 759-818) - 정치가이며 시인

자(字)는 재지(載之). 4세에 시를 지었다는 신동으로 20세 이전에 문장으로 이름을 날렸다고 한다. 덕종(德宗, 재위 779-805)은 호문(好文)하여 그를 불러 태상박사에 임명하였다. 정원(貞元) 10년(794)에 기거사인(起居舍人)이 되었고 이어 지제고(知制誥)를 역임하였고, 헌종 원화(元和) 초기에는 병부, 이부시랑을 거쳐 재상급인 동중서문하평장사가 되었다. 그러다가 이길보(李吉甫)와 불화하여 산남서도절도사(山南西道節度使)를 역임하였다. 시부(詩賦)에 두루 능했고 특히 악부시를 많이 지었다.

기무잠(綦母潛, 692-755) - 산수시인(山水詩人)

자(字)는 효통(孝通), 형남인(荊南人, 지금의 호북성 강릉시江陵市). 복성(複姓) 기무(綦母). 현종 개원 14년(726)에 진사 급제. 우습유(右拾遺)가 되었다가 저작랑(著作郞)이 되었으나 상관과 불화하여 관직을 그만두고 낙향하였다. 산수전원(山水田園)의 풍광을 즐겨 읊었으며 불도(佛道)와 선학(禪學)을 좋아하였다. 장구령(張九齡), 왕유(王維), 이기(李頎), 저광희(儲光羲), 위응물(韋應物) 등과 교유하였다. 014 왕유의 <송기무잠낙제환향(送綦母潛落第還鄕)> 참조.

김창서(金昌緒)

여항(余杭, 항주杭州) 사람이라고 하지만 나머지는 알 수 없다. 겨우 <춘원(春怨)> 시 한 수가 전한다.

낙빈왕(駱賓王, 640? - 684?) - 반항적인 천재 시인

　　자(字)는 관광(觀光). 한미(寒微)한 출신이지만 7세에 거위를 보고 시를 지을 정도의 신동이었다. 당(唐) 초기의 저명한 시인으로 왕발, 양형, 노조린과 함께 '초당사걸(初唐四傑)'이라 일컬어진다.

　　당 고종(高宗) 의봉(儀鳳) 3년(678)에 시어사(侍御史)가 되었지만 다른 사람의 무고에 의해 감옥에 갇혀 있다가 나중에 방면되어 지방관인 임해현승(臨海縣丞)이 되었기에 사람들은 '낙임해(駱臨海)'라고도 부른다.

　　684년 서경업(徐敬業, 당 태종을 도운 서세적徐世績의 손자. 서세적은 이적李績으로 성과 이름이 바뀌었지만 서경업은 본래의 성명이다)이 측천무후를 토벌하자고 거병하였는데 당시의 격문 <위서경업토무조격(爲徐敬業討武曌檄)>을 지었다. 격문을 읽어본 측천무후가 감탄하면서 "재상은 왜 이런 사람을 미리 등용하지 못했느냐?"며 꾸짖었다는 이야기는 유명하다. 서경업의 반란이 실패로 끝난 뒤 낙빈왕은 어디로 숨었고, 언제 죽었는지 알려지지 않았다.

　　시는 제재가 광범위하면서도 청신하며, 재주는 많고 지위는 낮은 데에 따른 격정과 불만을 느낄 수 있고, 필력은 웅건하다는 평을 받았다. <제경편(帝京篇)>은 당 초기에 보기 드문 장편시이다.

　　7세에 지었다는 <영아(咏鵝, 거위 아)>는 다음과 같다. 이 시는 중국의 할아버지들이 손자가 말을 배울 때부터 일러주는 시라고 한다.

　　어! 어! 어!(거위의 울음소리 é)　　　　鵝, 鵝, 鵝
　　굽은 목으로 하늘 보고 노래를 한다.　　曲項向天歌
　　하얀 깃털은 푸른 물위에 떠 있고　　　白毛浮綠水
　　붉은 발바닥 맑은 물결을 헤친다.　　　紅掌撥淸波

노륜(盧綸, 739-799) - 대표작은 <새하곡(塞下曲)>

　　자(字)는 윤언(允言)으로 대력십재자의 한 사람이다. 현종 천보 말년에 진사에 급제하였으나 바로 안사의 난이 일어나 관리에 임용

되지 못했다. 지금의 강서 구강(九江) 일대에 피난했다가 대종 대력(大曆) 연간에 다시 응시하였으나 여러 차례 고배를 마셨다. 대력 6년(771)에 재상 원재(元載)와 왕진(王縉)의 천거로 집현학사(集賢學士)와 비서성교서랑을 지낸 후 감찰어사를 역임하였다. 대력 11년에 원재와 왕진의 세력이 꺾이면서 노륜도 관련이 있다하여 죽을 때까지 중용되지 못했다. 덕종 건중(建中) 원년(780) 몇 개의 직책을 거쳐 검교호부낭중(檢校戶部郎中)을 역임했기에 후세 사람들은 '노호부(盧戶部)'라고 칭한다.

문종(文宗, 재위 826-840)이 노륜의 시를 좋아하여 "노륜이 죽은 이후로 문장은 어떠한가? 그만한 아들이 있는가?"라고 묻자 당시 재상이던 이덕유(李德裕)는 "노륜의 네 아들이 모두 진사가 되어 대각(臺閣)에 벼슬하고 있습니다."라고 대답했다고 한다.

시는 사경(寫景)에 뛰어나고 형상이 선명하며 언어가 간단하면서도 세련되었다는 평을 듣는데 오절악부<새하곡>이 가장 유명하다.

당 현종(唐玄宗, 이융기李隆基 685-762) - 풍류황제의 두 얼굴

당에서 재위(712-756, 44년) 기간이 가장 긴 황제. 예종(睿宗)의 셋째 아들. 현종은 묘호(廟號). 시호는 지도대성대명효황제(至道大聖大明孝皇帝). 보통 당명황(唐明皇)이라 부른다. 중종(中宗)을 시해한 황후 위씨(韋氏)를 처단하고 아버지 예종을 복위시켰다가 예종의 양위를 받아 28세에 즉위하였다. 즉위하고 30년간은 '개원지치(開元之治)'라 하여 당의 최전성기를 맞이했다.

그러나 장기간 재위에 따라 정사에 게을러져서 천보 연간(742-756)에 양귀비를 좋아했고 간신 이임보와 양국충을 중용하고 안록산을 신임하여 결과적으로 안사(안록산과 그 부장 사사명史思明)의 난(755-763)을 초래했다. 756년에 아들 숙종(肅宗)에게 양위하고, 757년에 안록산이 아들 안경서에게 피살된 뒤에 장안으로 돌아와 태상황으로 살다가 762년에 78세에 죽었다.

음악적 재능이 뛰어나 당조의 음악 발전에 큰 영향을 주었는데, 현종 자신이 비파와 북을 연주하기를 좋아하였고 <예상우의곡(霓裳羽衣曲)> 등 100여곡을 작곡하였다. 악공을 직접 선발하고 궁녀들을 모아 이원(梨園)에서 가무를 익히게 하였는데 이를 이원이라 불렀다. 중국의 예인들은 현종을 '노랑신(老郎神)'이라 하여 자신들의 직업의 신으로 숭배하고 있다.

참고로 안록산의 난이 일어나기 전해인 천보 13년(754)의 당의 국세는 전국 321군에 1,530개의 현, 16,829개소의 향(鄕)이 있었다. 그리고 9,069,154호에 총 인구는 52,880,488명이었다고 한다.

대숙륜(戴叔倫, 732-789) - 성실했던 관리

자(字)는 유공(幼公). 당 대종(唐代宗) 연간에 비서성정자(秘書省正字)를 역임하고 도지염철제사(度支鹽鐵諸使)의 막부에서 일했다. 덕종(德宗) 건중(建中) 연간에 동양현령(東陽縣令)으로 근무하다가 강서관찰사의 막부에서 근무했고, 얼마 뒤 무주자사(撫州刺史), 이부낭중(吏部郎中)을 지냈다. 만년에 용주자사겸용관경략사(容州刺史兼容管經略使)를 지내다가 임소에서 죽었다. 농촌생활에 대한 시가 많은데 시흥이 유원(幽遠)하여 작품마다 사람들을 놀라게 했다는 말이 있다. 운율의 미를 추구하여 뒷날 선운파(神韻派)의 선도 역할을 하였다.

염철사의 막료로 일할 때 사천의 운안(雲安)이란 곳에서 징수한 재물을 운반하던 중 양자림(楊子琳)이란 반란 세력에 잡혔다. 양자림이 돈을 내놓으면 목숨을 살려주겠다고 하였으나 대숙륜은 '몸이야 버릴 수 있지만 국가의 재물은 빼앗길 수 없다'며 끝까지 버티니 도적도 어쩔 수 없이 풀어주었다는 이야기가 전한다.

두목(杜牧, 803-852) - 칠언절구에 뛰어난 소두(小杜)

자(字)는 목지(牧之)로 경조(京兆, 장안) 사람이다. 《통전(通典)》의 저자이면서 재상을 역임한 두우(杜佑, 735-812)의 손자인데 10여세에 부친이 죽어 어렵게 생활하였다고 한다. 26세에 진사가 되어 굉문관(宏文館) 교서랑을 지내고 한때 절도사 우승유(牛僧儒)의 막료로 일한 적도 있지만, 황주(黃州), 목주(睦州), 호주자사(湖州刺史)를 역임하고 중서사인(中書舍人)으로 관직을 마감하였다.

풍류재자로 알려진 그는 원래 강직한 성격과 고매한 정치적 포부를 가지고 있었다. 병서(兵書)에 주석을 달기도 했으며 부세(賦稅)와 치란(治亂)에 대한 정론문(政論文)을 짓기도 하였다. 지방관으로 오래 근무했기에 포부를 펼 기회도 없었기에 실의 속에 강남의 아름다운 풍경에 취해 살았다. 그가 활동하던 시기는 당의 국세가 날로 쇠약해지던 시기였으니 재주는 뛰어났으나 시대를 잘못 만난 격이었다. 때문에 그의 시에는 우울한 정서와 인생에 대한 감상이 강하게 나타나 있다. 두보에 비하여 '소두'라 부르는데 두목은 칠언절구에 특히 뛰어났다.

고시는 호방하고 씩씩하며, 칠언절구와 율시는 정취가 호탕하면서도 건실하다. 특히 역사적 사실을 읊은 영사시는 자신의 감개를 유감없이 발휘한 우수작으로 널리 애송되고 있는데 <아방궁부(阿房宮賦)>, <산행(山行)>, <박진회(泊秦淮)> 등은 대표작이라 할 수 있다.

두보(杜甫, 712-770) - 시성(詩聖), 시사(詩史)

자(字)는 자미(子美)이고 호(號)는 소릉야로(少陵野老), 또는 두릉야객(杜陵野客), 두릉포의(杜陵布衣)이다. 현실주의적 시인으로 그의 시는 사회의 실질을 기록하였다는 평가를 받고 있다.

진(晉)의 장군으로 삼국의 오(吳)를 멸망시켰으며 좌전벽(左傳癖)이었던 두예(杜預)의 13세손이다. 조부 두심언(杜審彦)은 측천무후 시기의 유명한 정치인이면서 시인이었다. 중국문학사에서는 두심언, 이교(李嶠), 최융(崔融), 소미도(蘇味道)를 문장사우(文章四友)라 칭한다. 부친 두한(杜閑)은 낮은 지방관을 역임했지만 두보 대에 와서는 거의 몰락한 가문이었다. 두보는 하남(河南) 공현(鞏縣, 지금의 하남성 공의시鞏義市)에서 태어났는데 조적(祖籍)은 호북성 양양(襄陽)이다.

어려서부터 호학(好學)하였는데 7세에 시를 읊었던 조숙한 수재였다고 한다. 당 현종 천보 연간에 장안에서 진사과에 응시하였으나 낙제한 뒤 8, 9년간이나 제(齊)와 노(魯) 지역을 유랑했고, 이백, 고적(高適) 등과 교유했는데 <망악(望嶽)>, <음중팔선가(飮中八仙歌)> 등은 이 시기의 작품이다. 천보 11년 나이 40세에 참군(參軍) 벼슬에 나갔다가, 천보 15년에 안록산이 장안을 함락하고 숙종(肅宗)이 영무(靈武)에서 즉위하자(756) 숙종이 있는 곳을 찾아가 배알하여 좌습유(左拾遺)에 임명되었다.

숙종 건원(乾元) 원년(758), 사사명(史思明)의 반란이 계속되면서 엄무(嚴武)가 촉을 평정하고 두보를 검교공부원외랑(檢校工部員外郎)으로 초빙하였다. 두보는 친우 엄무의 도움과 후원 아래 성도(成都) 서교(西郊)의 완화계(浣花溪)에 초당을 짓고 일생 중 가장 평온한 시기를 보냈다. 그러나 실의와 곤궁 속에 시름하다가 대종(代宗) 대력(大曆) 5년(770)에 상강(湘江)의 배 안에서 당뇨병으로 급작스런 죽음을 맞이하니 향년 59세였다.

좌습유, 검교공부원외랑을 역임했기에 후세에 두습유(杜拾遺) 또는 두공부(杜工部)라고 불린다. 또 장안 성 밖 소릉(少陵)에 초당을 짓고 거주한 적이 있어 두소릉(杜少陵)이라고도 불린다. 11세 연상인 이백과 함께 '이두(李杜)'라고 병칭되는데 또 다른 시인 이상은(李商隱)과 두목(杜牧)은 '소이두(小李杜)'라 하여 구별한다. 두보와 두목은 먼 종친이라서 두보는 노두(老杜)라 불리기도 한다.

시는 약 1,500수가 전해오고 시집으로 《두공부집(杜工部集)》이 있다. 이백을 시선(詩仙)이라 부르기에 두보는 '시성(詩聖)'으로 존경받고 있으며, 그의 시는 곧 당시(唐詩)의 역사적 사실을 기록한 것과 같아 '시사(詩史)'라고 부르기도 한다.

두순학(杜荀鶴, 846?-907) - 두목(杜牧)의 첩실 소생

자(字)는 언지(彦之)이고 호는 구화산인(九華山人)이다. 두목의 출첩(出妾) 소생으로 알려졌는데 배항이 제15라서 보통 '두십오(杜十五)'라고 부른다. 어려서부터 호학했지만 46세에 겨우 진사가 되었다. 당 말기에는 과거제도도 문란해져서 권귀의 추천이 있어야만 겨우 급제할 수 있었다. 오대의 후량(後梁) 태조(주전충朱全忠)가 당을 멸망시킨 뒤 한림학사에 임명하였으나 5일 만에 죽었다고 한다.

시는 300여 편이 전해 오는데 오언과 칠언의 율시에 뛰어났다. 당 말기의 혼란과 현실을 묘사한 내용이 많은데 황소의 난 이후 당 사회상을 잘 반영하고 있다. 시집으로는 《당풍집(唐風集)》 3권이 있다.

두심언(杜審言, 645?-708) - 두보(杜甫)의 조부

재화(才華)가 뛰어난 사람이었으나 재주를 믿고 오만한 데가 있었다고 한다. 젊은 날 이교(李嶠), 최융(崔融), 소미도(蘇味道)와 함께 '문장사우(文章四友)'라고 불렸다. 고종 때(670) 진사에 급제한 뒤 습성위(隰城尉)를 지냈다. 나중에 낙양승(洛陽丞)이 되었다가 무후 때는 길주사호참군(吉州司戶參軍)으로 폄직되기도 하였다. 이 무렵 길주의 하급관리인 곽약눌(郭若訥)과 장관 주계중(周季重)이 두심언을 모함하여 죽을죄에 빠트리자 두심언의 13세 된 아들 두병(杜幷)이 복수를 하기 위해 잠입해서 주계중을 찔렀고 두병은 현장에서 호위무사에게 잡혀 죽었다.

그런데 부상을 당한 주계중이 죽기 바로 직전에 "두심언에게 그런 효자가 있는 줄은 나는 모르고 있었으며 곽약눌이 나에게 거짓말을 했다"고 말했다. 이는 당시에 큰 사건으로 이 소식을 전해들은 측천무후가 두심언을 불러 만났고 그의 시를 높이 평가했다.

시는 사경(寫景)과 창화(唱和) 및 응제(應制, 천자의 조서나 명령에 따라 글을 지어 올리는 것으로. 왕공의 명에 의한 글은 응교應敎라 한다)한 작품들이 많은데 특히 오언율시에 뛰어났다. 두심언의 차남이 두한(杜閑)인데 바로 두보의 부친이다. 두보는 두심언의 장손이었으니 두보도 "내 할아버지의 시는 예부터 제일이었다(吾祖詩冠古)."고 말했다. 근체시의 형성과 발전에 크게 기여하여 '오언율시의 기초를 놓은 시인'으로 평가받고 있다. 두보는 이러한 조부의 유전자를 물려받았을 것이다.

두추낭(杜秋娘, ?-?) - 여류 시인

두추(杜秋). 금릉 사람. 15세에 이기(李錡, 741-807)의 첩이 되었다. 헌종(憲宗) 원화(元和) 2년(807)에 진해절도사인 이기는 기병하여 조반(造反)했다가 1개월 만에 진압 피살되고, 두추낭은 잡혀서 궁중에 보내지는데 오히려 전화위복되어 헌종의 총애를 받았다고 한다. 원화 15년에 헌종이 죽고 목종(穆宗)이 즉위하자 그녀는 목종의 아들 이주(李湊)의 부모(傅姆, 여자 스승)가 된다. 뒷날 이주가 폐위되면서 두추낭은 고향으로 돌아갈 수 있었다.

시인 두목은 금릉을 지나다가 그녀의 궁색하고 늙은 모습을 보고 <두추낭시>를 지어 그녀 대신 신세 한탄을 해주었다고 한다. <금루의>는 두목의 시 속에 주(註)로 첨부된 것인데, 이를 두추낭의 작품으로 인정하고 《당시삼백수》에 수록되었다고 한다.

마대(馬戴, ?-?) - 가도(賈島)의 시우(詩友)

자(字)는 우신(虞臣), 과거에 여러 번 낙방하다가 무종(武宗) 회창(會昌) 4년(844)에 비로소 진사에 급제하였다. 선종(宣宗) 대중(大中) 원년(847) 태원절도사의 서기가 되었다. 이후 태학박사를 지내다가 화산(華山)에 은거하며 각지를 유람하였다. 이후 태상박사로 관직을 마감하였다.

가도, 요합(姚合), 허당(許棠)과 시우로 주고받은 시가 많다.

맹교(孟郊, 751-814) - 가난하고 불우했던 시인

자(字)가 동야(東野)로 호주(湖州) 무강(武康, 지금의 절강 덕청德

淸) 출신이다. 500여수의 시가 전하는데 오언고시가 많고 율시는 하나도 없으며 <유자음(遊子吟)>이 대표작이라 할 수 있다.

46세에 진사에 급제하였는데 4년간 관직에 임용되지 못하다가 율 양현위(溧陽縣尉)라는 지방 관직에 겨우 임용되었다. 임지로 떠나 는 맹교에게 한유(韓愈)는 <송맹동야서(送孟東野序)>라는 명문(名 文)으로 위로해 주었으니 그 불운이 어느 정도였는지 알 수 있다. 평생 곤궁 속에 불우한 생활을 하였지만 세속을 따르지는 않았다. 많은 작품에서 자신의 곤궁한 생활과 그에 따른 불평을 토로했다. 일찍이 '악시(惡詩)를 짓는 사람들은 모두 벼슬을 하지만 호시(好 詩)를 짓는 사람은 산에 은거한다(악시개득관惡詩皆得官 호시포공 산好詩抱空山)'라고 우수(憂愁)를 읊었다.

시풍은 질박하지만 표현 기교에 힘을 쏟으며 좋은 시구를 얻기 위 해 고심하여 용자조구(用字造句)에 평이한 표현을 피하였다. 한유 의 칭찬을 받아 세상에 알려졌고 한유의 영향을 받아 신기하고 괴 이한 표현이 많다. 시문을 모은 《맹동야집(孟東野集)》이 전한다.

맹호연(孟浩然, 689?-740) - 산수전원(山水田園) 시인

호(浩)라는 이름보다는 자(字) 호연(浩然)으로 통칭된다. 호(號)는 녹문처사(鹿門處士), 당대(唐代) 양주(襄州) 양양인(襄陽人, 지금의 호북 양양시)이어서 '맹양양(孟襄陽)'으로 불리기도 한다. 맹호연과 왕유를 나란히 '왕맹(王孟)'이라 부른다. 배적(裴迪)과도 교유했다. 젊은 시절 각지를 유랑했다. 당 현종 재위 때 장안에 와서 벼슬길 을 찾았으나 뜻을 이루지 못했다. 개원 25년(737), 장구령(張九齡) 이 형주장사(荊州長史)로 근무하면서 한때 막료로 데리고 있었지만 곧 옛집으로 돌아왔다. 뒷날 왕창령(王昌齡)이 양양을 유람하면서 맹호연을 찾아가 호탕하게 술을 마셨고, 얼마 후 병사했다.

시가는 대부분이 오언단편(五言短篇)이며 제재(題材)는 거의 산수 전원이나 은일(隱逸)생활을 묘사하였다. 왕유, 이백, 장구령과 교유 하면서 도연명, 사령운(謝靈運), 사조(謝朓)의 시풍을 이어갔기에

성당(盛唐) 산수시인이라는 명성을 누렸다. 본 《당시삼백수》에는
그의 시 15수를 수록하였다.

배적(裵迪, 716-?) - 왕유의 시우(詩友)

왕유의 우인으로 소개되지만 나이차가 20년 이상이니 시우(詩友)라
는 표현이 더 좋을 것 같다. 종남산에 은거하면서 왕유와 날마다
시를 주고받았다. 천보 연간 이후에 출사하여 촉주(蜀州)자사를 역
임하며 두보, 이기(李頎) 등과도 친했다. 상서랑을 역임했다. 시풍
은 왕유와 닮았고 시 29수가 전한다.

백거이(白居易, 772-846) - 중당(中唐)의 대표 시인

자(字)는 낙천(樂天), 호는 향산거사(香山居士), 취음선생(醉吟先生)
이다. 조적(祖籍)은 산서(山西) 태원(太原)으로 호족(胡族)의 후예라
고 한다. 하남의 신정(新鄭)에서 출생하였다. 백거이가 활동하던 시
기는 안사의 난 이후 사회 풍조가 바뀌어 낮은 계층 출신도 고관
으로 승진할 수 있는 기회가 열려진 시대였다. 때문에 백거이는 중
앙정부의 고관까지 승진할 수 있었다.
덕종(德宗) 정원(貞元) 16년(800)에 진사과에 급제한 뒤 한림학사,
좌습유(左拾遺) 등을 역임하였다. 우이(牛李)당쟁에 휘말리지는 않
았지만 한때 충주자사(忠州刺史)로 좌천되었다가 복귀하여 형부상
서 등을 역임하고 75세에 죽었다.
신악부 운동을 주창하면서 문학은 실생활과 유리될 수 없다고 주
장하였다. 그는 문학의 사회적 작용을 중시하여 예술을 위한 문학
이 아니라 인간과 사회를 위한 문학을 해야 한다고 주장하였다. 곧
'문장은 시대에 맞게 지어야 하고(文章合爲時而著), 시가는 실제를
위해 창작되어야 한다(歌詩合爲事而作)'면서 실질을 떠나 미사여구
나 늘어놓는 문학에 반대하였다.
중당(中唐)을 대표하는 시인으로 특히 장시(長詩)에 능했으며 시

3,000여 수가 전한다고 하니 다작(多作)의 작가임에는 틀림이 없다. 시는 풍유시(諷諭詩), 한적시(閑寂詩), 그리고 감상시(感想詩) 등으로 대별할 수 있다. <진중음(秦中吟)> 10수와 <신악부> 50수는 풍유시의 대표작으로 당시 백성들의 어려운 생활을 사실대로 묘사하였다. <장한가>와 <비파행(琵琶行)>은 감상시에 속한다. 시는 평이하면서도 인정에 가까워 어린이나 노파, 보졸(步卒) 등 누구나 다 읽고 감상할 수 있다고 하였다.

<취음선생전(醉吟先生傳)>은 그의 자서전이라 할 수 있고, 산문으로 가장 유명한 것은 <여원구서(與元九書)>인데 그와 원진(元稹)과의 우정을 알 수 있다. <여원구서>에 나오는 '달즉겸제천하, 궁즉독선기신(達則兼濟天下, 窮則獨善其身)'은 그의 인생철학이라 할 수 있다.

문학적 동지인 원진과 함께 '원백(元白)'이라 칭하며, 유우석(劉禹錫)과 창화(唱和)한 시가 매우 많은데 사람들은 '백유(白劉)'라 병칭한다. 낙양 근교에 우리나라 관광객이 많이 찾는 용문 석굴이 있고, 하천을 하나 건너면 향산(香山)인데 그곳에 백거이의 묘와 초당이 있다.

사공서(司空曙, 720-790) - 대력십재자(大曆十才子)의 한 사람

자(字)는 문명(文明). 사공(司空)은 복성. 진사 급제 이후 검남절도사(劍南節度使) 위고(韋皋)의 막부 관료로 일하다가 좌습유를 거쳐 공부(工部)에서 운하나 제방 공사와 조운(漕運)을 담당하는 수부낭중(水部郞中)을 역임했다. 대력십재자의 한 사람으로 자연경색(自然景色)과 향정여사(鄕情旅思)의 애수를 읊은 시가 많고 오언율시에 능했다.

상건(常建, 708-765) - 유명한 산수전원(山水田園) 시인

현종 개원 15년(727)에 왕창령(王昌齡)과 함께 진사과에 합격하고,

우이(盱眙)현위가 되었다. 성격이 매우 경직(耿直)하였고 권귀(權貴)에 매달리지 않았기에, 벼슬길에서 뜻을 얻지 못했고, 악주(鄂州)의 무창(武昌, 지금의 호북성)에 은거하였다.

시어는 청신자연(淸新自然)하며 의경(意境)이 청유(淸幽)하면서도 깨끗하여 명리를 잊은 은사(隱士)의 심경을 잘 나타냈다는 평을 듣는다. 《전당시(全唐詩)》에 시 57수가 전한다.

서비인(西鄙人)

서쪽 변방의 백성. 무명씨와 같은 뜻.

설봉(薛逢) - 회창(會昌) 연간의 진사

자(字)는 도신(陶臣)으로 무종(武宗) 회창 원년(841)에 진사가 되었다. 시어사와 상서랑 등을 역임하고 파주자사(巴州刺史)가 되었다가 비서감으로 있다가 죽었다. 재주를 믿고 오만하였으나 만년에는 힘든 생활을 했다고 한다. 시는 얕고 속기(俗氣)가 있다는 평이 있다.

송지문(宋之問, 656?-712) - 좀 지저분한 인격의 소유자

생질 유희이(劉希夷)와 함께 고종 상원(上元) 2년(675)에 진사과에 급제하였다. 낙주참군(洛州參軍), 상방감승(尙方監丞) 등 여러 관직을 전전했는데 측천무후의 총애를 받던 장역지(張易之)의 변기를 받들며 시중들었다 하여 '천하가 그의 행동을 추하게 생각하다(天下醜其行)'고 알려진 사람이다. 705년 측천무후가 퇴위하자 장역지, 장창종 형제도 피살당했고 장역지에 아부했던 송지문도 폄직된다. 중종(中宗) 2차 재위 중(705-710)에는 다시 태평공주(太平公主)에 아부하면서 지공거(知貢擧)에 올랐으나 뇌물을 받은 것이 탄로나 월주장사(越州長史, 지금의 광동성 지역)로 폄직되었다. 예종(睿宗)이 다시 즉위하면서(710) 흠주(欽州, 지금의 광동성 흠현欽縣)로 유배되었다가 현종이 즉위하는 선천(先天) 원년(712)에 사약을 받고 죽었다.

오언율시에 능했다고 하지만 하여튼 좀 지저분한 인격의 소유자로 알려졌다.

승 교연(僧 皎然) - 승려 시인

화상(和尙)으로 속성(俗姓)은 사(謝)씨이고 이름은 획(晝), 자(字)는 청획(淸晝)인데 남조 송(宋) 사령운(謝靈運)의 후손이다. 처음에 입도하여 영철(靈徹), 육우(陸羽)와 함께 묘희사(妙喜寺)에서 수도했다고 한다. 거처가 저산(杼山)에 있었는데, 시집으로 《저산집(杼山集)》이 있다.

심전기(沈佺期, 650?-714?) - 오언율시의 기초를 마련

고종 상원(上元) 2년(675)에 진사가 되어 측천무후 때 고공원외랑(考功員外郞)으로 근무하면서 뇌물을 받아 감옥에 들어갔다. 복직하여 급사중(給事中)에 올랐다가 중종(中宗) 때 지금은 월남 땅이 된 곳에 유배되기도 했다.

오언율시에 능했고 송지문(宋之問)과 함께 이름을 날린 궁정시인으로 문학사에서는 '심송(沈宋)'으로 불린다. 시는 남조 양(梁)과 진(陳)의 화려하고 염려(艶麗)한 기풍이 있어 궁체(宮體) 시풍을 벗어나지는 못했지만, 신체시의 발전에 공헌했고 오언율시의 기초 확립에 기여한 인물로 평가되고 있다. 생졸 연도에 대해서는 여러 가지 다른 주장이 있다.

두심언과 심전기, 송지문에 의해 다져진 신체시의 율시는 이백과 두보에 의해 대성된다.

온정균(溫庭筠, 812-870?) - 화간파(花間派) 사인(詞人)으로 더 유명

자(字)는 비경(飛卿)으로 태원(太原) 출신이다. 만당(晚唐)의 유명한 시인인데 보통 화간파 사인이라 부른다.

선세(先世)의 온언박(溫彦博)이 재상(당 태종 때 중서령)을 역임하였으나 온정균 대에 와서는 그 가세는 이미 쇠미하였다. 대개의 문인이 그러했던 것처럼 어려서부터 호학하며 시사(詩詞)에 능했다. 또 권귀를 희롱하며 금기를 일부러 범하는 성격이었고 외모가 좀 특이하여 '온종규(溫鐘馗, 종규는 역귀疫鬼를 몰아내는 무시무시한 신)'라 불리기도 했다.

재주가 많고 기민하기로는 칠보시(七步詩)를 읊은 조식(曹植)과 함께 온정균을 꼽는다. 영호도(令狐綯)의 아들 영호호(令狐滈)와 절친했고 늘 상부(相府)에 출입하였다. 나중에는 영호호의 미움을 받았고, 과거에 여러 번 실패하였기에 관직은 겨우 국자감조교에 그쳤다.

음률에 정통하여 음악가로 인정될 정도였고 그 사풍(詞風)은 농기염려(濃綺艶麗)한 기풍이 역력하다. 당시의 이상은(李商隱), 단성식(段成式)과 함께 이름을 날렸는데 이들 3인의 형제 배항이 모두 16째라서 이들의 문장 스타일 - 기려(綺麗)하면서도 유미주의적 시풍 - 을 '3인의 16번째'라는 뜻으로 '36체(體)'라는 별칭으로 부르기도 한다.

온정균과 이상은 두 사람만을 지칭할 때는 특별히 '온리(溫李)'라고 부른다. 물론 이상은과 온정균의 차이도 엄연하다. 이상은은 적지 않은 영사시를 통해 농민의 질고를 고발하는 시를 지었지만, 온정균은 그런 경향이 없었다.

시의 특징은 색채감이 농염하고, 사구가 화려하며 대구가 교묘하다. 산수시, 회고시, 객수(客愁)를 읊은 시는 감개가 크고 청신하며 대범하다는 평을 듣는다. 온정균은 시인보다는 다음 송대에 크게 성행한 사(詞)의 작가로 먼저 인식되고 중요한 지위를 차지하고 있다.

왕건(王建, 767-830?) - 한유, 백거이와 두루 친교

자(字)는 중초(仲初)이고 영천(潁川, 지금의 하남 허창許昌) 사람이다. 어린 시절 장적(張籍)과 함께 공부하였고 진사가 되어 원화(元

和) 8년 소응현승(昭應縣丞), 장경(長慶) 원년(821) 태부시승(太府寺丞), 비서랑 등을 지냈다. 장안에 있으면서 장적, 한유, 백거이, 유우석 등과 교유했다. 나중에 태상시승(太常寺丞), 섬주사마(陝州司馬)를 지낸 뒤 문종 때 광주자사(光州刺史)가 되어 가도(賈島)와 왕래하였으나 이후 행적은 불분명하다.

유명한 시작으로는 《궁사일백수(宮詞一百首)》가 있는데 이는 자신이 직접 들은 이야기도 있지만, 지나는 이야기로 얻어 들은 것을 망라하여 '궁사' 하나의 제목으로 1백수(정확히는 107수)나 시로 읊었다는 것은 대단한 일이라 할 수 있다.

왕만(王灣, 693-751) - 인구에 회자되는 한 구절

호는 위덕(爲德)으로 현종 즉위 초에 진사에 급제하고 개원(開元) 초부터 여러 관직을 역임하였으며 기무잠(綦毋潛)과 교유했다고 한다. 현종 때 천하의 희귀본을 모아 편찬 일에 참여하였고 나중에 낙양위(洛陽尉)를 역임하였다.

시 10수가 전해오는데 <차북고산하(次北固山下)>가 제일 유명하며 '해일생잔야 강춘입구년(海日生殘夜 江春入舊年)'은 성당(盛唐) 시 중에서도 아름다운 구절로 인구에 회자되고 있다. 이 구절은 당시의 명상 장열(張說)의 칭상(稱賞)을 받았는데, 장열은 이 구절을 정사당(政事堂)에 써 붙이고 문인들에게 작시의 전범으로 삼으라고 권했다고 한다.

왕발(王勃, 650-676) - 요절(夭折)한 천재 시인

자(字)는 자안(子安). 초당의 시인으로 양형(楊炯), 노조린(盧照鄰), 낙빈왕(駱賓王)과 함께 '초당사걸(初唐四傑)'로 불린다. 왕발의 생졸연도에 대해서는 약간의 이설이 있지만 그는 아까운 나이 27세에 교지령(交趾令, 교지는 지금의 월남 북부지역)으로 근무하는 부친을 뵈러 바닷길을 여행하다가 익사하였다. 때문에 어업종사자들은 왕발을 '수선왕(水仙王)'이라며 신앙처럼 숭배하고 있다.

할아버지 왕통(王通)은 수 양제(隋煬帝) 때의 대유(大儒)였다. 어려서 매우 총명하여 6세에 글을 지을 줄 알았던 신동이었고 14세에 과거에 급제하여 조산랑(朝散郎)이라는 관직을 받았다. 그러나 고재박학(高才博學)한 젊은이로 그 재주를 믿고 오만한 데가 많아 관직생활은 순탄치 못했다.

이별이나 고향을 그리는 정감을 표현한 시가 많으며, 오율(五律)이나 오절(五絶)에 우수한 작품이 많다. 하여튼 영준천재(英俊天才)였지만 운이 따르지 않았던 것은 사실이다. 단 한번 하늘의 도움을 받아 '남창(南昌)은 고군(故郡)이요 홍도(洪都)는 신부(新府)라'로 시작되는〈등왕각서(滕王閣序)〉를 지어 자신의 천재성을 유감없이 발휘하였다.

《명심보감》 순명(順命)편의 '시래(時來)에 풍송등왕각(風送滕王閣)하고 운퇴(運退)에 뇌굉천복비(雷轟賤福碑)라'는 구절에서 '왕발은 망당산 신령의 현몽을 얻어 순풍을 타고 하루 밤 사이에 등왕각에 도착했고, 잔치에 참여하여 명문을 지어 문명(文名)을 천하에 떨쳤다'고 하였다.

뛰어난 천재였으니, 먹물을 많이 갈아놓고 누워 있다가 갑자기 일어나 시를 써내려가면서 한 자도 고쳐 쓰지를 않았기에 그를 '뱃속에 글이 들어있다'는 뜻으로 '복고(腹稿)'라 불렀다고 한다.

〈송두소부지임촉주(送杜少府之任蜀州)〉 시의 '해내존지기 천애약비린(海內存知己 天涯若比鄰)'은 인구에 회자되는 명구이며,〈등왕각서〉의 한 구절 '지는 노을과 한 마리 물새는 같이 날고(落霞與孤鶩齊飛), 가을 물과 하늘은 한가지로 푸르다(秋水共長天一色)'는 널리 알려진 명구이다. 현존하는 시는 80여 수라고 한다.

왕유(王維, 692-761?) - 시 속에 그림이!

자(字)는 마힐(摩詰). 성당(盛唐)의 산수전원(山水田園) 시인이며, 화가로서는 남종화의 개조(開祖)이며 외호(外號)는 '시불(詩佛)'이며 시 400여수가 전해오고 있다. 본 《당시삼백수》에는 시 29수가 수록되었다.(두보 39수, 이백 34수) 조숙한 천재로 알려졌으며 모친 최씨(崔氏)의 교육 영향으로 불가(佛家)에 귀의하여, 형제가 모두 부처를 받들어 항상 소찬(素餐)을 들고 마늘과 파와 고기를 먹지 않았으며, 만년에도 오랫동안 채식을 하며 무늬 놓은 옷을 입지 않았다고 한다.

당 현종 개원(開元) 9년(721) 진사에 오른 뒤 대악승(大樂丞)이 되었다가 허물에 연좌되어 제주사창참군(濟州司倉參軍)으로 좌천당했다. 뒷날 장구령(張九齡)의 천거로 우습유(右拾遺)가 되었다가 감찰어사(監察御史)가 되었다. 천보 15년(756) 안록산이 난을 일으키고 장안에 들어오자, 현종이 촉(蜀)을 향해 피난했고, 가는 도중 양귀비(楊貴妃)가 마외파(馬嵬坡)에서 죽었다.

당시 피난을 가지 못한 왕유는 안록산의 압력으로 원하지도 않은 관직을 맡았고, 이 때문에 난이 평정된 뒤에 형을 받아야만 했다. 안록산의 난 와중에 현종의 뒤를 이어 영무(靈武)에서 등극한 숙종(肅宗)은 왕유를 부역 죄로 몰아 벌을 내렸다. 다행히 동생 왕진(王縉)은 자신의 관직을 강등시키면서 형의 무죄를 변호하였고, 나중에 왕유의 <응벽시(凝碧詩)>가 알려지면서 죄에서 벗어날 수 있었다.

안록산이 응벽지(凝碧池)에서 주연을 펼치고 이원(梨園)의 악공들을 강제로 동원하자, 악공들은 슬피 통곡했고 왕유는 그 자리에서 통곡하는 악공들에 감동하여 <응벽시>를 지었다.

　천하가 상심(傷心)하고 들불 연기 피는데
　백관(百官)은 언제 다시 천자를 뵈려나?
　가을 홰나무 꽃이 빈 대궐에 지는데
　응벽지 가에서는 풍악을 연주한다.
　萬戶傷心生野烟　百官何日再朝天
　秋槐花落空宮裏　凝碧池頭奏管絃

그 후 다시 벼슬에 올랐으나 만년에 남전(藍田)의 망천(輞川)에 별장을 짓고 은거했다. 왕유는 상처(喪妻)하고서도 후처를 맞지 않고 홀로 30년을 지내다가 761년(759?)에 죽었다.

시에는 불교용어나 전고가 나타나는데 불교사상이 시의 내용이 되기보다는 그의 산수자연시를 지탱하는 바탕이 되었다. 왕유가 자연을 관조(觀照)하는 태도나 자연 속에 가뿐히 안겨 희열을 느끼는 것 모두가 불교와 관련 지어 생각할 수 있다. 이백이 도가사상과 함께 협객의 기질이 나타나고, 두보가 유가사상을 가지고 고통 받는 백성들을 이해하려고 했던 점, 그리고 왕유가 불교적 바탕에서 자연 속에 안주하려 했던 것은 서로 좋은 대조를 이루고 있다.

시서화(詩書畵)에 모두 뛰어났는데, 소식(蘇軾, 동파東坡)이 왕유를 평하여 '시 가운데 그림이 있고, 그림 속에 시가 있다(味摩詰之詩 詩中有畵 觀摩詰之畵 畵中有詩)'라고 하였다.

왕지환(王之渙, 688-742) - 변새시(邊塞詩)의 절창을 노래한 시인

자(字)는 계릉(季凌)이며 병주(幷州, 산서 태원太原) 사람으로 성당(盛唐) 때에 <등관작루(登鸛雀樓)>가 인구에 회자하여 유명한 시인이 되었다.

과거 합격이나 벼슬에 관심을 갖지 않았기에 그의 생평에 관한 자료는 많지 않지만 고적(高適), 잠삼(岑參), 왕창령(王昌齡)과 나란히 이름을 얻었고 작풍도 비슷하다. 오언에 능했고 변새의 풍광에 대한 묘사에 뛰어났다. 시 6수가 남아 있다고 하는데 <등관작루>와 칠절 악부인 <양주사(涼州詞)> 또는 <출새(出塞)>가 매우 유명하다.

왕창령(王昌齡, 698-756?) - 변새시에 뛰어난 시인

자(字)는 소백(少伯), 산서 태원(太原) 사람으로 현종 개원(開元) 15년(727)에 진사과에 합격하여 관직을 시작했으나 순탄하지 못했다. 고적(高適), 왕지환(王之渙)과 함께 광활한 변경의 풍경을 잘 묘사하여 변새시에 뛰어났다.

안록산의 난이 일어났을 때 고향으로 피난하다가 피살당했다. 칠언시에도 뛰어났는데 시 180여 수가 남아 전한다. 그 중 <출새(出塞)>, <종군행(從軍行)>과 같은 변새시와 <채련곡(采蓮曲)>, <월녀(越女)> 등 여인의 생활을 묘사한 시가 널리 알려졌다.

왕한(王翰) - <양주사(涼州詞)>가 대표작

자(字)는 자우(子羽)이고 진양(晉陽, 지금의 산서 태원太原) 출신이다. 생졸 연도는 확실하지 않다. 왕한(王瀚)이라고도 표기. 집안이 부유했기에 성격이 호방하고 매인 데가 없었으며 술을 좋아하였다. 예종(睿宗) 경운(景雲) 원년(710)에 진사에 급제하였다.

병주장사(幷州長史)이던 장혜정(張惠貞)이란 사람이 왕한의 재주를 기이하게 여기면서 등급을 초월한 인재 발탁을 적극 건의하여 창락위(昌樂尉)가 되었다. 개원 9년(721)에 비서정자가 되어 승진을 거듭했다. 그러나 관직생활은 다른 사람의 도움을 받으며 부침을 거듭하다가 나중에 도주사마(道州司馬)로 폄직되고 도주로 부임하던 도중에 병사하였다. 다만 <양주사>가 천고의 절창으로 읽혀지며, 지금도 감숙성 곳곳 관광지마다 <양주사>를 볼 수 있다.

원결(元結, 723-772) - 선정(善政)을 베푼 지방관

자(字)는 차산(次山), 호는 만수(漫叟) 또는 의간자(猗玕子)라 했다. 31세인 천보 12년에 진사가 되었고 안사지란(安史之亂) 중에 사사명(史思明)이 낙양을 함락하자 장안에 가서 숙종을 알현하였다. 우금오위병조참군(右金吾衛兵曹參軍)이 되어 반란군과 싸웠으며 761년에는 산남도절도사참모(山南道節度使參謀)에 임명되어 적의 진공을 막아내며 15개 주군을 지켜냈다. 대종(代宗)이 즉위한(763) 뒤에는 저작랑(著作郞)이 되었다가 도주자사로 나가 백성들의 부세를 경감하고 요역(徭役)을 줄여주는 선정을 베풀었다. 《당시삼백수》에는 <적퇴시관리(賊退示官吏)>(오언고시)와 <석어호상취가(石魚

湖上醉歌)>(칠언고시)가 수록되어 있다. 문집으로 ≪원차산집(元次山集)≫이 있다.

원진(元稹, 779-831) - 백거이와 나란한 명성

자(字)는 미지(微之)로 낙양인(洛陽人)이며 배항이 9번째이므로 원구(元九)라고도 부른다. 백거이의 명문장인 <여원구서(與元九書)>는 원진에게 보낸 장문의 편지글이다. 백거이와 함께 신악부운동을 제창하였기에 대개의 경우 백거이와 나란히 '원백(元白)'으로 불린다. 원진과 백거이는 거의 30년간 친교를 맺으면서 시가의 통속화와 대중화를 주창하여 대중의 환영을 받았으며, 이들의 이러한 시풍을 특히 당 헌종(唐憲宗)의 연호를 따서 원화체(元和體)라고 불렀다.

8세에 아버지를 여의고 모친을 따라 봉상(鳳翔)의 외가에서 성장하였다. 15세인 덕종(德宗) 정원(貞元) 9년(793)에 급제하여 교서랑이 되었다. 정원 15년 하중부(河中府)에 근무하였고, 원화 5년(810)에 환관과 싸운 일로 강릉부 사조참군(士曹參軍)으로 폄직되었다. 관직 생활의 풍파를 겪으면서 지제고(知制誥)를 역임하며 조서의 초안을 마련하는 일도 하다가 목종(穆宗) 때 재상 자리에 올랐고, 배도(裴度)와 뜻이 맞지 않아 동주자사로 나가기도 했다가 나중에 무창군절도사로 있다가 임지에서 죽었다.

염시(艶詩)와 도망시(悼亡詩)를 잘 지었는데 정의(情意)가 진지하여 자못 감동을 준다. 이신(李紳)에 화답한 <신제악부(新題樂府)> 12수와 <고제악부> 19수는 모두 사회 현실을 반영하고 있는 시이다. 이밖에 장편의 악부시 <연창궁사(連昌宮詞)>는 노인의 입을 빌려 안사의 난 전후 사회상황과 권귀들의 황음부패를 묘사하였다. 하여튼 품행이란 면에서 볼 때 문제가 있었던 것은 사실이고, 특히 여색에 대해서는 후세인의 도덕적 질책을 받기도 했다.

전기(傳奇)소설 <앵앵전(鶯鶯傳)>의 작가로도 유명한데, 자신의 여성편력을 변명하기 위해 썼다는 <앵앵전>은 '회진기(會眞記)'라고도 불리는데, 뒷날 왕실보(王實甫)의 원곡(元曲) <서상기(西廂記)>의 원전이 되었다. 저서로 《원씨장경집(元氏長慶集)》 60권이 있다.

위응물(韋應物, 737-792?) - 왕유(王維)와 비슷한 시풍

측천무후 때 재상이었던 위영의(韋令儀)의 손자이다. 현종 천보 연간(750)에 음보(蔭補)로 벼슬길에 들어선 뒤 백성들을 괴롭혀 원성을 듣기도 했다. 안사지란(安史之亂) 뒤에 실직했으나 이후 착실하게 독서를 하여 대종(代宗)이 즉위하자(763) 낙양승(洛陽丞)이 되었다. 이후 저주자사(滁州刺史)를 거쳐, 덕종(德宗) 정원(貞元) 원년(785)에 강주자사(江州刺史)로 좌천되었다가 정원 6년(790)에 소주자사(蘇州刺史)를 그만두고, 소주 성 외곽의 영정사(永定寺)에 거주하다가 그곳에서 죽었다. '위강주(韋江州)', '위소주(韋蘇州)'로 불리는데 시풍은 왕유와 가깝고, 언사(言辭)가 간결하며 산수의 경관을 읊은 시가 많다.

위장(韋莊, 836?-910) - 화간파(花間派) 사인(詞人)

자(字)는 단기(端己)로 두릉(杜陵, 지금의 섬서성 서안시 부근) 사람이다. 희종(僖宗) 광명(廣明) 원년(880)에 장안에서 과거에 응시했지만 황소(黃巢)가 장안을 점거한 이후로는 각지를 떠돌았다. 중화(中和) 3년(883)에 낙양에서 장편 가행(歌行)인 <진부음(秦婦吟)>을 지었다.

소종(昭宗) 건녕(乾寧) 원년(894) 진사에 급제한 뒤(59세) 교서랑과 좌보궐 등의 직책을 역임했다. 이후 번진절도사의 막료로 일하다가 당이 멸망하고(907) 왕건(王建, 907-918 재위)이 전촉(前蜀, 907-925 존속)을 개국하자 그 나라의 이부상서와 동평장사(同平章事, 재상급)를 역임한 뒤, 910년에 촉에서 죽었다.

화간파 사인으로 잘 알려졌는데 사풍(詞風)은 청려하여 온정균(溫庭筠)과 함께 '온위(溫韋)'로 병칭된다.

유방평(劉方平) - 관직 경험이 없는 시인

생졸 연도는 알려진 바가 없다. 하남 낙양인이며 흉노족의 후예로 천보 연간에 진사과에 응시하였으나 급제하지 못했고, 종군하였으나 뜻대로 되지 않아 평생 관직과는 인연이 없었다고 한다. 황보염(皇甫冉), 이기(李頎), 엄무(嚴武) 등과 시우(詩友)였고, 시는 산수의 묘사에 뛰어났으며 사상적 내용은 빈약하나 예술성이 높다는 평을 듣는다. <월야(月夜)>, <춘원(春怨)> 외에 <신춘(新春)>, <추야범주(秋夜泛舟)> 등이 알려졌다.

유신허(劉脊虛) - 맹호연(孟浩然)의 친우

자(字)는 전을(全乙). 신(脊)은 삼갈 신(愼)의 고자(古字). 개원 연간에 과거를 거쳐 숭문관교서랑(崇文館校書郞)을 지냈다. 맹호연, 왕창령(王昌齡)과 교유했다. 시는 유정흥원(幽情興遠)하고 생각이 깊으며 사어(詞語)가 기이하다는 평을 받는다.

유우석(劉禹錫, 772-842) - <누실명(陋室銘)>을 지은 시인

자(字)는 몽득(夢得). 당나라의 저명시인이며 중당 문학을 대표하는 인물의 한 사람이다. 21세에 진사에 급제하고 감찰어사를 지낸 뒤 왕숙문(王叔文)의 천거를 받아 요직을 역임하였으나 23세에 왕숙문이 실각되면서 그도 낭주(郎州, 지금의 호남성 상덕시常德市)사마로 폄직되어 10년을 지내야만 했다. 이후 광동 지방의 지방관을 역임한 뒤 문종(文宗) 대화(大和) 2년(828) 장안으로 돌아와 태자빈객(太子賓客)을 역임하였기에 '유빈객(劉賓客)'이라고도 부르고, 검교예부상서와 비서감의 허함(虛銜)을 받았기에 '비서유상서(秘書劉尙書)'라고도 부른다.

시풍은 박실유창(朴實流暢)하여 웅혼하고 상쾌하며 호탕한 기운이 있어 당시 사람들이 '시호(詩豪)'라는 별칭으로 불렀다. 만년에 백거이(白居易)와 매우 친했으며 원진(元稹) 등과 함께 시와 음악의 융화, 문자와 음악의 융화를 꾀했기에 많은 사람들이 즐겨 그의 시를 외웠다고 한다.

약 800여수의 시가 전해지는데 서민들의 생활 모습과 영사(咏史), 회고, 서정을 읊은 명작이 많고 우정을 중시하여 많은 사람들이 그를 좋아하였다고 한다. 특히 <유지사(柳枝詞)>, <죽지사(竹枝詞)>, <양류지사(楊柳枝詞)> 등은 민가적이어서 널리 불렸다. 산문 <누실명(陋室銘)>은 우리나라에서도 유명한 글이다. 짧은 명문이기에 수록한다.

山不在高, 有仙則名. 水不在深, 有龍則靈. 斯是陋室, 惟吾德馨. 苔痕上階綠, 草色入簾靑. 談笑有鴻儒, 往來無白丁. 可以調素琴, 閱金經. 無絲竹之亂耳, 無案牘之勞形. 南陽諸葛廬, 西蜀子雲亭. 孔子云, 何陋之有.

유장경(劉長卿, 709-780?) - 오언장성(五言長城)

자(字)는 문방(文房), 현종 개원 21년(733) 진사과에 급제, 전운사판관(轉運使判官)을 역임한 뒤 숙종 지덕(至德) 연간(756-758)에 감찰어사를 지냈지만 무고에 의해 감옥에 갇혔다가 풀려났다. 반주남파현위(潘州南巴縣尉)로 폄직되었다가 목주사마(睦州司馬)를 역임한 뒤 수주자사(隨州刺史)로 관직생활을 끝냈다. 보통 유수주(劉隨州)라고 통칭하고, 문집 ≪유수주집(劉隨州集)≫이 전한다.

두보보다 3세 연장자로 숙종(756-762), 대종(代宗) 연간(762-779)에 시인으로 명성이 높았는데 시풍은 평실(平實)하면서도 엄정한 구상에 운율을 중시하여 음조가 조화를 잘 이루었다고 한다. 특히 오언근체시에 우수하여 '오언장성(五言長城)'이라는 별칭으로 통하였으며, 왕유에 견줄 수 있는 산수전원시를 지었고, 객수(客愁), 이별의 한이나 한적한 심경을 주제로 한 수작이 많이 있다.

유종원(柳宗元, 773-819) - 당송팔대가(唐宋八大家)의 한 사람

자(字)는 자후(子厚), 당대(唐代) 하동군인(河東郡人, 지금의 산서성 영제시永濟市)으로 저명한 문학가, 사상가, 당송팔대가의 한 사람이다. 저명한 작품으로는 <영주팔기(永州八記)> 등 600여편의 문장을 후세인들이 편집한 《유하동집(柳河東集)》이 있다. 유주자사(柳州刺史)를 역임했기에 '유유주(柳柳州)'라고도 하며, 한유(韓愈)와 함께 고문운동의 영도자로 '한유(韓柳)'라 병칭한다.

대종(代宗) 대력(大曆) 8년(773)에 장안에서 출생하였고 부친의 관직을 따라 각지를 옮겨 다녔다. 793년 21세 때 진사에 급제하여 크게 명성을 떨쳤다. 그러나 부친이 작고하자 상을 마치고 관직에 나가지만 관로는 순탄치 않았으며 첫 부인도 병사한다.

그 후 805년에 덕종(德宗)이 죽고 황태자 이송(李誦)이 즉위하니 이가 순종(順宗)이다. 순종은 영정(永貞)으로 개원하고 왕숙문(王叔文)을 등용하여 여러 개혁을 시도한다. 혁신적인 유종원은 왕숙문과 정견(政見)을 같이하고 개혁에 동참하는데 이때 한태(韓泰), 유우석(劉禹錫), 진간(陳諫) 등이 젊은 혁신 그룹을 형성한다.

그러나 순종이 중풍에 걸려 친정을 펴지 못하자 왕숙문 등이 정권을 장악하고 혁신정책을 과감하게 펴는데, 이를 역사에서는 영정혁신(永貞革新)이라 부른다. 그러나 영정혁신은 그 반대세력과 환관세력에 의해 저지당하고 순종은 제위를 태자에게 물려주는데 이를 영정내선(永貞內禪)이라 부른다. 결국 영정개혁은 6개월의 혁신으로 끝나고 개혁에 참여했던 젊은 세력들은 각 지방의 사마(司馬)라는 낮은 한직으로 밀려난다. 유종원 또한 영주(永州, 지금의 호남성 영주시)의 사마로 좌천되는데 이때 좌천한 8인을 특별히 '팔사마'라 부른다.

결국 그의 정치적 포부는 영영 좌절되고 만다. 대신 유종원은 영주에서 10년을 거주하면서 많은 시문을 창작한다. 815년 헌종(憲宗) 때 장안에 올라왔다가 다시 먼 남쪽의 유주(柳州, 지금의 광서廣西 유주시)자사로 발령을 받는다. 819년에 대사면을 받지만 유주에서

47세의 아까운 나이에 생을 마감한다.

유종원은 문장의 도(道)도 중요하지만 문(文) 자체도 중요하다고 강조하였다. 또한 문장이 아니라면 도가 전해지지 않는다고 강조하였다. 곧 문의 정신과 함께 형식으로서의 문체도 중요한 것으로 보았다. 한유가 유가사상만을 강조하였으나, 유종원은 불교나 노장(老莊)사상, 또한 제자백가의 학설도 취해야 한다고 주장하였다. <신예초사원독선경(晨詣超師院讀禪經)> 시에서 보는 것처럼 불교사상을 거부하지 않았다.

명문장으로 <봉건론(封建論)>, <포사자설(捕蛇者說)>, <비설(羆說)>, <부판전(蝜蝂傳)>과 <영주팔기>와 같은 산수유기(山水遊記)가 우수하고, <삼계(三戒)>와 같은 우언문(寓言文)도 많은 사람들이 즐겨 읽는 글이다. 명시로는 <강설(江雪)>, <어옹(漁翁)> 등 5수가 본 《당시삼백수》에 수록되어 있다.

유중용(柳中庸) - 유종원(柳宗元)의 조카

이름은 담(淡), 중용은 자(字). 동생 중행(中行)과 함께 문명을 누렸다. 시 13수가 전해온다.

이기(李頎, 690-751) - 변새시에 뛰어난 시인

동천(東川, 사천성四川省) 사람으로 개원 13년(725) 진사시에 합격하고 신향현위(新鄕縣尉)라는 지방관을 역임했다. 고적(高適), 왕유(王維), 왕창령(王昌齡)과 시를 화답하였고 송별시와 자연을 묘사한 시가 많으나, 변새시에 뛰어났으며 <고종군행(古從軍行)>이 대표작이라 할 수 있다.

이단(李端, 743-782) - 대력십재자의 한 사람

자(字)는 정기(正己)로 조주(趙州, 지금의 하북성 조현趙縣) 사람이다. 전기(錢起), 이익(李益) 등과 함께 '대력십재자'의 한 사람으로

《이단시집(李端詩集)》 3권이 전한다.

일찍부터 여산(廬山)에 은거하며 저명한 승려 시인 교연(皎然)으로 부터 시를 배웠다. 대력(大曆) 5년(770)에 진사가 되어 비서성교서랑과 항주사마(杭州司馬) 등을 역임하다가 만년에 호남의 형산(衡山)에 은거하며 형악유인(衡岳幽人)이라 자호(自號)했다.

소극적인 피세(避世)사상을 표현한 시가 많고, 사회 현실에 비판적인 시도 있으며, 규정(閨情)을 묘사한 시도 있는데, 전체적으로 풍격은 사공서(司空曙)와 비슷하다고 한다.

이백(李白, 701~762) — 시선(詩仙), 적선인(謫仙人), 주선(酒仙)

자(字)는 태백(太白)이고 호(號)는 청련거사(靑蓮居士)이다. 시선(詩仙), 적선인(謫仙人), 주선(酒仙)이라는 별칭 외에도 '시협(詩俠)'이라는 별호도 가끔 볼 수 있다. 두보와 함께 중국인들이 공인하는 최고의 시인으로 보통 '이두(李杜)'라 병칭한다.

이백의 시 구절은 사람들의 일상용어가 되었는데, 시는 마치 하늘을 나는 천마(天馬)와 같고 행운유수(行雲流水)처럼 활달하고 자유로우며, 주체할 수 없이 넘쳐나는 재기와 낭만, 천부의 화려한 언사가 모든 작품에 가득하다. 시작(詩作)은 《전당시(全唐詩)》 161권에서 180권에 수록되어 있으며 《이태백집》이 전해온다.

조적(祖籍)은 농서(隴西) 성기(成紀, 지금의 감숙성 천수시天水市 진안현秦安縣)이다. 측천무후가 집권하던 장안(長安) 원년(701)에 검남도(劍南道) 면주(綿州, 지금의 사천성 강유시江油市)에서 출생한 것으로 알려졌는데, 성기에서 태어나 5세 때 사천으로 이주했다는 주장도 있다.

어려서부터 글을 배웠을 것이고, 소년시절에는 제자서(諸子書)와 사적(史籍)을 공부하면서도 검술과 기서(奇書)와 신선에 관심을 갖고 사마상여(司馬相如)처럼 부(賦)를 지었다(十五觀奇書, 做賦凌相如).

25세를 전후하여 사천(四川)을 떠나 각지를 유람하였다. 그때 명장

(名將) 곽자의(郭子儀, 697-781)와 사귀었고 나중에 장안에 들어와 하지장(賀知章)의 천거로 현종을 만났고 천보(天寶) 원년(742)에 한림공봉(翰林供奉)이 되었다. 현종에게 총애를 받으며 권력을 장악하고 있던 '환관 고역사가 이백의 신발을 벗겨주고 양귀비에게 먹을 갈게 했다(力士脫靴, 貴妃研墨)'는 이야기는 이백의 호방한 성격과 통제할 수 없는 개성, 황제 앞에서도 주눅 들지 않는 당당함을 증명한다.

이무렵 장안에서 두보와 고적(高適)을 만나 교유한다. 안사(安史)의 난이 일어나자 영왕(永王) 이린(李璘)의 막료로 일하다가 영왕이 숙종(肅宗)의 노여움으로 피살된 뒤에 감옥에 들어가기도 했으나 다행히 곽자의의 보증으로 풀려났다. 당시 이백은 이미 59세의 노인이었다.

만년에 강남 일대를 떠돌았다가 62세 때 그보다 나이가 어리며 현령인 족숙(族叔) 이양영(李陽泳)을 찾아가 의지하고 있다가 병으로 죽었다.

이빈(李頻)

자(字)는 덕신(德新). 선종(宣宗) 대중(大中) 8년(854) 진사과에 급제하고 비서랑, 시어사를 역임한 뒤 건주자사(建州刺史, 복건성 지역)를 지낸 뒤 병사했다.

이상은(李商隱, 813-858?) - 상산(商山)의 은자(隱者)인가?

자(字)는 의산(義山), 호는 옥계생(玉谿生) 또는 번남생(樊南生)이며 만당(晚唐)의 시인을 대표한다. 그 시문의 가치를 평가하여 두목(杜牧)과 함께 '소이두(小李杜, 대이두大李杜는 이백과 두보)'라 칭한다. 또 온정균(溫庭筠)과 함께 '온리(溫李)'라고도 부른다. 본 《당시삼백수》에는 이상은의 시 24수가 실려 있어 두보 - 이백 - 왕유에 이어 네 번째를 차지하고 있다.

이상은, 우선 그의 이름이 갖는 뜻을 생각해 보면 그 이름을 오래 기억할 수 있다. 한 고조(漢高祖) 유방(劉邦)이 여후(呂后) 소생의 장자를 폐하고 척부인(戚夫人) 소생의 여의(如意)를 태자로 삼으려 하자, 다급한 여후는 장량(張良)과 상의한다. 장량은 여후에게 '상산(商山)의 사호(四皓)'를 초치하라고 일러준다. 나중에 태자가 상산사호와 함께 고조를 뵙자 고조는 '날개가 다 갖추어졌다(羽翼已成)'고 하면서 태자를 바꾸려던 생각을 접게 된다.

이상은은 이 고사에서 '상산의 은자(隱者)'라는 뜻을 따와 상은(商隱)을 이름으로 지었다고 한다. 그리고 그의 자 의산은 '은거이능행의(隱居而能行義)'의 의(義)와 상산의 산(山)을 묶은 것이라고 한다. 17세 때 우이당쟁(牛李黨爭, 우승유牛僧儒와 이덕유李德裕의 당쟁)의 우당(牛黨)에 속하는 영호초(令狐楚)의 막료가 되었다가 25세 때 진사가 된다.

이상은은 이당(李黨)에 속하는 왕무원(王茂元)의 딸과 결혼하는데 이 때문에 우(牛), 이(李) 양쪽에서 모두 배제되는 설움을 겪어야만 했다. 관직생활은 격심한 우이(牛李)당쟁의 소용돌이 속에서 험난한 가시밭길이었고 굴곡이 너무 심했다. 이렇듯 불우한 처지와 실의 속에서 알기 힘들고 난삽(難澁, 떫을 삽)한 시어로 그의 우수와 고민을 풀어냈으며 그의 시는 비감(悲感)으로 가득 차있다.

중당(中唐)의 시는 한유와 원진과 백거이로 대표되며, 강건하고 질박한 시풍이었고, 문학의 가치를 '사회의 교화'라는 효용성을 강조하는 입장이었다. 그러나 만당(晩唐)의 시는 이상은과 두목으로 대표되며 개인의 감정과 고민을 표출하는 데 중심을 두었으며, 문학의 미적 가치에 많은 관심을 가졌다고 그 특성을 요약할 수 있다.

만당은 정치적으로 당의 급격한 쇠락시기였다. 절도사 등 군벌 곧 번진의 할거는 계속되었고, 환관들에 의하여 황제가 옹립되고 폐위되었으며 우이당쟁은 격화되었다. 이러한 현실에 적극적으로 참여하거나 개선할 수도 없었기에 시인들은 문학의 예술적 성취에 주력하게 된다. 그리하여 문자의 조탁(彫琢)과 음률의 조화를 강조하며, 대구와 빈번한 전고(典故)의 사용 등 형식을 많이 강조하게 된다.

이상은 시의 특징 중 한 가지는 애정과 우수를 노래한 작품이 많다는 것이다. 그 이전에는 남녀의 애정을 주제로 읊은 시가 거의 없었으나, 이상은에 의해 문학적 향기가 높은 작품이 나온 것은 특기할 만하다. 이상은의 애정시의 제목은 거의 <무제>이다.

이상은 시의 특장은 상징과 은유의 표현기법이 우수하며 전고의 운용이 능숙하다는 점을 들 수 있다. 또한 자구가 정련(精練)되고 화려하다 할 수 있으니 이상 세 가지 특장이 하나로 어울려 함축적이고 완곡하며 우아한 시경(詩境)을 연출하고 있으나 난해하다는 평가를 면할 수는 없다.

이익(李益, 746-829) - '시귀(詩鬼) 이하(李賀)'와 같은 문중

자(字)는 군우(君虞)로 중당 시인인데, 변새시(邊塞詩)로 이름이 났고 오언과 칠언절구에 뛰어났다. 대력십재자의 한 사람. 재상 이규(李揆)의 족자(族子)로 같은 집안의 '시귀'라 불리는 이하와 나란히 명성을 누렸다. <정인(征人)>, <조행(早行)> 등의 시는 시화로 그려져 당시 사람들에게 널리 알려졌다고 한다.

전해오는 이야기로는 곽소옥(霍小玉)이라는 재모쌍전(才貌雙全)의 명기(名妓)와 시를 주고받으며 사랑을 약속했는데 나중에 노씨(盧氏) 집안 처녀와 결혼하였다. 거의 발광하다시피 된 곽소옥은 이익을 불러내 "이군(李君)! 이군! 나는 지금 죽어버리겠다. 내가 죽은 뒤 악귀가 되어 기어이 당신의 처첩을 종일토록 괴롭히겠다."고 말한 뒤 자결하였다. 이후 이익 부부는 끝내 불화하였다고 한다.

하여튼 이익은 사람됨이 의심이 많았으며 질투와 시샘과 집착이 강했으며 처첩에 대한 단속이 매우 심해 당시 사람들이 '이익의 병{李益疾}'이라 부를 정도였다고 한다.

동배(同輩)가 모두 승진할 때 이익만 승진을 하지 못해 곧잘 우울했고 그 때문에 황하 북쪽 유주 일대를 유람하였다. 나중에 유제(劉濟)의 막료로 일하면서 유제와 시를 증답하였는데 원망의 뜻이 많았다. 당시 그가 지은 <야발군중(夜發軍中)>, <야상수항성문적(夜上受降城聞笛)> 등은 변새시로 널리 알려졌다. 헌종(憲宗)은 그의 명성을 알고 입조케 하여 비서소감(秘書少監)에 임명하였고, 뒤에 집현전학사를 역임하였다. 그러자 이익은 더욱 자신의 재학(才學)을 뽐내며 다른 문인들을 멸시하여 많은 사람과 어울리지 못했다. 결국 간관이 이익이 유주(幽州)에 있으면서 늘 원한을 품었다 하여 한때 폄직을 당하기도 했다. 나중에 우산기상시(右散騎常侍)를 역임한 뒤 문종 때 예부상서를 지낸 뒤 곧 죽었다.

당시 조정에 같은 이름의 이익이 있었는데 시인 이익은 '문장이익(文章李益)'이라고 불렸다고 한다.

잠삼(岑參, 715-770) - 뛰어난 변새시인

재상이었던 잠문본(岑文本)의 증손으로 고적(高適)과 함께 당대(唐代) 변새시(邊塞詩)의 대표적인 시인이다.[參의 우리말 표기에 대하여 cān은 참여할 참, cēn은 층날 참, shēn은 별이름 삼, 인삼 삼이다. 中文으로 岑Cén 參Shēn으로 표기하니 '잠삼'으로 기록한다]

어려서 가난했지만 경사(經史)를 공부하고 20세에 장안에 와서 벼슬을 구했으나 얻지 못하고 장안과 낙양(洛陽) 사이를 방랑했다. 천보(天寶) 3년(744), 30세에 진사과에 합격하여 병조참군의 관직을 얻었고 천보 8년에 안서사진절도사(安西四鎭節度使)인 고선지(高仙芝)의 막부서기(幕府書記)가 되어 안서에 부임하니 이것이 잠삼의 첫 번째 출새(出塞)이다. 이후 몇 차례에 걸쳐 총 6년여 동안 국경지역에 근무하였다. 나중에 가주자사(嘉州刺史)를 역임하였기에 '잠가주(岑嘉州)'라고 부르기도 한다.

시는 경치와 감회에 대한 서술이 뛰어나고 웅혼(雄渾)한 기풍을 느낄 수 있다. 시 400여수가 현존하는데 그 중 70여수가 변새시이다. 본 《당시삼백수》에는 시가 7수 수록되었는데 변새시가 3수이다.

장계(張繼, ?-779) - 대표작은 <풍교야박>

자(字)는 의손(懿孫)이며 중당의 시인으로 양주(襄州, 호북 양양시 襄陽市 양주구) 사람이다. 현종 천보 12년(753)에 진사가 되어 검교 사부원외랑, 홍주염철판관(洪州鹽鐵判官)을 역임하고 대력 말(779)에 항려(伉儷, 부부)가 함께 홍주(洪州, 지금의 강서성 남창시 南昌市)에서 죽었다. 당대의 시인 중에서 장계는 대가도 명가도 아니고, 시는 《전당시》에 40수 정도 수록되어 있다. 시는 풍경묘사에 특히 우수한데 <풍교야박>은 대표작으로 천보 15년에 소주(蘇州)에 머물 때 지은 것으로 알려졌다.

장교(張喬) - 가도(賈島)와 비슷한 풍격의 시

의종(懿宗, 재위 859-873, 연호 함통 咸通) 때 진사과에 합격하였다. 황소(黃巢)의 난(875-884) 동안에 구화산(九華山, 안휘성 지주시 池州市 청양현 靑陽縣 경내, 중국 4대 불교 명산)에 은거하였다. 당시 그 지역의 문사인 허당(許棠), 정곡(鄭谷) 등 소위 '함통십철(咸通十哲)'과 교유하였다. 오율에 뛰어났고 시는 청아하고 운율을 잘 갖추었으며, 그 풍격이 가도와 비슷하다는 평을 듣는다.

장구령(張九齡, 678?-740) - 현종 때의 시인이면서 재상

자(字)는 자수(子壽), 소주(韶州) 곡강인(曲江人, 지금의 광동성 廣東省 소관시 韶關市). 당 현종 때의 저명한 시인이며 재상. 보통 '장곡강(張曲江)'이라 불리는데 문집으로 《장곡강집(張曲江集)》이 있다. 측천무후 때 진사과에 급제하였고 현종 개원(開元) 21년(733)에 재상급인 중서시랑동중서문하평장사(中書侍郎同中書門下平章事)가 되었다. 재상으로서 정직하고 현명하였으며 이해를 따지지 않고 간언(諫言)했으며 특히 안록산의 야심을 간파하고 현종에게 안록산 제거를 건의했다.

개원 24년 8월, 현종의 생일에 여러 신하들은 진기한 물건을 상납

했으나 장구령만은 《천추금감록(千秋金鑑錄)》을 지어 올렸다. 왕유
(王維)를 우습유(右拾遺)에 천거했으며 상서우승상(尚書右丞相)을
역임하였다. 나중에 간신 이임보(李林甫) 등의 미움을 받아 개원 25
년에 형주장사(荊州長史)로 좌천되었는데 그때 맹호연(孟浩然)을 막
료로 데리고 있었다. 개원 28년(740)에 고향에서 노환으로 죽었다.

장욱(張旭, 일설 658-747) - 호주가(豪酒家), 초서(草書)의 성인

자(字)는 백고(伯高). 오군(吳郡) 오현(吳縣, 지금의 강소성 소주시
蘇州市) 출생. 서법가로 '초성(草聖)'이라 불린다. 개원 연간에 상숙
위(常熟尉), 금오장사(金吾長史)를 지냈기에 '장장사(張長史)'라 호
칭한다.

호음(豪飮)으로 소문나, <음중팔선가>에도 이름이 올랐던 대주가
인데, 두보는 그를 '장욱삼배초성전 탈모노정왕공전 휘호락지여운
연(張旭三杯草聖傳, 脫帽露頂王公前, 揮毫落紙如雲烟)'이라 하였다.
몹시 취하면 소리를 한바탕 지른 다음에야 붓을 들고 초서를 썼기
에 그의 초서를 '광초(狂草)'라고 불렀다. 시는 6수가 전해온다.

당조(唐朝)에서는 이백의 시, 장욱의 글씨, 배민(裴旻)의 검무(劍舞)
를 '삼절(三絶)'이라 하였다. 이백도 배민에게서 검무를 배운 적이
있다.

장적(張籍, 767?-830?) - 신악부 운동의 선구

자(字)는 문창(文昌). 오군(吳郡, 지금의 강소 소주蘇州) 사람으로
덕종 정원(貞元) 14년(798)에 북쪽을 여행하면서 맹교(孟郊)의 소개
로 변주(汴州, 지금의 하남 개봉開封)에서 한유(韓愈)를 처음 만났
고, 정원 15년에 진사가 되었다. 태상시(太常寺) 태축(太祝)을 역임
하였으나 안질로 고생하였다. 헌종(憲宗) 원화(元和) 11년(816) 국
자감조교(國子監助敎)를 하다가 안질이 조금 나아지면서 비서랑이
되었다. 목종(穆宗) 장경(長慶) 원년(821)에 한유의 추천으로 국자

박사가 되었고 다른 직책을 거쳐 국자사업(國子·司業)으로 관직생활
을 마쳤기에 '장사업(張司業)'이라 통칭한다.

빈한한 가정 출신에 관직도 낮아 사회의 하층 민중들의 생활을 잘
이해하였다. 두보를 존경하고 그 시를 배우려 애썼는데 두보의 시를
쓴 종이를 태워 그 재를 물에 타 마셨다는 이야기가 전해온다.

시는 악부 형식을 빌려 사회의 부조리를 비판하고 백성이 겪는 요
역(徭役)과 군역, 부세의 고통을 동정하는 뜻이 강했기에 백거이
등의 추앙을 받았다. 백거이는 장적을 높여 '악부시에 뛰어나니 그
와 짝할 만한 사람이 없다'면서 왕건(王建)과 나란히 '장왕악부(張
王樂府)'라 불렀다. 원진, 백거이, 장적, 맹교 등의 시풍을 특히 '원
화체(元和體)'라고도 부른다. 시집으로 《장사업시집(張司業詩集)》
8권이 전한다.

장필(張泌, ?-?) - 당 멸망 뒤 오대(五代)의 사인(詞人)

당말(唐末)에 진사에 급제, 오대 시대에 화간파(花間派)에 속하는
사인. 남당 후주 아래서 여러 관직을 역임하였다. 《화간집(花間
集)》에 그의 사(詞) 27수가 수록되어 있다.

장호(張祜) - <궁사(宮詞)>로 명성을 얻다

자(字)는 승길(承吉). 당대의 청하(淸河) 장씨 명문인데다가 협객
기질도 있어 사람들이 장공자라 불렀다고 한다. 문종(文宗) 대화
(大和) 3년(829) 천평군절도사(天平軍節度使)인 영호초(令狐楚)의
추천을 받았으나 나아가지 않았다고 한다. <궁사>로 명성을 얻었
으나 원진(元稹)은 장호에 대하여 '잔재주나 부리려 하니 장부가
할 짓은 아니다'라고 평했다고 한다. 《전당시》에 시 340여 수가
수록되어 있다.

전기(錢起, 722-780) - 대력십재자(大曆十才子)의 한 사람

　　자(字)는 중문(仲文)으로 천보 연간에 진사에 등과하고 비서성교서
랑(秘書省校書郞)을 거쳐 상서고공낭중(尙書考功郞中)과 한림학사
(翰林學士) 등을 역임했다. 당시 사람들은 '앞에는 심전기(沈佺期)
와 송지문(宋之問)[전유심송前有沈宋], 뒤에는 전기(錢起)와 낭사원
(郞士元)[후유전낭後有錢郞]'이라며 중당 시인의 대표이며 대력십재
자의 한 사람으로 꼽았다.

　　시는 오언이 주를 이루고 있으며 송별과 수증(酬贈)의 시가 많다.
또한 산수 속에서 은일을 따르고자 하는 내용이 많은데 그 시격은
청기(淸奇)하고 문리가 담원(淡遠)하다는 평을 받고 있다. 문집으로
《전중랑집(錢仲郞集)》이 있다.

정전(鄭畋, 825-883) - 황소(黃巢)의 난 진압에 공을 세운 재상

　　자(字)는 대문(臺文). 무종(武宗) 회창(會昌) 2년(842)에 진사가 되
어 여러 관직을 거치면서 승진하여 희종(僖宗, 재위 873-888) 즉위
후에 황소의 난이 일어났고(875), 건부(乾符) 4년(877) 병부상서가
되었다. 이후 폄직되었다가 880년 황소가 장안을 침공하자 희종은
촉으로 피난했다. 정전은 정부군을 편성하며 황소군과 싸워 이기고
지기를 거듭하였다.

　　폄직되었다가 중화(中和) 2년(882)에 문하시랑 동중서문하평장사가
되어 군무를 주관하였고, 883년에 황소의 잔당(殘黨)을 장안에서
축출하였고 희종은 장안으로 돌아왔다. 당시의 권신 전영자(田令
孜)와의 갈등 속에서 병사했다. 시 16수가 전한다.

조영(祖詠, 699-746?) - 왕유(王維)의 친우

　　낙양(洛陽) 출신. 영(詠)을 영(咏)으로 쓰기도 함. 개원 12년(724)
진사과에 합격하였으나 관직에 나가지 않고 여분(汝墳, 지금의 하
남성 여양汝陽 일대)에서 평범하게 살며 생을 마쳤다. 왕유, 저광희

(儲光義), 구위(邱爲) 등과 교유했는데 특히 왕유와 우정이 깊어 수창(酬唱)한 작품이 많다. 자연경물을 읊거나 은일생활을 묘사한 시가 많다. 오언절구 <종남망여설(終南望餘雪)>과 칠언율시인 <망계문(望薊門)>이 대표작이고, 명대(明代)에 편찬된 《조영집(祖詠集)》이 있다.

주경여(朱慶餘, 799-?) - 장적(張籍)이 인정한 문재(文才)

이름은 가구(可久). 자(字)가 경여(慶餘)이다. 당의 시인으로 경종(敬宗) 보력(寶曆) 2년(826)에 진사가 되어 교서랑 등의 직책을 역임하였다. 그 당시에 한유(韓愈)와 비슷한 명성을 누리고 있던 장적이 그의 문재를 인정하여 당시에 제법 문명이 있었다고 한다.

진도(陳陶, 812-885) - 복건 지역 출신으로 유일하게 수록

자(字)는 숭백(嵩伯)으로 복건 남평현(南平縣, 지금의 복건성 남평시 연평구延平區) 사람이다. 과거에 급제하지도, 또 관직에 있었다는 기록은 없고 장안에 유학하고 나중에 남창에 은거했다고 한다. <농서행(隴西行)>이 《당시삼백수》에 수록되었는데, 이는 복건성에 본적을 둔 사람의 유일한 작품이라고 한다. 《전당시》에 시 2권이 전한다. 지금의 복건성 지역은 과거 합격자도 거의 없을 정도로 문화적 미개지였다고 한다.

진도옥(秦韜玉) - 권력을 쥔 환관에 아부

자(字)는 중명(中明)으로 경조(京兆, 장안) 사람이다. 희종(僖宗, 재위 873-888) 중화(中和) 2년(882) 진사가 되었다. 희종이 황소(黃巢)의 난(875-884)을 피해 촉으로 갈 때, 희종 정권의 최고 실세였던 환관 전영자(田令孜)에게 아부하여 황제 호위군인 신책군(神策軍)의 판관을 지냈고 뒤에 공부시랑을 역임하였다. 청년 시절에 자못 문명(文名)이 있었다고 한다.

진자앙(陳子昻, 661-702) - 당시(唐詩)의 새 기풍을 열다

자(字)는 백옥(伯玉). 지방 호족 출신으로 부유했고 호협 기질이 있었다. 거란 토벌에 참가하기도 했는데 38세 때 관직을 버리고 귀향했다. 나중에 진자앙의 재산을 탐낸 단간(段簡)이라는 현령이 모함하여 옥에서 죽었다.

중국 문학사에서 시문의 경향이 한쪽으로 흐를 때 복고적인 주장이 나오곤 했다. 이는 문학의 정도(正道)를 회복하려는 자정노력이라 생각할 수 있다. 진자앙은 육조(六朝)시대의 경박하고 화려한 시풍을 일소하고 새로운 내용과 현실을 반영하는 시문학을 강조하였는데 실제로 그의 시풍은 질박하고 기골이 강하게 드러난다.

<감우(感遇)> 시 38편은 매우 유명한 작품이다. 초당사걸(初唐四傑)의 작품은 남조(南朝)의 시풍을 완전히 벗어나지는 못했지만 이들과 진자앙의 시는 당시(唐詩)에 새 생명력을 불어넣어 당시 발전의 토대를 구축했다는 평가를 받고 있다.

한유(韓愈)는 '진자앙부터 나라의 문장이 흥성하고 높아졌다.(國朝盛文章 子昻始高踏)'고 말했다. 이 시에서도 그의 웅대한 기개를 엿볼 수 있다.

최도(崔塗, 854-?) - 나그네 시인

자(字)는 예산(禮山)으로 절강성 부춘(富春) 출신. 희종(僖宗) 광계(光啓) 4년(888) 과거에 응시하여 진사과에 합격하였다. 일생동안 장년에서 노년에 이르는 동안 사천(四川), 귀주(貴州), 강소, 절강, 하남, 감숙 등 각지를 떠돌았다. 시작(詩作)은 떠도는 나그네의 심정과 실의 속의 사향(思鄕)을 주제로 하여 처량하고도 울적하며 침잠(沈潛)하는 시를 읊었다. 《전당시(全唐詩)》에 시 1권이 들어 있다.

최서(崔曙) - 숭산(崇山)에 은거했던 시인

정주(定州, 지금의 하북 정주) 출신. 소년 시절에 한미하고 가난했다. 개원 26년에 장원급제하였고 하남위(河南尉)를 지냈다. 만년에 하남성의 숭산에 은거한 뒤로 행적을 알 수 없다.

최호(崔顥, 704?-754) - 이백(李白)도 놀란 <황학루>

변주(汴州, 지금의 하남성 개봉시開封市) 출신으로 현종(玄宗) 개원(開元) 11년(723) 진사가 되었고 천보(天寶) 연간에 사훈원외랑(司勳員外郎)을 역임하였다. 현존하는 시는 겨우 40여 수이고 가장 유명한 시는 물론 <황학루>이다.

재주는 비상하였으나 음주와 도박을 즐겨 품행은 그에 걸맞지 못했다고 한다. 소년시절에는 규정(閨情)을 소재로 한 시가 많아 부염(浮艷)하고 경박한 느낌이었으나, 뒤에 변새(邊塞)를 여행한 뒤로는 시풍이 웅혼분방(雄渾奔放)해졌으며 각지를 유랑하면서 시에 몰두하여 사람이 수척해질 정도였다고 한다. 무창(武昌)을 여행하고 황학루에 올라 <황학루>를 지었는데 뒷날 이백이 와서 최호의 시를 읽고서는 '눈앞의 경치를 보고도 말로 할 수 없는데(眼前有景道不得), 최호의 시는 머리 위에 있도다(崔顥題詩在上頭)'라 감탄하고서 시를 짓지 못했다는 유명한 이야기가 전해온다.

이백은 황학루에서 시를 못 짓고 금릉(金陵) 봉황대에 가서 <등금릉봉황대(登金陵鳳凰臺)>를 지었는데 두 시의 장구가 매우 흡사하다. 칠언율시 175 <등금릉봉황대>와 칠언절구 268 <송맹호연지광릉(送孟浩然之廣陵)> 참고.

하지장(賀知章, 659-744) - 이백을 '적선(謫仙)'이라 호칭

자(字)는 계진(季眞)이고 호는 석창(石窓), 사명광객(四明狂客)이다. 회계(會稽, 절강성 소흥紹興) 사람으로, 시는 20여 수가 전하는데 <회향우서(回鄕偶書)>와 <영류(詠柳)>는 매우 잘 알려진 시이다.

어려서부터 문명이 있었고, 측천무후 때(695) 진사가 되어 국자감 사문박사를 거쳐 태상박사를 역임했다. 예부시랑 겸 집현전학사가 되었다가 태자빈객, 검교공부시랑, 비서감 등의 관직을 차례로 역임하였다.

성격이 강직하면서도 활달하고 건담(健談)과 음주를 좋아하였기에 이백과 절친한 우인이었다. 이백을 보고 '그대는 인간 세계에 유배된 신선이요(子, 謫仙人也)'라고 말한 사람이 바로 하지장이니 이후 이백은 '이적선' '시선'이 되었다. 두보는 <음중팔선가(飲中八僊[仙]歌)>에서 술에 취한 하지장을 '하지장은 말을 타고도 배를 탄 듯 흔들리고, 눈이 감기면 샘물 바닥에서도 잔다네(知章騎馬似乘船 眼花落井水底眠)'라고 제일 먼저 읊었다.

서법에도 매우 뛰어나 초서와 예서에 능했고 '종필여비 분이불갈(縱筆如飛 奔而不竭)'이라는 평을 들었으며, 또 다른 명필인 장욱(張旭)과 사돈관계였기에 당시 사람들이 '하장(賀張)'이라 불렀다.

한굉(韓翃, ?-?) - 러브스토리 ≪유씨전(柳氏傳)≫의 주인공

자(字)는 군평(君平), 대력십재자의 한 사람. 천보(天寶) 13년(754) 진사. 숙종 보응(寶應) 원년(762) 치청(淄靑)절도사인 후희일(侯希逸)의 막료로 있었으며, 덕종 건중(建中) 원년(780)에 중서사인이 되었다. 당시에 같은 이름이 또 한 사람 있어 덕종이 '춘성무처불비화(春城無處不飛花)를 읊은 한굉'이라고 지명하였다. '춘성무처불비화'는 한굉의 <한식(寒食)> 시의 한 구절로, 그만큼 그의 시는 유명하였다.

시는 '부용이 물 밖으로 나오듯 시흥이 풍부하여 조야의 인사들이 그의 시를 좋아하였다'고 한다. ≪신당서 문예전(文藝傳)≫에 그의 약전이 있다. 유씨(柳氏) 성의 가기(歌妓)를 사랑했는데, 그녀와의 러브스토리는 뒷날 ≪유씨전≫으로 만들어져 지금껏 전해 온다.

한악(韓偓) - 이상은(李商隱) 동서의 아들

자(字)는 치광(致光). 당 소종(昭宗) 용기(龍紀) 원년(889) 진사가 된 뒤에 병부시랑과 한림학사 등을 역임하였다. 나중에 당을 멸망 시킨 절도사 주전충(朱全忠)과의 알력으로 폄직되었다가 복관되었으나 관직에 나아가지 않았다. 이상은의 동서인 한첨(韓瞻)의 아들로 일찍부터 이상은으로부터 인정도 받았고 지도도 받았다. 염려(艷麗)한 시작이 많고 시란(時亂)을 걱정하며 애국충정의 시도 썼다. 시집으로 《향렴집(香奩集)》이 전한다.

한유(韓愈, 768-824) - 당송팔대가의 으뜸

자는 퇴지(退之), 출생은 하남 하양(河陽, 지금의 하남 맹현孟縣). 조적(祖籍)은 창려군(昌黎郡, 지금의 요녕성遼寧省 의현義縣)이기에 자칭 창려 한유라 하였고 세인들은 한창려(韓昌黎)라고 불렀다. 만년에 이부시랑(吏部侍郎)을 역임했기에 한이부(韓吏部)라 하며, 시호가 문공(文公)이기에 한문공(韓文公)이라고도 지칭한다. 또 유종원(柳宗元)과 함께 당시의 고문운동을 주도했기에 두 사람을 한유(韓柳)라 병칭한다. 산문, 시에서 골고루 유명하며 문집으로 《창려선생집(昌黎先生集)》이 있다.

출생하면서 곧 어머니가 죽었고 세 살 때에 부친도 죽었다. 그래서 형의 손에 의해 양육되고 형의 관직에 따라 각지를 전전하다가 형이 죽자 조카 한노성(韓老成)과 함께 형수 정씨(鄭氏)의 손에 양육된다. 7세부터 독서를 시작하여 13세에 문장을 짓고 덕종(德宗) 정원(貞元) 2년(786) 과거에 응시하지만 낙방하고 정원 8년에야 진사에 급제하였고 이부시(吏部試)에는 연속 낙방하였다. 정원 12년(796)에야 절도사 막료로 근무를 시작한다.

정원 17년에 국자감(國子監) 사문박사(四門博士)가 되었고 다음해 유명한 <사설(師說)>을 지었다. 조카 한노성이 먼저 죽자 <제십이랑문(祭十二郎文)>을 지었다. 헌종 원화(元和) 6년(811), 국자박사가 되어 <진학해(進學解)>를 지었다. 원화 14년 <간영불골표(諫迎

佛骨表)>를 지어 불교 숭상에 따른 폐단을 극간하다가 광동성의 조주자사(潮州刺史)로 폄직 당하였다. 조주에 부임하여서는 치민흥학(治民興學)에 힘썼다. 목종(穆宗)이 즉위하자(820) 장안에 돌아온 뒤 국자감의 총장이라 할 수 있는 좨주(祭酒)를 역임하고 병부시랑 등을 역임하다가 57세에 병사하였다.

'문학을 도를 밝히는 도구(文以載道)'로 보았고, 유교의 도덕을 담고 있지 않은 문장은 가치가 없으며, 세상의 교화에 도움이 되지 않는 문학은 쓸모가 없다고 주장하였다. 자신이 고문을 배우고 쓰는 것은 유가의 도를 배우고 실천하는 데 목적이 있다고 하였다. 이러한 문학론에 의거하여 한유의 문장은 내용도 풍부하고 형식도 다양하여 여러 문체에 두루 통달하였으며, 새로운 것을 힘써 구하면서도 구상이 기이하고도 웅기(雄奇)하며 기세가 당당하면서도 사상과 감정이 풍부한 명문장을 많이 지었다.

문장으로는 불교와 노장사상을 비판하며 유가의 도를 밝히는 문장이 많은데 <사설>, <원성(原性)>, <원도(原道)>, <간영불골표>, <진학해>, <송궁문(送窮文)>, <유자후묘지명(柳子厚墓志銘)> 등은 우리에게도 잘 알려진 명문장이다. 유종원과 함께 당송팔대가로 손꼽히고 있다.

중당(中唐)에서 백거이와 함께 시단의 영수(領袖)로 독특한 시풍을 확립하였다. 시는 문장에서처럼 복고적 기풍이 강하게 나타나고 있다. 종래와 다른 새로운 표현을 중시하였고 남들이 잘 사용하지 않는 문자를 사용하여 기이한 시어를 많이 사용하였다. 때문에 그의 시는 '기험괴벽(奇險怪僻)'하다는 평과 함께 대상물을 세밀히 묘사하고 설득하려는 뜻을 담고 있기에 '산문적'이라는 평가도 받고 있다. 한유의 영향을 받은 시인으로 맹교(孟郊), 가도(賈島)가 유명하고, 노동(盧仝)과 이하(李賀)도 영향을 받았다.

허혼(許渾) - 등고(登高), 회고시에 능한 시인

자(字)는 용회(用晦, 또는 중회仲晦)이고 윤주(潤州) 단양(丹陽, 지금의 강소 단양) 사람이다. 문종 대화(大和) 6년(832)에 진사에 급제하고, 선종(宣宗) 초에 감찰어사가 되었다가, 목주(睦州), 영주(郢州)의 자사를 역임하였다. 많은 율시와 절구는 대개 산림에 노닐거나, 이별을 묘사한 작품이 많다. 시구가 원만하며 잘 다듬어졌다는 평을 들었는데 당시의 유명한 시인인 두목(杜牧)이나 위장(韋庄) 등이 그를 따랐다고 한다. <함양성동루(咸陽城東樓)> 시의 '산우욕래풍만루(山雨欲來風滿樓)' 시구는 매우 유명하다.

황보염(皇甫冉, 716-769) - 대력십재자의 한 사람

자(字)는 무정(茂政). 황보(皇甫)는 복성. 진(晉)의 고사(高士) 황보밀(皇甫謐, 침구학의 여러 명저를 남겼다)의 후손. 10세에 문장을 지은 신동이어서 장구령(張九齡)이 매우 기대하면서 '소우(小友)'라고 불렀다. 천보 15년(756) 진사에 수석급제하고 무석위(無錫尉)에 임명되었다. 안사의 난이 일어나자 양선산(陽羨山)에 들어가 별장을 짓고 은거하였다. 대종(代宗) 대력(大曆) 초에 하남절도사 왕진(王縉)의 막료로 표장서기(表掌書記)를 지냈다. 관직은 우보궐(右補闕)을 끝으로 사임하고 집에서 죽었다.

唐詩三百首(中)

初版 印刷 – 2014년 12월 15일
初版 發行 – 2014년 12월 20일

孫洙(蘅塘退士) 篇
張基槿 · 陳起煥 共譯

發行人 – 金 東 求

發行處 – 명 문 당(창립 1923년 10월 1일)
　　　　서울특별시 종로구 윤보선길 61(안국동)
　　　　우체국 010579-01-000682
　　　　전 화 (02) 733-3039, 734-4798
　　　　FAX (02) 734-9209
　　　　Homepage www.myunmundang.net
　　　　E-mail mmdbook1@hanmail.net
　　　　등록 1977.11.19. 제1-148호

■

ISBN 979-11-85704-19-7 94820
　　　　979-11-85704-17-3 94820 세트